W0283564

CAÏN L'OBSCUR

DU MÊME AUTEUR
CHEZ POCKET

LA DANSE DES OMBRES
LE FESTIN DES TÉNÈBRES

TANITH LEE

CAÏN L'OBSCUR

PRESSES DE LA CITÉ

Titre original :
Darkness, I

Traduit de l'anglais
par Thierry Arson

Le Code de la propriété intellectuelle n'autorisant, aux termes de l'article L. 122-5 (2° et 3° a), d'une part, que les « copies ou reproductions strictement réservées à l'usage privé du copiste et non destinées à une utilisation collective » et, d'autre part, que les analyses et les courtes citations dans un but d'exemple et d'illustration, « toute représentation ou reproduction intégrale ou partielle faite sans le consentement de l'auteur ou de ses ayants droit ou ayants cause est illicite » (art. L. 122-4).
Cette représentation ou reproduction, par quelque procédé que ce soit, constituerait donc une contrefaçon sanctionnée par les articles L. 335-2 et suivants du Code de la propriété intellectuelle.

© Tanith Lee, 1994.
© Presses de la Cité, 1995, pour la traduction française.

ISBN 2-266-07049-5

Pour Jacques Post et Maarten Asscher,
avec mes remerciements pour les premiers
cadeaux de Hollande.

Ô, mon cœur, ne confesse rien
Qui me soit témoignage contraire!

Inscription magique sur un scarabée.

1

L'enfant sur la tombe.

Un monticule de pierre surmonté de cette silhouette fine à la poitrine plate. Elle était vêtue de façon classique. Pourtant son visage sans expression évoquait pour lui les statues de l'île de Pâques sur les photos, sans qu'il sache pourquoi. Il n'y avait ni nom ni date.

La sépulture se trouvait à la limite de la piste d'aviation, près des barbelés. Au-delà, balayée par un vent sec et froid, la plaine déroulait son arasement extraterrestre jusqu'aux collines lointaines.

Parfois un pilote venait déposer une fleur aux pieds pétrifiés de l'enfant. Certains l'avaient baptisée Santa Blanca. Leurs missions là-bas n'étaient sans doute pas enregistrées, et très certainement illégales... Même ainsi, il ne comprenait pas pourquoi ils éprouvaient le besoin d'apaiser l'enfant de pierre. Lui n'avait jamais laissé une fleur sur la tombe.

Miguel Chodil s'éloigna.

Le soleil illuminait un ciel où se diluaient les stratus.

La forme blanche du bimoteur paraissait trop solide, comme si l'engin ne pouvait voler. Mais c'était là son déguisement. La nuit dernière, une lune rouge sang avait surveillé la ville. Les anciens auraient dit que c'était là présage de mort. Mais de qui ? Après tout, n'y avait-il pas, chaque nuit, quelqu'un qui mourait ?

Ils avaient déjà chargé l'appareil. Chodil monta à bord et inspecta du regard le chargement.

Il était toujours identique.

Des cartons sans doute emplis de livres, des containers d'huile et de kérozène, différentes réserves de conserves, comme pour n'importe quelle base, mais aussi des oranges dorées dans leurs caisses, des pêches au rose profond, les bougies jaunes des bananes. Et dans leur enveloppe de paille, les bouteilles verdâtres de brandy péruvien.

Chodil vérifia l'arrimage des colis. Satisfait, il passa dans le poste de pilotage.

Sur la piste, un garde s'était approché. Maintenant immobile, il contemplait l'appareil, son Kalachnikov à l'épaule. Chodil attendit. Soudain le garde s'éloigna, comme s'il venait de constater une menace réelle.

Chodil vérifia le bon fonctionnement de l'avion. Celui-ci se comporta fort bien. Il le sentait alerte, prêt à s'élancer dans les airs. Peut-être un peu trop impatient.

– *Calma...* lui murmura le pilote.

Il dirigea le bimoteur sur la piste, et son léger cahotement lui parut aussi habituel que le trot d'un cheval. Mieux que l'appareil, Chodil savait quand il essayerait de broncher, et il le tenait fermement.

Il le fit décoller dans une courbe ascendante progressive, et l'appareil obéit à la perfection avant de prendre son assiette dans l'immensité bleue avec un ronronnement de puissance.

Dans cinquante minutes il devrait atterrir pour un premier ravitaillement, et plus tard, lors du deuxième, les Russes lui offriraient de la vodka qu'il ferait semblant de boire, car celui qui refusait ce jeu leur brisait le cœur. Puis les deux îles non recensées sur les cartes, la seconde plus blanche que la première, ses plages jonchées des os de baleines bleues, des créatures trop énormes lui semblait-il pour inspirer l'amour.

Alors qu'il volait vers le sud, Miguel prépara sa route de mémoire. Après tout, il avait accompli ce voyage à vingt reprises déjà.

Le ciel au vert cristallin finirait par épouser une mer au bleu cristallin. Là, les cumulus s'étaient déposés sur les flots en masses blanches de glace, dômes, falaises et châteaux flottants. Et derrière s'élevait l'impitoyable pays blanc, jusqu'aux montagnes.

La mort n'était rien d'autre que cette blancheur, avec les créatures perdues qui hantaient ses limites, et l'horloge intérieure immobile en son cœur.

Chodil grimaça. Il se mit à chanter pour l'avion et lui parla de la femme qu'il avait possédée dans la ville. Il aimait rendre son appareil un peu jaloux.

Encore trois heures.

2

Quand la neige commença à tomber, elle traînait derrière la procession. Elle avait ce sentiment de canular, malgré la grandeur de la scène, une impression stupide qui peut-être l'irritait mais n'éveillait aucune crainte en elle.

Elle savait ce qu'elle contemplait. C'étaient des Egyptiens de l'Antiquité. Les femmes dans leurs robes moulantes de lin blanc translucide, quelques-unes la poitrine découverte, et les hommes avec leur jupette de lin ou de cuir. Ils portaient également le pectoral caractéristique orné de grenats et de pâtes de verre bleu sur un bâti en or pur. Casques de cheveux noirs et yeux maquillés à l'imitation de ces lignes sombres entourant les prunelles des lynx, il était impossible de ne pas les reconnaître.

Ici et là frémissait un éventail en plumes d'autruche. D'autres poussaient des caddies de supermarché où s'amoncelaient vaisselle en or et cônes de cire parfumée.

Ils avançaient vers la grande pyramide.

Il lui sembla qu'elle était constituée de vieux livres, et par endroits d'éditions de poche en piteux état.

Des femmes gémissaient. C'était des funérailles. Mais qui était mort ?

Oh, c'est Ruth... songea-t-elle.

A ce moment précis, le ciel gris s'ouvrit et déversa la neige.

Les Egyptiens s'arrêtèrent. Précisément, ils semblaient gelés sur place. Rachaela se retrouva presque malgré elle à dépasser les rangs d'hommes et de femmes figés. Elle arriva devant le prêtre. Il avait jeté une peau de léopard sur son épaule gauche, et sa tête était coiffée du masque pointu d'un chacal noir aux oreilles effilées.

Adamus...

Bien sûr : il était revenu en personne du royaume des morts, pour diriger les obsèques.

Le sarcophage était posé au-dessus d'un puits plongeant dans le flanc de la pyramide. Il était en or et plus fastueux encore que celui de Toutankhamon, le célèbre enfant. La silhouette d'une fille était peinte sur le couvercle, elle portait deux longues nattes. Oui, c'était bien Ruth.

Ils firent descendre le sarcophage dans les profondeurs aveugles.

Je devrais éprouver quelque chose... Mais le devrais-je vraiment ?

Puis le sarcophage ne fut plus visible, et elle se tenait là, sans rien ressentir, pas même la froidure de la neige qui tombait toujours.

Ils étaient tous partis, et la nuit était venue. La neige cessa.

A la verticale de la pyramide, une unique étoile brillait tel un diamant.

Et le *ka* de Ruth s'éleva hors du tombeau.

Rachaela savait ce qu'était le *ka*. Comme sa défunte fille. Corps astral plutôt que fantôme, le *ka* était le double libéré de la pesanteur de la chair.

Le *ka* de Ruth était splendide. Il portait une robe noire au col brodé, et sa longue chevelure d'un noir lustré cascadait jusqu'à ses reins. Le visage du *ka* de Ruth était magnifiquement maquillé, les lèvres d'un rouge pâle, les yeux noirs comme des charbons.

– Bonjour, Ruth, dit Rachaela.

– Bonjour, Mère.

Alors le *ka* avança vers Rachaela, et Ruth leva la main droite.

A la pointe de ses doigts s'élevait une petite flamme immobile.

Rachaela aurait voulu reculer, mais elle en était incapable. Ruth, l'incendiaire...

Ruth se tenait devant elle, assez proche pour que Rachaela discerne le parfum choisi par le *ka* – Lancôme ? – et perçoive le bruissement de sa robe.

Ruth ouvrit l'étoile de flamme sur sa main.

Et Rachaela se rendit compte qu'elle-même avait la bouche grande ouverte, comme une fois dans son enfance, lorsqu'elle avait dû aller chez le dentiste...

Et elle se retrouva dans le fauteuil de cuir noir où semblaient manquer les lanières pour vous attacher.

– Eh bien, dit le souvenir sans visage du dentiste en se penchant sur elle, je crois que vous avez un petit problème, là. Trop de sucreries, à n'en pas douter. Ça risque d'être un petit peu désagréable, mais vous êtes une petite fille courageuse, n'est-ce pas ?

Rachaela comprit alors que Ruth lui avait mis la flamme dans la bouche, avant même que le dentiste se penche de nouveau sur elle avec la guêpe douloureuse de la roulette.

– Maintenant avalez cette petite flamme, je vous prie, dit-il. Ensuite rincez-vous la bouche.

Rachaela avala la flamme.

Elle s'éveilla le visage pressé contre l'oreiller. Rachaela était seule... Elle se tourna, lentement, raide, puis dénoua peu à peu ses muscles. Althene dormait auprès d'elle.

Qui es-tu ? pensa Rachaela.

Même inconsciente, le visage débarrassé de son maquillage, la chevelure déployée par les mouvements du sommeil, Althene était totalement elle-même.

Puisque tu es assez folle pour te trouver là, près de moi, je devrais peut-être te réveiller et te parler de mes ennuis.

J'ai rêvé du démon mort, assassin assassiné, que fut ma fille.

Prenant mille précautions, Rachaela s'assit puis quitta le lit en tirant le drap sur Althene.

Il faisait une chaleur un peu étouffante en cette nuit de fin d'été. Par la fenêtre ouverte entraient le parfum des arbres, des pruniers, et celui du fleuve.

Rachaela sortit sans bruit de la chambre et passa dans la salle de bains qu'inondait la clarté lunaire filtrée par la vitre obscure. Elle vit sa silhouette dans le miroir. Une femme peinte par Klimt, jeune, la poitrine haute, le ventre arrondi par la grossesse.

Presque huit mois.

Non, il fallait être rationnelle. Elle n'était pas très grosse, comme la dernière fois, quand elle avait trompé la moitié de Londres en prétendant avoir pris un peu de poids.

La dernière fois, avec Ruth.

Mais Ruth était née, et Ruth avait grandi. Ruth était devenue une femme à onze ans, et très vite aussi une meurtrière... belle, et aimée. Jusqu'à ce qu'elle enfreigne les règles de son amant. Jusqu'à ce qu'elle tue de nouveau. Ruth, la demoiselle au poignard, la porteuse de feu. Et quand elle avait été reniée par Malach, le prêtre-guerrier aux cheveux blancs, elle avait hurlé dans la seconde Demeure aux vitres colorées.

Ils avaient cru qu'elle s'était enfuie avec Camillo, pourtant Camillo était son ennemi. Jamais il n'aurait aidé Ruth. Et Ruth était alors au-delà de toute aide, de toute façon.

Quelle nuit était-ce, quand le téléphone avait sonné ? Mardi, jeudi ? Et Rachaela, à demi endormie, avait entendu Althene qui répondait à voix basse. Puis Althene était apparue sur le seuil de la chambre, tel un fantôme. Un messager du royaume des morts.

– Qu'y a-t-il ?

– Rien. Rendors-toi.

– Je veux savoir.

– Ah, tu es réveillée, à présent. Je vais donc te dire...

Et Althene avait soupiré. Elle s'était approchée tandis que Rachaela s'asseyait dans le lit.

– Je ne sais pas comment tu réagiras. Eric vient d'appeler.

– C'est Ruth ?

– Oui. Et non.

– Elle est morte, avait simplement dit Rachaela.

– Apparemment.

Il semblait qu'un couple de cyclistes l'avait découverte dans un sous-bois. Quelqu'un lui avait poignardé le sein gauche et la lame avait transpercé le cœur. Quand on avait découvert son corps, toute beauté s'en était échappée à jamais, dévorée par les vers.

– Elle était déjà morte quand il l'a quittée. Elle est morte à cet instant. Vont-ils le dire à Malach ?

– Je pense qu'il sera mis au courant, avait répondu Althene.

Rachaela s'était rallongée. Dans l'obscurité, elle avait contemplé le plafond. *Qu'est-ce que j'éprouve ?*

Mais alors comme maintenant, deux semaines après l'appel d'Eric (sans aucun doute Michael avait composé le numéro pour lui), Rachaela ne se souvenait que des hurlements de Ruth quand Malach l'avait rejetée.

Avait-elle hurlé autant lorsque le poignard s'était enfoncé en elle ?

Et Camillo était-il l'assassin ?

– Enfer, murmura Rachaela dans la pâleur laiteuse qui ouatait la salle de bains. Merde. *Dehors. Sors de mon esprit.*

Mais cela expliquait pourquoi elle avait rêvé du démon. De Ruth. A cause du coup de téléphone. Et à cause de l'autre, de cette nouvelle vie dont elle n'avait pas su se débarrasser.

– Je peux te trouver un médecin compétent, avait proposé Althene, si tu ne désires pas que cette grossesse se poursuive. Et tu ne la désires pas.

Mais Rachaela n'avait pas voulu de cette interruption, pas alors. Un avortement, avec la maladie, et le traumatisme... Non. Même si elle était très bien soignée, même si la chose se passait très vite. Elle voulait rester avec Althene et prétendre que rien ne croissait dans son ventre.

Et le printemps froid et humide, venteux, était passé le long du fleuve. Il y avait eu des dîners dans de petits restaurants étranges, l'amour dans la chambre bleue de l'appartement. Plus rien à craindre, à présent. Et ces heures douillettes en sa seule compagnie, à peindre pendant qu'Althene lisait, ou ces jeux de maquillage et d'habillage, comme auparavant. Les toasts chauds et beurrés, avec le thé. Une mère qui était aussi une amante et un mari. Le temps concassé dans un sablier. Si seulement on pouvait arrêter son écoulement.

Pourtant, d'une certaine façon cela s'était produit. Il suffisait à Rachaela de se regarder dans un miroir. Son corps ferme et laiteux paraissait vingt-six ans alors qu'elle avait largement dépassé la quarantaine.

Le temps *scarabae.*

Jamais Althene ne dit : « *Mon* enfant. Un Scarabae. Tu le *dois.* »

Il fut donc facile de laisser s'accomplir les choses. Comme si l'enfant n'était pas réel. Et maintenant il était trop tard.

Le médecin finalement choisi était une femme, polie, gentille et prodigue d'encouragements. Elle ne mit pas en question la présence d'Althene. Elles étaient Ms Day et Ms Simon. Mais Althene la lascive, si elle ne pouvait être blâmée, restait en secret la cause fondamentale. Le père du fardeau porté par Rachaela.

Je ne le veux pas. Pourquoi ne pas m'en être débarrassée ?

Elle contempla son ventre. Qui s'y trouvait ?

Un des chats, Jacob le Noir, entra dans la salle de bains. Seuls les chats avaient permission de troubler la nuit. Rachaela le prit entre ses mains et il se balança une seconde, griffes rentrées et ronronnant, sur la courbe confortable du ventre fécond. Puis il grimpa sur son épaule et chantonna dans sa chevelure.

Elle aurait pu connaître le sexe du bébé. Mais elle avait résisté à la tentation.

Elle ne le voulait pas, et elle ne voulait pas de la responsabilité de le tuer. Elle aurait préféré qu'il n'existe pas, et c'est cela qu'elle prétendait.

Comme la fois précédente.

– Je crois que quelqu'un surveille l'appartement.

– Qui donc ?

Althene traversa la serre et vint la rejoindre sur le balcon qui ouvrait au sud.

D'en bas, on croirait voir deux jeunes femmes, dont une légèrement enceinte.

– Quelqu'un se trouvait contre le mur du jardin. Ça s'est déjà produit. La nuit dernière j'ai entendu du bruit...

– Un des chats, dit Althene.

– Juliet était dehors. Mais hier j'ai vu un homme qui passait le long du fleuve; il s'est arrêté et a levé les yeux.

Althene ne dit rien.

– Il se peut que les Scarabae nous observent, supposa Rachaela. Je veux dire *mes* Scarabae, ceux de la Demeure.

– C'est possible.

– Maintenant que je porte un enfant, ils en sont probablement informés, comme ils sont informés de tout. Et nous les avons laissés dans l'ignorance.

– Ils y sont accoutumés, j'imagine.

– Je ne devrais pas avoir de bébé.

– Tu l'as déjà dit. Pourtant, tu l'as.

– Je suis lâche. Egoïste. C'est pour ça que je ne m'en suis pas débarrassée. A cause de ce que moi, j'aurais subi. Le bébé, peu m'importe.

– Tu ne le connais pas encore.

– J'ai connu Ruth.

– Certes...

Althene se pencha pour tâter la terre sèche dans les pots de géraniums. C'est Althene qui arrosait les plantes, car Rachaela oubliait toujours de le faire.

– J'ai rêvé de Ruth, annonça Rachaela.

– Continue...

– Ce n'était rien. Un rêve égyptien. Mais elle s'intéressait à l'Egypte ancienne, Dieu sait à quel point. Peut-être remontent-ils tous aussi loin dans le passé. Eux-mêmes semblent confus sur la question de leur âge. Si j'admets qu'un d'entre eux a trois cents ans, pourquoi pas trois mille ? Ils vieillissent et puis ils rajeunissent. C'est arrivé à Miranda. Je ne les connais pas. Je ne te connais pas.

– Je fais de mon mieux pour changer cela, répondit Althene. Je t'en dis beaucoup sur moi.

– Oui. Ta mère, la maison d'Amsterdam. Mais ta jeunesse a des airs très étranges, n'est-ce pas. Un jour elle a des parfums de dix-neuvième siècle, d'une période beaucoup plus éloignée le lendemain. Ou est-ce une technique ?

– Il arrive que je me sente très âgée, Rachaela. Et parfois rajeunie. J'ai goûté de nouveau à la jeunesse quand je t'ai vue la première fois, à cette fenêtre, alors que tu m'observais. Je me suis sentie m'éveiller.

– Et tu as décidé de me posséder.
– Et j'ai réussi. N'ai-je point agi avec intelligence ?
– Je ne te connais pas mieux pour autant.
– Comment oses-tu imaginer que tu pourrais me connaître aussi rapidement ? dit Althene avec douceur. Il te faudra beaucoup, beaucoup d'années avant de commencer à le faire.
– Avons-nous toutes ces années ?
– En tout cas nous avons du vin au frais.
Rachaela prit l'arrosoir et offrit un peu d'eau à la terre sèche des fleurs. De l'autre côté du fleuve, les bâtiments Art déco laissaient échapper le panache de leurs fumées chimiques.
– Est-ce que je ne bois pas trop pour une femme enceinte ?
– Un peu de vin est toujours bénéfique. Et puis tu es une Scarabae. Tu peux boire autant que tu le désires.
– Je ne suis qu'à demi Scarabae.
– C'est suffisant.
Le long des flaques de vase, un homme marchait d'un pas lent. Il tourna la tête vers l'appartement. Derrière lui, sur la gauche, le soleil s'enfonçait à l'ouest en allumant des flammes sur le fleuve.
Ruth... L'enfant des flammes.
Althene revint avec deux verres hauts emplis de vin blanc. Quand elle apparut sur la terrasse le soleil toucha son visage, le transformant en un masque cuivré, inca, et souligna la courbe de ses seins qui semblaient si réels sous l'ambre de son chemisier de soie.
Rachaela sentit en elle l'aiguillon chaud et moite du désir.
Elle ne savait plus et ne cherchait plus à savoir ce qu'elle voulait de la femme ou du mâle caché en Althene. Dans l'obscurité, Rachaela pouvait caresser le ventre plat et le sexe invisible sous le déshabillé de satin ; alors elle éveillait la créature endormie sans honte au centre de l'icône féminine parfumée. Et la chose se dressait, et une femme magnifique se pressait contre elle, moins maintenant pour ne pas gêner la grossesse, et la transperçait de son dard doré.

– Bois cela. Veux-tu que nous allions au restaurant sous le pont ? Ils ont un plat délicieux, un poulet entier cuit aux raisins.

Infaillible, Althene sentait en Rachaela ce besoin d'échapper au connu avant que les choses ne changent inexorablement, avant qu'elle ne devienne trop lourde et inerte pour désirer autre chose que des toasts beurrés et du thé, dans les derniers feux réconfortants de l'été.

L'homme avait disparu de la berge, et le nuage de fumées chimiques se teintait de bronze. Cette surveillance n'existait-elle que dans sa paranoïa ? Peut-être les nuages les épiaient-ils également. Et les oiseaux avaient des jumelles.

Pendant son huitième mois de grossesse, elles déménagèrent. Cela leur fut d'une grande simplicité. Trois déménageurs fort courtois vinrent empaqueter et mettre en caisses livres, objets divers et vêtements. L'appartement était déjà meublé à l'arrivée de Rachaela, et elles n'avaient jamais utilisé l'étage inférieur. Placées dans des pots de terre, les plantes prirent le large comme une armada de galions hostiles. Les chats crachèrent et griffèrent leurs paniers. Juliet poussa des miaulements offusqués.

Rachaela se sentait coupable. Elles quittaient cet appartement à cause de sa sensation de surveillance qui était probablement irrationnelle, peut-être induite par son état biologique. Juliet avait déjà dû s'accoupler à Jacob. Enceinte elle aussi, la chatte méritait certaines prévenances.

Dès le premier jour les chats adoptèrent la maison sur la colline.

L'élévation en elle-même était d'une verticalité assez grotesque. Personne ne pouvait atteindre la maison sans fournir un réel effort. Loin en contrebas, des bus marron rendus muets par la distance passaient dans les rues de la cité.

Un haut mur défendait la maison, et derrière un jardin très pentu rejoignait la demeure. D'immenses peupliers surmontaient une pelouse parsemée de pâquerettes. Une petite vasque en pierre était perchée près de la porte en bois massif. Blanche, sur deux niveaux surmontés d'un toit plat, la maison s'abritait derrière des volets ocre. Pas de clenche mais un petit panneau constellé de touches numériques. Il fallait composer un code, comme pour ouvrir un coffre-fort.

Les vitres des fenêtres étaient à l'épreuve des balles, annonça tranquillement Althene. Avec, ici et là, des vitraux intérieurs. Deux magnifiques femmes occupaient la longue fenêtre au-dessus du grand escalier, dans une symphonie de rouges, de verts glacés et d'ors; Déméter et Perséphone, peut-être, déesses, mère et fille, la chevelure de la femme figurée par une longue traîne d'épis blonds, sa fille plus pâle lui présentant une innocente brassée de pavots écarlates. Dans la pièce principale, le grand salon, un zodiaque médiéval était inscrit dans les croisées supérieures, les signes d'air colorés en rose, ceux de terre en jaune safran, pour l'air le bleu et pour l'eau le vert.

Althene n'avait pas fait visiter la maison à Rachaela avant leur emménagement. Ce fut comme un matin de Noël, quand on descend de la chambre pour trouver les cadeaux miraculeusement rassemblés au pied du sapin. Une envie que Rachaela enfant n'avait jamais vécue.

– C'est trop grand pour nous.

– Nous la remplirons.

Les caisses appartenant à Althene laissaient apparaître de vieux crânes patinés, un globe de malachite sans aucune éraflure; des livres, la statue grecque d'un garçon portant une couronne de fleurs. Du vin fut acheté pour la cave. On livra un lave-linge à l'utilisation apparemment complexe, et un lave-vaisselle d'aspect futuriste.

– Quelqu'un s'occupera de l'entretien, dit Althene. Un couple, je crois.

– *Ils* ont tout arrangé?

– Miranda.

– Ils savent donc que nous sommes ici.

– Pas du tout.

Rachaela accepta, ou plutôt renonça.

C'était un fait, elle se sentait plus en sécurité ici, sur la colline. Elle pouvait contempler les bus minuscules de sa fenêtre. Où allaient-ils?

Le mobilier était très réduit. Peut-être choisiraient-elles d'autres meubles, plus tard. Pourtant ces vastes pièces nues à l'exception de rideaux ondoyants – aux couleurs de ciels voilés ou d'émeraudes adoucies – dispensaient une irréelle atmosphère de rêve. Un fauteuil et un tapis telle une île sur le parquet ciré, un grand lit trônant dans le vide ensoleillé de la chambre.

L'automne fut doux, mais bref. Les peupliers jaunirent. L'if surveillant l'allée verticale prit une importance vert sombre.

Rachaela prenait soin d'elle. Cette fois son dos n'était même pas douloureux. Il n'y avait que la lourdeur.

Elle laissa Althene la choyer. Vin chaud au lit, innombrables toasts beurrés agrémentés de la confiture de fraises qu'elle réclamait maintenant... Par devoir uniquement, elle mangeait les succulentes omelettes et les blancs de poulet que la femme, Elizabeth, lui préparait. Elizabeth n'était pas une Scarabae. Ecossaise replète, elle avait des cheveux d'un rouge flamboyant et un accent glorieux. Son premier geste fut d'installer un aspirateur dans le placard en face de l'escalier. Parfois, quand elle nettoyait les deux salles de bains ou qu'elle faisait le lit, Elizabeth chantait d'une jolie voix de berceuse.

Suis-je celle qui attend un enfant ? Ne suis-je pas cette enfant ?

Comme elle l'avait toujours fait, Althene lavait à la main sa lingerie qu'elle étendait dans la seconde salle de bains. Ensuite, elle repassait ses dessous de soie à l'aide d'un petit fer. Rachaela observait ce rituel avec fascination.

Elle est ma mère.

Il est ma mère.

Rachaela rit.

– Elle me trouve amusante, n'est-ce pas ? dit Althene qui portait un jean gris sur mesure et un pull français exquis.

M'aime-t-elle ? se demanda Rachaela. *Oui. Comme c'est étrange.*

La lumière baissa, et les jours raccourcirent.

L'homme, Reg, tondait la pelouse. A une trentaine de

mètres une autre demeure imposante élevait un mur aveugle au-dessus du jardin. Personne ne pouvait approcher pour les observer.

– Juliet va être mère, c'est certain, dit Althene après avoir expertement et très doucement palpé le ventre lourd de la chatte.

– Nous sommes deux, conclut Rachaela.

Elle contempla Juliet qui se comportait comme elle l'avait toujours fait et ronronnait à l'instant sur ses genoux. Mais dans ce fauteuil il y avait plus que deux bébés à naître. Au moins cinq : Rachaela et son enfant, Juliet et ses chatons. A cette idée un frisson ravi parcourut le corps de Rachaela.

Cette réaction la stupéfia. Elle venait de ressentir ce que les femmes étaient censées ressentir, ce qu'on voulait qu'elles ressentent.

Après cette seconde de bonheur, une profonde dépression l'accabla.

Le dimanche matin, on pouvait entendre les cloches de l'église qui carillonnaient là-bas, en ville. Rachaela les écoutait dans le salon où le soleil n'entrerait qu'en fin d'après-midi.

C'était une journée très claire. Les fenêtres brillaient après les attentions d'Elizabeth le vendredi.

Rachaela leva les yeux vers le zodiaque.

La Vierge en jupe courte, le Scorpion à la queue menaçante, le Taureau solennel, les Poissons symétriques... et la Balance, avec ses plateaux équilibrés, enflammée dans le vert saphir.

La Balance brillait. Quelque réflexion du soleil, peut-être sur une surface extérieure, perçait le cœur de la Balance comme une dague de feu.

Soudain la douleur vint et lui tordit les entrailles.

Terrifiée, Rachaela s'agrippa à une chaise.

Le moment était venu. Son moment. Serait-ce comme la première fois? Elle était en avance... La sage-femme avait dit... Une fausse alerte? Non. Oh non.

La douleur redoubla, et Rachaela poussa un cri. Elle subissait un mouvement intérieur pareil à une vague déferlant dans son ventre, une vague de roche en fusion.

Puis vint une accalmie, et elle monta sans hâte jusqu'à la salle de bains. Quand elle en sortit, elle traversa la chambre et contempla le bas de la colline où Althene avait disparu, en compagnie de Reg, pour aller faire des courses en voiture au Alldays qui restait ouvert le dimanche de huit heures du matin à neuf heures du soir.

Seule, avec le téléphone.

Rachaela composa le numéro approprié.

Il n'y eut pas de discussion, pas d'étonnement, pas de question. Rachaela ne s'était pas vraiment attendue à autre chose. Les Scarabae n'avaient-ils pas pris soin du moindre détail ? Même si, par quelque ironie du destin, Althene la véritable figure maternelle n'était pas là pour l'assister dans l'épreuve.

En moins de vingt minutes la sage-femme arriva et sans la moindre hésitation conduisit Rachaela dans la chambre préparée à cet effet.

Kate Ames était une de ces femmes minces mais aussi fortes qu'un cheval de trait. Elle irradiait un enthousiasme serein.

– Tout ira très vite, Rachaela.

Cela, Rachaela le savait déjà.

Kate Ames n'eut pas le ridicule de lui dire de pousser.

La souffrance était horrible, pire que dans son souvenir. Mais le moment suivant, elle paraissait très supportable. Elle réclama la présence d'Althene et se mit à pleurer comme une fillette, mais la gifle de la douleur la fit taire.

– Quelle malchance que votre sœur ne soit pas là, commenta Kate Ames. C'est à cause de ces queues. Le dimanche les gens deviennent fous, comme si le magasin était fermé toute la semaine.

Cinq minutes plus tard, alors que Reg laissait la voiture en panne dans un garage et qu'Althene gravissait l'allée pentue en portant deux sacs remplis principalement de pots de confiture de fraises, l'enfant sortit du ventre dur de Rachaela et apparut dans l'air fumant de la troisième chambre.

Rachaela se trouvait au bord du fleuve.

Je sais que c'est une hallucination, se dit-elle. *Est-ce dû à ce qu'elle m'a administré ?*

Le fleuve était large, ses eaux d'un marron doré semblable au miel. Un canard sortit d'un bouquet de roseaux. Et là, dans un ovale de douce lumière, Rachaela vit son bébé suspendu à un clou d'or.

– C'est une fille. Et en parfaite santé.

Rachaela perçut les premiers pleurs du nouveau-né, d'abord très éloignés, puis qui se rapprochaient.

– Voilà. Pleure un peu, mon amour, dit Kate Ames. Tu as été très bien... Et, à l'adresse de Rachaela : Je vais vous laver un peu, et ensuite je vous ferai une bonne tasse de thé. Vous vous sentez capable de la prendre ?

Je ne veux pas la prendre. Je ne veux pas d'elle.

– Donnez-la-moi, dit Rachaela. S'il vous plaît. Vite...

– Voilà.

Après ses premiers vagissements, l'enfant pleura doucement. Il sentait la propreté, quelque chose de vaguement aseptisé.

Rachaela regarda son visage. C'était un chat. Un chat enveloppé dans un linge blanc. C'était Jacob. Non, c'était un bébé.

– Oui, elle est parfaite. Un bébé magnifique.

– Qu'est-ce... Qu'est-ce que cette petite marque ?

– Oh, ça ? Ce n'est rien. Elle disparaîtra très vite.

Une petite trace bleuâtre, comme un très léger hématome, sur la poitrine, juste sous le bouton non éclos du mamelon.

Kate Ames assit Rachaela de la manière la plus confortable possible.

Très loin, Rachaela entendit la porte d'entrée qu'on ouvrait.

Trop tard.

Qui es-tu ?

Les yeux du bébé étaient étranges. Ni noirs ni bleus. Argentés. La tête portait un fin duvet blond.

Est-ce anormal ? Un autre bébé Scarabae, singulier.

Dans une minute Althene, qui avait vu la voiture de la sage-femme près de la porte, gravirait en hâte l'escalier pour se précipiter dans la chambre. Comment Rachaela l'accueillerait-elle ? Par l'image pleine de douceur de la mère à l'enfant ? Ou par cette autre image, antérieure, de la mère non consentante affublée du fardeau d'une vie bannie de son corps ?

– Elle a cessé de pleurer. Est-ce normal ?

– Oh oui, elle va très bien. Peut-être aurez-vous de la chance. Certains bébés sont vraiment calmes, vous savez.

– Mon premier... pleurait tout le temps.

Kate Ames prit un air sérieux. Bien sûr elle savait que Rachaela avait déjà eu un enfant, mais elle ignorait le destin de cette mystérieuse progéniture. Kate Ames était une femme pleine de bonté. L'accouchement sans complication de Rachaela l'avait emplie d'une joie sincère. Un sourire éclaira son visage.

– Qui sait... Elle hurlera peut-être à pleins poumons dans cinq minutes !

L'enfant ne dormait pas. Il ne pouvait pas voir, d'après ce qu'on disait, car ses yeux étaient encore incapables de focaliser, et ils ressemblaient à des hortensias fanés.

La porte s'ouvrit brusquement.

Althene était là. Aussi pâle qu'après avoir fait l'amour.

Mais tu es vraiment un homme. Un homme livide de me trouver ici. Oui, je suis vivante. Et cela aussi.

Ta fille, lui dit Rachaela en pensée, pour épargner Kate Ames.

Radieuse, la sage-femme déclara :

– Rachaela a été parfaite. Je ne crois pas que nous y ayons passé une heure. Une petite fille magnifique.

Le regard d'Althene se posa sur le bébé, et Rachaela sentit le serpent s'éveiller en elle.

Le coup de foudre. Je vais être en proie à une jalousie ridicule, indigne et dévorante. Et nous sommes des Scarabae incestueux. Dieu sait que j'ai mes raisons.

3

Elizabeth contemplait la neige au-dehors.

C'était une neige massive, compacte, qui s'accumulait sur les arbres et tapissait le bord des fenêtres. Les sacs de noisettes accrochés aux branches par Reg pour les oiseaux restaient immobiles. Un grand silence planait partout.

Mais dans la maison flottait les échos de la musique provenant du salon, et ici, dans la cuisine rutilante de propreté, le four grésillait doucement et une délicieuse odeur de gâteau en pleine cuisson embaumait l'air.

– Oh, Mrs Day. Je pense que vous aimeriez boire un café, peut-être ?

Rachaela n'était jamais parvenue à convaincre Elizabeth de l'appelcr par son prénom. Dans le monde de l'employée, apparemment, toute mère avait droit au titre de Mrs.

– Oui... mais un café instantané ira très bien. Je vais le faire, Elizabeth.

– Non, non. Je rêvassais. Enfin, je me faisais du souci, plutôt...

Rachaela se prépara à entendre les problèmes d'une autre.

– Que se passe-t-il ?

– C'est le fils de ma sœur. Elle a peur qu'il soit appelé. Il est réserviste. Vous ne croyez pas que...

Rachaela ne croyait rien. Elle ne savait pas ce que voulait dire Elizabeth. Puis elle se souvint de l'ombre qui s'était appesantie sur la nouvelle année, la guerre. Que pouvait-elle dire de réconfortant? Rachaela ignorait l'actualité.

– Peut-être la situation n'en arrivera-t-elle pas à ce point...

– Oui, Dieu seul le sait.

Elizabeth posa la bouilloire sur le gaz comme s'il s'agissait de la dernière bouilloire au monde. Son joli accent écossais marquait chacun de ses mots et leur donnait une saveur particulière.

– Les hôpitaux vont peut-être se remplir de blessés, de brûlés graves, de jeunes hommes marqués à vie. Et le gaz moutarde, j'ai vu quand j'étais petite fille ce que ça pouvait faire...

Rachaela regarda elle aussi par la fenêtre la neige qui tombait toujours.

Reg et Elizabeth avaient réussi à monter la voiture jusqu'à la maison, et à présent ils retardaient leur départ, sans doute par crainte de la descente. Hormis le risque de la pente, il est vrai que l'automobile s'était montrée des plus capricieuses depuis la panne devant le magasin Alldays. Depuis le dimanche où était née Anna.

Elizabeth servit le café puis s'assit à la table. Elles grignotèrent des biscuits qu'elle avait cuits elle-même.

– Mais ça ne sert à rien de s'inquiéter, n'est-ce pas? s'enquit Elizabeth.

– Non, pas vraiment.

– C'est dommage, sinon nous remettrions le monde à l'endroit...

Elle écouta un moment les échos de la symphonie de Sibelius qui parvenaient jusqu'à la cuisine.

– Mrs Simon aime bien la musique.

– Oui.

– Et votre petite Anna, dit Elizabeth avant de soupirer. Je perds la notion du temps. Ça arrive, à mon âge. Parfois je reste éveillée dans mon lit, le soir, à penser à ce que je dois faire le lendemain, et quand je me lève pour aller aux toilettes, il est deux heures et demie du matin! Quatre heures et ça m'a semblé vingt minutes... Reg, lui, il dort comme un vieux loir.

Elle sourit, car elle aimait Reg, peu bavard, paisible, qui accomplissait toutes ses tâches avec aisance.

– Et votre petite fille, c'est trois ans qu'elle a maintenant ?

– Non, dit doucement Rachaela. Un peu plus d'un an. Elle a grandi rapidement pour son âge.

– Et elle est très éveillée.

Elizabeth refit du café pour Rachaela qui avait bu le premier sans même s'en rendre compte.

Jelka, la fille de Juliet, pénétra dans la cuisine. C'était une chatte complètement noire, aux yeux jaunes, comme son père.

Elle alla jusqu'à la fenêtre et se mit à miauler pour qu'on lui ouvre.

– Oh, mais ça ne va pas te plaire, dit Elizabeth.

Elle se leva cependant et souleva l'abattant de la fenêtre à guillotine. Jelka sauta dans la neige pour y disparaître jusqu'au cou, puis réussit à s'en extraire et grimpa dans l'urne de pierre qui à l'automne débordait de géraniums.

Juliet avait eu trois chatons, deux noir et blanc, jolis mais assez communs, et Jelka, noire comme le charbon. Juliet avait eu sa portée sans aucun drame durant le mois de novembre de l'année précédente, dans un des nids de papier journal disposés par Althene pour l'attirer. Lorsqu'ils furent sevrés, le mâle et la femelle avaient été donnés à Eric, Miranda et Sasha, en cadeau. Althene s'en était chargée. Jelka, le chat de sorcière, restait attaché à sa mère. Avec le temps, elle finirait par s'accoupler à Jacob, son père, elle aussi. Les chats aussi étaient des Scarabae.

Rachaela s'était dit que les chats représentaient une unité comparable à la leur. Un mâle, deux femelles, couple et enfant.

Après la naissance de Ruth, c'est Emma qui lui avait dit : « Vous ratez les meilleurs moments. » Mais Rachaela avait pris soin de rater le plus possible de la petite enfance d'Anna. Les choses avaient-elles vraiment changé ?

C'est Althene qui avait nourri Anna au biberon, car Rachaela – délibérément ? – n'avait pas eu assez de lait. C'est Althene qui, la plupart du temps, changeait le bébé. Tout était jetable, et c'était assez simple. Par ailleurs Anna fut propre très rapidement. A cinq mois elle était capable d'utiliser les toilettes et en manifesta le désir. Surveillée dans un premier temps, elle s'aida d'un tabouret, mais à présent elle agissait seule, sans aucune aide. Par la suite, et bien qu'ils aient continué à lui faire porter des couches, Anna n'eut aucun accident.

Rachaela savait que ce n'était pas normal. Elle l'avait appris avec Ruth.

Le jour de Noël, soit trois mois à peine après sa naissance, Anna prononça son premier mot.

Il aurait pu s'agir d'une interprétation abusive de la part des parents, mais Anna réitéra son essai. C'était bien un nom, mal prononcé : « Althni ». Althene.

Et Althene souleva Anna du sol. Alors Anna sourit à l'autre mère, la femme-mère qui ne l'aimait pas mais se montrait assez gentille avec elle. « Rashla », dit-elle généreusement.

A six mois, Anna pouvait parler. Son discours restait informe, comme celui de quelqu'un ayant un défaut d'élocution musical, mais la syntaxe était sans erreur. Et elle ne commettait pas les fautes habituelles des autres enfants : « si j'aurais... » ou « je fera ». Non, elle était exacte : « si j'*avais...* », « je *ferai* ».

Althene commença à lui apprendre à lire, et assez vite Anna fut capable d'écrire en grandes lettres maladroites. Elle écrivit un mot à Juliet au sujet de Jelka. Elle semblait penser que les chats, avec lesquels elle jouait tout le temps et avec qui elle s'endormait naturellement, comme une enfant de son âge, pouvaient eux aussi parler et lire. Elle fut déroutée d'apprendre que Juliet en était incapable.

Physiquement, Anna était une belle enfant. Elle avait les jambes longues, fines, et le ventre légèrement en avant d'une fillette en pleine croissance. Elle était grande pour son âge, avec un teint de lait, des yeux d'un gris soyeux et des cheveux blonds très clairs. Non, ses cheveux étaient blancs, et ils ne s'assombrirent pas. Au contraire ils s'épaissirent en pâlissant. Une enfant éthérée. Spéciale.

Sur le côté gauche de sa poitrine, la petite marque bleue s'était estompée, mais sans disparaître. Une marque de naissance, donc, et rien de plus.

Anna était gauchère. Elle négligeait sa main droite, qui restait souvent inerte comme si elle n'avait pas grande utilité.

Etait-elle jolie ? Il était encore trop tôt pour le dire... Mais non, pas trop tôt : elle était jolie à la façon des super-enfants aux cheveux blancs qu'on pouvait trouver dans la science fiction des années cinquante.

Déjà elle possédait une garde-robe regorgeant de vêtements extraordinaires confectionnés par Elizabeth dans les coupons de tissu qu'achetait Althene. Et, bien sûr, les livres s'empilaient auprès de son lit. Elle ne lisait pas ceux de la bibliothèque qu'elles avaient aménagée dans la quatrième chambre, mais des ouvrages de fiction pour enfants. Pour enfants de dix ans : *Robin des Bois, L'Atlantide, Les Mythes grecs*; mais aussi des livres sur les loups, les tigres, et les cités antiques.

Althene acheta des enregistrements de pièces diffusées par l'ancienne troisième station de la BBC et adaptées d'œuvres de Frederick Louis MacNeice, de Dylan Thomas, entre autres. Très droite sur son siège, les yeux écarquillés, Anna écoutait. Elle ne pouvait comprendre les textes, certainement, mais ils la captivaient. Elle demandait celle-ci, celle-là, encore et encore. Et de la musique. Anna adorait la musique.

Les Scarabae l'avaient baptisée.

Pendant ces premières minutes où elle la tenait dans ses bras, Rachaela aurait peut-être pu céder à l'envie d'affirmer ses droits sur l'enfant. Plus tard, elle se remémora l'émotion qui l'avait envahie, mais sans parvenir à la définir. Et dès qu'Althene regarda le bébé, ce sentiment se recroquevilla en elle. Rachaela renonça aussitôt à sa fille. C'était inutile.

Si Althene devina la réaction de Rachaela, elle n'en montra rien. Elle traita Rachaela comme une mère aimante qui, peut-être par fatigue ou quelque autre devoir inexpliqué, ne pouvait consacrer beaucoup de temps à Anna, ce qu'assurément elle aurait fait dans des circonstances différentes.

Et, à l'évidence, Althene avait endossé les rôles du père et de la mère. C'était encore mieux qu'avec Emma.

C'était après que les chats eurent été apportés aux Scarabae. Althene s'était rendue avec la voiture de Reg à la Demeure. Son absence dura dix heures. Elle revint avec deux bouteilles d'un champagne extraordinaire, offert par Eric, et une boîte de chocolats visiblement donnée par la fille adoptée, Tray. Et le nom.

Jusqu'alors ils l'avaient appelée L'Enfant, de la même façon qu'ils appelaient souvent Le Chat l'un ou l'autre des animaux. C'était plus la reconnaissance d'un état qu'une facilité. Car Anna était encore un bébé, alors.

– Miranda m'a parlé, avait dit Althene alors qu'elles étaient assises devant le feu de cheminée préparé par Reg, L'Enfant sagement assise entre elles, sur le canapé.

– A propos de ta fille, avait répondu Rachaela.

Althene ne corrigea pas en disant « *Notre* fille », mais :

– Miranda a demandé si nous accepterions de l'appeler Anna.

Le bébé roula sur lui-même et considéra Althene de ses grands yeux. Noël n'était pas encore passé, et elle n'avait pas encore prononcé ses premières paroles fatales : Althni, Rashla, mais déjà elle paraissait comprendre.

– *Anna*, avait répété Rachaela. Tu veux dire qu'ils veulent qu'on lui donne le même prénom que la disparue. Le prénom de cette vieille femme que ma première fille a tuée.

– Ils apprécieraient que nous honorions la mémoire d'Anna.

– C'est comme lui planter une écharde de cercueil dans le cœur.

– Non. Seulement quelques cendres impondérables.

– Alors...

Rachaela avait contemplé les flammes propres du feu domestique. Et elle avait pensé à l'incendie de la première Demeure, et comment Anna y avait péri.

– Mais c'est la marier au feu une nouvelle fois.

– Ou la préserver du feu.

– Non. Oh, et puis c'est sans importance. Appelle-la comme vous le voudrez. Elle est à toi.

Après un silence, Althene avait corrigé d'une voix neutre :

– A nous... Mais ils n'ont pas insisté. Nous ne sommes pas obligées.

– Anna, avait dit Rachaela, et l'enfant avait tourné son regard vers elle.

C'était son prénom.

Malgré cela, et bien qu'Anna eût prononcé leurs noms à Noël, comme un sort, l'enfant n'avait pas déclamé le sien avant son premier anniversaire, en octobre dernier. Par la suite elle l'avait écrit de sa calligraphie approximative, à l'aide des couleurs offertes par Althene : « Je suis Anna. »

Elizabeth avait bu son café et lavait maintenant la vaisselle du petit déjeuner.

A l'extérieur la neige craqua et un gros paquet chuta d'une branche d'arbre. Jelka se glissa sous l'urne de pierre, sa queue fouettant l'air, tandis qu'un oiseau rejoignait d'un vol morne le sac de noisettes.

Dans le salon, Anna était nichée dans les bras d'Althene, à l'écoute de la musique de Sibelius qui évoquait les glaces scandinaves.

Dans le Golfe, les soldats se préparaient pour Armageddon.

– Je ne crois pas qu'elle devrait l'avoir.

Elles se trouvaient au milieu du marché embourbé par la gadoue, entourées de drapeaux d'étoffes chatoyantes, de collections de grandes bouteilles vertes, de colliers en cristal et de pendules.

– Parce que c'est la fourrure d'un animal mort.

– Pas exactement.

– Parce que quelqu'un se précipitera pour la lui arracher. Rachaela, elle ne veut pas la porter. N'est-ce pas, Anna ?

– Ce n'est pas pour la porter, déclara l'enfant.

La peau de renard pendait au montant de l'étal. Sa gueule était devenue plus pointue, comme un bec, et sa fourrure plus sombre, sans rapport avec celle qu'on attribue d'habitude à un renard. Dans sa gueule émaciée, qui à Rachaela semblait triste et sage, désespérée mais non pitoyable, deux yeux de verre orange fixaient le vide.

– Essaie d'expliquer à Rachaela pourquoi tu la veux, fit Althene qui tenait l'enfant par la main.

– C'est mon renard, dit Anna.

Rachaela baissa les yeux vers elle. Elles avaient abandonné le harnais dans lequel Althene l'avait portée un temps : Anna préférait marcher. Lorsqu'elle était lasse et qu'elle commençait à traîner, Althene la prenait dans ses bras. De toute façon, elle était devenue trop grande.

Elle paraît quatre ou cinq ans. Mince et petite, avec sa longue chevelure blanche aux racines argentées.

Une fillette grave qui désirait avoir pour jouet une fourrure de renard.

– Ce n'est pas un jouet, précisa Rachaela. Des gens affreux les chassent. Et puis ils en font ça.

– Mon renard, répéta Anna.

– Anna, dit Althene, qu'en feras-tu ?

– Je le garderai dans mes bras, ou sur mes genoux.

– Ce n'est pas un chat, dit Rachaela. Ce n'est pas vivant.

– Oh non, reconnut Anna.

Rachaela était en colère. A cause du sol glissant, du vent, des arbres nus qui frissonnaient. A cause des images de la télévision, celles d'un civil blessé au point d'impact d'un missile SCUD, désemparé sur une civière, son petit chien anxieux posé sur sa poitrine; des oiseaux englués par le pétrole, noyés; un chat marchant dans une ville affamée au coucher du soleil, peu avant une attaque nucléaire, peut-être.

– Oh, d'accord, elle est à toi.

Dans sa propre voix, Rachaela reconnut les accents acariâtres de sa mère, et elle releva brusquement la tête.

– Non, je suis désolée : je m'excuse, Ruth. Oui, tu peux l'avoir. Bien sûr.

Un silence.

Rachaela les dévisagea. Son amant, sa fille. Qu'avait-elle dit qui...

– Qui est Ruth ? s'enquit Anna.

Oh, mon Dieu, ai-je dit cela ?

Et c'est Althene, d'un ton sérieux et rationnel, qui donna l'explication :

– Ruth était l'autre fille de Rachaela. Mais elle n'est plus vivante maintenant.

– Je suis désolée, marmonna Rachaela.

– Ce n'est pas grave, affirma Anna.

Son élocution encore grossière lui donnait parfois des accents d'ivrogne. Mais d'une ivrogne qui ne boirait pas.

Je l'ai insultée. Mon Dieu, sait-elle à quel point je l'ai insultée ?

Rachaela se sentit sur le point de défaillir.

Le marché avec sa foule bruyante et son anarchie colorée parut se précipiter sur elle pour l'engloutir.

Mais Althene ne vit rien. Elle parlait à Anna :

– C'est comme l'autre jour, quand je t'ai appelée Rachaela. Une erreur.

– Oui.

Althene décrocha le serpent de fourrure aux griffes pendantes. Le commerçant revint de l'étal voisin où il sirotait un thé.

– Très belle, n'est-ce pas ? Et c'est revenu à la mode. Il n'y a pas de problème, vous savez : ce renard a été tué dans les années vingt, bien avant tous ces mouvements de protection de la nature.

– Vous en êtes bien sûr ? demanda Althene.

– Eh ? Qu'est-ce que vous voulez dire par là ? Bien sûr que j'en suis sûr. Et je suis sûr qu'il vous ira à ravir.

Althene eut un rire perlé.

– Je préfère la peau humaine.

Le commerçant tenta de sourire, mais n'y parvint qu'à moitié.

Il enveloppa le renard dans du papier et le trio s'éloigna avec son achat.

Anna baptisa le renard Ursula.

Elle ne fournit aucune explication.

Elle dormait avec le renard dans un bras et son lapin blanc dans l'autre.

Rachaela regardait le vide du monde nocturne.

– Ils l'appelaient La Renarde.

Althene, auprès d'elle dans l'obscurité, savait.

– Ruth.

– Oui.

– Cette maudite guerre, dit Rachaela. Je me souviens de la crise cubaine...

– Ah. Donc, tu as remarqué.

– Tout semble hors de contrôle.
– Tout sera arrêté, affirma Althene.
– Quoi ? *Comment ?*
Althene n'ajouta rien.
Elle dormait. Comme une déesse. Comme une statue de chair crémeuse.
Rachaela était allongée dans les ténèbres, et sous elle tournait le monde. Comme il l'avait toujours fait. Comme il le ferait toujours ?

4

Elle aimait Tesco. Elle était amoureuse de Tesco. Peut-être aurait-elle dû épouser Tesco, puisque, dans l'idéal, le mariage promet la sécurité et le plaisir, l'excitation et le contentement. Et tout cela, Tesco l'avait toujours offert à Sharon Ferris, à l'inverse de son mari, Wayne, qui offrait tout le contraire.

Dès qu'elle passait la porte à tambour, Sharon sentait la joie monter en elle.

Elle aimait la propreté, la luminosité, les jolis auvents à bandes vertes et blanches au-dessus du rayon fruits et légumes dont chaque élément ressemblait à un jouet coloré, l'odeur du pain frais, et ces desserts paradisiaques, l'élégance du rayon parfumerie, le coin des confiseries.

Pourtant, depuis sa dernière visite, un ange sombre avait étendu ses ailes sinistres sur le rapport magique que Sharon entretenait avec le rituel des courses. Car, si elle détestait toutes les autres tâches du foyer, elle avait toujours aimé faire les courses. Parce que Sharon aimait manger. Pas de façon déraisonnable, non, mais parce que c'était son seul contact encore réel avec le bonheur de vivre.

Et Sharon était obèse.

Elle avait eu des problèmes dès qu'elle avait été enceinte d'Andrew. Et, après l'accouchement, les kilos ne s'étaient pas évanouis peu à peu, comme elle l'avait cru. S'occuper de l'enfant en plus de s'occuper de Wayne, voilà qui lui donnait souvent faim. Donc Sharon mangeait. Des chips et des boissons gazeuses, des gâteaux, des bananes et, quand elle sortait, des McDonald.

Et le soir, il fallait préparer des repas solides pour Wayne, car, s'il restait mince, il montrait un appétit égal au sien. Steak-frites, mouton-pommes de terre sautées, tarte aux cerises, glace au café... Puis Wayne sortait, pour aller au pub ou ailleurs, et Sharon engloutissait des Mars et des Whispers en regardant la télévision. On dit que le goût du chocolat envoie au cerveau un message comparable au stimulus de l'amour. Sharon n'avait jamais remarqué une telle chose. Mais au moins le chocolat ne risquait pas de vous mettre enceinte.

Elle avait conçu Andrew dans un champ, à la lueur des étoiles. Alors que Wayne la besognait jusqu'à lui faire mal, l'emplissant d'un triomphe étrange et doux, un vers appris à l'école obsédait l'esprit de Sharon :

Dans les champs de lumière, cette caresse chaleur...

Elle n'avait pas parlé du poème à Wayne, il se serait moqué d'elle. Quatre mois plus tard, pourtant, alors qu'elle commençait à s'enrober, non seulement du ventre mais de tout le corps, elle lui avait annoncé qu'elle portait leur bébé. Wayne avait bien failli quitter Sharon. Mais le père de Wayne l'avait menacé, et Wayne redoutait toujours autant son père. Les hommes devaient assumer leurs responsabilités, et Sharon ferait une épouse très convenable. Sharon était la mère du fils de Wayne.

Ils légalisèrent leur union au bureau de l'état civil, et Sharon ne passait pas inaperçue ce jour-là, avec sa robe rose déjà trop étroite et son chapeau qui cherchait à s'envoler. Wayne se montra suffisant ou maussade, selon les moments.

L'accouchement ne fut pas facile.

L'attitude de Wayne envers l'enfant était imprévisible : il pouvait être agacé par le bébé, ou très fier de lui. Avec Sharon, il restait prévisible, toujours agacé.

Wayne était réparateur de télévisions, et ils ne connaissaient pas les fins de mois difficiles. Andrew eut des vêtements très mignons, et il y avait toujours beaucoup à manger à la maison.

Quand Sharon acheta un soutien-gorge de taille 100 C,

elle se fit un petit peu de souci. Mais elle ne voyait pas ce qu'elle aurait pu faire. Elle avait tout le temps faim, vraiment faim, et, lorsqu'elle devait attendre pour manger, il lui arrivait de se sentir faible, étourdie. Andrew grandit et, quand il était encore à la maison, elle partagea également ses repas d'enfant : steak haché de bœuf et frites; bâtonnets de poisson pané avec des pâtes-alphabet. Andrew l'aimait bien, estimait-elle. Et elle aimait bien Andrew. Ce n'était pas sa faute.

C'était un enfant singulier. Parfois il voulait des livres de la bibliothèque, et une fois, alors que la télévision diffusait un concert classique, il était resté assis, comme envoûté, et dans ses yeux brillait quelque chose – ni des larmes, ni de la joie – que Sharon ne put définir et qu'il n'expliqua pas.

De ce jour elle le laissa choisir des CD de musique classique aux magasins Woolworth, malgré les sarcasmes de Wayne qui la traitait de grosse vache ramollie.

Il arrivait aussi à Andrew de prononcer des mots très longs, ou recherchés. A cinq ans, il lui avait dit, sans raison particulière :

– Candélabre.

– Et qu'est-ce que c'est? avait demandé Sharon qui n'était pas certaine du tout de la définition du mot.

– Un obzet avec des branses, avait-il répondu.

– Quoi, comme un arbre?

Andrew avait pris un air déconcerté.

Elle s'était rendu compte qu'elle l'avait déçu comme elle décevait son père. Alors elle avait sorti du congélateur le bac de glace aux amandes.

L'épaisse chevelure blonde de Sharon était coupée très court. Cela ne lui allait guère. On le lui avait dit, mais elle ne voulait pas s'embêter avec ses cheveux pour l'instant, et une coupe aussi courte lui en simplifiait l'entretien. Quand elle regardait son reflet, Sharon se demandait qui elle était. A dix-huit ans elle était une jeune fille épanouie et séduisante, avec une crinière cascadant jusqu'aux reins, et elle était fière de sa poitrine un peu lourde.

Par quel mystère n'associait-elle pas sa boulimie et son obésité. La graisse qu'elle accumulait paraissait le résultat de quelque sort malveillant qui lui aurait été lancé. Mais, durant cette guerre, elle s'était rendu compte qu'elle avait si peur qu'elle engloutissait des quantités impressionnantes de chocolat. Sharon avait été terrorisée par de possibles tirs de SCUD sur l'Angleterre. Wayne lui avait dit que c'était une stupidité, mais rien n'avait pu la calmer sinon le chocolat. A la fin de la guerre, elle avait fêté la nouvelle avec Andrew. Ils s'étaient offert des doubles burgers avec des frites et des banana-splits.

Et puis, le mois dernier, elle avait dû se rendre chez le médecin, à cause d'une douleur au pied qui s'était ajoutée à la souffrance infligée par ses cors.

– Cela vient d'une pression trop forte, Mrs Ferris. Mais vous en connaissez la raison, n'est-ce pas ?

– Non, avait répondu Sharon en toute honnêteté et avec une pointe de honte.

– Vous souffrez d'un excès de poids, je le crains. D'un grand excès de poids. Et cet excès exerce une pression intense sur vos pieds. Et je ne parle pas des risques pour votre cœur...

Le médecin de Sharon et Wayne était une femme d'une trentaine d'années à peine, mince et bien faite, à la magnifique chevelure auburn. Wayne avait toujours dit qu'il appréciait leur médecin. Sa peau de pêche n'était jamais maquillée, et ses longs cils sombres n'avaient pas besoin de mascara. La nature l'avait créée dans un but évident de beauté et de santé que rien sinon un acharnement volontaire n'aurait pu altérer. Malgré ce privilège, la praticienne aidait des femmes moins gâtées par la nature à atteindre son (impossible) perfection.

– Voici une feuille de régime, Mrs Ferris. Suivez-en les indications, et revenez me voir dans deux semaines. Je vous pèserai de nouveau.

Sharon avait examiné la feuille d'un air ahuri. Voilà donc le traitement dont elle bénéficiait pour une douleur au pied.

Dix jours plus tard, le bandage élastique de chez Boots avait soulagé le pied de Sharon et elle avait commencé à contrecœur son régime. Toute sa vie, Sharon avait suivi les indications de gens sûrs d'eux-mêmes. Au point de faire l'amour avec Wayne Ferris dans un champ, en pleine nuit.

Mais ce régime était étrange. Au lieu du repas copieux qu'elle aurait apprécié, Sharon devait maintenant préparer le repas copieux qu'elle aurait apprécié mais qu'elle n'avait pas le droit de toucher, et un repas frugal qu'elle détestait mais qu'elle devait s'efforcer d'avaler, « aidée » en cela par les arômes interdits des frites, des tartes et des gâteaux.

Du lever au coucher elle se sentait faible comme lorsqu'elle couvait une grippe. Une fois, elle fut réellement malade, mais peut-être était-ce une bonne chose. Son estomac ne supportait plus la laitue et les carottes. Elle avait toujours détesté la salade. Les œufs durs la rebutaient, et le poisson grillé avait dans sa bouche un goût de carton. Mais elle aimait les fruits, particulièrement cuits et accompagnés de sucre ou d'une pâtisserie. Mais c'est surtout le chocolat qui lui manquait. Les longues soirées que Wayne passait chez les femmes dont il réparait le poste de télévision, Sharon s'empiffrait de pommes crues et d'oranges, jusqu'à souffrir de diarrhées.

Au bout de deux semaines, elle retourna chez le médecin.

Celle-ci ne se souvenait plus de la raison pour laquelle Sharon venait la voir, mais quand sa cliente le lui remémora humblement, le médecin pesa Sharon.

– Eh bien, pour l'instant vous n'avez absolument pas perdu de poids, Mrs Ferris. Vous avez bien suivi le régime ?

– Oui.

– Si vous le dites, fit le médecin, la mine rembrunie. Parfois quelques semaines sont nécessaires avant que le processus ne démarre.

La praticienne lui expliqua qu'elle se trouvait dans une « phase-plateau », mais Sharon savait qu'elle se trouvait dans un enfer dilué. Elle demanda combien de temps encore elle devrait suivre ce régime.

– Oh, mais il ne faut pas que vous le voyiez comme un régime, Mrs Ferris. Quand on a une tendance à l'obésité, il faut en faire son mode de vie.

– Vous voulez dire qu'il faudra que je mange de la salade et ces trucs jusqu'à la fin de mes jours?

Le médecin sourit, puis annonça à Sharon, comme s'il s'agissait d'une excellente nouvelle :

– C'est exact, Mrs Ferris. Si vous vous en tenez à cette alimentation, tout ira bien.

Et c'est ainsi que Sharon entra chez Tesco la tête haute, Andrew trottinant à côté d'elle, pour plonger dans l'abysse. Elle pouvait regarder, mais pas toucher. Cette caresse chaude...

Courageusement, Sharon poussa son chariot vers le rayon des légumes.

Ils passaient devant les pains tièdes sortis d'un fournil invisible, et Sharon se sentait faiblir et saliver follement, quand Andrew prononça un de ces mots inhabituels :

– Mélanique.

– Pardon ?

– Mélanique.

– Et qu'est-ce que ça veut dire, Andrew?

Du haut de la masse de chair qu'était son corps, Sharon observa son fils.

– Noir, répondit le garçon. *Sombre.*

A le regarder ainsi, Sharon sentit son pauvre cœur mort s'émouvoir.

Il avait six ans, et ce matin il était allé chez le dentiste. Ce n'était qu'une visite de contrôle, et comme d'habitude il n'avait eu besoin d'aucun soin. Mais Andrew n'aimait pas aller chez le dentiste. Sharon avait réagi pareillement à son âge, et elle ne s'était accoutumée à ces séances qu'après qu'on lui eut fait tous ses plombages. Pourtant, Andrew se comporta avec calme et politesse, malgré sa nervosité. Il avait toujours été adorable, même bébé.

Ce n'était pas un bel enfant, mais quand on le contemplait avec attention on devait lui reconnaître un visage harmonieux, déjà bien dessiné, encadré d'une chevelure noire et douce. Il ne ressemblait pas du tout à Wayne.

– Sombre, répéta Sharon. Mél-anique.

Elle fit rouler le mot sur sa langue comme si c'était un morceau de gâteau au chocolat.

Wayne rentrerait avec, sur lui, le parfum d'autres

femmes. Il ne faisait pas secret de ses aventures. Parfums agressifs et bon marché, et parfois parfums de luxe, mais toujours agressifs. Il les portait comme un vêtement supplémentaire. Et il empestait quand il s'écroulait à côté d'elle, pour rêver de ses conquêtes. Il ne faisait plus l'amour avec elle. S'il l'avait jamais fait.

Elle songea à la cafétéria du magasin, et se rappela les temps heureux où elle s'y attablait pour déguster un gâteau à la crème ou un chocolat chaud. Mais c'était le passé. Pourtant ici on pouvait trouver des salades acceptables, pas de ces choses molles, humides et détestables. Jambon-chou cru râpé... Cela ne pouvait pas lui faire de mal. Pas pour une fois. Et elle pourrait aussi prendre une tasse de thé, avec un peu de sucre. Qui le saurait ? Quant à Andrew, il dégusterait quelque chose de vraiment délicieux, comme une pomme de terre bouillie au fromage, avec des haricots. Ils méritaient bien ce petit plaisir avant d'aller attendre le bus puis de se traîner le poids des courses tout le long de la rue.

C'est alors qu'elle pivota sur elle-même et vit la vitrine réfrigérée débordant de barquettes Weight Watchers. Et soudain, dans ce désert, Sharon se sut sauvée. Wayne avait les moyens de lui permettre cette dépense. Elle mangerait ces plats préparés. Voyez ceci... Lasagnes, spaghettis bolognaise... Et si peu de calories! Tesco ne l'avait pas déçue.

Elle tendit le bras et prit les barquettes de son salut qu'elle déversa dans son caddie avec des mouvements d'une grâce inconsciente.

Elle ne lésina pas sur le nombre. Enfin Sharon avait la possibilité de faire plaisir à Sharon.

Quand elle se retourna, elle vit Andy qui regardait les tartes aux fruits, et elle songea avec attendrissement : *Oui, ça lui plaira, pour le thé...* et elle se souvint des boissons chocolatées de régime, deux allées plus loin.

Puis elle se rendit compte que l'enfant qu'elle regardait n'était pas Andy mais un autre garçon, un peu plus âgé et beaucoup moins charmant.

Sharon chercha son fils des yeux.

Il avait disparu.

Elle éprouva une irritation subite, bientôt supplantée

par une inquiétude croissante. Andrew n'était pas du genre à s'éloigner d'elle sans prévenir.

Poussant son chariot d'une main ferme, elle remonta l'allée, puis parcourut la suivante d'une allure tranquille. Ensuite elle revint dans la première.

Il y avait peu de clients à cette heure, et encore moins d'enfants car ce n'était pas une période de congés scolaires.

Deux fillettes jouaient avec un ours en peluche près des petits pois surgelés. Sharon s'approcha d'elles.

– Avez-vous vu un petit garçon de votre âge à peu près, vêtu d'un pull bleu ?

La mère des deux fillettes arriva.

– Vous avez perdu votre enfant ? Oh, ils sont insupportables, des fois.

– Oui, répondit Sharon.

Mais Andrew n'était jamais insupportable.

Andrew était son fils.

Conçu dans un triomphe étrange et doux, à la lueur des étoiles, dans un champ.

A présent elle courait. Elle avait abandonné le chariot empli d'espoirs en barquette et trottait dans les allées en haletant.

Les amoncellements de denrées délectables défilaient comme un cauchemar vitreux. Couleurs et formes étaient fausses. Toute beauté avait déserté ce lieu.

Une demi-heure plus tard Sharon trouva une femme en manteau rouge, une des responsables du magasin.

Devant le visage strié de larmes de Sharon, elle fit preuve de compréhension et d'esprit de décision.

Par le circuit de haut-parleurs, elle avertit la clientèle qu'un enfant s'était égaré dans le magasin, et donna la description d'Andrew. Malheureusement personne ne semblait l'avoir vu. Pas même les caméras de surveillance.

Plus tard on emmena Sharon dans le bureau du magasin, et dans cette petite pièce bien chauffée on lui apporta sur un plateau du thé et des biscuits au chocolat pour la réconforter.

– Ne vous inquiétez pas, Mrs Ferris. Le directeur va contacter la police. Ce n'est qu'une précaution, bien sûr. Votre petit Andrew a dû s'égarer. Ça arrive, n'est-ce pas...

Ces gens étaient très gentils avec elle.

Mais elle était seule.

Sharon prenait avec régularité les biscuits pour les mettre dans sa bouche humide de larmes. Elle avait l'impression que le chocolat finirait par colorer ses pleurs. Des larmes en chocolat.

Et, alors que les larmes coulaient sur son visage et que le chocolat passait la barrière de ses lèvres, au tréfonds de son âme elle sut qu'elle ne reverrait jamais Andrew.

5

En juillet, Elizabeth et Reg s'absentèrent pendant deux semaines à Glasgow, pour leurs congés.

La maison fut bientôt soumise à un voile de poussière dans lequel Althene, Rachaela, Anna et les chats faisaient leur chemin.

Fascinée, Rachaela nota la vitesse avec laquelle la table de cuisson de la cuisinière noircissait sous les projections d'huile d'olive et comment l'évier se remplissait de vaisselle abandonnée pour la nuit. Elle avait peu de goût pour les tâches ménagères. A une époque, elle veillait à une propreté méticuleuse de ses divers foyers. Mais c'était bien avant d'être corrompue par le secours des domestiques.

Finalement, la nuit précédant le retour d'Elizabeth, Rachaela récura la cuisine. Althene ne lui posa pas de question. C'est Anna qui le fit, au sortir d'une discussion en hollandais avec Althene :

– Mais Elizabeth sera là demain.

– Je sais, répondit Rachaela. Il m'a semblé injuste qu'elle trouve un tel désordre en rentrant.

– Quel désordre ?

– Oui, je suis folle.

Elle ne fit pas face à Anna, et celle-ci retourna auprès d'Althene, dans le salon, pour regarder la vidéo des *Dix Commandements*, un film que Rachaela, naguère, avait aimé. Mais elle n'avait nulle envie de le voir maintenant. Sa concentration se relâchait, comme avec la musique.

Elle se retrouvait à errer dans la pièce et allumait fatalement le poste de télévision. L'habitude de regarder les bulletins d'information lui était venue pendant la guerre du Golfe. Elle n'aurait pu dire pourquoi elle agissait ainsi. Elle n'était en mesure d'aider aucune de ces victimes dont l'écran exposait les souffrances.

La cuisinière n'était pas immaculée, mais elle avait fait de son mieux.

La journée fut chaude et morne. Le soleil écrasait la maison, et une ombre profonde régnait dans l'entrée.

Quand retentit le heurtoir de la porte, c'est Rachaela qui ouvrit.

– Nous voici, dit Elizabeth.

Reg salua Rachaela en silence puis contourna la maison en direction de la remise de jardin.

– Nous sommes un peu en retard, s'excusa Elizabeth. Cette vieille guimbarde. Elle est tellement capricieuse que...

Elle s'interrompit brusquement. Quelque chose venait de lui arriver.

Elle ne pâlit pas mais parut se changer en pierre. Elle leva une main de pierre devant ses lèvres.

Rachaela ne lui demanda pas si elle ne se sentait pas bien, ni ce qu'elle avait.

Elle se contenta de suivre son regard, et elle aperçut Anna, sa fille qui passait dans l'ombre, sortant de la cuisine pour rejoindre le salon.

Anna portait une des robes confectionnées par Elizabeth. Le vêtement paraissait plus court à présent, et ne descendait plus que quelques centimètres sous les genoux, alors qu'il avait traîné sur le sol quelque temps auparavant. Blanche et ample, la robe gardait pourtant un air médiéval. La chevelure d'Anna flottait jusqu'à ses hanches et voletait à chacun de ses pas.

Derrière elle, Rachaela entendit Elizabeth murmurer :

– 'Awa' wi ye, ma douce, awa' tae la colline creuse.

Rachaela se retourna vers la domestique.

– C'est une vieille ballade, non ? fit-elle d'une voix un peu sèche. Ou un charme ? Vous pensez qu'elle va disparaître ?

– Je... Je suis désolée, Mrs Day, balbutia Elizabeth. Ça m'a fait un coup.

– Pourquoi ?

– Je ne m'étais jamais rendu compte... à quel point elle grandit vite. C'est *bien* Anna ?

– Anna, dis bonjour à Elizabeth, lança Rachaela.

Mais la fillette, habituellement polie et sensible à la présence d'autrui, ne parut pas entendre.

Oui, elle ressemblait à quelque fantôme hantant un château en Ecosse, une de ces jeunes filles vêtues de blanc qui se jetaient dans le vide du haut des remparts lorsque l'amour leur était refusé.

Et de la main droite d'Anna coulait quelque chose de sombre qui formait une traînée luisante sur le sol...

– Excusez-moi une minute, Elizabeth.

Rachaela suivit Anna qui pénétrait dans le grand salon. La lumière du jour enveloppa sa silhouette, qui scintilla et devint réelle.

– Anna !

L'enfant se retourna.

– Oui ?

– Qu'est-il arrivé à ta main ?

Anna baissa les yeux et leva sa main droite, de façon automatique. Elle déplia ses doigts. De la paume ouverte tombèrent deux cubes de glace en partie fondus. Ils provenaient du réfrigérateur que Rachaela avait si vigoureusement nettoyé la veille.

– Que fais-tu, Anna ?

– Je ne sais pas, dit l'enfant qui paraissait étonnée, mais pas consternée. Je devais vouloir du jus d'orange...

– Alors va en prendre. Ne sois pas idiote.

Anna leva les yeux vers sa mère. Elle n'était pas encore assez grande pour s'éviter de le faire.

Mais la réaction d'Elizabeth était très compréhensible. Elle n'avait pas vu Anna depuis deux semaines, et cela suffisait. En quinze jours, la métamorphose s'était accentuée.

Anna était trop vieille. Beaucoup trop vieille.

Et je la déteste. C'est dans ma voix quand je lui parle. Ma rivale, revenue. Et cette fois je ne disposerai pas de douze ans avant qu'elle me rattrape.

Dans l'entrée, Elizabeth accrocha sa veste d'été, puis elle passa dans la cuisine.

– Mon Dieu, que c'est propre, Mrs Day!

Elle était joyeuse, à l'aise. Bientôt l'eau bouillonnait dans la cafetière-filtre, et sur la table attendaient des fruits et de la farine près de l'exposé manuscrit d'une recette de tarte.

– Cela a dû vous surprendre, dit Rachaela.

– Eh bien... Elizabeth haussa les épaules et sourit. Pendant un instant, oui. Mais à notre époque, les enfants grandissent si vite...

– Certains, oui.

– Ce que j'ai dit tout à l'heure, c'est une vieille chanson sur le peuple des elfes.

– La colline creuse, ajouta Rachaela.

– Sur les lèvres de la Reine des fées, Tam un baiser a déposé. Sous la colline il est entré..., cita Elizabeth d'un ton enjoué. Une pleine journée y est resté. Mais quand il est réapparu, Tam était sept ans plus vieux.

– C'est exactement ce qu'elle a dû faire, n'est-ce pas? dit Rachaela. Elle a reçu le baiser magique.

Elizabeth rit.

Feignait-elle? Son regard restait clair et innocent. Mais Reg et elle avaient sans doute connu d'autres Scarabae auparavant.

Lors du bulletin d'information ce soir-là, on annonça la disparition d'une fillette à Dyfed. Ses camarades de jeu l'avaient vue entrer à vélo dans un tunnel ferroviaire désaffecté, mais elle n'en était jamais ressortie. Un collectionneur de fossiles qui grattait les rochers non loin de là témoigna n'avoir vu personne, et bien qu'au début ayant subi un interrogatoire intensif, il fut relâché par la police.

L'histoire comportait un aspect étrange. La bicyclette n'avait pas été retrouvée non plus.

– Peut-être que la colline l'a aspirée, dit Rachaela.

Althene ne fit aucun commentaire. Elle tenait une lettre à la main. La missive était arrivée par le courrier du matin, en provenance des Pays-Bas.

– J'ai reçu cela, dit-elle.
– Oui.
– Mais son contenu ne t'intéresse pas.
– La lettre t'est adressée.
– Elle m'est adressée mais elle peut te concerner également, Rachaela. Ma personne t'intéresse-t-elle ?
Rachaela haussa les épaules.
– Je pense qu'il nous faudra parler, déclara Althene. Mais avant tout, il faut que je t'informe de cela : je dois me rendre à Amsterdam. Pour quelques jours seulement. Et je crains de ne pouvoir y aller que seule.
– Très bien.
– Tu ne veux pas savoir pourquoi ?
– A toi de choisir.
– Tu deviens exaspérante. Tu t'enfermes comme une bête dans sa chrysalide. Que sortira-t-il de cette chrysalide ?
– Un insecte, dit Rachaela. Un scarabée.
– Parfait. Je dois aller voir ce que fait Sofie, ma mère. Ils disent qu'elle se comporte mal.
– Ils ?
– La famille.
– *Tes* Scarabae. La branche continentale. Et *ils* ont décidé que tu devais venir.
– Pas exactement.
– Alors pourquoi le faire ? Tu détestes ta mère, non ? Cette folle qui te frappait avec des lanières de cuir.
– Je n'aime pas Sofie. Mais je dois me montrer loyale envers elle.
– L'insondable et mystique loyauté des Scarabae...
Althene se figea une seconde. Elle portait une robe couleur vieux Sauterne qui laissait nus ses bras glabres à la peau crémeuse tendue sur les muscles déliés. Au bras gauche était passée une torsade de cuivre. Elle releva la tête et rejeta en arrière le joyau noir de sa chevelure.
– Nous avons déjà eu cette discussion, dit-elle. Au commencement.
– Mais il s'agit d'un nouveau commencement.
– Ah ?
– Ton commencement avec Anna.

– Je vois. Anna est ma fille.

– Et quoi d'autre?

– Non, dit Althene. Nous discuterons de ce sujet à mon retour.

– Vraiment?

– Adamus est mort, lâcha Althene.

– L'est-il? Ruth est-elle morte?

– S'il te plaît, Rachaela. Je dois m'occuper de cet autre problème. Ma mère est déséquilibrée.

– Est-ce grâce à toi?

Les yeux noirs d'Althene brillèrent d'un éclat brutal. Elle pouvait tuer aussi aisément qu'embrasser. Le baiser magique. Qu'était-elle pour Anna? Et Anna, s'était-elle jamais posé la question inverse? Son père, sa mère, son amant... pas encore.

– Quant à ma propre mère, dit posément Althene, les attentions de mon père l'ont rendue folle.

– Il l'a aimée puis il l'a abandonnée.

– Pire. Il a fait pire.

– Qu'a-t-il fait?

– Quelque chose. Je ne sais pas. Il m'a imposée à elle. C'est assez.

– Je ne le pense pas, rétorqua Rachaela.

– Et maintenant tu es intriguée. Bien, je vais te raconter l'histoire de mon père, ou plutôt ce que je sais de lui. Je ne l'ai vu qu'une fois. Il y a longtemps.

– Combien de temps? Au quatorzième siècle, peut-être? Ou... avant?

Althene grimaça.

– Qu'il suffise de dire qu'alors l'ourlet de nos robes touchait le sol.

– Très bien.

– C'était à Amsterdam. Dans la vieille maison. Je jouais dans une pièce du rez-de-chaussée...

– Décris-la-moi.

– Pourquoi? C'était une maison d'un luxe très ordinaire. Le carrelage était noir et blanc. Il y avait un arbre, un hybride d'oranger en pot, qui avait tellement grandi qu'il traversait le plafond. Il donnait de petits fruits durs pareils à des citrons verts bouillis. J'avais une douzaine d'années et je jouais avec mon chaton quand il est entré. Cet homme.

– Et comment étais-tu habillée, Althene ? En garçon ou en fille ?

– Tu es très fine.

– Non, tu as dit que les robes touchaient le sol.

– Oui, à cette époque une servante m'aidait à m'habiller. En femme.

– Comment étais-tu vêtue ?

– Une petite coiffe sur la tête, les cheveux longs dans le dos. Un plissé sur la poitrine, qui à l'époque n'existait pas, bien sûr. La taille serrée.

– Et il t'a vue.

– Oui, il m'a vue. Il m'a semblé très grand, mais il devait l'être. Très grand. Ses cheveux étaient très noirs et raides, coiffés en arrière. Un front haut et large, des yeux bleus comme des joyaux. Un visage très beau, plein de bonté. Et il m'a souri. Il ne connaissait pas mon prénom, mais il m'a appelée et je suis venue à lui.

– Et c'était ton père.

– L'homme qui m'a imposée à Sofie, oui.

– Un Scarabae, naturellement.

– Naturellement. Il m'a demandé mon nom. J'en avais un autre, un nom secret, mais je le lui ai révélé. De chacun de ses pores montait un parfum... un parfum de danger et de ténèbres.

Rachaela courba la tête.

– Je sais, dit-elle.

– Bien sûr, tu sais. Mais Adamus, par rapport à cet homme, n'était qu'un murmure comparé au chant de la bataille.

– Et Malach ? fit soudain Rachaela. Quelle comparaison donnerais-tu pour lui ?

– Oh, Malach... Althene sourit. Malach est Malach.

– Continue. Qu'a fait ton père ?

– Il m'a cajolée. Très civilement, gracieusement. Il m'a dit que j'étais très belle et qu'il avait entendu parler de moi, et que je devais être sa fille. Il m'a dit s'appeler Cajanus. Il m'a demandé mon âge. Il a caressé mon visage. C'est alors que ma mère est arrivée. Et elle a hurlé.

Comme un chien. Ça m'a terrorisée, mais lui s'est seulement redressé. Il m'a fait passer derrière lui, comme s'il voulait me protéger, et à cet instant j'ai rêvé qu'il allait m'emmener avec lui et que tout irait bien.

– Mais il ne l'a pas fait.

– Non, évidemment. Ma mère a demandé à lui parler, et ils sont montés à l'étage. Avant de gravir l'escalier il s'est retourné vers moi et m'a envoyé un baiser. La lumière entrant par les fenêtres illuminait ses yeux. Je n'ai jamais oublié, jamais.

N'essaie pas de m'avoir avec ta douleur, songea Rachaela. Althene l'inquiétait, comme au commencement. Althene gagnait toujours, semblait-il.

– Et ta mère a dit à ton père que tu n'étais pas la délicieuse fillette qu'il avait crue mais un jeune garçon aux perversions bestiales.

– Oh, elle a fait mieux que cela.

Le regard d'Althene se perdit dans le vide. Combien de siècles ? Cette scène qu'elle venait de décrire, comme une esquisse sortie d'un tableau de l'école flamande, avec le sol carrelé, le chaton, l'oranger contrefait...

– Et quoi ?

– Elle m'a fait monter, puis elle a refermé la porte de la chambre sur nous. Nous trois. Et elle m'a déshabillée de ses propres mains. Très vite je me suis retrouvée nue devant lui, et il a vu son erreur. Je suppose qu'il a dû se sentir bafoué. Son visage s'est fermé comme un œil. Il est devenu aveugle. Il est sorti aussitôt, mais il nous avait déjà quittées. Ma mère a ri, et puis elle m'a battue.

– Tu m'as dit qu'elle savait très bien le faire.

– Je t'ai dit toute l'histoire.

Rachaela détourna la tête.

– Je suis désolée.

– Oui, jamais je n'ai éprouvé une telle honte. Jamais depuis, et jamais auparavant. C'était une sorte de baptême. Mais lui...

Elles s'assirent sans un mot de plus. Au rez-de-chaussée, Anna mit un disque de Chostakovitch, et la musique monta dans la maison, la bande-son parfaite pour le film de la vie.

– Dois-tu vraiment partir ? dit enfin Rachaela.

– Ne serait-ce que pour te manquer, comme naguère.

– Et Anna ?

– Tu prendras soin d'Anna. Elle sera en sécurité avec toi.

– Je pourrais la déshabiller et la fouetter.

– Tu pourrais apprendre à l'aimer.

– Elle ne peut être aimée. Pas de cette façon. Pas comme la fille d'une mère.

– Comment pourrais-tu le savoir ? dit Althene, et son visage était plus froid qu'un œil qui se ferme, plus lointain qu'Amsterdam.

Une nouvelle voiture avait été achetée pour Reg. Rachaela le découvrit quand Elizabeth vint la remercier. Les Scarabae avaient dû s'en occuper. C'était une Citroën XM gris foncé.

C'est dans cette voiture qu'Althene partit pour l'aéroport quelques jours plus tard. Anna l'accompagna seule. Et, le soir venu, Reg ramena Anna à la maison. Tandis que la Citroën s'éloignait en ronronnant dans le crépuscule, Anna composa le code de la porte et entra.

Rachaela vint à sa rencontre, sans enthousiasme.

– As-tu vu l'avion ?

– Oh, oui. Et je l'ai regardé décoller.

– C'est bien. Tu pourras aller l'accueillir quand elle reviendra.

– Et tu m'accompagneras ?

– Peut-être. Aujourd'hui j'étais fatiguée. Je n'aime pas les longs trajets par la route.

– Reg est très content de la nouvelle voiture, dit Anna.

Elle restait immobile dans l'entrée, une expression patiente sur ses traits.

Est-ce que je lui barrerais l'accès à la maison, inconsciemment ?

– J'ai manqué à Jelka ? s'enquit Anna.

– Oui. Elle t'a cherchée partout. Je suppose que les chats vont chercher Althene aussi.

– Qu'est-ce qu'Elizabeth a préparé pour le repas ?

– Du poulet, de la quiche et de la salade. Et un diplomate.

Anna acquiesça.

Ruth aurait voulu manger immédiatement. Ruth était toujours possédée par une faim insatiable. Mais Anna mangeait sans excès, et même plutôt frugalement. Selon toute probabilité, elle n'avait demandé le menu que par politesse, pour détendre l'atmosphère.

– Veux-tu un thé, ou une boisson fraîche?

– Juste un verre d'eau.

Rachaela se rendit dans la cuisine et prit une bouteille d'eau minérale dans le réfrigérateur, emplit un grand verre à vin. Anna buvait toujours un verre de vin blanc pendant le repas.

A son âge, quand on y réfléchissait, c'était aberrant. Mais Anna n'avait pas vraiment son âge.

Elles passèrent une soirée calme, mais séparément. Anna joua avec les chat en écoutant les préludes de Rachmaninov sur la chaîne Hi-Fi. Plus tard elle regarda un film vidéo, *L'Homme à la peau de serpent.* A l'inverse des Scarabae qui habitaient la Demeure, Anna aimait les vieux films.

Rachaela s'enferma pour peindre dans la cinquième chambre qu'elle utilisait comme atelier. Mais elle n'arriva à rien. Les couleurs refusaient de s'unir.

Althene avait dit qu'elle serait absente six ou sept jours. Rachaela ne lui avait demandé aucun autre détail sur son voyage.

Ellcs ne s'étaient pas quittées depuis trois ans. Ce serait douloureux. Au moins un vide... Mais non, Anna les avait déjà séparées. Althene n'était plus tout entière à Rachaela. Elle était coupée en deux, par sa nature double. Bien que toujours invisible, sa masculinité avait pris une vie puissante et menaçante.

Et je n'aime pas les hommes, n'est-ce pas? Je les désire, mais je ne les aime pas. Je ne les oublie jamais, mais je n'aime jamais.

Adamus, dans l'église, qui lui donnait un baiser. Et dans l'escalier de la maison hollandaise, celui qu'Althene appelait Cajanus, lui faisant un baise-main, son regard bleu brillant.

Anna se coucha vers dix heures.

Rachaela s'affaira sans bruit, en essayant de s'occuper. Elle alla voir si Anna avait besoin de quelque chose. Mais c'était ridicule, car Anna n'était pas un bébé, même si elle aurait dû.

D'ailleurs Anna dormait déjà, d'un sommeil paisible et silencieux.

Ai-je accepté cela? Non. Mais c'est ainsi.

Et pourtant, Anna était encore très jeune par bien des côtés, mentalement surtout.

Dans un bras elle serrait Ursula la renarde, et dans l'autre son lapin. Combien de temps Ruth avait-elle dormi avec son ours en peluche? Jusqu'à l'âge de neuf, dix ans? Mais il n'y avait pas de chat, à l'époque, alors que maintenant Jelka était roulée en boule sur un oreiller, une peluche vivante de satin noir, complémentaire du flot de cheveux d'un blanc glacé.

Cette chambre était-elle comme le coin de Ruth, dans l'appartement de Londres?

Dans la clarté diffuse venant du couloir, Rachaela scruta la pièce.

Les murs étaient pastel, le sol recouvert d'une épaisse moquette vert foncé. Une commode à l'ancienne côtoyait une armoire. Des étagères croulaient sous les livres. Quelques éléments de décoration, un coquillage, une Balance en bronze, un fruit en marbre ambré sur un des plateaux. Pas de poupée sur le sol, mais des animaux divers soigneusement disposés pour leur propre confort; un kaléidoscope, une boîte de couleurs – mais aucun dessin en vue. D'autres livres, empilés. Et le lit, avec ses oreillers et sa couverture de patchwork où Jacob s'était lui aussi niché avant sa sortie nocturne dans le jardin.

L'absence d'Althene devait beaucoup lui peser.

Avait-elle pleuré, ou retenu ses larmes, à l'aéroport?

Ruth avait toujours montré une maîtrise d'elle-même assez repoussante.

Jusqu'à cette dernière fois, dans l'escalier, quand ils l'avaient emmenée. Elle avait hurlé *Malach! Malach!*

La chevelure d'Anna était identique à celle de Malach.

Elle aurait pu être sa fille.

Mais elle est la mienne.

Anna s'étira dans son sommeil, se tourna un peu de côté. Jelka miaula doucement et Anna ouvrit les yeux en même temps qu'elle étendait la main pour caresser le chat. Elle vit alors Rachaela.

Croit-elle que je me suis introduite dans sa chambre pour l'étouffer, comme une marâtre ?

– Bonjour, dit Anna. Tu voulais quelque chose ?

– Juste m'assurer que tout va bien.

– Oh, oui, merci. J'ai rêvé qu'Althene était à Amsterdam, près du canal.

– Elle doit s'y trouver, maintenant.

– J'espère que tout va bien pour elle.

Jusqu'à quel point Althene s'était-elle confiée à Anna ?

– Oui, répondit Rachaela. Elle te manque beaucoup, mais elle sera bientôt de retour.

– Je sais, dit Anna.

Et là, devant elle, aussi paisible que le sommeil qui s'était enfui pour revenir bientôt, Rachaela vit la confiance pure et totale qu'apporte l'amour. Anna n'avait pas pleuré. Anna n'avait aucun doute. Althene l'aimait et Althene lui reviendrait.

Mais ce monde est très incertain, Anna.

Sauf peut-être pour les Scarabae.

Rachaela ressortit de la chambre dont elle referma la porte. Ruth aussi avait aimé la solitude. Puis elle redescendit et ouvrit une autre bouteille de vin. Elle la but assise devant l'écran de cette télévision cruelle qui montrait les dernières nouvelles du monde incertain.

D'autres affichettes s'ajoutaient aux habituels avertissements dans les salles d'attente des cabinets médicaux, en particulier sur le SIDA, et sur les tables on trouvait des prospectus d'information sur la ménopause, la diététique ou les enfants battus. Un poster particulièrement engageant mettait en garde les femmes sur le fait que plus de deux verres de vin par jour pouvait mettre sérieusement en péril leur santé. Les panneaux NON-FUMEUR étaient plus gros qu'auparavant.

J'en sais plus et cela me rend mauvaise, se dit Rachaela. *Ou simplement facétieuse.*

Le questionnaire qu'elle devait remplir aurait pu laisser penser qu'elle postulait un emploi top-secret. Elle ne remplit pas toutes les lignes, mais la réceptionniste ne parut pas le remarquer. Il est vrai qu'elle était très accaparée par sa conversation avec sa collègue.

En l'absence de leur médecin attitré, on les avait acceptées ici. Mais après tout, elles avaient aussi droit de bénéficier des services de la Sécurité sociale.

– Ms Day ? Le Dr Collins va vous recevoir. C'est la porte rose.

Elles se levèrent et Rachaela précéda Anna dans le cabinet derrière la porte rose.

Le Dr Collins était une jeune femme calme et plutôt jolie, d'une trentaine d'années.

Elle prit le questionnaire mais n'y jeta qu'un bref coup d'œil.

– Que puis-je pour vous ?

– Voici ma fille, Anna.

– Bonjour, Anna, dit la doctoresse en souriant.

A l'inflexion de sa voix et au mouvement de ses mains, on voyait bien qu'elle ne serait jamais brutale avec un enfant, à part peut-être pour sauver une vie.

Anna ne parla pas. Elle attendait.

– Anna éprouve quelques problèmes. Avec sa main droite. Puis-je vous demander de l'examiner ?

– Quel genre de problèmes ?

– C'est un problème... général. Je ne sais pas. Je préférerais un bilan de santé complet.

– Eh bien, à son âge... Nous passons toutes par là, n'est-ce pas ? Ne t'inquiète pas, Anna, je ne te ferai rien de douloureux. Mets-toi simplement torse nu.

Le médecin ausculta la poitrine et le cœur d'Anna. Avec une grande douceur, une grande application. Elle semblait avoir réagi à la tension de Rachaela et d'Anna. Mais l'examen avançant, le Dr Collins parut de plus en plus satisfaite et sereine. Rachaela se rappela Kate Ames. Le Dr Collins était ravie parce que tout allait bien.

Après les yeux, la gorge et les oreilles, elle examina la main droite d'Anna.

– Je ne vois aucune raison de s'inquiéter, dit-elle. Tu es gauchère, n'est-ce pas, Anna ?

– Oui.

Anna s'était soumise sans résistance à l'examen, même lorsqu'il s'était agi de se mettre nue devant cette étrangère, le médecin, et cette autre étrangère, sa mère. Rachaela ne lui avait jeté qu'un regard, puis elle avait détourné les yeux. Mais elle avait vu.

Le médecin répéta qu'Anna était en excellente forme physique, et qu'elle aimerait voir toutes les jeunes filles aussi bien développées et équilibrées. Peut-être y avait-il des signes – mais très légers – qui pouvaient laisser supposer une tendance minime à l'anémie. Mais un traitement léger à base de calcium et de fer y remédierait très aisément. Ce genre de réaction physique n'était pas rare après les premières règles.

– Elle n'a pas de règles, dit Rachaela.

– Oh, vraiment ? Alors je vais lui prescrire des vitamines. L'anxiété peut retarder le phénomène, c'est assez fréquent.

Elles étaient maintenant assises.

– Je crains de ne pas avoir totalement rempli le questionnaire, dit Rachaela d'un ton ferme.

– Oh, ce n'est pas grave. Nous pouvons remédier à cela.

– Quel âge donneriez-vous à ma fille, Docteur ?

Le Dr Collins observa Anna en lui souriant gentiment.

– Eh bien... Anna semble avoir seize ans, je dirais.

– Ma fille, Docteur, n'a pas encore atteint son deuxième anniversaire.

Le Dr Collins n'éclata pas de rire. Quelque chose déserta son visage intelligent. Elle regarda fixement Rachaela, puis déclara d'une voix contenue :

– Ms Day, j'ai malheureusement beaucoup d'autres patients à voir aujourd'hui, mais je pense que nous devrions reparler de tout cela. Peut-être pourriez-vous repasser demain, vers onze heures et demie, quand Anna sera à l'école ? J'aurai un peu de temps à vous consacrer, alors.

– Très bien, dit Rachaela.

Elle se leva, imitée par Anna, prit l'ordonnance qui prescrivait une cure de calcium et de fer, puis elles sortirent du cabinet, laissant le Dr Collins derrière son bureau, l'air très sérieux. Rachaela n'avait pas inscrit son adresse réelle sur le questionnaire, bien sûr.

Dehors elles marchèrent en silence dans la rue ensoleillée.

Des voitures passèrent à vitesse réduite. Les grandes maisons s'élevaient au milieu de jardins arborés et de massifs de roses, sur lesquels l'été dispersait au hasard ses derniers ors.

– Je sais que tu veux me dire quelque chose, Anna.

Anna resta muette.

– Tu dois être furieuse. En colère. Je suis désolée. Je m'excuse. Mais ce qui est fait est fait.

Je l'ai déshabillée. Nue, je l'ai fouettée. A coups d'humiliation.

– Pourquoi ? dit enfin Anna.

– Pourquoi je t'ai emmenée voir ce docteur inconnu pour te faire examiner ? Tu ne le sais pas ?

– Parce que j'ai grandi très vite.

– Oui, Anna. Tu as grandi extrêmement vite.

– C'est ce que j'ai pensé aussi. Des fois, ça me fait un peu mal. Althene m'a dit...

– Elle t'a dit que c'était sans importance, n'est-ce pas ?

– Elle m'a dit que j'étais différente. Elle m'a dit que nous l'étions toutes.

– Tu es une Scarabae.

– Oui, dit Anna.

– Je pense que je t'ai emmenée voir ce médecin pour te punir, Anna. Et c'est très injuste, parce que ce n'est pas ta faute. Qui que tu sois.

– Je suis Anna.

– Vraiment ?

Elles marchèrent en silence. La rue donnait sur une artère très passante, et elles s'arrêtèrent sur le trottoir, se tournèrent l'une vers l'autre et se contemplèrent, indifférentes aux mouvements alentour.

Atteindra-t-elle bientôt ma taille ?

Dans sa courte jupe blanche, Anna était une jolie adolescente de seize ans. Et nue, une enfant en pleine santé, avait affirmé le médecin. Mais le Dr Collins n'avait pas dit qu'elle était belle, et c'était comme un coup de poignard au cœur... Alors que sur le joli sein gauche d'Anna, pareille à une petite plume fine et bleuâtre, se voyait la marque fantôme d'un vrai coup de poignard. Le souvenir d'un assassinat ?

– Quelqu'un t'a jetée d'un rempart, dit Rachaela. Mais je suis le château que tu hantes. Tu *me* hantes.

Anna la regarda sans peur ni désarroi. Elle était plus sereine que le Dr Collins.

– Tu crois que je suis Ruth ?

– Oui. Que crois-tu, *toi ?*

– Je ne sais pas.

– Tu ne sais pas ? Tu ne te souviens donc de rien ?

– Oh si. Mais pas de ça.

– Alors, de quoi ?

– D'endroits... mais je ne peux pas les décrire. Des pièces très anciennes.

– Te souviens-tu de lui ?

– Qui ?

– Malach.

Anna dévisagea Rachaela et, une fraction de seconde, une vague frissonna sous ses traits, pâles et sans émotion.

– Althene a déjà prononcé ce nom, dit-elle. Je connais le nom.

– Que t'a-t-elle dit sur lui ?

– Pas grand-chose. Qu'il avait été très gentil avec elle. Qu'il possédait beaucoup de chiens. Il vit dans un château.

– Alors va hanter celui-là, dit Rachaela.

Soudain Anna éclata en sanglots. Les larmes coulaient de ses yeux argentés comme d'un lac souterrain sans fond. Rachaela l'observa. Anna pleurait comme elle. Anna était sa fille.

– Je ne sais pas quoi faire, dit Rachaela. Oh, mon Dieu...

– Ce sera fini dans une minute, répondit Anna d'une voix claire et douce.

Et une minute plus tard elle avait cessé de pleurer.

Les gens leur jetaient des regards curieux, l'exquise

jeune fille blonde qui essuyait la pluie de ses joues et la très belle femme brune, visiblement trop jeune pour être sa mère, qui l'accompagnait, poings serrés et tête penchée. Des amantes, peut-être, après une petite prise de bec ?

6

Par le train on rejoignait Londres en une demi-heure. A la gare, elles prirent un taxi. L'après-midi ensoleillé s'écoula entre le Musée de Madame Tussaud [1], le parc et le fleuve.

Anna ne montrait aucune appréhension. Elle avait apprécié le trajet en train, et dans le taxi elle regarda autour d'elle avec intérêt. Comme une enfant.

Elle portait une autre de ses robes blanches courtes, avec des dessins de fleurs pourpre pâle et vertes, des bas verts et des chaussures plates assorties. A sa gorge pendait un collier d'argent en forme de serpent, cadeau d'Althene. Peut-être un talisman ?

Le taxi attaqua la côte.

Le terrain communal apparut, puis la Demeure avec ses vitraux aux arcanes majeurs du Tarot, avec ses tourelles. Le soleil descendant à l'ouest ajoutait au ciel une teinte bronze dramatique.

Rachaela se tourna à demi vers Anna. Elle aurait voulu lui demander ses premières impressions, mais Anna avait vu la Demeure auparavant, même si elle n'en gardait pas de souvenir conscient.

Anna contempla la bâtisse comme elle avait regardé les différents paysages toute la journée.

Elles sortirent du taxi, et pendant que Rachaela réglait

1. Sorte de musée Grévin. Mme Tussaud, fille de bourreau français, réalisait les masques mortuaires en cire des condamnés que son père exécutait.

la course au chauffeur, Anna se campa au centre de l'allée et leva les yeux vers la Demeure.

Le taxi fit demi-tour et redescendit la colline. Un papillon quitta une des haies qui bordaient maintenant le chemin de gravier. Anna étendit un bras, et l'insecte vint se poser sur sa main.

– N'est-il pas magnifique, Rachaela ?

– Oui. Comment as-tu fait ?

– Quoi ?

– C'est sans importance.

Rachaela s'approcha prudemment pour observer le papillon. Il était d'un jaune citron pâle, et la vie faisait trembler ses ailes. Aussi soudainement qu'il s'était immobilisé sur la main d'Anna, il s'envola et disparut dans les arbres.

Rachaela frappa à la porte. Le visage verdâtre gravé sur le heurtoir la considéra sans aménité. Elle ne leur avait pas téléphoné. Cette visite serait une surprise.

Un vieil homme ouvrit la porte. Il était de taille moyenne mais se tenait très droit.

– Bonjour, Michael.

– Bonjour, Miss Rachaela. Miss Anna.

J'aurais dû m'en douter. Althene les a tenus informés en secret, bien sûr.

– Bonjour, Michael, dit Anna.

Ils pénétrèrent dans le grand hall avec ses colonnades et ses veilleuses. Les femmes des vitraux étaient toujours là, ainsi que les ménestrels au-dessus de l'escalier. Au pied de ces marches, Ruth s'était servie de son rasoir en or. Et quand l'homme s'était écroulé, mort, sur le sol, Michael et Kei avaient traîné la jeune fille de l'autre côté de l'escalier.

Mais quelqu'un d'autre descendait les marches, à présent.

Quand un des leurs arrivait, ils savaient toujours.

– Désolée de ne pas avoir téléphoné, Eric. Mais j'ai amené Anna pour qu'elle vous voie.

L'imaginait-elle, ou était-il réellement plus grand, plus droit, plus solide ? C'était très possible. Les Scarabae étaient capables de rajeunir, de retrouver une vigueur passée. Ses cheveux étaient d'un gris très sombre, proche du noir. Ses yeux brillaient. Dans une main il tenait un gros livre d'où pendait un signet de soie noire.

Il atteignit le bas de l'escalier et vint vers elles. Il prit la main de Rachaela et y pressa brièvement ses lèvres fermes et sèches. Pour saluer Anna, il eut une légère inclinaison du buste.

– Ma fille avec Althene. Anna, je te présente Eric.

– Je suis content que vous soyez venues, déclara Eric.

– Merci de votre accueil, répondit Anna.

Pas une hésitation entre eux.

Il ne sait donc pas, alors ? Ou est-il incorrect de prendre ombrage de la présence d'un ancien ennemi dans sa nouvelle enveloppe charnelle ?

Ils passèrent dans le salon blanc.

La pièce avait été soigneusement époussetée et la cire brillait sur le bois, ici et là. Un vase de pierre contenant des fleurs était posé sur une table, et près de la télévision étaient empilées vingt-cinq ou trente vidéos dans leurs pochettes aux couleurs tapageuses. Des livres avaient été abandonnés sur les canapés. Le salon paraissait habité. *Vivant.*

Ils s'assirent.

– Michael va nous servir quelque chose. Désirez-vous un thé, Rachaela ? Anna ?

– Pourrais-je avoir un café, s'il vous plaît ? demanda Anna.

– Je crains que nous n'en ayons pas, répondit Eric avec regret.

– Alors un thé, merci.

Elle se conduisait comme une merveilleuse jeune fille du dix-neuvième siècle venue avec son chaperon rendre visite à un oncle fortuné.

Ruth n'avait jamais eu cette attitude.

Mais Anna n'était pas comme Ruth. Sa beauté était différente, sa grâce venue d'ailleurs. Et la réserve d'Anna, cette disposition presque surnaturelle, n'était pas comparable aux silences acharnés et clandestinement malveillants de Ruth.

Eric ouvrit son livre, et Rachaela aperçut les traits noirs

recouvrant les lignes d'un paragraphe, et les notes minuscules calligraphiées dans la marge. A la première Demeure près de la mer, Sylvian avait lui aussi barré le texte des livres, mais jamais il n'avait inscrit la moindre note.

– Je dois rectifier, expliqua Eric. L'histoire... Ils l'ont transformée.

– Ils ? Vous voulez dire : les Scarabae ? demanda Rachaela.

– Les Scarabae... Nous sommes l'histoire. Nous sommes la vérité.

Rachaela regarda sa fille.

Alors Anna est la vérité, elle aussi.

– Bien sûr.

Anna sourit. Elle sourit à Eric, et même ce sourire n'était pas celui de Ruth, qui avait été tellement éblouissant. Celui d'Anna était comme une lumière douce.

Eric acquiesça.

– J'ai bien peur que Miranda ne soit pas là. Elle est tout le temps dehors, à présent. Elle aime beaucoup la ville. Mais Sasha va descendre. Veuillez lui pardonner si elle semble quelque peu tendue.

Voulez-vous dire : si elle reconnaît qui est réellement Anna ?

– Pourquoi Sasha serait-elle tendue ? s'enquit Rachaela d'un ton badin.

– A nos âges, répondit Eric, on doit passer sous silence certaines excentricités...

Rachaela rit. Il semblait si sérieux, alors qu'il voulait dire : quand on a deux cents ou cinq cents ans...

Ensuite Eric et Anna parlèrent de films. Leurs goûts étaient diamétralement opposés. Les Scarabae de la Demeure avaient une préférence marquée pour la violence, l'action, l'aventure, les meurtres sanglants et la justice expéditive, l'adrénaline et les rebondissements. Anna citait Vivien Leigh dans *César et Cléopâtre* et *Un tramway nommé désir*, Bogart dans *Casablanca*, Lawrence Olivier dans *Hamlet*, Alec Guinness dans *L'Homme au complet blanc*.

Ils trouvèrent un terrain d'entente en parlant du *Cléopâtre* où jouait Claudette Colbert.

– Les inexactitudes historiques n'ont pas toujours une grande importance, disait Eric. C'est l'esprit du film qui compte. Un film délicieux, oui...

Mais Rachaela, dont le regard était irrésistiblement attiré par les jaquettes de films vidéo éparpillés sur le tapis, ne pouvait s'empêcher de penser : *Comme c'est étrange. Anna préfère les films en noir et blanc...*

Cheta et Michael apportèrent le thé dans un service en porcelaine bleue et blanche, ainsi que des assiettes de petits gâteaux et de fruits confits, et une petite carafe de liqueur incolore.

Tout cela ressemblait fort au rafraîchissement servi quand Malach avait amené pour la première fois Ruth à la Demeure.

Où se trouvait Sasha ? Allait-elle refuser de descendre ?

Anna prit un gâteau et un quartier d'orange confite. Elle but son thé très infusé. Avait-elle toujours fait ainsi ?

Du haut des escaliers, par la porte ouvrant sur le hall d'entrée, leur parvint une voix féminine et faussement enfantine.

– Je préfère la fraise, Mamie.

Ce ne pouvait être que Tray, la fille de cet homme, Nobbi, que Ruth avait égorgé. Selon toute vraisemblance, elle était devenue une sorte de fille adoptive des Scarabae. Sa voix s'était altérée, avait perdu son accent cockney et ses intonations matures. Elle avait vingt ans à l'époque, donc vingt-deux ou vingt-trois à présent. Mais bien sûr, à la suite de ces événements sanglants, elle avait régressé vers les neuf ou dix ans, peut-être même moins.

– Tray – ou plutôt Terentia, le prénom romain qu'ils lui avaient donné – reconnaîtrait-elle celle qui était assise en robe blanche, la démone meurtrière ? Où était-ce hors de question ?

Sasha et Terentia apparurent ensemble sur le seuil de la pièce, deux silhouettes souples qui se glissèrent sans bruit dans le salon.

Sasha portait une robe rouge sombre très à propos pour une femme de quatre-vingts ans, ce qu'elle semblait avoir. Ses cheveux n'étaient plus entortillés en chignon au sommet de son crâne, mais, savamment coiffés, ils effleuraient ses épaules, en un style quelque peu immature qui lui seyait à merveille.

Terentia-Tray portait une robe noire pailletée. Ses cheveux noirs tombaient bas dans son dos, et ses grands yeux bleus étaient empreints de candeur. Elle tenait dans ses bras son lion en peluche, celui qu'ils lui avaient acheté après la mort de Nobbi. Il était usé, comme tous les jouets adorés, et ses deux oreilles avaient été recousues.

Sasha ne semblait pas tendue. A l'inverse de celui de Terentia, son visage exprimait une grande compréhension.

– Oh, regarde, Mamie, dit Terentia, Cheta m'en a préparé à la fraise.

– Bien sûr, chérie.

Trois années plus tôt, c'était Miranda que Terentia appelait Mamie. Mais peut-être Miranda avait-elle tellement rajeuni que ce rôle ne lui convenait plus. Sasha l'avait remplacée.

Les deux femmes avancèrent sur le grand tapis clair. Anna s'était levée, comme une jeune fille bien élevée.

Terentia posa sur elle le regard curieux d'une enfant pour une autre enfant, probablement venue jouer avec elle.

Sasha émit un son étrange.

Puis elle s'écroula sur le sol.

Elle était si légère, d'apparence si fragile, que sa chute ne produisit qu'un bruit infime. Mais Terentia se pencha aussitôt sur elle, paniquée :

– Mamie! Qu'y a-t-il?

Eric se leva et approcha de Sasha. Cheta s'agenouilla auprès d'elle. Puis Michael arriva, la souleva du sol et alla l'installer sur un des canapés blancs.

Sasha tourna la tête et considéra Eric d'un regard ancien et las.

Eric lui prit la main.

Les Scarabae pouvaient se montrer intolérablement touchants. Mais ils ne l'étaient pas. Ils étaient vieux, forts, et dangereux comme la mort.

Rachaela regarda Anna. Celle-ci semblait grave, mais calme. Rachaela ne dit rien.

Sasha se redressa et s'assit, Terentia auprès d'elle, qui lui tenait l'autre main.

– Ce n'est rien, ma chérie, dit-elle. Sasha va bien, maintenant.

Terentia étendit le bras et prit le plat de fruits confits.

– Prends-en un, Mamie.

– Pas pour l'instant. Mais toi, manges-en un pour moi.

Terentia se mit à grignoter une fraise confite, sans plaisir apparent, avec application.

Les deux chats noir et blanc, les petits de Juliet, apparurent à l'entrée de la pièce. Eux aussi sentaient l'importance de l'instant.

Anna les appela et ils vinrent vers elle. Avec douceur, elle les prit et s'assit avec eux auprès de Rachaela.

Cheta apporta un verre de brandy à Sasha.

– Pardonnez-moi, Rachaela, dit Sasha. Je me sens un peu faible aujourd'hui.

Et vous venez de revoir Ruth. Ruth qui a tué la véritable Anna en lui enfonçant une aiguille à tricoter en acier dans le cœur.

– Je comprends, Sasha. Je vous présente Anna.

Sasha se tourna de nouveau vers la fillette.

– Je suis très heureuse que vous soyez venue nous voir, Anna. J'espère ne pas vous avoir effrayée.

– Non. Je suis désolée que vous soyez malade.

– Seulement une seconde. Je vais bien, à présent.

La conversation ne sonnait pas juste. Elle n'était même pas empruntée, malgré la diction particulière aux Scarabae, cet accent étranger qui était toujours là, insaisissable mais perceptible, comme l'écho lointain des steppes et des montagnes glacées.

– Je vous remercie pour mon prénom, dit Anna.

– Oh, eh bien... balbutia Sasha. Eh bien...

– C'est un nom de famille, dit Eric. Il est vôtre de droit.

– Les prénoms bibliques sont toujours pertinents, dit Rachaela d'un ton acide.

– Prends donc une douceur, Anna, proposa Terentia d'une voix bizarre.

– J'en ai déjà pris, répondit Anna. Ils sont tout à fait délicieux, n'est-ce pas.

– Moi, ceux que je préfère, c'est les fraises.

Rachaela les observa toutes deux, celle de vingt-trois ans avec le lion en peluche sur les genoux, qui paraissait neuf ans. Et celle de deux ans qui en paraissait seize, et qui caressait les deux chats.

La clef du mystère se révéla à Rachaela. Tray était devenue amnésique pour nier l'horrible boucherie où était mort son père. Et Ruth, réincarnée en Anna, s'était elle aussi réfugiée dans l'amnésie, afin de repousser la même scène et ses conséquences.

Et les Scarabae ? Pour eux, Anna n'était pas Ruth. Ou si elle l'était, ils pouvaient pardonner, sinon oublier.

Après le thé, Eric fit visiter la Demeure à Anna. Les salles de bains vertes et blanches, les chambres éclairées par des vitraux. Dans la sienne, aux fenêtres orange et chartreuse, un masque qu'il avait sculpté, comme dans le passé, était posé près d'une tête à demi formée à laquelle il travaillait maintenant. La tête paraissait correspondre aux contours du masque.

Terentia suivait Anna, avec un intérêt évident pour la visiteuse.

Parfois Terentia désignait un objet. Anna eut même droit de tenir dans ses bras le lion en peluche, ce qu'elle fit sans hésitation. Mais Anna possédait des jouets, elle aussi.

A un moment, Sasha disparut. Elle revint environ une heure plus tard, alors que la visite s'achevait.

Dans ses vieilles mains chargées de bagues, elle portait une curieuse toile. Tricotée, constellée de poussières fragiles qui auraient pu être des mites ou des pétales fanés...

– Il est très ancien. C'est un châle qu'a fait Alice. J'aimerais que vous l'acceptiez.

Elle déposa la relique dans les mains ouvertes d'Anna, et celle-ci leva le châle devant elle. A travers ses volutes ajourées se révélaient les fragments d'un art extraterrestre.

D'un geste précautionneux, Anna s'enveloppa dans le châle.

Elle devint aussitôt ancienne, élémentaire.

Puis elle ouvrit les bras et Sasha vint s'y blottir. Elles s'embrassèrent. Anna et Sasha. Puis elles se séparèrent. Eric salua Anna d'un baisemain, Rachaela d'une inclinaison du buste. Michael ouvrit la porte et elles sortirent, se livrant aux ailes du jour qui se repliaient.

– Tu veux boire un café?

– Oui, s'il te plaît.

– Ça me rendait folle de ne pas pouvoir en boire à la Demeure, ajouta Rachaela. Mais par la suite, ils en ont acheté.

Elles entrèrent dans un café où les premiers évadés du travail s'étaient regroupés devant des omelettes et des toasts exotiques, du vin ou du Perrier, avant leur combat quotidien dans les transports publics vers leur foyer.

Anna prit un café au lait, Rachaela un verre de vin blanc.

Près du bar, deux hommes assez jeunes et agressifs se mirent à plaisanter à haute voix sur les serveuses trop patientes. Rachaela se rendit compte qu'ils essayaient d'attirer l'attention d'Anna.

C'était logique. Le charme d'Anna était remarquable.

Le châle avait été soigneusement plié et rangé dans un sac vert Harrod's fourni par Cheta. Anna livrait seulement l'image d'une jeune fille très séduisante.

– Anna, quel âge as-tu? demanda doucement Rachaela. Je veux dire, quel âge dirais-tu que tu as?

Anna se rembrunit, mais finit par répondre aimablement :

– A l'intérieur, je suis très âgée. Elle sourit. Mais toi aussi, Rachaela.

– J'ai quarante-cinq ans... N'est-ce pas? Je ne m'en souviens plus.

– Je ne parlais pas de cet âge-là.

Le plus jeune des deux hommes lança d'un ton railleur :

– Vous n'avez pas oublié de mettre la salade au micro-ondes, j'espère?

– Bien sûr, dit la serveuse. Une salade bien croustillante!

Anna sourit de la repartie.

C'était un véritable sourire, qui lui donnait l'air d'un garçonnet malicieux.

– Ils veulent que tu les remarques, dit Rachaela.

Anna eut un rire paisible, puis elle but une gorgée de café. Elle ne semblait pas plus intimidée que flattée, ou méprisante.

Pourquoi l'ai-je fait venir ici ? Tenterais-je de me rapprocher d'elle ? Sa beauté est impressionnante. Ruth était-elle aussi belle ?

Suis-je en train de tomber amoureuse de ma fille ?

– Althene a téléphoné, la nuit dernière, annonça-t-elle.

– Je sais, répondit Anna. J'ai entendu la sonnerie.

– Je suis désolée, je croyais que tu dormais. Je voulais t'en parler plus tôt... Elle sera de retour demain.

Anna parut contente, comme une enfant peut l'être.

– J'espère que tout s'est bien passé pour elle.

– Je l'espère aussi.

– Iras-tu la chercher ? s'enquit Anna.

– Si tu veux.

A présent, Anna était émue. Elle baissa son regard argenté et ses cils noirs – impossibles pour une albinos aussi évidente – caressèrent ses joues comme dans un roman à l'eau de rose.

Anna ne portait aucun maquillage. Mais ses lèvres avaient un rosé fauve, et un soupçon de violet accentuait la courbe de ses paupières supérieures. Les cils épais et sombres traçaient eux aussi une ligne épaisse qui entourait l'iridescence des yeux. Les sourcils étaient blancs, longs et minces, sans aucun besoin d'épilation. Rachaela le savait maintenant, le corps d'Anna était totalement dépourvu de poil à l'exception du pubis où s'épanouissait la richesse d'une neige virginale. Eh oui, avec Anna on tombait aisément dans ces images poétiques.

Je suis amoureuse d'elle.

Après tout, elle est mienne.

– Ce soir nous pourrions aller au cinéma, proposa Rachaela d'une voix un peu tendue d'adolescente lors de son premier rendez-vous galant.

– Pour voir quel film ? demanda innocemment Anna.

– Quelque chose qui ennuyerait Eric. C'est du cinéma de spécialiste. La version muette du *Songe d'une nuit d'été.*

– Oh oui, dit Anna avec un enthousiasme plein de douceur.

Le soleil s'abîmait sur la cité empourprée, sur sa crasse, et sa vase et ses décombres, sur les hauteurs dorées qui émergeaient encore, tels les mâts d'un navire en train de sombrer. L'incendie solaire embrasait le café, et, lorsqu'elles se levèrent, les hommes posèrent sur Anna des regards où brûlait un désir inconscient. Quelle beauté, et son aînée n'avait rien de désagréable non plus. Mais c'étaient des hommes occupés et préoccupés, qui n'avaient pas agi assez vite. D'ailleurs les épouses attendaient à la maison, avec les repas cuisinés et le rappel des soucis domestiques, les traites du crédit, les pannes de la machine à laver, la chute des cheveux et la fuite du bonheur.

7

Faran était assis dans le luxueux fauteuil bleu.

Par la fenêtre, il contemplait le parc automnal, de l'autre côté de la rue.

Derrière lui, le luxueux appartement bleu baignait dans le silence, attendant l'homme et la femme.

Dans la surface polie de la vitre, Faran apercevait aussi son reflet fantomatique, celui d'un enfant noir de sept ans, à la silhouette mince dans son jean de marque et son T-shirt noir orné d'un éléphant et de grandes lettres rouges : l'ivoire n'est pas blanc.

Il aimait cet animal. Il avait des photographies d'éléphants que sa mère lui avait permis d'accrocher aux murs de sa chambre. Mais la phrase en rouge le troublait. Il savait ce qu'elle signifiait : des Blancs sans scrupule tuaient les éléphants pour voler leurs défenses. Mais des Noirs avaient agi de même, lui avait tristement avoué son père.

Pour la mère de Faran, le monde entier était peu à peu détruit par des gens dénués de morale et d'intelligence. Bientôt il ne resterait plus rien. Faran hériterait d'une terre en ruines.

Il en avait fait des cauchemars.

Lorsqu'il en avait parlé à ses parents, ceux-ci avaient approuvé. Ses cauchemars étaient la preuve de sa compréhension du problème. C'était une bonne chose.

Cimmie et Wellington Objegbo, les parents de Faran, parlaient avec le même accent anglais des classes supérieures. De temps à autre, il est vrai, Cimmie laissait échapper une phrase qu'elle disait être en une langue africaine. Elle dessinait des motifs d'inspiration ethnique en utilisant de vieilles méthodes de batik. Cet art, disait-elle, était certes javanais mais possédait des liens avec sa propre culture ancestrale.

Cimmie était une jolie femme, fine et souple, à la peau couleur cacao. Sa chevelure était coiffée en boucles courtes et drues, bien qu'elle eût pu la porter plus longue. Elle s'habillait à l'occidentale mais portait des bijoux qu'elle affirmait africains, comme ces boucles d'oreilles taillées dans une corne de buffle. Qu'il ait fallu tuer l'animal pour confectionner cette parure ne semblait pas la déranger outre mesure.

Wellington travaillait pour le gouvernement; il parlait très rarement de son emploi. A l'extérieur il portait costumes de Savile Row et cravates en soie à l'écusson de son université. En hiver et bien qu'il eût la quarantaine passée et la chevelure grisonnante, il arborait aussi la vieille écharpe de son école. Mais chez eux, dans l'appartement, Wellington préférait vivre en jean et torse nu. Il avait un corps parfait et son torse musculeux sculpté dans l'ébène était sa fierté.

Si Wellington était torse nu, et en particulier quand la neige recouvrait le parc, Cimmie ne pouvait le laisser tranquille. Ils disparaissaient dans la chambre pendant une demi-heure, à plusieurs reprises pendant la journée, et peu après Faran entendait sa mère crier. Mais il ne s'était jamais inquiété. Il savait que ces cris étaient les signes du plaisir et non de la douleur.

Ils lui avaient parlé très tôt de sexualité, et il avait compris. Toutefois, quand Cimmie avait ajouté qu'il *devrait* épouser une Blanche, Faran n'avait pas caché son incompréhension.

Puis il découvrit que ses parents étaient racistes. Ils n'aimaient pas les Noirs. Alors qu'ils se montraient férocement jaloux et fiers de leur héritage, qu'ils accusaient certains Blancs d'avoir souillé, ils n'avaient que des amis blancs. Et lorsque ces amis étaient invités à dîner, Cimmie préparait de la cuisine française qu'accompagnaient des vins italiens ou allemands. Après le dessert, on buvait des liqueurs suédoises.

Curieusement, ces amis blancs étaient tout aussi racistes envers leurs pairs, et parfois la discussion frôlait l'affrontement, quand la demi-douzaine de convives avaient bu plus que leur compte de vin du Rhin. Les invités affirmaient que tous les Blancs devraient être éliminés tandis que les Objegbo répétaient que les Noirs avaient abandonné tout honneur et n'étaient pas dignes de vivre. Pendant ces soirées, lorsqu'il était autorisé à partager le repas et à goûter les vins avec eux, Faran allait se coucher dès que les signaux de danger apparaissaient, par exemple quand sa mère commençait à rire un peu trop, ou son père pas assez.

Faran, prénommé ainsi en souvenir d'un héros africain, se rendait compte qu'il ne connaissait pas ses parents.

Il lui semblait connaître beaucoup de choses dans la vie, mais pas ses parents.

Quand il était bébé, Cimmie l'attirait beaucoup, mais il ne lui avait jamais fait confiance. Dès l'âge de deux ans elle le confia régulièrement à des baby-sitters (blanches).

Pendant les quatre dernières années, Faran avait également eu des tuteurs. Il y avait la blanche Ms Baldwin et le noir Mr Thorpe. Pourquoi Mr Thorpe portait ce nom, Faran ne le savait pas. Cimmie prétendait qu'à l'évidence il avait *changé* de nom, et elle avait établi vis-à-vis de lui une distance vague et très étudiée, alors qu'elle prenait le thé ou dégustait du vin avec Ms Baldwin.

Avec Ms Baldwin, Faran apprenait docilement l'arithmétique et la géographie. Mais Mr Thorpe, qui enseignait l'histoire et l'anglais, réjouissait Faran. Proche de la soixantaine, Mr Thorpe était plus qu'enrobé, et il possédait une beauté de star. Il était très noir, comme Faran, et ses yeux ressemblaient à deux flammes noires. Les autres ne voyaient aucune beauté chez Mr Thorpe, mais ils n'étaient sans doute pas capables de la voir dans ses yeux.

Il agrémentait ses cours de récits mythiques ou légendaires. Il paraissait connaître toutes les cultures et n'en privilégier aucune. Parfois ses histoires hérissaient les poils sur la nuque de l'enfant.

Un jour que Cimmie était absente, Mr Thorpe avait avoué être affamé. Faran s'était rendu dans la cuisine très blanche que la domestique noire transformait en une sorte de paradis arctique. Là, Faran avait préparé un sandwich pour Mr Thorpe, avec du pain complet, de l'endive, du poulet froid, des cornichons, des tomates et de la mayonnaise. Il avait ajouté un grand verre de gewurztraminer glacé.

– Oh, Faran, avait murmuré Mr Thorpe. Non, voyons.

– Mon père est à Paris, avait dit Faran.

– Raison de plus pour ne pas agir ainsi.

Faran s'était assis et avait pris une mine très triste jusqu'à ce que Mr Thorpe accepte son sandwich. Il avait bu la moitié du verre.

Faran avait bu l'autre moitié.

Cet instant avait pris pour l'enfant valeur de lien. Ils étaient maintenant frères de vin.

La différence d'âge n'avait pas freiné Faran. Il préférait la compagnie des adultes; par ailleurs il n'avait rencontré que très peu d'enfants. Pourtant il ne comptait pas Cimmie et Wellington, leurs amis ou Ms Baldwin dans la catégorie des adultes. Mr Thorpe, oui, ainsi que certaines personnes qu'il avait connues à la télévision ou dans les livres. Faran, également, avait compris qu'il était plus vieux que son âge.

Et Mr Thorpe semblait l'avoir compris, lui aussi.

Puis vint une période pendant laquelle Mr Thorpe voulut emmener Faran au cinéma, dans les musées et les galeries d'art. Cimmie accepta du bout des lèvres. Mais dès son retour du Koweit, Wellington mit un terme à ces sorties.

La raison implicite de cette mesure tenait à l'intérêt sexuel qu'aurait eu Mr Thorpe pour Faran.

L'enfant savait qu'il n'en était rien. Mais son âge ne lui donnait pas voix au chapitre.

Et ainsi Mr Thorpe disparut de la vie confortable, policée et stérile de Faran.

A présent, de la fenêtre, Faran étudiait le parc.

Parfois il s'y promenait avec Cimmie, lorsqu'ils n'allaient pas faire des courses, ce qui était beaucoup plus fréquent. Ils achetaient des vêtements en tissu imprimés de scènes agressives où des Noirs brandissaient leurs armes, des bijoux bardés de pointes, des bibelots, des livres luxueux illustrés de magnifiques photos de lions, du veld ou de guerriers masaïs. Les T-shirts de Faran coûtaient chacun quarante livres et portaient des transferts d'animaux majestueux de la forêt tropicale. Chaque fois qu'il en mettait un, Faran sentait son cœur se serrer.

Mais le parc était pour lui l'image de la simplicité. Simplicité du plaisir, sans cri.

Quand ils s'y promenaient, ils achetaient des petits pains pour nourrir les canards et ces oies brunes presque aussi grandes que Faran, avec leur langue de velours noir. Les deux cygnes venaient à eux avec la lenteur des seigneurs. Cimmie lui avait toujours dit que les cygnes s'accouplaient pour la vie. L'idéal, selon elle.

Faran savait qu'une ou deux fois Wellington n'avait pas agi aussi bien que les cygnes, car lorsque ses parents se querellaient, Cimmie faisait toujours allusion aux « femmes » de son mari.

Séparé de Faran par la route féroce, avec son tumulte de voitures, de taxis et de bus, le parc, tel un autre monde, rêvait dans ses ocres automnaux. A travers le feuillage qui se raréfiait, l'enfant apercevait le reflet voilé de l'eau. Près de la grille ouvragée du parc, l'homme se tenait immobile, regard levé en direction de la fenêtre, comme Faran l'avait déjà vu à plusieurs reprises ces derniers temps.

C'était un Noir assez gros, engoncé dans un manteau de bonne coupe mais bon marché. Il était tête nue, comme la plupart des hommes maintenant.

Faran estima qu'il lui restait cinq minutes avant l'irruption de Cimmie et Wellington, de retour de leur repas au Savoy Grill.

Faran leva un bras et agita la main pour saluer l'homme.

Et cet homme, qui, sans être Mr Thorpe, lui ressemblait tant, cet homme lui répondit du même geste.

Alors Faran entendit le ronronnement de l'ascenseur.

Il sauta de la chaise, épousseta le siège tendu de velours et le replaça dans l'alignement des autres chaises. Ensuite il trottina jusqu'à sa chambre et se plongea dans le devoir sur la production européenne de viande que lui avait donné Ms Baldwin.

8

Pour le deuxième anniversaire d'Anna, elles se rendirent à Londres de nouveau, et une fois encore par le train car Anna déclara le préférer. Elle paraissait toujours seize ans, montrait la même retenue et la même sophistication, mais elle souriait. Ses parents, les deux séduisantes jeunes femmes qu'on prenait probablement pour des tantes ou des amies de la famille, prirent place auprès d'elle dans le compartiment.

L'automne avait empli les bois de corbeaux, et les maisons se massaient en une interminable procession tandis que le train approchait de la capitale.

Anna avait exprimé le désir d'une robe noire, et parmi les cadeaux d'Althene avait figuré la robe. A présent Anna la portait, sous son long manteau de laine noire, et ses jambes étaient gainées de bas noirs ornés de soleils. Elle avait chaussé des bottines en cuir argenté qui lui seraient bien utiles pour marcher dans les allées du célèbre cimetière qu'elle voulait visiter.

Au médium gauche d'Anna était passée la bague offerte par Rachaela. Une tourmaline sur monture d'argent, le bijou de la Balance.

La matinée n'avait été marquée que par un combat entre Juliet et Jacob, qui maintenant s'attaquaient fréquemment. La journée avait été parfaitement planifiée : après un déjeuner rapide, d'abord le cimetière, puis dans la soirée un des restaurants qu'elles avaient fréquentés avant la naissance d'Anna, ensuite un vieux film étranger aux dialogues moitié anglais moitié hollandais, dont Rachaela n'avait jamais entendu parler et qu'elle ne comprendrait certainement pas en totalité. Mais Anna semblait maintenant bilingue, et peut-être même plus puisque Rachaela l'avait déjà entendue chanter des bribes de chansons françaises et même les comptines gaéliques d'Elizabeth.

Elles descendirent du train et déambulèrent sous le soleil qui frappait les hauts murs de la ville.

Elles déjeunèrent dans un bar à vins. C'était le choix d'Anna, qui but un verre de bourgogne rouge avec sa salade, tandis que Rachaela vidait à elle seule une pleine bouteille de mâcon.

Scarabae ou non, je bois trop.

Elles parcouraient les trottoirs en un trio assez lâche. Les gens les suivaient des yeux, et des ouvriers sur un échafaudage faillirent tomber à trop vouloir exprimer leur enthousiasme. De temps à autre Althene et Anna marchaient un peu en avant, mais cela ne durait jamais très longtemps.

Rachaela aurait souhaité être seule avec Althene. Elles seraient alors entrées dans quelque hôtel luxueux, auraient pris le thé puis fait l'amour dans une chambre aux tons pastel. Elles n'avaient pas fait l'amour depuis de nombreux mois. Rachaela ne l'avait pas voulu. Depuis Anna. Ou ne le pouvait-elle plus ? Elle prenait la pilule, il n'y avait donc aucune raison valable...

Et maintenant que son désir avait été réveillé, par la quiche aux champignons ou le vin, maintenant il y avait Anna.

Mieux valait prudence garder, néanmoins. Se pouvait-il qu'elle désirât Anna, en réalité ?

Anna, si féminine. Anna, physiquement assez vieille pour consentir, et mentalement assez jeune pour n'y voir aucun mal.

Eh bien, je suis troublée...

Depuis le retour d'Althene elles étaient *tellement* amies. *Nous trois.*

Althene avait très peu parlé de son voyage. Pour sa mère, Sofie, on ne pouvait pas grand-chose, mais la famille avait été alertée, et elle prendrait les dispositions adéquates. On ne parla pas non plus de Malach. A Althene, Rachaela n'avait même pas dit : *Mais Anna est Ruth.* Althene savait probablement tout ce qu'il y avait à savoir de la situation.

Et une fois encore, tout cela n'est peut-être qu'un signe de ma chère petite folie personnelle.

Que Rachaela ait emmené Anna chez un médecin inconnu, Althene n'en parla pas. Pas plus que Rachaela d'ailleurs, ni certainement Anna. *(Pour garder mes honteux secrets ?)* En revanche elles avaient ouvertement discuté de la visite chez les Scarabae. Althene l'avait accepté sans beaucoup la commenter, en affirmant qu'elle était heureuse qu'Anna ait rencontré Eric et Sasha. Elle avait même examiné le châle antique avec intérêt, et avait demandé des nouvelles des chats.

– Je ne sais pas si je l'ai emmenée à la Demeure pour faire un test ou une pénitence, avoua plus tard Rachaela, quand elle se retrouva seule avec Althene.

– Il semble que la démarche n'ait été ni l'un ni l'autre, en fin de compte.

– Sasha s'est évanouie.

– Sasha est âgée.

– Pour l'instant.

– Mais Anna a apprécié sa visite, déclara Althene. Elle voudra retourner à la Demeure.

– Les grands-parents, dit Rachaela en se remémorant les propos de Ruth tant d'années plus tôt.

Elle avait été jalouse de Ruth aussi. Elle n'avait pas voulu qu'Adamus la possède, ni que Ruth possède Adamus.

Rachaela avait offert à sa fille un CD de concertos pour piano composés par Benjamin Britten. Anna l'écoutait, comme toujours, avec une concentration extraordinaire.

– Danse des planètes, dit-elle quand l'enregistrement fut arrivé à son terme.

C'était très exactement ce que Rachaela avait pensé.

Elles atteignirent l'imposante entrée principale du cimetière vers trois heures. Pas de visites autorisées aujourd'hui, mais après une incompréhension momentanée, quelqu'un vint s'excuser et les laissa entrer. Elles s'enfoncèrent seules dans les verts et ors de la végétation.

L'enfant sur la tombe...

Pourquoi était-il aussi menaçant ?

Il regardait à travers les battants cadenassés du mausolée. La jeune fille en marbre, treize ans peut-être, qui détournait son regard, dans un mouvement presque modeste, de l'ange aux ailes déployées qui l'avait saisie. Refusait-elle d'aller là où la créature ailée désirait l'emporter ? Aux cieux, ou en Bas, dans l'antre de la Mort.

Et par quelque effet de la lumière rase qui filtrait à travers les croisillons de pierre des portes, les traits de l'ange avaient été gommés, éclipsés comme une lune dans l'ombre. L'ange était sans visage, et terrible.

Ce cimetière était un lieu magique. Laissée libre, la végétation avait retrouvé ses racines préhistoriques, et les grands chênes étaient chargés de lierre. Des herbes folles jaillissaient des églantines.

Et dans ce jardin abandonné poussaient les pierres des morts, des obélisques et des pyramides, des femmes ailées, un lion qui souriait d'un profil et menaçait de l'autre, allongé sur le ventre, griffes rentrées et moustaches gravées comme celle de la déesse Sekhmet. Il y avait aussi des piliers, qui rappelaient quelque décor d'Hollywood pour un péplum égyptien, les toits surbaissés des mausolées au fronton desquels était inscrit le nom du défunt, le linteau attaqué par les églantiers et marqué du sang d'agneau des baies.

Ici, à la nuit tombée, venaient fureter renards, hérissons et campagnols. Pour l'instant des écureuils jouaient dans les allées, et des libellules se reflétaient dans des mares d'eau stagnante aussi verte que les grenouilles.

Quelques jardiniers travaillaient à l'entretien du cimetière. Un seul les avait hélées, poliment. Mais Althene lui avait répondu d'un simple nom, et d'un geste il avait indiqué une allée.

Rachaela se détourna du mausolée à l'enfant, et elle vit sa propre fille, perchée sur une tombe en pierre grise au bord de l'allée.

Brisé par les branches des arbres, le soleil allumait dans ses cheveux une tempête de neige éblouissante. Althene se tenait auprès d'elle et lui parlait en désignant une tombe.

Et soudain, des buissons proches surgit un blaireau.

Sa tête blanche jaillissait de son corps noir comme un serpent, et il avança à pas rapides jusqu'à l'endroit où Anna restait immobile, figée par l'étonnement. L'animal hésita, peut-être aveuglé par le soleil, à moins qu'il n'ait détecté les présences proches.

Et maintenant il va venir poser son museau sur les genoux de ma fille. La créature des bois la plus méfiante, comme dans les mythes, charmée par une fillette singulière.

Mais le blaireau se contenta de renifler l'air et, avec des mouvements tout à la fois coulés et maladroits, il disparut dans le mur de la végétation.

– Oh, souffla Anna.

– Nous avons eu de la chance de le voir, commenta Althene.

Un des jardiniers, un homme dans la force de l'âge vêtu d'une salopette usée, remontait l'allée vers elles, sa bêche à la main.

Il salua Althene et Anna d'un hochement de tête et puis parvint à leur hauteur.

– On ne voit pas souvent ces camarades dans la journée, dit-il.

– C'était un blaireau, dit Anna d'une voix que le ravissement rendait enfantine.

– En effet, approuva l'homme.

Et du manche de sa pelle, il frappa Althene au ventre, en faisant passer tout son poids dans le coup.

Rachaela vit Althene pâlir incroyablement, et son corps se liquéfier littéralement pour s'effondrer avec lenteur sur les herbes et la pierre. Elle était totalement inconsciente avant même d'être tombée.

Et Anna était seule debout sur la tombe, dans le halo de givre doré du soleil.

Un autre homme avait surgi de nulle part.

Il toisa Rachaela.

– Pas un geste.

Les deux hommes saisirent chacun un bras d'Anna. Elle était complètement hébétée, comme une simple d'esprit. Ils la maîtrisèrent sans peine, et l'instant suivant tous trois descendaient de l'autre côté du mausolée, pour disparaître aussitôt entre les arbres.

Rachaela fit un pas en avant. Son cœur battait comme l'explosion d'un chapelet de bombes à l'intérieur de sa poitrine. Mais elle ne parvint que jusqu'au corps inerte d'Althene, au sommet du mausolée. Là, elle vacilla, et soudain ce fut comme si le temps était aboli, ou comme s'il n'avait jamais existé.

9

L'été n'avait pas été très satisfaisant.

Connor s'y était préparé, comme pour l'été précédent.

Avec Camillo.

Le premier printemps avait été relativement calme. Camillo chevauchait sa nouvelle moto, une Electraglide Classic de 89, un monstre noir tout droit sorti des forges des enfers mécaniques, Red derrière lui, casquée, sans rivale. Jamais un mot déplacé.

Alors qu'elle remontait vers le nord, la légion de Connor se fortifia d'autres motards jusqu'à atteindre une vingtaine de membres. L'armée mercenaire de Camillo, chacun lié au vieil homme par le serment informulé de l'escorter jusqu'à sa destination.

Le paysage s'était paré de vert et ils roulèrent vers les châteaux du pays de Galles. Puis, les mois passant, ils s'écartèrent de la côte et s'en rapprochèrent à plusieurs reprises, avant de foncer vers l'est au cœur de la saison. Ils sillonnèrent les collines sombres du Derbyshire, avec leurs villages de pierre grise et leurs vestiges romains.

L'impatience parut alors gagner Camillo. Il s'en prit vicieusement à Red. Seulement en paroles, mais toujours avec des mots cinglants ou méprisants qui auraient rendu tout autre femme furieuse, malade ou l'auraient anéantie. En l'entendant, Tina fondait parfois en larmes. Ce Camillo avait une langue aussi dangereuse qu'un poignard. Ce vieux salopard... Mais il ne semblait plus aussi vieux... L'année avançait et lui rajeunissait par à-coups.

Connor accepta le phénomène, mais certains autres motards préférèrent s'écarter de Camillo, et de sa langue assassine. La horde s'amenuisa.

Mais Connor se souvenait de cette maison où ils étaient allés chercher Camillo, et de cette femme qui avait peut-être cinquante-cinq ans mais ressemblait à une fillette. Et comment les gens de cette demeure avaient possédé une cassette vidéo des mois avant que le film en question ne soit disponible. Connor restait calme.

La nouvelle moto elle-même ne l'avait pas étonné. Camillo avait détruit la précédente, et quand ils l'avaient rejoint il était en train d'ôter la tête de loup fixée à la fourche avant de brûler l'engin sur le bord de la route. Ils avaient laissé là l'épave, comme le souvenir d'un terrible accident. Et quelques heures plus tard, dans l'atelier d'un garagiste, la nouvelle moto, une Electraglide Classic, avait été livrée à Camillo par une camionnette anonyme.

Dès le premier été, seuls Rose, Pig et Tina subsistaient de la formation originelle. Cardiff s'était brisé la jambe et était retourné chez sa grand-mère, à Birmingham. Lou, la gamine qui avait fui la Demeure avec eux, avait suivi un motard rencontré lors d'un concert en plein air. De la nouvelle troupe forte de quatorze personnes, Shiva était l'élément le plus valable. A demi Indien, il avait la couleur d'un nuage d'orage. Il chevauchait sa machine comme un démon les ailes de la tempête, ses cheveux attachés, trois fois plus longs que ceux de Connor.

C'est peut-être Shiva qui avait précipité le départ de Camillo, le premier été.

Shiva parlait à Rose d'un dieu hindou. Rose semblait beaucoup s'intéresser au sujet, posant et reposant des questions. Shiva lui expliqua comment les familles venaient s'abriter dans les sanctuaires, y cuire différentes nourritures, faire des offrandes, et se partager les repas en guise de bénédiction. La chaleur des feux consacrés devait également être inhalée, dans la même intention.

Camillo, qui était resté assis en silence depuis près d'une heure, intervint :

– Et tu respires dans les flammes pour finir par ne rendre que de l'air chaud...

Shiva haussa les épaules. Connor songea qu'il devait être accoutumé aux réactions des imbéciles. Et Camillo, leur chef, venait de se comporter comme un imbécile.

Viv, le chien noir, blanc et jaune de Connor, pointa son oreille valide. Les motards, répartis autour de quatre tables, firent de même. Seule Viv ne paraissait pas résignée.

– Raconte-moi quelque chose d'étonnant sur les feux rituels, dit Camillo à Red.

Comme il en avait pris l'habitude, il lui parlait d'un ton insultant, défiant ses connaissances historiques. Dans le Derbyshire, il lui avait demandé : « Et là, quel est le nom du centurion romain qui a pissé ? »

Red, qui était assise en compagnie de Tina, Josie et Viv, répondit d'un ton neutre :

– Les Carthaginois brûlaient vifs des enfants en sacrifice, pour honorer Baal Melkart. Les femmes celtes sautaient au-dessus d'un feu pour conserver la vie dans leur utérus.

– Et Jeanne d'Arc a été grillée sur le bûcher, ajouta Camillo. Et tant que Lucifer est là pour allumer votre cigarette, il faut sourire.

– J'aime les dieux hindous, dit Shiva.

– Tous les dieux sont de la merde. Du *ca-ca*.

– Pour toi, peut-être, concéda Shiva.

– Dis-moi, ils exaucent tes prières ?

– Oui. Bien que je ne le mérite pas.

– Sauf quand ta prière est que j'aille me faire foutre, glissa Camillo.

Du regard, Shiva consulta Connor. Celui-ci acquiesça. Shiva gardait une attitude exempte de toute critique. Le roi et le roi seul était en faute.

– Demain, Camillo, il y a un festival, annonça Connor. Du côté de Ludlow. Tu veux venir ?

– Encore de cette musique qui hurle ? dit Camillo. Non, je suis trop vieux pour ça.

La stéréo de l'Electraglide déversait pourtant la rage d'Iron Maiden dans les campagnes qu'il traversait, et le vacarme faisait trembler le blé encore vert.

Red n'avait pas terminé son poulet-frites. Elle en donnait les restes à Viv, qui était aux anges. Le chien ignorait Camillo. Au cours du mois dernier il s'était mis à ne plus répondre à sa présence. Mais Camillo restait courtois envers l'animal. Peut-être sentait-il avec finesse la limite à ne pas franchir avec Connor.

– Un pauvre vieil homme, oui, continua Camillo. Trop vieux pour tout ça.

Dans l'atmosphère enfumée du pub, Connor aurait pu lui donner trente ans. Certains jours, il en paraissait quarante. Mais jamais plus, à présent.

Basher s'était levé et examinait la liste des disques du juke-box. Il mit quelques pièces, et *Hotel California* des Eagles retentit dans l'établissement, à plein volume.

Camillo eut un rictus. Ses yeux brillaient d'un éclat sombre.

– Red veut-elle aller à Ludlow? demanda-t-il.

– J'aimerais bien.

– Parle-moi de Ludlow.

Red semblait lasse. De petites rides argentées marquaient le coin de ses yeux.

– Non, tu es trop vieux.

– Oh, *je t'en prie*, railla Camillo.

– Vers 1630 la comédie-masque *Comus* de Milton fut jouée là.

– Alors vas-y, dit Camillo. Moi j'irai ailleurs, quelque part.

Red contempla son assiette, et Viv lui lécha les doigts avec une vigueur inutile, pour la réconforter. Dans la carcasse musclée de Connor, son cœur battait la chamade, et dans son ample ventre la tourte à la viande remuait. Camillo le mettait mal à l'aise.

– Tu sais, Camillo, remarqua Red d'un ton égal, j'ai couché avec un homme de soixante ans. Il était à moitié paralysé par l'arthrite, je ne pouvais donc pas faire peser mon poids sur lui. Mais c'était un amant magnifique, et un homme adorable.

– Il est mort, tu me l'as dit.

– Mais toi tu ne mourras pas, rétorqua Red.

– Oh, peut-être que si. Pauvre vieil homme que je suis...

– Non, tu ne mourras pas, et tu n'es qu'un fumier d'égoïste, dit calmement Red.

Elle se leva et disparut derrière la porte des toilettes pour dames. Tina et Josie la rejoignirent.

Viv trottina sur la table, lécha les mains de Basher, Shiva et Rose avant d'aller s'asseoir sur les genoux de Connor.

– Nous devons nous séparer, déclara Camillo.

Connor garda le silence.

Camillo alla au comptoir et commanda deux tournées, tant de consommations que Basher et Rats durent les aider pour les apporter sur les tables.

Quand Red réapparut, elle avait les yeux secs et semblait calme. Connor contempla les iris saphir, la peau rose et la chevelure cuivrée avec un mélange de regret et d'espoir.

– Toi et moi, ma mie, dit alors Camillo.

– Pourquoi ? fit Red.

– Parce que tu te battras.

– Oh, je me battrai ? Pourquoi le devrais-je ?

– Parce que cela me plaira. Où irons-nous ?

Red se tourna vers Connor, et celui-ci approuva d'un hochement de tête.

Cette nuit-là, alors qu'ils installaient leur bivouac sous les étoiles, Red partit avec Camillo sur l'Electraglide, dans le tumulte décroissant d'Iron Maiden. Quand le son se fut dissipé, ils perçurent la musique provenant du pub voisin : *Love Like Blood*, de Killing Joke.

Au début du deuxième été, un an plus tard, alors qu'elle buvait des Carlsberg au cassis avec Josie et Basher, Connor et Viv, Red leur parla de cette période passée seule avec Camillo.

Ils avaient roulé à travers l'Ecosse, étaient redescendus vers le sud et avaient traversé la Manche au début de l'hiver. Ni elle ni Camillo n'avaient été malades, mais autour d'eux tout le monde vomissait. Le grondement des moteurs du ferry, la houle marine et les grognements humains torturés constituèrent le fond sonore de cette traversée.

Ils passèrent l'hiver à Paris, dans un hôtel de luxe d'où l'on pouvait voir Notre Dame, pareille à quelque sphynx surveillant le fleuve. A chaque repas, ils burent du champagne digne de rois décapités, jusqu'à ce que Red prenne cette boisson en horreur.

Pendant les neuf mois suivants ils sillonnèrent la France, ses monts noirs, ses champs rougeâtres sous le soleil, ses fermes du dix-huitième siècle, ses places où en 1793 la guillotine avait officié, son emplacement marqué par une pierre. Ils virent les places de villages encadrées de peupliers, les pigeonniers, les maisons aux volets bleus bordées de jasmin, les moutons traversant la route, et dans l'*après-midi* les vignobles qui se transformaient en tunnels de jade.

Camillo se refusait à parler français, pourtant Red l'avait entendu employer cette langue quand il était seul dans la salle de bains. Dans les villages, il s'exprimait dans un idiome rappelant le polonais, avec des gesticulations désemparées, pour ennuyer les passants.

Ils retournèrent en Angleterre avant que la mer ne devienne mauvaise et résidèrent dans une maison de vingt-cinq pièces qu'ils louèrent dans Highgate. Camillo fit l'amour avec les deux domestiques espagnoles, comme il avait fait l'amour avec une trentaine de Françaises pendant leur périple continental.

– Il ne m'a jamais touchée, avoua Red à ses amis. Après cette nuit ici, quand je lui ai parlé d'Anthony, mon tuteur, Camillo m'a répété : « Je ne suis pas de taille à lutter, n'est-ce pas ? A moins que je ne sois handicapé... » On aurait dit qu'il m'invitait à le blesser... Parfois, dans son sommeil, il parlait de sa mère. En France. Et il parlait en français, mais un français enfantin : *Maman je t'aime.* Il a dit que son père avait tué sa mère par manque d'amour.

Et Connor se souvint de ce qu'avait dit la femme dans cette demeure : Malach aux cheveux blancs était le *père* de Camillo. Malach, qui ressemblait à un Camillo plus jeune, de trente-sept ans peut-être.

A Londres, Camillo avait disparu des jours et des nuits, avoua Red.

Au début de l'été il rejoignit Connor. Et Red et Camillo revinrent dans le monde des monstres mécaniques.

Ce deuxième été s'épanouissait, mais c'était comme un étau qui étouffait les dix motards et leurs compagnes : Connor, Rose, Pig et Tina, Basher et Josie, Rats, Shiva, Whisper, Owl, Blick et Cathy, Jas et Ray. Ils chevauchaient leurs Triumph Bonneville et leurs Norton Jubilee. Il y avait d'autres chiens aussi, Meato, le démon bâtard, et Jezebel. Et les animaux eux-mêmes sentaient la tension au sein du groupe. Moins aimables que Viv, Meato et Jezebel grondaient à l'approche de Camillo, et seule la main de Rats ou de Blick à leur collier pouvait les calmer.

Mais Connor avait fait vœu d'allégeance, et il ne pouvait le trahir. Si Camillo avait besoin de ses troupes, elles devraient être prêtes à le servir.

Et Camillo était un vieil homme vicieux, ou se comportait comme tel. A présent on ne lui aurait pas donné plus de trente-sept ans, et ses dreadlocks blanches très longues étaient décorées de perles. A ses mains musclées brillaient des bagues barbares. Son visage attirait les femmes, avec son regard sombre pareil à une mer morte et pourtant féroce.

Il avait conservé la tête de cheval, qui avait orné la proue de l'Electraglide pendant leurs errances en France et en Grande-Bretagne.

Il se déplaçait avec une souplesse de fauve, et une nuit il séduisit la petite imbécile de Tina. Pig rossa l'innocente avant de l'abandonner, et ils la raccompagnèrent chez sa mère. Du porche de la maison familiale, elle les regarda s'éloigner à travers ses larmes.

Maudit Camillo. Sale vieux fumier.

Je pourrais trancher sa foutue gorge. Mais je dois rester fidèle à mes engagements.

C'est ainsi que Connor calmait ses pensées meurtrières.

Mais pourquoi rester fidèle ? Parce que naguère Camillo avait paru fragile, ancien, quand il était descendu le long de la falaise pour rejoindre leur feu. Fou et perdu, un vieillard excentrique et vaillant, un personnage évadé d'une légende.

Connor attendait quelque acte réellement inadmissible de Camillo pour enfin renier sa fidélité.

Mais Camillo se montrait insidieux à la manière d'un vieux fou malveillant. Il éclatait de son rire suraigu d'imbécile, et quand il paradait dans la rue d'un village les jeunes filles se retournaient sur son passage et rougissaient.

Il ressemblait de plus en plus à Cheveux-Blancs. A ce Malach.

– Ton fils te manque-t-il, parfois ? lui demanda Connor un soir qu'ils roulaient lentement dans une ville anonyme.

– Je n'ai pas de fils.

– Oh, alors ton père.

– *Mon père est mort* [1], dit Camillo sans le regarder.

Plus tard, Connor demanda à Red :

– Il t'a dit que son père était mort ?

– Il l'a dit, oui. Mais qui sait...

Elle semblait amaigrie, carbonisée comme cette moto qu'ils avaient laissé détruire par Camillo.

De fines traces grises striaient maintenant sa chevelure rousse, Connor les avait vues un jour, dans la lumière rasante du soleil. Connor posa sur Red un regard plein de désir, se pencha vers elle et baisa doucement ses lèvres.

– Merci, Connor, dit-elle. Avec toi, je me sens humaine à nouveau. Mais... Tu es trop jeune pour moi.

– Foutaises, répondit Connor. Tu ne pourrais pas attendre ?

– Je serai vieille, alors. Pas comme *lui*.

Ils entrèrent dans le pub.

Il y avait de grosses caisses pleines de poissons frais, des poutres apparentes, mais pas de juke-box. Dans un coin, près de la grande cheminée à l'ancienne, éteinte pour l'été, un vieil homme était attablé devant un livre et une bouteille de Bristol Cream. Il se servit un verre, le dégusta sans hâte, puis l'emplit à nouveau.

Il avait les cheveux blancs et son visage était un dédale de rides tracé sur une ossature fine et dure.

– Regarde, dit Connor. Lui est assez vieux.

Red regarda.

Elle traversa le pub d'un pas lent et se campa devant le

1. En français dans le texte. *(N.d.T.)*

vieil homme, qui releva la tête. Il sourit, car Red était une vision agréable, puis jeta un coup d'œil anxieux au groupe de motards restés en retrait. Connor approcha à son tour, le salua très poliment et dit d'un ton paisible :

– Elle se demandait quel livre vous lisiez.

– Un recueil de nouvelles de Kipling, répondit le vieil homme.

Sa voix était musicale et sonore. L'homme était fort.

– Puis-je vous offrir un verre ? proposa Connor.

– Non, dit Red. Moi.

Amusé, Connor battit en retraite et il observa discrètement cet homme réellement vieux, aimable et curieux. Il les abandonna à leur conversation, et Camillo l'imita, sans faire aucun commentaire.

– Tu es en train de te faire piquer ta meuf, mon pote, lui lança Basher.

Cathy et Ray gloussèrent, et Meato, soudain, monta Jezebel, à la consternation de quelques dames qui consommaient à une table.

– Son père avait cinquante-sept ans quand il l'a conçue. Il est mort à soixante-douze ans. Elle en avait quatorze. Elle cherche toujours un vieux connard. Je ne suis pas celui-là.

Connor se rendit compte que Camillo ne parlait plus de la même façon qu'aux premiers temps de leur rencontre. La chose était frappante, de temps à autre. Camillo n'était plus le même.

– Owl, je prendrais bien un peu de cidre, annonça Connor.

Meato délaissa Jezebel pour suivre Owl jusqu'au bar.

10

Peu après l'heure de fermeture du pub, le vieil homme rentra chez lui. Red s'assit sur l'herbe de la pente où ils campaient.

– Je vais peut-être rester, annonça-t-elle. Il faudra du temps. Sa femme est morte et il est toujours amoureux de son souvenir. Elle avait vingt ans de moins que lui. Comme ma mère, une leucémie. Maudite abomination.

Connor songea que c'était bien de Red de se montrer désolée pour la femme du vieil homme qu'elle convoitait, alors même que sa disparition lui offrait sa chance.

A moins que le vieil homme n'ait pas réussi à captiver assez Red ?

– Il s'appelle Mark, dit-elle.

Elle paraissait intimidée.

Peut-être existait-il une possibilité pour elle, finalement.

Au matin, vers dix heures, une femme souriante vint leur annoncer qu'ils pouvaient prendre leur déjeuner dans le jardin attenant au pub. Ils se régalèrent de grillades, de saucisses et de bacon, de champignons frais, de tomates du jardin, d'œufs, et de pain maison.

Après le repas vint le moment de la contrepartie. Très aimablement, le propriétaire du pub demanda à Connor s'ils accepteraient de déplacer quelque peu leur campement, leur présence risquant d'effrayer les consommateurs réguliers.

Par chance pour Red, ils n'allèrent pas loin.

Après l'obscurité d'un bois de pins, ils émergèrent sur une colline couronnée de buissons. A quelques kilomètres, on apercevait les toits de la petite ville qu'ils avaient traversée plus tôt. A leurs pieds, la vallée dormait dans les brumes matinales. Là-bas se dressait une vieille demeure, devant une pièce d'eau asséchée entourée de statues brisées.

Connor et Viv, Rose, Blick et Shiva descendirent avec Cathy et Ray pour y jeter un coup d'œil. Les autres n'avaient pas envie de venir. Red était occupée à se laver les cheveux avec dix bouteilles d'Evian et du shampooing Boots, ce qui était un signe encourageant. Camillo gisait assoupi sous le soleil, comme la plupart des motards et de leurs chiens. Il leur avait dit qu'ils risquaient d'attraper un cancer de la peau, et la phrase l'avait fait glousser de plaisir.

La bâtisse n'était qu'une coquille vide, le toit en partie disparu, mais l'intérieur était très spacieux, avec des murs mystérieusement peints en blanc. Le plancher paraissait encore en assez bon état. Un escalier en bois sculpté montait vers nulle part.

Viv lâcha quelques aboiements théâtraux pour mettre en garde les fantômes diurnes.

Ils revinrent au campement. Red séchait ses cheveux en lisant un roman de Muriel Spark.

– Si tu veux retourner au pub ce soir, Rose et moi on peut t'accompagner. Comme ça personne ne sera effrayé.

– Je peux y aller seule, répondit-elle.

– D'accord, Rose ou Whisper te déposeront là-bas. Je viendrai voir plus tard si tu veux que je te ramène. A toi de voir.

– Je peux me débrouiller seule.

– Ouais, dit Connor.

– Sauf quand il s'agit de Camillo, ajouta Red.

L'après-midi s'assombrissait quand quatre camionnettes et deux voitures entrèrent en convoi dans la vallée et se garèrent devant la vieille demeure.

Caché par les bois et les buissons, le camp des motards

offrait un excellent poste d'observation. Ils suivirent l'arrivée des véhicules avec un intérêt paresseux.

Le soleil se coucha dans un miroitement doré.

Du toit éventré de la maison en ruines jaillirent des rayons surnaturels de lumière qui se mirent à tournoyer.

– Eh, fit Basher, ils vont se faire une petite fête.

Un tempo titanesque fit vibrer l'air du soir, pour s'arrêter aussitôt. Meato poussa un hurlement lugubre.

– Un festival, dit Cathy, ravie.

– Non, c'est une *rave*, dit Connor. Nous ferions mieux de tracer.

Immobile, il contemplait fixement la vallée. Il n'aimait pas ce qui se préparait. La musique était une chose, mais une rave n'avait que peu de rapport avec la musique. Il se rappelait cette nuit où, en compagnie d'une fille, il était allé en moto jusqu'aux pierres levées de Calversham. Ils avaient découvert, dissimulée dans les buissons, une malle noire pleine d'épées, de robes et de calices, ainsi qu'une fiole de nitrate d'amyle. Ils avaient filé sans attendre. Bien sûr, les raves n'avaient rien à voir avec la sorcellerie. Elles déclenchaient simplement la même réaction chez lui.

– On devrait prendre les bécanes et tracer, répéta Connor.

Pourtant ils éprouvaient une fascination insidieuse à voir les éclairs de lumière rose, orange ou verte, à entendre la pulsation menaçante de la basse et de la batterie, sans qu'aucune mélodie ne soit perceptible.

Alors que le crépuscule semblait monter du sol vers le bleu assombri du ciel que piquetaient des étoiles comme dans un planétarium, des hordes de véhicules convergèrent dans la vallée.

Le pinceau blafard de leurs phares découpait l'obscurité, puis disparaissait.

De façon assez incongrue, Connor pensa à la scène du fantôme dans *Richard III*.

Viv frissonna, et Connor la prit dans ses bras.

– On va tracer, décida-t-il. Whisper, tu pourras toujours repasser au pub d'un coup de bécane, pour reprendre Red plus tard.

– Je veux descendre là-bas, décréta Camillo.

Connor se tourna vers lui.

Camillo avait adopté sa pose de pauvre-petit-homme-trop-vieux, une attitude infantile et grotesque pour l'homme qu'il paraissait.

– Ce n'est pas bon, Camillo.

– Nan, appuya Basher. Que des têtes de nœud, dans ces trucs.

– Une rave, dit Camillo. Je veux voir.

Il se redressa de toute sa taille, et il devint un homme de trente-sept ans.

En contrebas, les Golf GTI et les Fiat Uno continuaient de s'amasser devant la maison en ruines, autour du bassin asséché.

La pulsation du rythme était maintenant continue. La colline tremblait.

Viv geignit.

– Ça va être du trente livres minimum pour entrer, grogna Blick. Et pas de bibine. Ils ne boivent pas et ne fument pas, ces putains de tarés. C'est mauvais pour leur santé...

– Je suis tout tremblant d'excitation, gloussa Camillo. Red, tu viens avec moi ?

Elle se tenait dans l'ombre, derrière lui. Sa chevelure sentait la pêche. Ray posa une main sur le bras de Red.

– C'est vraiment malsain comme ambiance, Camillo, dit-elle.

– Super. Ça me fera oublier nos petits soucis. Tu penses que je suis trop vieux ?

Et Camillo se mit à descendre la colline en direction de la bâtisse où dansaient les éclairs de lumière.

– On ne peut pas le laisser se fourrer là-dedans ! s'exclama Red.

L'inquiétude et la colère se mêlaient dans sa voix, comme une mère qui voit son bébé s'élancer vers une route.

– Non. Mais nous ne pouvons pas l'arrêter non plus, remarqua Connor. Shiva, tu as combien ?

– Assez d'argent, Connor.

– Rose ?

– Ça devrait aller.

– D'accord. On l'accompagne, décida Connor.

Les autres grommelèrent, et Meato aboya. Le chien était effrayé par cet aboiement surpuissant et continu venu de la vallée et qu'il ne pouvait supplanter.

– Basher, tu prends le commandement. Garde l'œil. S'il y a une merde, on aura peut-être besoin de tout le monde.

– Connor, tu es dingue.

Connor ne répondit pas. Il plaça Viv dans les bras de Cathy, et Viv grogna un peu.

– Non, bébé, lui dit Connor. Sois gentille avec Cathy. Tu es mon seul amour.

Viv laissa fléchir son oreille intacte qui imita ainsi l'autre, irrémédiablement cassée. Cathy déposa un baiser sur le crâne du chien. Cathy était nerveuse, comme lorsque Blick était complètement saoul.

Dans la vallée de la rave...

Camillo les précédait.

Sa garde rapprochée, composée de Rose, Shiva, Red et leur chef Connor, suivait à une dizaine de pas.

Dans l'obscurité, la descente de la colline réservait ses pièges de racines et de cailloux.

Devant eux, *la lumière.*

Elle frappait le ciel, virait, se fragmentait, jaillissait de nouveau en rais éblouissants.

Le rythme était monstrueux.

– On dirait une attaque de migraine géante, dit Red. Celles qui vous brouillent la vue. Comment peuvent-ils supporter ça ?

De sa poche elle sortit une paire de lunettes fumées, qu'elle mit.

Elle aurait pu siroter un sherry avec son Mark, songea Connor.

Et peut-être son Mark l'attendait-il au pub, nerveux et très vieux. Connor était triste, et furieux.

Fumier de Camillo...

Passé le rideau de pins, ils débouchèrent devant l'assemblée de véhicules qui entouraient le bassin vide avec ses statues tronquées.

Un groupe d'adolescents jaillit d'une Mini et se précipita vers l'entrée de la bâtisse qui vomissait des éclairs blancs, bleus. Les portes d'un enfer électrique.

Camillo les suivit.

Connor et ses lieutenants venaient derrière.

– Tu veux rester dehors? proposa-t-il à Red.

– Je n'entends pas ce que tu dis... Non.

Et elle le dépassa pour rattraper Camillo.

– Ah, la voilà, ma pouliche rousse!

– Tu veux entrer là-dedans? interrogea Red. Tu veux *vraiment* entrer?

– Eh, fit joyeusement Camillo, voyons comment s'amusent les vrais jeunes!

A l'intérieur, passé la porte aux doubles battants arrachés, deux silhouettes massives leur barrèrent le passage. Les videurs. Ils portaient des shorts blancs et des débardeurs fluorescents. Les lumières tourbillonnaient, les métamorphosaient sans cesse.

– Vous tous? demanda le plus proche. Vous n'êtes pas sapés comme il faut. Vous allez crever de chaleur.

– Combien? lâcha Connor.

– Comment vous avez su? grogna le videur.

– CB, dit Connor.

– Pas de conneries, avertit l'autre. Compris?

Shiva avança et déposa une liasse de billets sur la table bancale.

L'autre videur compta les coupures.

– Ça va. La main ou la joue?

– La main, fit Connor.

Et il tendit la droite, sur le dos de laquelle le videur appliqua un pochoir. Un coup de bombe à peinture et Connor était marqué d'une rose noire.

– J'en veux deux! s'exclama Camillo en présentant ses deux mains.

Le videur éclata de rire, mais s'exécuta.

Shiva avait mis cent cinquante livres sur la table.

Ils entrèrent, plongés dans les épaisses vagues sonores, dans les décharges sanglantes de vapeurs lumineuses: migraine.

Dans l'air planait une forte odeur mentholée.

Cliv était assis sur le capot de la Land Rover, juste sous l'escalier sculpté qui ne menait nulle part.

Il se sentait à son aise, responsable. Tout d'abord il avait cru qu'ils ne parviendraient pas à faire entrer la Land Rover, mais en ôtant les battants elle était passée de justesse. Cliv aimait dominer la situation.

Derrière lui se trouvait le seau en argent empli de glace à demi fondue qui rafraîchissait sa bouteille de lait entier. Il en avalait une gorgée de temps en temps, et portait un toast à la santé des danseurs.

Il y avait aussi les friandises dans la voiture. Les pilules d'Ecstasy, pas trop chères ce soir, douze livres seulement l'unité.

Cliv avait les cheveux bruns coiffés en une courte queue de cheval. Il se laissait pousser les cheveux, mais la chose prenait du temps. Un catogan ne serait peut-être pas inutile, s'il perdait patience. Il portait des shorts et gardait le torse nu. Un bouton était apparu entre ses deux pectoraux, mais Zephie l'avait masqué avec du Clearasil couleur chair, avant d'ajouter de la peinture argentée. Le tout ressemblait maintenant à une médaille.

Tous les trois quarts d'heure environ, Cliv appelait Zephie par le téléphone de la Land Rover.

Il lui détaillait ce qu'ils feraient après la rave.

Les danseurs repartiraient, frigorifiés. Mais Cliv et Zephie ne touchaient pas à l'Ecstasy.

Cliv trouvait très stimulant d'expliquer à Zephie ce qu'ils feraient bientôt. Plus excitant que l'acte lui-même, en fait.

Il s'était accordé une pipe de crack avant l'ouverture des portes, et il en fumerait une autre d'ici une petite heure.

Le crack donnait une perspective nouvelle aux choses. Vous pouviez voir le but à atteindre. Avec le crack, il n'y avait plus de limites.

Du regard il survola la salle. Un sacré spectacle.

Le type qui s'occupait de la sono connaissait son affaire, et les stroboscopes faisaient tourbillonner les couleurs et les formes, frappant les surfaces blanches des murs pour rebondir vers le ciel.

Derrière la Land Rover se trouvait le bar où l'on ne servait que des bouteilles de Lucozade, des jus de fruits ou des eaux minérales françaises – les gars avaient rigolé tout l'après-midi en remplissant les bouteilles au robinet. Les jus de fruits avaient aussi été allongés.

Mais les gamins avaient besoin de se désaltérer.

Ils dansaient follement.

Ils aimaient ça.

Quelqu'un fendait la foule des danseurs.

– Eh, Hyreesh, mate là-bas.

Debout près de la Land Rover, le garde du corps de Cliv se pencha en avant et scruta la masse mouvante des silhouettes. C'était un Indien au teint très sombre, vêtu d'un costume mais pieds nus. Zephie avait affirmé que Hyreesh avait des pieds magnifiques, mais Cliv n'était pas connaisseur. Il faisait beaucoup plus confiance aux poings de l'Indien.

– Motards, dit Hyreesh.

– Ouais. Que cherchent-ils ici ?

– Ils ont dû payer.

Cliv s'étira, et la couche de Clearasil se fendilla. Il était prêt à se montrer amical, si les motards étaient dans les mêmes dispositions.

– Salut. Comme vous le savez sûrement, nous avons de bons trucs, ici. Quinze pour vous, seulement.

– De l'Ecstasy, n'est-ce pas ? interrogea le plus âgé d'entre eux.

Il pouvait avoir quarante ans, et son visage était singulier, avec des cheveux blancs qui évoquaient un rock-singer. Les autres étaient comme lui bardés de cuir, et le groupe comprenait une femme plutôt attirante.

– Ouais, *E*, mec, fit Cliv. Le top dans tout le pays.

– Donne-m'en, dit le plus vieux.

Derrière lui un des motards, un type au torse de lutteur et aux cheveux plus longs que Cliv, abattit une main sur l'épaule de son aîné.

– Non, Camillo...

Le vieux aux cheveux blancs se dégagea d'une secousse. Il avait déjà l'air heureux. Il sortit trois coupures de cinq livres de son blouson et les tendit. Crânes, roses et épées chargeaient les bagues en argent à ses doigts. Cliv acquiesça, et Hyreesh prit les billets.

Un des motards devait être lui aussi indien, ou pakistanais, jugea Cliv. Ses cheveux tombaient jusque sur ses reins.

Cliv se pencha sur le côté, ouvrit la portière et Hyreesh prit à l'intérieur une pilule blanche pour le vieux dingue.

Les autres motards regardaient Cliv, pas comme un père Noël, comme s'il était le Diable. Tous semblaient potentiellement dangereux.

Pendant tout l'échange, ils avaient dû crier pour couvrir la musique. Soudain Cliv en eut assez.

Qu'ils se débrouillent tout seuls.

Il les suivit du regard tandis qu'ils retournaient dans la foule des danseurs.

– Préviens Rhino, qu'il dise aux autres de surveiller ces mecs-là.

Hyreesh fit quelques signes aux autres videurs, dans la débauche de lumières.

Camillo n'avala pas la pilule d'Ecstasy.

La tenant entre le pouce et l'index, il l'examina un moment.

– Blancheur virginale, dit-il.

Autour d'eux, les danseurs s'agitaient.

– Red, cria Camillo pour couvrir le tumulte, quel est ce festival ?

– Non.

– Si. Dis-moi.

Il agit comme ça avec elle depuis le moment où ils se sont rencontrés, songea Connor. *Ses questions historiques...*

– Peut-être les Dionysiaques, sans le sexe. Ni le vin. Ils veulent se rapprocher de la divinité. Ou les frénésies en l'honneur de Cybèle.

– Ah, dit Camillo. La castration....

L'air charriait des effluves mentholés de gaz d'inhalateur. Près d'eux, un garçon de dix-sept ans peut-être, vêtu de shorts longs et d'un T-shirt, gesticulait d'un bras tandis que l'autre main gardait un inhalateur coincé dans sa narine.

– Pourquoi ? demanda Camillo.

– Ça leur éclaircit les idées, fit Rose.

– Ça pollue, ouais, lâcha Shiva.

Camillo pirouetta et s'immisça dans la foule. Il était inutile d'essayer de le suivre dans les images fragmentées des stroboscopes et les éclairs de couleur intermittents. Camillo disparut parmi les contorsions des danseurs.

Il alla droit vers une fille d'une quinzaine d'années à la chevelure rase et luisante. Elle portait une jupe courte en lycra blanc et une brassière du même tissu qui laissait son ventre plat dénudé.

Sans cesser de danser, elle se rapprocha de Camillo et le serra dans ses bras. Son visage inondé par les spots était aussi pur que celui d'une sainte.

– Je t'aime, dit-elle. J'aime tout le monde. Nous ne faisons qu'un.

Elle l'étreignit comme elle avait étreint des centaines de corps. A la rave, des hommes avaient palpé ses seins, et même caressé sa vulve tandis qu'elle dansait ainsi avec eux. Mais cela ne la gênait pas. L'amour était l'amour.

– Comment t'appelles-tu ? demanda Camillo.

– Je m'appelle Amour.

– Et moi, qui suis-je ?

– Tu es Amour.

– Non.

Il bougeait en rythme avec elle, comme un serpent de cuir noir.

– Si. C'est la vérité. C'est la réalité.

– Tu crois vivre ? dit Camillo.

– Oui. Pour toujours.

– Qui le désirerait ?

La fille se mit à rire. Sous le casque de ses cheveux ras, elle était douce et délicate.

– N'aie pas peur, dit-elle avant d'embrasser Camillo à pleine bouche.

Il s'écarta, tel un serpent menacé.

– Petite fille, dit-il, *petite mignonne* [1]. Tu en as pris ? Tu es sous Ecstasy ?

Elle rit de nouveau.

1. En français dans le texte. *(N.d.T.)*

– Oh, oui...

– Tu as faim de retrouver les tiens, l'âme du groupe, dit Camillo, mais ce n'est pas ici que tu la trouveras.

– La vie, l'amour, la mort, babilla la fille.

– Ça te dévorera le cerveau, dit Camillo. Pour l'instant tu es bien, mais plus tard tu déprimeras. Tu penseras au suicide. Et si tu vois Dieu avec cette pilule, comment retrouveras-tu ta fente après ça ? Tu crois que Dieu t'aime ? Tu crois que tu es Amour ? Tu es perdue, *ma belle* [1].

Elle secoua la tête et le regarda fixement à travers la torture lumineuse qui lui était plaisir.

– Ecoute, dit Camillo en l'attirant à lui pour lui parler à l'oreille.

Autour d'eux, les danseurs gesticulaient et bondissaient.

Leurs visages étaient éclairés de l'extérieur, mais aussi de l'intérieur, et ils levaient les bras vers le cœur éblouissant de la lumière, comme d'antiques fidèles adorant le disque solaire.

Dionysos, Cybèle...

Certains s'embrassaient. Certains riaient follement, heureux.

Ils ne formaient qu'un.

Lèvres collées à l'oreille de la fille, Camillo continuait de lui expliquer avec une lenteur appliquée ce que l'Ecstasy lui ferait. Dans sa vie. Et pour sa mort.

D'abord, elle ne le crut pas.

Elle voulut s'écarter de lui, et il la ramena contre lui.

Alors elle le crut.

La fille en blanc était tombée sur les genoux. Tout son corps se tordait sur le sol. Les danseurs l'évitèrent, puis reculèrent. Certains se penchèrent sur elle.

Camillo se tenait très droit parmi eux.

Et dans ce puzzle coloré, le cuir noir de sa tenue brillait comme une carapace. Il releva les danseurs qui s'étaient accroupis. Et il leur parla.

Il y eut un son, derrière le tempo géant de cette musique sans musique.

Comme si la terre frémissait. De douleur.

1. En français dans le texte. *(N.d.T.)*

Au téléphone, Zephie avait toujours l'air stupide, mais elle ne l'était pas. Elle avait un corps superbe et une chevelure coiffée au gel, à la garçonne, des lèvres rouges, de longs yeux pâles.

– Et puis je te barbouillerai le corps de crème et je la mangerai sur toi, Zephie. Mais je mélangerai un petit quelque chose à la crème. Et nous nous embrasserons...

– Ça n'est pas à moitié bruyant, ton truc, fit Zephie.

– C'est toujours bruyant, dit Cliv fort à propos.

– Non, je veux dire, le son est un peu... C'est quel morceau, là ?

Cliv écouta une seconde.

– Sais pas.

– Bon. Tant pis, dit Zephie.

Cliv s'éloigna dans les entrailles de la bâtisse, avec Hyreesh, pendant que Rhino et Bobby surveillaient la Land Rover. Hyreesh alluma une bougie et Cliv fuma une pipe de crack. Après un temps Hyreesh lui-même lui paraissait sympathique. Pour garder sa tête, Cliv se prit un peu de poudre. Ainsi il redescendrait tranquille.

Quand il revint à la Land Rover, il ouvrit une autre bouteille de lait entier et en but un bon tiers. Ensuite il téléphona encore à Zephie.

– On dirait des hurlements, dit Zephie.

Quand ils étaient arrivés ici, un chien aboyait, quelque part. C'était peut-être lui qui recommençait. Non ?

Cliv *écouta.*

Il n'écouta pas comme la fille en lycra blanc, mais il concentra tout de même une bonne part de son attention sur les sons qui s'élevaient de la salle.

Et il entendit.

– Putain de merde... Zephie, je te rappelle plus tard.

Hors de la Land Rover, l'odeur habituelle de déodorant, de transpiration et de lycra échauffé. Normal.

Mais il détecta autre chose. Une odeur âcre. Impossible à déterminer.

L'un d'eux avait-il déjanté ? Comme ce gars à Cleathorpes, dont Hyreesh avait emporté le corps dans les champs. Ça avait dû faire une drôle de surprise aux bouseux du coin. L'Ecstasy, parfois... Certains ne supportaient pas.

Ce gars-là avait hurlé...

Et maintenant... Maintenant, plusieurs faisaient la même chose.

Les stroboscopes découpaient toujours la salle en éclairs multicolores, et la musique faisait vibrer le plancher. Mais le disc-jockey s'agitait en de grands gestes d'appel, et le gros Bobby se dirigeait vers lui.

– Que se passe-t-il ?

Hyreesh eut un rictus sauvage. Il ne dit qu'un mot :

– *Doc.*

Cliv ne comprenait pas.

– Déconne pas, bronzé. Qu'est-ce qui se passe ?

Hyreesh restait imperturbable.

– Ils n'assurent pas.

– La dope n'est pas bonne ?

– Non.

– Alors qu'est-ce que...

– Ils nous échappent, mec, dit Hyreesh en effleurant d'un doigt le petit automatique glissé à sa ceinture, près de son sexe.

Cliv aperçut des corps allongés sur le plancher.

Il avait déjà vu cette scène ailleurs. Il essaya de ne pas se souvenir, mais c'était impossible : quand la bombe de l'IRA avait explosé, oui. Il avait dix-sept ans à l'époque.

Mais la scène était... la même que ce soir.

Sauf qu'ici il n'y avait pas de sang, pas de verre brisé, pas de vomissures. Seulement la lumière fracturée.

Cliv était responsable de la réussite ou de l'échec de la rave.

– Rassemble les gars, ordonna-t-il. Il faut arrêter ce bordel. Il désigna la sono. Et dis au DJ de débrancher.

Une larme suffit pour altérer l'océan.

C'était ainsi. Car ils étaient devenus un océan, et nul ne constituait une île, pas ici.

C'était la raison de leur présence, avant que la vie ne les prenne et qu'ils n'osent plus.

Ils étaient jeunes, et ils savaient. Les jeunes savent toujours. Et ils savent plus qu'ils ne savent. Jusqu'à ce que le marteau de l'expérience les façonne sur l'enclume des années.

La drogue les fondait en un seul être. Une conscience de groupe. Et la joie était partagée. L'énergie sans limites et le rythme assourdissant les unissaient comme ces petites créatures dans la mer déchaînée. Comme le tonnerre d'un cœur commun à tous.

Ils dansaient. Heure après heure. Sans besoin de s'arrêter. Sans besoin d'autre stimulant, pas d'alcool pour planer, pas de nicotine pour se calmer.

Ils ne faisaient qu'un.

Mais la larme empoisonnée se mêla à l'eau dorée de leur bonheur.

Et comme ils étaient un tout, ce que ressentait l'un était transmis à tous les autres, à l'âme du groupe, à l'entité. Un d'entre eux avait été blessé, et tous furent blessés. La souffrance se propagea comme une traînée de napalm, brûlant non la peau mais l'esprit.

Ils s'écroulèrent en hurlant, ne s'interrompant que pour reprendre leur souffle.

– Bordel, marmonna Cliv. Qu'est-ce que je vais faire ?

– Il faut y aller, dit Basher.

Et Meato geignit. Jezebel s'était réfugiée sous la Jubilee d'Owl.

La nuit était devenue subitement silencieuse.

Le bruit, ce rythme lancinant, avait cessé. D'un coup. Et les éclairs de lumière se replièrent sur eux-mêmes comme les ailes d'un oiseau qui se pose, avant de disparaître dans les ténèbres.

Pendant quelques secondes, ils eurent l'impression d'être sourds et aveugles.

– J'ai mon couteau, dit Owl.

– On y va sans s'énerver, conseilla Jas.

Ils enfourchèrent leurs motos, laissant femmes et animaux au campement. Cathy le prit assez mal. Ray était furieux.

On ne put retenir Viv. Elle s'assit dans l'herbe, droite, prête.

Et quand les motos commencèrent à descendre la colline, elle se mit à courir derrière. Mais sans aboyer.

Quand ils atteignirent l'espace entre les pins et les véhicules, les motards s'arrêtèrent.

A cette distance, ils percevaient maintenant un autre bruit.

Des sanglots, bas et profonds.

Un tel son s'était peut-être élevé dans la nuit en Egypte, lorsque les nouveau-nés avaient été enlevés à leurs parents; ou à Rotterdam, quand les bombes allemandes avaient cessé de pleuvoir sur la ville.

– Bon sang, qu'est-ce que c'est?

– Mauvais, mec! s'exclama Whisper. C'est mauvais.

Ils lui dirent de la fermer.

Et alors qu'ils approchaient de l'entrée, de l'orifice ténébreux remplaçant la double porte, Camillo sortit, vif et malicieux. Derrière venaient les autres.

Sur le seuil de la maison un chauve imposant vêtu d'un short voulut saisir Connor, mais celui-ci le frappa du genou à l'entrejambes, et l'autre s'affaissa lentement. Un second inconnu apparut. Il avait le teint très mat, comme Shiva. Il *vit* Shiva et marqua une seconde d'hésitation. Celui-là avait une arme, Connor en était sûr, un petit pistolet. Mais l'inconnu leur tourna le dos et disparut à l'intérieur, comme s'il ne les avait pas vus.

Tout le monde put constater que Red pleurait. Des rubans de cristal coulaient de sous ses lunettes fumées.

Rose gratta la rose tatouée sur son crâne.

Tous portaient une marque noire sur la main, comme un stigmate.

– Eh, Connor, tu veux qu'on y aille? demanda Basher, qui lui aussi avait vu l'homme au pistolet.

– On trace, lança Connor.

– Et adieu, ajouta Camillo.

Connor lui lança un regard aigu.

– Ah ouais?

– Ouais. Marre de vous. Je pars. Et la rousse peut rester. Vous ne m'intéressez plus. Vous êtes trop comme une *famille*, Connor, toi et ta tribu.

Red s'écarta d'eux, pour se plier en deux et vomir à longs traits.

Et elle va retourner auprès d'un vieux type nommé Mark, songea Connor.

Mais pas auprès de Camillo.

Lui gravissait déjà la colline pour retrouver sa fabuleuse moto.

Viv arriva en courant, et Connor la reçut dans ses bras. Oh Dieu, il l'aimait, c'était bien la seule qui comptât... Elle lui mordilla l'oreille affectueusement, parce qu'il était toujours en vie. Et il aurait pu lui mordre la nuque en réponse.

Derrière eux, dans la grande bâtisse, les sons horribles gagnaient en puissance.

– Allons-y.

Ils remontèrent la pente de la colline comme ils étaient descendus, à vitesse réduite. Rose maintenait Red sur la selle derrière lui. Elle avait vomi son passé. Camillo avait fini par la rendre malade.

Ils quittèrent les lieux dans le grondement des motos, et bientôt la douceur de cette nuit d'été les détendit. L'odeur des champs, des chevaux, du purin était agréable. Les étoiles ressemblaient à des gemmes. Installée dans la sacoche, Viv portait ses lunettes. Owl et Rats avaient pris Meato et Jezebel. Ils formaient une fraternité.

Red voyageait toujours derrière Rose, sa tête appuyée sur l'épaule du motard.

Demain il la conduirait au pub, et il attendrait. Avec Rose, Red serait en parfaite sécurité.

Mais passé les champs, quand au loin on vit les lumières fades de la ville, Camillo se sépara d'eux. L'Electraglide vrombit et s'engagea sur l'autoroute en béton, abandonnant ces contrées sans âge sous les étoiles pour filer dans la clarté des lampes au sodium. La musique jaillissait de la moto, baissant à mesure qu'il s'éloignait. Puis elle mourut. Plus de musique. Plus de Camillo.

11

Alors que Rachaela se mettait à genoux, un nuage masqua le soleil.

Dans l'ombre, Althene ouvrit les yeux.

– Je suis vivante, dit-elle. Tu dois aller chercher quelqu'un...

Rachaela se releva. Althene tourna la tête et un liquide coula de sa bouche, écarlate.

– Trouve un téléphone, dit Althene en toussant. Appelle la Demeure.

– Reg...

– Non, l'interrompit Althene. Eric. Parle à Eric. Il saura ce qu'il faut faire... Ne parle à personne d'Anna.

Je devrais courir comme une folle avertir la police. Comme la mère d'une enfant qu'on vient d'enlever. Mais est-ce vrai ?

Elle avait toujours redouté la police, non parce qu'elle était une criminelle mais parce qu'elle n'avait confiance en personne, surtout en uniforme.

– *Duizelig*... murmura Althene.

Rachaela courut sur l'allée, entre les tours vertes des arbres et les masses grises des tombes.

Derrière un mausolée, dans l'ombre créée par un nuage, un homme bêchait. Un véritable jardinier ? Rachaela se dirigea vers lui.

– Ma sœur... commença-t-elle. Ma sœur est malade. Il faut que je téléphone...

Elle dut lui paraître très convaincante car il ne posa

aucune question et la guida jusqu'à une petite cabane nichée entre les arbres où il prit un téléphone portable. Sans doute savait-il qu'elle était une des trois personnes très spéciales admises dans le cimetière. Il lui tendit le téléphone.

Rachaela imaginait Althene morte dans les herbes.

Les sonneries s'ajoutèrent aux sonneries. Enfin Michael décrocha. Michael ferait l'affaire, se dit-elle.

– Althene est... blessée, Michael. C'est sérieux.

Sans panique, Michael demanda où elles se trouvaient. Puis Eric le remplaça au téléphone.

– Une ambulance sera là dans dix minutes, dit-il simplement.

Cela paraissait peu réaliste, mais Rachaela se souvint qu'il s'agissait des Scarabae. Il semblait qu'elle avait toujours besoin de se le rappeler. *Ils...*

Elle ressortit de la cabane et fit quelques pas au hasard. Elle n'aurait pu dire où se trouvait Althene.

Elle se campa dans l'allée, bras croisés sur la poitrine, et contempla la cime des arbres où le soleil chauffait les oiseaux. Les nuages s'amoncelaient.

Elle aurait dû se lancer à la poursuite des ravisseurs. Mais que serait-il arrivé ? Ils l'auraient frappée, elle aussi.

Le jeune jardinier revint.

– Je lui ai mis une couverture, annonça-t-il d'un ton posé. Mais elle est toujours très mal. Vous avez appelé ? Très bien, alors...

Lui aussi semblait savoir, et il la ramena auprès d'Althene. Consciente, elle paraissait beaucoup souffrir, le corps rigide pour lutter contre l'assaut physique, comme Rachaela l'avait déjà vue quand elle atteignait le plaisir.

Le jardinier s'éloigna.

Rachaela s'assit près d'Althene.

– Qu'y a-t-il ?

– Quelque chose en moi... s'est rompu. Mais ne panique pas, je me remettrai. As-tu appelé Eric ?

– Il a dit qu'une ambulance allait arriver... mais comment vas-tu ?... Je veux dire, tes vêtements ?...

Malgré sa douleur, Althene prit un air ironique et blasé.

– Ne t'inquiète donc pas, petite fille. Ce n'est pas une ambulance des hôpitaux publics... Puis, d'une voix plus faible : *Mijn dochter.*

Ma fille.

Est-ce que je ressens la moindre inquiétude pour Anna, maintenant ?

Oh, mon Dieu, qu'ils fassent vite...

Ils avaient fait vite.

Deux hommes remontaient l'allée avec une civière. La scène était pour le moins incongrue, dans ce lieu où les résidents se moquaient bien de telles attentions.

Lorsqu'ils soulevèrent Althene, elle poussa un cri. D'une voix d'homme, sans équivoque possible.

Mais cela ne causerait aucun problème.

Les chambres de la clinique privée, accueillante et paisible, étaient peintes en gris clair et rose pâle. Des fleurs avaient été disposées un peu partout.

Dans la chambre d'Althene, qui possédait tout le confort imaginable, on avait mis des roses blanches, des pâquerettes mauves, des chrysanthèmes couleur crème de citron.

– Il n'y a rien de fortuit à envoyer des fleurs rouges et blanches, déclara Althene. Rouge comme le sang, blanc comme les bandages.

Et les chrysanthèmes sont signes de deuil, songea Rachaela. *Mais pas pour les Scarabae, bien sûr.*

Les hommes en blouse blanche avaient murmuré le mot *péritonite*, puis n'en avaient plus parlé. Ils annoncèrent à Rachaela que sa sœur – bien qu'alors ils aient évidemment découvert que la « sœur » de Rachaela n'était pas une femme – était solide et qu'elle avait magnifiquement bien supporté l'intervention. A présent, il lui fallait seulement se reposer et reprendre des forces.

Des infirmières en uniforme élégant, qui ne semblaient pas souffrir du manque de sommeil, entouraient Althene d'attentions non dénuées de séduction. Savaient-elles ?

Le quatrième jour, Althene portait une robe de chambre en soie d'un pourpre profond. Elle s'était parfumée, maquillée avec légèreté, et coiffée. Son visage n'était plus marqué par la souffrance, il était seulement un peu plus pâle qu'à l'accoutumée.

Rachaela n'avait plus peur pour elle, mais à cause d'elle.

Elles ne parlèrent pas d'Anna avant ce quatrième jour. C'est Althene qui aborda le sujet.

– Tu m'as apporté du raisin. Tout ce qu'il me faut!

– Je suis désolée. Je ne savais pas. Mais j'ai pensé que la couleur te plairait.

– Bien sûr elle me plaît. Nous mangerons le raisin et boirons du vin. Dans une semaine. Ensuite... ensuite il faudra que je pense à Anna.

– Tu m'as dit de ne pas les prévenir...

– Oui. Pas encore.

– Mais...

– C'est évident, tu as subi un choc terrible. Tu t'inquiètes beaucoup.

Rachaela rejeta la tête en arrière et contempla Althene comme elle avait contemplé la cime des arbres, dans le cimetière.

– Que veux-tu dire? Je suis *terrifiée*, oui.

– Parce qu'on l'a enlevée.

– Mais pourquoi? dit Rachaela.

Althene tourna la tête sur son oreiller rose.

– Quelqu'un voulait l'avoir. J'aurais dû le savoir. J'ai été stupide de ne pas le deviner. C'est ma faute, Rachaela.

– Qui a *voulu* cela? Qui l'a enlevée? Et pourquoi? Que vas-tu faire?

– Tant de questions... Je ne sais pas, dit Althene avec une certaine hésitation. Malach... sera mis au courant.

– Elle est *à toi*, fit Rachaela.

– Et à toi.

– A toi et à moi, alors. Mais pas à lui. Il l'a repoussée.

– Et quelqu'un d'autre l'a prise.

– Je ne peux pas supporter cette situation. Je ne peux pas, Althene. Je suis perdue.

– *Mijn dochter is zoek*, dit Althene.

– Ta fille est perdue, oui.

– Non, c'est pire que si je l'avais simplement perdue, déclara Althene en fermant les yeux comme après son agression. Je veux dire qu'elle s'est perdue elle-même.

– Comment ? Elle n'avait pas le choix.
– Peut-être.
– Althene...
– Ecoute-moi, ma beauté. Tu dois partir. Tu viens ici et tu t'assois, mais tu ne me sers à rien, Rachaela. Rentre à la maison. Tu y seras mieux. Je vais bien. Bientôt je te rejoindrai.
– J'ai essayé...
Le regard d'Althene la transperça.
– Essayer ne suffit pas. Je dois dormir, maintenant.
– Je reviendrai...
– Non. Fais comme je l'ai dit. Retourne à la maison sur la colline.
– Et que vais-je leur dire ? A Elizabeth, et à Reg ?
– Quelle importance ?
– Mais ils voudront savoir, insista Rachaela.
– Alors dis-leur que j'ai eu une appendicite, et qu'Anna est partie séjourner chez une amie... en France.
Rachaela enfonça profondément ses ongles dans la paume de ses mains.
– Une amie de deux ans qui en paraît dix-sept... Et toi tu me renvoies comme une méchante gamine.
– Tu es une méchante gamine.
Qu'est-ce que j'éprouve, maintenant ? Rien. Rien.
Elle regagna la maison en taxi.
Le chauffeur était volubile, mais sans se montrer indiscret. Elle inventa à son intention tout un tas de mensonges : un mari aux mystérieuses occupations financières, et – bizarrement – deux filles qui allaient au lycée.
Il répondit qu'elle semblait beaucoup trop jeune pour avoir des enfants de cet âge.
Elle lui affirma qu'il la flattait.
Quand ils atteignirent la ville, elle lui demanda de la déposer devant le supermarché. Il fallait qu'elle pense au repas pour sa petite famille.
A l'intérieur, elle observa les femmes qui faisaient leurs courses.
Plus tard, tout en gravissant la colline, elle se parla à elle-même, et fut très vite essoufflée. Quand elle atteignit le mur de la maison elle s'y appuya et regarda le chemin parcouru.

Une telle distance. Et une telle distance à parcourir encore...

La maison était propre et aérée. Elizabeth avait assuré un entretien irréprochable. Une salade au saumon fumé et un gâteau l'attendaient dans le réfrigérateur, ainsi que deux bouteilles de vin blanc de Californie. Quelqu'un avait prévenu de son arrivée.

Après le quatrième verre, Rachaela monta dans sa chambre. Dans leur chambre.

Elle se déshabilla et contempla son corps intact de jeune femme dans le miroir.

A six heures, elle appela la clinique, mais Althene s'était très sagement endormie.

Dites-lui que je l'aime, pensa Rachaela sans oser le formuler. *Dites-lui que je suis seule.*

Elle regarda un film télévisé : une femme désirait des enfants et ne pouvait en avoir.

Rachaela rit. Elle rit jusqu'à en pleurer.

La clinique appela Rachaela à dix heures le vendredi matin, pour lui annoncer qu'Althene avait quitté l'établissement et rentrait chez elles.

Rachaela fut prise d'une étrange sensation, comme une jeune vierge victorienne dont le fiancé reviendrait à l'improviste du front. *Papillonnante* était le mot qui convenait à son état.

Quand le téléphone sonna, elle se trouvait encore au lit. Elle se leva aussitôt, se doucha, s'habilla, se poudra le visage, maquilla ses lèvres et ses yeux. Elle n'avait que peu de temps. Althene ferait le trajet par la route, elle aussi.

A onze heures Rachaela mangea une demi-tartine et s'efforça sans succès d'avaler un café. Elle se rabattit sur le vin débouché. Des deux bouteilles de la veille il ne restait plus qu'un verre environ, qu'elle vida.

Le vin ne la calma pas. Son cœur battait légèrement, très vite.

La voiture arriva à midi. Une Rolls Royce. Oui, comme toujours, bien sûr. La voiture des Scarabae pour les fuites et les sauvetages.

Rachaela ne resta pas à la fenêtre pour épier son arrivée.

Elle traversa le salon et attendit au centre du tapis chinois.

Devrait-elle se précipiter vers la porte quand celle-ci s'ouvrirait ? Et, en faisant attention aux bandages, étreindrait-elle son amour ?

Elle entendit la porte d'entrée.

Dans le hall, les pas d'Althene lui parurent étranges. A l'évidence, elle n'avait pas mis de talons aiguilles, à cause de ses douleurs sans doute.

Un sac fut négligemment posé sur le sol.

Puis les pas au son inhabituel traversèrent le hall et une silhouette pénétra dans le salon faiblement éclairé, où le soleil n'entrait que plus tard.

Un choc si violent qu'il en fut douloureux frappa la poitrine de Rachaela, descendit à l'estomac et lui tordit les entrailles.

Si elle avait eu à la main le verre à pied, il lui aurait probablement échappé des doigts : comme dans une scène bien mélodramatique. Par chance pour le tapis, elle avait reposé le verre.

Qui était-ce ? Qui était-*il* ? Cet homme.

Adamus...

Le père de Ruth.

Le premier amour. Le premier démon.

– Je ne voulais pas te surprendre, dit la silhouette. Toutes mes excuses.

Rachaela s'entendit répondre :

– Ce n'est rien. C'est simplement que je ne t'avais encore jamais vu ainsi, n'est-ce pas ?

L'homme était jeune, séduisant, avec un teint très pâle. il portait un pantalon et une chemise noirs, en accord avec ses cheveux mi-longs attachés en queue de cheval.

Oui. Adamus.

Une ressemblance de famille, alors. Tous se ressemblaient plus ou moins. Même Rachaela. Même Althene. Althene vêtue comme ce qu'elle avait toujours été, physiquement, un homme.

– J'aurais dû te prévenir, dit Althene. Assieds-toi.

– Ne sois pas ridicule. Je ne vais pas m'évanouir. Tu m'as surprise, c'est vrai, mais rien de plus. La transformation est frappante.

Althene haussa gracieusement les épaules.

– Il en est qui préfèrent.

– Eh bien, c'est toi qui décides, non? répondit Rachaela.

Même serrée en queue de cheval, la chevelure d'Althene gardait son ondulation. Rien de comparable avec Adamus, donc. Et son visage n'était pas le sien, pas vraiment.

Mais Rachaela ne l'avait encore jamais vue ainsi. Même dans le lit, il y avait la soie, la dentelle, les seins, le parfum nocturne d'une très jolie femme.

Althene traversa la pièce. Sur son corps mince et musclé, il était aisé de repérer les bandages. Althene s'assit sur le canapé. Lui.

– Si tu n'en as pas envie, moi je dois m'asseoir.

– Veux-tu quelque chose? s'enquit Rachaela.

– Pas tout de suite. Laisse-moi t'expliquer, d'abord.

– Ce n'est pas nécessaire.

– Bien sûr que si. Ecoute-moi avec attention, je te prie.

Rachaela resta immobile au centre du tapis.

– Très bien.

– Je dois rechercher Anna. Je dois... contacter diverses personnes. Et ce sera plus simple ainsi.

– Anna, dit Rachaela.

– Anna. La fillette de deux ans qui en paraît dix-sept.

– Sais-tu où la chercher?

– Peut-être. Je n'ai aucune certitude.

– Et quel rôle vais-je jouer?

– J'ai bien peur que pour toi l'attente soit la solution la plus sage. C'est difficile, je sais.

– Je prends ça comme une preuve de cynisme.

Althene – lui – la regarda de biais, comme le faisait Adamus. Le prêtre froid. Mais ce n'était pas Althene. Pas maintenant.

– Ton obsession de toi-même m'intriguera toujours, Rachaela. Je m'efforce de te consoler. Même si tu es jalouse d'Anna, elle t'appartient. Et quelqu'un l'a enlevée. Tu seras seule. Tu devras attendre. Des semaines risquent de s'écouler sans nouvelles d'elle, ou de moi. Je me rends compte combien cette situation sera déplaisante. Mais c'est tout ce que je peux t'offrir.

– Alors c'est sans doute que je le mérite.

– Et à l'obsession de toi-même tu ajoutes un complexe de culpabilité...

– Ne m'analyse pas. C'est déjà assez dur.

– Tu as raison, dit Althene. Pourrais-tu me donner de l'eau ? C'est tout ce que je veux.

– Du robinet ? Ou dois-je ouvrir une bouteille de Perrier pour célébrer l'instant ?

– Je préférerais de l'eau plate.

– Comme l'existence ? Nous préférerions tous que l'existence soit plate, lisse, sans aspérité. Et pourtant nous voilà ballottées par une tempête d'accidents et de traîtrises.

Althene se leva du canapé.

Pour un homme elle n'était pas si grande, plus pourtant que Rachaela. Et bâtie sur un mode plus athlétique. L'ossature du visage, la chevelure. Et même les mains où maintenant apparaissait l'ombre d'un duvet masculin. Aucune bague à ses doigts.

– Je veux que tu me serres contre toi, dit Rachaela.

– Alors je te serrerai.

– Mais ce n'est pas toi.

– Si. Ce sera toujours moi. Une loi physique.

– Tes bras sont déjà réservés à Anna.

– Je ne veux pas d'Anna pour amante.

– En es-tu sûr, Althene ?

– Parfaitement sûr.

– Tu lui ressembles, maintenant, à lui. Peut-être appréciera-t-elle cette ressemblance. Quand tu la retrouveras.

– Si je la retrouve.

– A moins que Malach ne la retrouve. Rivaux ?

– Rachaela, je suis très lasse. Tous ces clous d'acier enfoncés dans mon corps m'ont épuisée.

– Dans le cercueil du vampire. Au moins tu n'as jamais bu mon sang, comme lui l'a fait.

– Ni toi le mien, répondit Althene. Laissons cela pour l'instant.

Elle – il – sortit de la pièce, et dans la cuisine le robinet chuinta brièvement.

Rachaela avait oublié de lui apporter l'eau demandée. Impardonnable.

Un peu de carburant pour son complexe de culpabilité.

Elles dormirent dans leur lit. Ou plutôt Althene dormit, dans un silence épuisé. Rachaela veilla.

Quand la lumière commença à dessiner les plis des rideaux, Rachaela posa sa main sur la nuque d'Althene, doucement, pour ne pas la réveiller.

A quoi ressemblerait l'amour avec lui ? Avec *lui* ?

Eblouissant ? Morbide ? Les deux ?

Jamais je ne le saurai.

Rachaela descendit à l'étage inférieur, s'assit sur le sol près du canapé et but encore un peu de vin.

La lumière vira au bleu, et dehors, dans les peupliers sombres, les oiseaux s'éveillèrent.

Une fois elle avait dit à Althene : *Je vous aime. Ne m'abandonnez pas.*

Mais dans l'espace leurs mains s'étaient séparées. Et maintenant elles tombaient toutes deux dans l'abîme, séparément.

C'était très triste, mais pour l'instant elle ne le ressentait pas.

Pas encore.

12

C'était un jour de bourrasques pluvieuses, mais Cimmie s'était vêtue comme en été d'une robe turquoise, se parant de boucles d'oreilles en or et de bracelets en corne. Elle était d'humeur joyeuse car elle allait traîner les magasins avant de passer chez sa coiffeuse pour raccourcir de deux centimètres sa chevelure qui en avait quatre.

– Ne touche pas au gâteau avant l'arrivée de Ms Baldwin. Ensuite tu pourras en prendre une part, mais seulement si elle aussi en mange.

Faran avait approuvé. Il se montrait toujours responsable. Depuis l'âge de cinq ans ses parents pouvaient le laisser seul dans l'appartement. Faran n'était pas le genre d'enfant à s'enfoncer des ciseaux dans l'oreille ou à mettre le feu au salon avec des allumettes.

Le gâteau restait de la soirée précédente, et il était aux raisins, aux noix et à la crème.

Après le départ de Cimmie, Faran alla dans sa chambre prendre ses livres de géographie et ses exercices d'arithmétique, et il disposa le tout sur la table en chêne du salon.

Puis il amena une chaise près de la fenêtre.

Par-delà la rue, le parc était zébré en diagonale par la pluie.

Le gros homme était là, à l'entrée.

Mais il était inutile de lui faire signe. La pluie l'empêcherait de voir ce qui se passait derrière les vitres.

Faran étendit la main jusqu'à la lampe posée sur un

petit meuble à côté de la fenêtre. Il alluma, éteignit, ralluma, en espérant que cela suffirait. C'était mieux que rien. Rester ainsi sous la pluie devait être très déplaisant.

Faran remit la chaise à sa place, revint à la table et s'assit pour attendre.

Une demi-heure passa, et il attendait toujours.

Ms Baldwin n'arrivait jamais en retard. Elle connaissait la géographie de la cité et la mathématique du temps, et dans ces deux domaines elle ne s'autorisait aucune marge d'approximation.

La chose était donc exceptionnelle.

Pourtant Faran ne se faisait aucun souci pour Ms Baldwin. Il ne lui souhaitait aucun malheur, mais il ne l'aimait guère. Elle n'avait qu'à prendre soin d'elle-même.

Finalement il quitta la table et alla ouvrir le réfrigérateur. Il contempla le gâteau pendant quelques secondes, mais il n'avait pas faim.

A cet instant précis la pluie cessa et un rai de soleil éblouissant entra par la fenêtre.

Faran retourna à son poste d'observation pour regarder comment se comportait l'homme à l'entrée du parc, maintenant qu'il ne pleuvait plus.

L'inconnu était toujours là, silhouette sombre dans son manteau bon marché. Il fit un signe à Faran.

Debout sur la chaise, devant la fenêtre, Faran répondit de la main.

L'homme à l'entrée du parc lui fit alors signe de le rejoindre.

Il ne pouvait savoir que Faran n'avait pas le droit de quitter l'appartement.

Faran secoua la tête négativement, à regret.

Il descendit de la chaise, retourna s'installer à la table en chêne et s'attaqua à son devoir sur la pêche scandinave.

A quatre heures dix Ms Baldwin ne s'était toujours pas manifestée. Faran poussa ses livres sur la table.

Le soleil envahissait l'appartement, illuminant les trésors des Objegbo, les paniers tressés, les statuettes d'éléphants et de lions, les masques accrochés aux murs, et les batiks de Cimmie.

Faran regarda autour de lui. La lumière solaire était cruelle.

Il alla jeter un œil dans sa chambre. Sur les murs peints en jaune étaient punaisées des photographies d'animaux. Il aimait les animaux. Mais ses « jouets » étaient tous des jeux éducatifs. Il y avait là beaucoup de puzzles et de tests divers. Les livres, eux aussi, étaient des livres pédagogiques. Il y avait ce roman sur des enfants de Nagasaki au moment de l'explosion atomique, d'autres sur la traite des esclaves, ou les enfants juifs réfugiés en 1940.

Le soleil déversait ses rayons par la fenêtre.

Faran ressentit une brusque exaspération envers Ms Baldwin. Elle aurait dû se trouver ici depuis déjà longtemps, et sa présence peu réjouissante était encore préférable à ce soudain sentiment de frustration.

En réalité Ms Baldwin était innocente de ce retard. Sa seule faute était d'avoir pris la rame de métro qui resta bloquée entre deux stations. Elle joua vraiment de malchance, car de toute la semaine ce train fut le seul du réseau à être affecté par un problème d'alimentation électrique.

Faran ouvrit la porte du bureau de son père, regarda à l'intérieur, puis referma. Il passa ensuite à la chambre d'amis, toujours prête pour des invités un peu trop éméchés. Ceux de la veille avaient fini par rentrer chez eux, malgré leur état.

Puis il entra dans la chambre de ses parents. Des couvertures à motifs tribaux étaient étalées sur le lit, dont les sept oreillers étaient couverts de taies zébrées. Une lance était accrochée au mur, un peu comme le maillet de cricket exposé au-dessus du bureau paternel.

Faran fronça les sourcils, perplexe.

Sur la coiffeuse de sa mère étaient éparpillés des flacons de parfum Chanel et une crème pour le visage dans sa boîte blanche et or, formule exclusive pour peaux noires, trente-cinq livres l'unité.

Il n'était pas satisfait. Et ses vêtements dans la petite penderie, et les effluves de son parfum qui planaient encore dans la pièce, poivrés, attirants, étrangers.

Alors que sur son strapontin Ms Baldwin croisait et

décroisait nerveusement les jambes pour la centième fois, puis essuyait discrètement ses paumes moites sur ses manches, en espérant ne pas s'évanouir à cause de la chaleur, Faran revint se poster à la fenêtre du salon. L'homme était toujours là.

Après une minute il alla dans la cuisine, sortit le gâteau du réfrigérateur et en découpa une part généreuse qu'il glissa dans un sac à congélation. Avec un peu d'irritation, il constata que la crème s'était étalée sur les noix. Mais il serait toujours aussi délicieux. Il prit également une cuillère à dessert en argent et deux serviettes en papier.

Portant le tout avec précaution, Faran sortit de l'appartement.

Il laissa la porte se refermer derrière lui. Cimmie serait rentrée pour cinq heures et demie, et même si l'homme dans le parc se lassait de Faran, celui-ci pourrait toujours attendre sa mère dans le hall d'entrée de l'immeuble.

Dès son plus jeune âge, on avait défendu à Faran de parler aux inconnus. Il ne devait *jamais* avoir le moindre contact avec des inconnus.

Mais là encore... Un des meilleurs amis blancs de Cimmie et Wellington avait un jour coincé Faran dans la cuisine; la bouteille de riesling qu'il était venu chercher dans une main, il avait de l'autre tâté les organes génitaux du garçonnet.

– Bientôt un homme, avait-il dit d'une voix rauque.

– Laissez-moi.

L'homme s'était exécuté en riant doucement.

– Je plaisantais.

Mais c'était Mr Thorpe qu'on avait soupçonné de penchants pédophiles, un comportement aussi éloigné de sa personnalité que la Terre l'est de la galaxie d'Andromède.

En tout cas, pour lui, c'étaient ses proches qui étaient des inconnus. Il n'aurait pu expliquer clairement ce concept, mais il était certain de sa validité.

Et s'il avait été aussi sage toutes ces années, peut-être n'était-ce que par manque d'occasions de se conduire autrement.

Au dehors de l'élégant immeuble, le trottoir luisait de pluie, et les maisons alentour semblaient faites de papier journal détrempé. Traverser la rue n'était pas si difficile, car la circulation était raréfiée.

Faran regarda dans un sens puis dans l'autre avant de traverser en quelques enjambées rapides jusqu'à l'entrée du parc.

L'homme l'accueillit d'un sourire.

– Bonjour, Faran. Content de te rencontrer.

L'enfant ne vit rien d'étrange à ce que cet étranger connaisse son prénom. C'était logique, d'une certaine façon.

– Je vous ai apporté un morceau de gâteau.

– C'est très aimable à toi, Faran. Merci beaucoup.

L'homme accepta le gâteau et se mit à le manger avec un plaisir évident, en utilisant la cuillère en argent.

Faran l'observait.

– Qui êtes-vous? dit-il.

– Tu peux m'appeler Danny, répondit l'homme. J'espérais que tu descendrais. Je pense que tu aimerais revoir Mr Thorpe, n'est-ce pas?

– Oui, répondit Faran avec franchise.

– Alors je vais te conduire auprès de lui.

Ils déambulèrent dans le parc, et l'homme essuya son visage rondouillard avec les serviettes en papier qu'il froissa et rangea dans le sac congélation, avec la cuillère en argent, avant de jeter le tout dans une poubelle.

Faran le regarda faire. Rien ne l'intriguait. Il sentait déjà quelque chose... comme une mélodie venue de très loin.

– Il faut que je sois rentré à cinq heures et demie, précisa-t-il toutefois.

– Ne t'inquiète de rien, répondit Danny.

L'allée principale du parc serpentait entre les arbres, et un peu plus loin était garée une Montego gris pâle. Danny déverrouilla les portières et ils montèrent dans la voiture. Danny ôta son manteau. Il portait un costume marron seyant et une cravate pareille à un long couteau d'eau bleue.

Il conduisait bien. Faran s'enfonça dans le siège passager, ceinture bouclée, et regarda le paysage.

Ils passèrent dans le centre de Londres, où se trouvaient

les grands magasins inondés de couleurs, tandis qu'en haut des façades une architecture oubliée crénelait le ciel.

Faran vit des jeunes filles, noires, blanches, bronzées, des filles aux cheveux longs et d'autres aux cheveux courts, des filles resplendissantes et des filles ternes, et aussi des hommes armés de parapluies, tenant des chiens en laisse. Et il vit sous les porches des groupes de gens emmitouflés dans des couvertures et qui semblaient invalides.

La voiture s'arrêta devant un grand hôtel à la façade ornée de cariatides.

Le portier salua Danny en effleurant sa casquette de l'index.

– Ils sont au bar, Sir. Ils vous attendent.

A l'intérieur, l'hôtel était marron et solennel, à peine égayé de touches dorées. En voyant la décoration d'énormes corbeilles débordant de fleurs, Faran pensa à la corne d'abondance.

Sur fond de moquette vert sombre, Mr Thorpe attendait dans un canapé confortable, en compagnie d'une très jolie jeune femme noire, à la silhouette généreuse.

Faran ne se précipita pas vers lui.

Un instant il fut saisi d'une crainte respectueuse, mais ce sentiment le réchauffa.

Mr Thorpe était vêtu d'un costume encore plus chic que celui de Danny, et beaucoup plus beau que n'importe lequel de ceux qui appartenaient à Wellington Objegbo. Il était d'un gris classique, et sa coupe ne serrait ni n'amoindrissait la corpulence de Mr Thorpe, mais la transformait en importance statuesque. Mr Thorpe ressemblait à un chef d'Etat. Il tendit sa main soignée à Faran.

L'enfant approcha et serra la main offerte. Il se sentait heureux, comme s'il rencontrait son père. Sauf que Wellington n'avait jamais déclenché ce sentiment chez lui.

– Tu m'as manqué, Faran, dit Mr Thorpe.

– C'est vrai ? Vous aussi, vous m'avez manqué.

Alors Mr Thorpe se pencha et déposa un baiser léger sur la joue de Faran. Puis il désigna la dame qui l'accompagnait.

– Je te présente Estelle.

Elle rit. Elle paraissait pleine de rires. Vêtue d'un ensemble rose et d'une longue écharpe coordonnée, elle était potelée et très, très jolie. A ses oreilles pendaient des anneaux d'argent. D'elle émanait un parfum léger, fleuri.

Elle aussi tendit la main, puis demanda un baiser à Faran, qui accepta de bon cœur.

– Vous êtes fort galant, Monsieur, dit-elle avec une pointe d'accent français.

Faran fut ravi du commentaire. Elle pensait ce qu'elle avait dit.

Mr Thorpe, Estelle et Faran prirent alors un ascenseur doré qui les mena à un couloir bordé de miroirs sur lequel ouvrait une suite de pièces miel et blanc.

Une somptueuse collation les attendait, composée d'une quantité de sandwichs minuscules au concombre, au brie, au saumon, de petits pains grillés, de gâteaux à la crème, d'éclairs au chocolat et de tartelettes aux framboises.

Faran avait faim, après tout.

Il l'annonça, et Estelle servit le thé.

– Il faudra que je téléphone à ma mère, dit Faran.

– Nous avons fait le nécessaire, lui assura Mr Thorpe.

– Ça ne lui fait rien ? Elle pourrait s'inquiéter.

– Tout est arrangé, affirma Mr Thorpe avec un sourire tranquille. Ne t'inquiète pas, Faran. Tu n'es pas inquiet, n'est-ce pas ?

– Non, répondit lentement Faran.

Non, il ne l'était pas. Il ne se sentait que vaguement concerné.

Cimmie lui semblait à des années-lumière de lui.

Comme toujours.

– Nous allons voir un film, Faran. Que devrais-je mettre ? Du rouge ou du vert ?

– Du rouge, s'il vous plaît, dit Faran. Ça vous ira très bien.

Estelle gloussa.

– Oui. Pour toi, alors. Du rouge.

– Quel film est-ce ? s'enquit Faran.

– Un vieux film, dit Mr Thorpe. Je t'en ai déjà parlé. *King Kong.*

Faran se souvint que Cimmie avait traité *King Kong* de parodie lamentable, qui insultait le peuple noir.

Faran avait envie de le voir.

Pendant qu'Estelle allait se changer, Mr Thorpe parla à Faran comme naguère, comme s'ils n'avaient jamais cessé de se voir. Mr Thorpe but un whisky, Faran un Coke.

Lorsqu'elle réapparut, Estelle était époustouflante dans un ensemble bordeaux.

Ils redescendirent.

Danny les conduisit dans un autre véhicule. Faran ne connaissait pas cette marque, ni sa provenance, mais la voiture était spacieuse et confortable. Le volant était à gauche, et les plaques minéralogiques françaises.

Alors qu'ils sortaient de voiture, dans le parking attenant au cinéma, un Blanc les approcha pour mendier. Cimmie l'aurait ignoré, mais Danny lui donna un peu d'argent.

– Ma mère dit qu'ils dépensent tout leur argent pour se droguer ou boire, murmura Faran par automatisme.

– Peut-être. Ou pour trouver à manger et un toit pour la nuit. A eux de choisir, dit Mr Thorpe. Les mendiants ont existé de tout temps. Ils étaient aux portes de Rome, et aux portes de l'Enfer.

Faran se souvint des invalides serrés dans des couvertures, sous les porches. Les sans-domicile-fixe.

Le monde était impitoyable et injuste, il le savait. Des gens y souffraient. Et parfois le suaire de la douleur recouvrait la vie comme les nuages d'un orage. Parfois, mais pas maintenant.

Ils entrèrent dans le cinéma et s'installèrent pour regarder *King Kong*.

Les invraisemblances du film ne comptaient pas. Pour Faran, c'était merveilleux. Merveilleux et effrayant.

Le singe géant l'emplissait d'amour. C'était une créature extraordinaire, qui transcendait sa nature jusqu'à ce qu'il soit corrompu et torturé, avant d'être pris d'une fureur quasi divine.

A la fin du film, lorsque King Kong, anéanti par les piqûres de guêpe des avions, agonise, Faran pleura un peu.

Mr Thorpe lui prit la main.

Pendant tout le trajet de retour jusqu'à l'hôtel, Faran parla du film.

– La grandeur est presque toujours redoutée, dit Mr Thorpe alors qu'ils entraient dans la suite. Et le génie est souvent sujet aux offenses.

Ils se restaurèrent dans la suite. Estelle se révéla végétarienne, mais d'une façon discrète. Mr Thorpe choisit une sole au citron avec des radis, et Faran une salade de poulet chaud. Les deux adultes burent du vin, et bien qu'on lui en proposât, Faran préféra un jus de fruits.

Il se demanda sans trop approfondir cette énigme ce qui avait pu changer l'attitude de Cimmie envers Mr Thorpe. Peut-être avait-elle appris qu'il était fortuné?

Au dessert, alors qu'ils se régalaient de framboises succulentes, Faran finit par poser la question :

– Quand dois-je rentrer?

Mr Thorpe cessa de manger.

– Maintenant, Faran, je vais te dire : tu n'as pas à rentrer.

Et cette révélation ébahit Faran, car jusqu'alors rien d'agréable n'avait jamais duré.

– Penses-tu, Faran, que je serais capable de te faire du mal? interrogea Mr Thorpe.

– Non.

– Alors tu dois me faire confiance. Bientôt je te dirai certaines choses importantes. Peux-tu patienter?

– Non, répondit Faran. Mais je ferai un effort.

Estelle rit de nouveau.

– *Pikanini induna*, dit-elle.

A l'évidence, ce n'était pas du français; quelque idiome africain, sans doute. Mais elle était si charmante et amicale que Faran ne se souciait guère de ces détails.

Le repas terminé, Mr Thorpe et Faran s'assirent sur le canapé.

– J'aimerais te présenter à certaines personnes, dit Mr Thorpe. Ce sont des amis.

– Je n'ai pas d'amis, répondit Faran avec sincérité, avant d'ajouter : à part vous.

– Ces gens-là t'ont connu... Il y a très longtemps. Des amis qui t'ont connu, avant ta naissance.

Faran était déconcerté.

– Comment ça ?

– Eux seuls pourront te l'expliquer. Mais ils te veulent, Faran. Tu leur appartiens.

Faran baissa les yeux et contempla le tapis à motifs floraux.

– Que va-t-il se passer ?

– C'est très simple. Demain matin, quelqu'un viendra. Quelqu'un de très gentil. Tu iras avec lui. Tu prendras l'avion.

– L'avion ? Pour aller où ?

– Quelque part, très loin d'ici. Mais avant tout, il faut que tu veuilles partir.

– Je ne sais pas, avoua Faran.

Mr Thorpe se leva.

– Viens avec moi.

Faran l'accompagna dans une autre pièce de la suite. Mr Thorpe ouvrit un dossier de cuir noir, en sortit une photographie qu'il tendit à Faran.

– Voici la femme qui désire que tu viennes à elle, dit-il.

Le cliché, en couleurs, était d'excellente qualité.

Faran le plaça sous le plafonnier et l'examina.

La femme ne posait pas. Elle s'était simplement assise devant l'objectif, et ses yeux l'avaient rencontré, sans réserve ni faveur, aussi profonds que la nuit.

Elle portait un vêtement noir, une robe, mais ici et là scintillaient en quelques points comme des gouttes de pluie éparpillées. Ses longues mains pâles étaient réunies, les ongles d'un rouge dense. Elle portait une unique bague au chaton ovale, sans éclat.

Son visage. Un front large, des sourcils longs, des yeux étirés en amande et d'un noir plus sombre que la robe. Un nez long qui curieusement évoquait quelque félin ; des lèvres ni trop minces ni trop pleines, d'un rouge très *doux*, comme... – la comparaison lui vint sans qu'il sache d'où – comme une grenade.

Faran sentait son sang bouillonner dans tout son corps, pour se rassembler et se densifier en son centre.

Il avait déjà éprouvé un éveil partiel là, dans le doigt délicat de son sexe d'enfant. Mais à présent son pénis se gonflait, se dressait et paraissait brûler, si dur qu'il devenait douloureux.

La vue de cette femme lui était douloureuse.

– Son nom, dit Mr Thorpe, est Lilith.

Faran se mit à pleurer, et les larmes jaillirent sans retenue tandis que l'effrayante érection se résorbait. Il écarta la photographie afin que ses larmes ne la souillent pas.

•

Cimmie avait dit qu'il devrait épouser une Blanche.

Et, bizarrement, c'était ce qu'il semblait faire.

C'était une cathédrale, avec ses vastes toiles d'araignées en pierre, ses hautes fenêtres pareilles à des fruits tranchés.

Il se tenait avec elle devant l'autel, et au-dessus des croix dorées se dessinait la silhouette des saints.

Elle était à son côté et portait les couleurs de sa maison. Rouge bourgogne, et sur son crâne de déesse, surmontant la soie noire de ses cheveux, une couronne de roses rouges.

Il l'avait déjà possédée. Dans le jardin de son père. Mais peut-être n'était-il pas son père. Il y avait eu des fleurs blanches. Elle n'était plus vierge. Mais elle s'était agrippée à lui.

Il passa l'anneau d'or sombre à son doigt.

Il était noir, d'un noir de jais, et plus grand qu'elle. Il pouvait entourer sa taille de ses deux mains. Il serait mort pour elle.

– Tu es si galant.

A présent il se trouvait sur un fleuve plus brun que la bière. Il la vit, dans sa petite maison en joncs avec les colonnes d'albâtre. Elle s'assit au centre du bateau. Au centre de son corps.

Il alla à elle. Elle portait la couronne du vautour.

Il n'était pas noir. Arabe ? Il baisa ses lèvres.

Puis il se retrouva sous les avant-toits, dans la fumée des bougies et du feu de cheminée, une pièce étroite au plafond bas strié de poutres, entre lesquelles étaient peintes de petites fleurs.

Sa main noire comme le charbon, sur son sein à la blancheur de neige.

Les flammes du feu jouant sur les poutres et les fleurs peintes.

C'était une chouette. Une chouette faite de fleurs.

Elle l'enfourcha. Il explosa en elle.

Puis elle le retint, comme un enfant.

– Reviens-moi, dit-elle. Reviens-moi.

Sa bouche rouge comme une grenade, ses yeux noirs comme la nuit. Ses cheveux telle une rivière de ténèbres coulant vers les cataractes.

Une petite ville. Ils se tenaient derrière la maison.

– Ils vont nous tuer.

– Ne m'abandonne pas, dit-il.

– Alors viens avec moi, je te perdrai.

Un coq chanta le lever du soleil, et tous deux allèrent se coucher. Ils n'aimaient pas le jour.

Elle était vêtue de rouge quand elle s'unit à lui. Son sang avait marqué les draps. Pourtant elle n'était pas vierge...

Dans les ténèbres de l'hôtel, Faran s'éveilla et s'assit.

L'établissement n'était pas plongé dans le silence. On pouvait entendre le ronronnement de la modernité. Mais il s'était trouvé ailleurs, très loin.

Peut-être te souviendras-tu d'elle, avait dit Mr Thorpe.

Faran la connaissait, cette femme, Lilith. Mais il ne pouvait se rappeler...

Et puis, ces rêves...

Ils lui avaient paru gothiques, médiévaux, et venus de l'Orient. La dernière scène, elle, c'était le froid, le Nord, extrême. Et il était un homme.

Mais elle. Elle restait constante.

Sa mère.

Faran réfléchit. Sept ans, dans la nuit électrique et bruissante d'un hôtel. Cela il le savait. Et son amour.

Il pourrait oublier les deux autres, l'homme et la femme. Il pourrait tout oublier.

Au matin il dirait à Mr Thorpe : *J'irai.*

Et ainsi, il serait en mesure de lui revenir.

13

Anna gisait sur le flanc.

La fille se penchait sur elle.

– Anna ? Nous atterrirons dans quinze minutes. Veux-tu aller aux toilettes ?

– Oui, répondit Anna.

Elle se redressa et sa tête lui parut légère, presque sans poids.

La fille l'aida à se mettre debout et la guida jusqu'à la petite cabine des WC. Anna eut le droit de refermer et de verrouiller la porte.

Mais celle-ci aurait aisément pu être brisée, en cas de nécessité.

Anna se soulagea, puis se lava les mains au petit lavabo et se rafraîchit le visage. Dans le miroir elle vit sa pâleur familière. Une ombre soulignait ses yeux.

Elle resta immobile un moment, pensive. Mais en fait aucune pensée ne vint réellement.

A la maison, ils lui avaient donné une drogue qui avait affecté son état. Mais elle devait bien reconnaître qu'elle ne pouvait rien faire sinon accepter.

Quelques secondes après qu'Althene se fut effondrée sur le sol, et alors que les deux hommes déguisés en jardiniers l'emmenaient rapidement entre les arbres, Anna subit de plein fouet un choc qui la laissa amorphe.

Sans hésiter, ils la conduisirent à travers le cimetière qui ne fut pour elle qu'un mirage verdâtre ponctué des formes grises des tombes. Puis ils suivirent une allée laissée à l'abandon menant à une porte étroite qu'ils passèrent.

Le long du trottoir, dans la rue, une Lada bleue attendait. Ils l'y firent monter, sans violence ni agressivité, mais avec des gestes irrésistibles.

Le moteur n'avait pas le même bruit que celui des autres voitures, jugea-t-elle.

La Lada démarra très vite.

Un homme avait pris place à côté d'elle, sur la banquette arrière, tandis que l'autre s'installait à l'avant avec le conducteur. L'homme à l'arrière ne la toucha pas de tout le trajet.

Alors qu'ils arrivaient dans une rue commerçante de la ville, Anna reprit tous ses esprits.

– Que faites-vous? demanda-t-elle.

– Ne vous énervez pas, dit l'homme assis à l'avant. Nous ne vous ferons aucun mal. Nous ne vous avons pas fait de mal, n'est-ce pas?

– Non. Mais pourquoi m'emmenez-vous?

– Quelqu'un veut vous voir, Anna.

Elle accepta le fait qu'ils connaissent son nom.

– Pourquoi?

– Eux seuls pourront vous le dire.

– Qui ça, eux?

– La famille, dit l'homme à côté d'elle.

La famille, c'était Eric, Sasha, Miranda... Ou ceux en Hollande, peut-être. Mais pourquoi agiraient-ils de la sorte?

– Scarabae? dit-elle.

– En effet, répondit l'homme auprès d'elle.

Anna pensait toujours comme une enfant. Parfois avec un esprit de dix ou onze ans, parfois de six ou sept. Et parfois avec l'expérience d'un âge beaucoup, beaucoup plus grand.

Ils mentent, songea-t-elle. *Et pourtant c'est vrai aussi.*

Après avoir roulé en silence pendant une heure environ, la Lada s'engagea dans une propriété ceinte de hauts murs.

La maison était de dimensions impressionnantes mais ne pouvait être comparée à la Demeure des Scarabae, sur le terrain communal. Les portes étaient vitrées et aucun rideau n'aveuglait les grandes fenêtres transparentes.

Ils l'escortèrent poliment à l'intérieur, et Anna vit que la maison était déserte. Quelques meubles dormaient sous des housses, les parquets étaient nus comme les murs, le jardin sans entretien depuis longtemps.

Une fille d'une vingtaine d'années entra. Vêtue d'un ensemble seyant mais assez strict, elle avait les cheveux noirs coupés court et le visage dépourvu de maquillage à l'exception de ses lèvres, peintes d'un rouge éclatant. Elle paraissait européenne, et en effet conversa en espagnol avec l'homme qui l'accompagnait. Anna ne comprenait pas l'espagnol.

L'homme était de belle carrure, comme les deux faux jardiniers, mais lui portait un costume sombre. A l'intérieur de son veston déboutonné, Anna aperçut la crosse d'un revolver.

La fille s'approcha d'Anna.

– As-tu besoin de quelque chose ?

– J'aimerais rentrer chez moi.

– Mais c'est là que tu vas aller.

– Je veux dire chez... Anna hésita, puis termina d'une voix plate : mes parents.

– J'ai bien peur que tu ne doives d'abord venir avec nous, dit la fille à la bouche de sang. Tu seras très bien. Tes proches sont très impatients de te voir.

Il ne pouvait s'agir d'Eric. Et certainement, la Hollande n'était pas concernée.

Anna accepta alors la seconde leçon : elle devrait se contenter de ce qu'ils voulaient bien lui révéler.

Ils se restaurèrent dans une pièce vide, de homard froid et de petits pains – qu'Anna n'aimait pas et ne mangea pas –, avant de boire un café.

La drogue se trouvait dans le café, selon toute vraisemblance.

Brusquement les murs de la pièce parurent se gondoler, puis s'éloigner. Le monde s'agrandit, et Anna se trouva dans un tube de cristal roulant sur le sol. Elle ne se sentait pas lasse, mais elle avait l'impression d'être sans force. Elle leva les mains pour voir si elle en était encore capable, et dut fournir un réel effort pour accomplir ce simple geste.

– N'aie pas peur, dit Lèvres-De-Sang. C'est pour t'aider à te détendre. Ça va passer très vite.

Mais la sensation ne se dissipa pas, et lorsqu'ils sortirent pour prendre une autre voiture, Anna eut les pires difficultés à se mouvoir normalement. L'homme en costume dut la soutenir.

Au-dehors il faisait sombre. Le soir.

– Laissez-moi partir, s'il vous plaît, voulut dire Anna.

Mais elle ne maîtrisait pas plus ses lèvres que ses membres. Elle établit un parallèle entre son impuissance présente et celle qu'elle avait ressentie à l'âge d'un an, quand elle possédait le vocabulaire sans pouvoir le coordonner. Mais alors Althene avait été là pour l'aider et l'assister dans ses progrès.

Anna aurait voulu pleurer. Qu'était-il arrivé à Althene ? Rachaela viendrait-elle à son secours ?

Mais c'était inutile. Même l'émotion ne pouvait monter en elle.

Anna avait le sentiment de tout vivre depuis un lieu très éloigné, mais d'une certaine façon elle était déjà accoutumée à la perspective amorphe du temps, sinon à la distorsion visuelle.

Elle accepta donc, et fut installée dans la seconde voiture.

C'était une limousine aux vitres polarisées, avec des plaques diplomatiques.

Les faux jardiniers s'étaient éclipsés. Le chauffeur était armé, lui aussi. Ils roulèrent vers l'aéroport.

Quand ils y arrivèrent Anna était dans un état proche du rêve éveillé. Ils l'assirent dans une chaise roulante très confortable, et elle fut heureuse de se laisser faire.

Ils évitèrent la foule et s'engagèrent dans un couloir vide. Puis ils pénétrèrent dans une petite pièce où un homme qui paraissait avoir rang officiel discuta en français avec l'homme en costume noir. Il y eut d'autres couloirs, des ascenseurs, un bout de piste et elle fut hissée dans un avion qui leur était entièrement réservé.

Une hôtesse en tenue crème à liseré rose leur apporta

des boissons et des sandwichs. La fille aux lèvres couleur sang attacha sa ceinture.

– Goûte ce vin, lui dit-elle. Le vol sera long.

Anna ne demanda pas combien de temps il durerait, et elle ne le sut jamais. Dès qu'elle eut avalé une gorgée de vin elle glissa dans une agréable torpeur.

Ils avaient décollé, car Lèvres-De-Sang défit la ceinture d'Anna. Puis elle l'aida à s'allonger sur les trois sièges de la rangée, et mit un coussin sous sa tête. Anna s'endormit dans le rugissement du jet, pelotonnée dans un utérus d'acier et de ciel.

L'atterrissage ne se fit pas sans cahots. Anna jeta un œil par le hublot. Un paysage extraordinaire s'offrait au regard, barré par des montagnes brunes qui semblaient taillées dans le caramel que coupaient des routes blanches et de lointaines cuillères de sel. Ils se trouvaient dans un désert.

Quand ils débarquèrent de l'avion, leurs oreilles carillonnèrent. Ce n'était pas l'effet de la drogue, mais celui d'un silence particulier.

Le sol totalement plat formait une piste gigantesque. Ils se trouvaient dans une arène naturelle bordée de rocs bruns. Au-dessus d'eux le ciel était doré, et bleu seulement à son apex.

Un autre avion, frère jumeau du jet, était immobile à une centaine de mètres. Il sembla blanc à Anna, mais elle ne put discerner l'immatriculation à cause de la chaleur qui brouillait l'air. Mais peu lui importait.

Deux jeeps bâchées étaient arrêtées sur le bord de la piste. Elles étaient couleur ocre, et Anna vit les machettes fixées sur leurs flancs, et la grande antenne de la radio qui pointait vers le ciel. A l'arrière, des M-60 menaçaient le vide.

Des soldats se trouvaient près des véhicules, vêtus de la tenue kaki universelle et armés de Ruger P-85.

Ces hommes semblaient très entraînés, souples, jeunes. Certains ne manquaient pas de charme.

Deux d'entre eux vinrent accueillir Lèvres-de-Sang et l'homme en costume. L'un parla en français. Il dit quelque chose à propos d'un léger contretemps, puis, se tournant à moitié vers Anna, il lui jeta un regard oblique.

– *Comment allez-vous, Monsieur?* [1] dit-elle.

Son élocution était encore douteuse, mais compréhensible.

Il lui sourit, hocha la tête.

– *Très bien, Mademoiselle. Enchanté de faire votre connaissance* [1].

Passant à l'anglais, Anna demanda :

– Quelle sorte d'arme est-ce?

Et dans la même langue, en caressant la forme allongée du M-16, il le lui expliqua.

– Où sommes-nous? poursuivit Anna.

– Dans le désert, Mademoiselle.

– Combien de temps faudra-t-il attendre? intervint l'homme au costume.

Ils poursuivirent leur échange en espagnol.

Anna tourna son attention vers les montagnes. Elles ne paraissaient pas aussi lointaines qu'elles l'étaient sans doute, et elle avait réussi à parler : la drogue qu'ils lui avaient donnée semblait perdre un peu de son effet. Mais ils pouvaient toujours lui en administrer une nouvelle dose.

Et puis, où aurait-elle pu fuir, maintenant?

Le soldat les conduisit à l'ombre d'un auvent de toile brune. On amena une cantine portable et on leur proposa des pains fourrés à la viande avec une sauce épicée, ainsi que des bouteilles de Perrier.

Anna mangea. Elle était affamée.

Lèvres-De-Sang ne finit pas son pain fourré. Elle surveillait sa ligne, bien sûr.

Après le repas – petit déjeuner ou déjeuner, elle n'aurait pu le dire –, Anna dormit de nouveau sur un matelas, à l'ombre de l'auvent.

Elle rêva, comme elle rêvait toujours, de visions fragmentées, de voix, de pièces, de labyrinthes, de sons indéfinis.

Quand elle ouvrit les yeux, on lui proposa d'autres pains fourrés, des tortillas et des fruits.

1. En français dans le texte. *(N.d.T.)*

Le crépuscule commença. C'était une vision surnaturelle comme seule peut l'être une vision sur terre. Une avalanche de nuages enflammés s'accumula sur un écran d'un vert marin qui peu à peu s'écoula dans des bandes topaze, jaunes et mauves, parmi les rochers.

Des lézards apparurent sur les pierres les plus proches. Lèvres-de-Sang désigna la trace d'un serpent qui était passé près d'eux sur le sol, sans être vu.

L'attente arrivait à sa fin, et ils se dirigèrent vers le second jet.

Dans la cabine, Lèvres-De-Sang présenta une pilule à Anna.

– Ça t'aidera à dormir encore. Sinon c'est tellement ennuyeux... Je vais en prendre une, moi aussi. Je déteste les vols aussi longs.

Elle avala la pilule devant Anna. Ou fit semblant.

Mais Anna ne prit pas sa pilule.

Elle regarda par le hublot pendant que l'avion grimpait à l'assaut des étoiles, et plus tard elle vit le scintillement de cités, très loin en bas. Mais l'obscurité s'imposa, et elle finit par s'endormir.

Elle rêva d'un homme qui se tenait debout face à elle, dans un tunnel de ténèbres. Sa chevelure était aussi blanche que la sienne et l'enveloppait. Ses yeux étaient comme des joyaux.

Quelque chose bougea en Anna.

Son cœur, peut-être. Ou quelque chose dc plus profond.

Ils firent le plein en un endroit indéterminé. Elle sentit l'odeur de kérozène qu'avalait gloutonnement le jet. Comme un vampire.

Un jour passa ainsi, peut-être. Peut-être pas. Et peut-être Lèvres-De-Sang avait-elle fait avaler la pilule à une Anna somnolente. La pilule avait disparu, en tout cas.

Et de nouveau, la fille se penchait sur Anna :

– Nous atterrirons dans quinze minutes.

Anna retourna aux toilettes. Elle n'avait pas pris de bain depuis des semaines, lui semblait-il. Elle aurait voulu se laver les cheveux et se brosser les dents.

C'était étrange. D'après les dires d'Althene et de Rachaela, les Scarabae étaient toujours très attentifs au moindre détail. Elle se serait attendue à ce qu'ils prévoient une brosse à dents et du shampooing...

Le jet toucha le sol.

Les nuages avaient aveuglé les hublots, et Anna ne vit pas grand-chose jusqu'à ce qu'apparaisse la plaine.

Au loin on distinguait des collines, sans commune mesure avec les montagnes du désert. Des collines enserrées dans une prairie fouettée par les vents.

Le ciel était tumultueux.

Quand la porte fut ouverte, un froid vif s'imposa.

– Où sommes-nous ? demanda Anna.

– Au bout du monde, répondit Lèvres-De-Sang.

Anna se tut.

Le baraquement était tout en longueur et contenait une douche assez rudimentaire mais qui fonctionnait. L'eau était brûlante. On mit à la disposition d'Anna du savon et du shampooing, une brosse à dents et un tube de pâte dentifrice d'une marque américaine. Rien de plus.

En sortant de la douche, Anna découvrit une pile de vêtements. Ils lui avaient dit de les enfiler.

Il y avait là des sous-vêtements en thermolactyl, une combinaison de saut bleu foncé d'une seule pièce, un gilet en mouton, une parka, un pantalon, des bandes isolantes pour le cou, la tête, les poignets et les chevilles, des bottes, un passe-montagne et une casquette, un blouson matelassé si épais qu'il paraissait déjà occupé.

Au-dehors, dans le paysage venteux, un monstre volant, un Iliouchine-76 noir, attendait en bout de piste.

Un autre homme vint voir Anna. Il était vêtu comme elle, mais portait une arme en bandoulière.

– Miss Anna. Si vous voulez bien monter à bord, je vous prie.

Elle le suivit.

Lèvres-De-Sang et l'homme en costume avaient disparu.

De l'autre côté de la piste, se découpant sur le ciel dur et les collines, se dressait une petite silhouette de pierre.

Anna pensa au cimetière. Une tombe? La statue d'une petite fille, de facture classique... Le visage était froid et peu amène, et à ses pieds quelqu'un avait déposé un bouquet de fleurs rouge sang.

La carlingue de l'avion ne possédait pas de hublot.

A l'intérieur, la lumière était sous-marine.

Un garçonnet assis dans l'allée et qui jouait avec un gros lama en peluche leva les yeux vers Anna quand elle entra. Il était habillé comme elle.

– Je m'appelle Andy, fit-il pour corriger aussitôt: Andrew.

Anna le considéra un moment. Encore enfant et toujours femme adulte, elle ne répondit pas à sa jeunesse ni à son visage avenant.

Mais elle aimait bien la peluche. Le lama était d'un gris très clair, avec un collier de pompons qui scintillaient d'éclats brillants.

– Où allons-nous, Andrew?

– Tu viens aussi? Bon, fit Andrew d'un air très concentré, on va chez mon oncle Kay...

Il s'interrompit, comme s'il cherchait à ajouter un nom sans y parvenir.

– Pourquoi? demanda Anna en sachant que la question était inutile.

– Ça va être super, dit Andrew.

Il avait un accent du sud de Londres, mais atténué. Sa chevelure était d'un noir luisant.

– Pourquoi?

– Je me suis bien amusé, reprit Andrew. J'ai regardé des trucs rigolos à la télé, et ils m'ont passé de la musique. Et puis j'ai eu le lama, il est super. Maintenant je bois du vin... albuginé. Blanche-Neige.

L'homme vêtu comme eux les rejoignit. Il leur demanda de s'asseoir et de boucler leurs ceintures. Il le fit pour Andrew et pour le lama, car le garçonnet voulait que sa peluche ne coure aucun risque.

Le voyage ne serait plus très long, assura-t-il.

– Mon oncle Kay possède une très grande maison, affirma Andrew. Maman viendra plus tard.

L'Iliouchine s'éleva lourdement dans les airs, comme

une boîte de conserve géante avec quelques légumes ficelés à l'intérieur.

– Quarante-cinq minutes, annonça l'homme. Ensuite un autre petit vol d'une demi-heure, pas plus.

Quelqu'un leur apporta des limonades et des petits gâteaux.

Ils atterrirent dans un univers de neige. Plus loin sur une langue de mer, des vaisseaux de glace bleu-vert voguaient contre un ciel vert bleuté.

Le petit garçon fit des boules de neige mais n'en jeta aucune.

– L'été arrive, soliloqua l'homme en souriant dans l'air glacé.

Où tu iras, j'irai, songea Anna. Qui avait dit cela ?

Le ciel vibrait. La neige immaculée s'étendait partout, infinie.

14

Le cimetière était planté de cèdres, de conifères et de houx. Même à l'orée de l'hiver, sa palette restait dans les verts sombres. Des lauriers poussaient le long des allées, mouchetés de fleurs jaunes. Les tombes avaient la couleur fade du métal mat, ou une blancheur entretenue à peine entachée par les intempéries. Des statues brunes étaient agenouillées dans le lierre.

Roman balayait les feuilles de bouleaux, et au-dessus de lui, révélés par les branchages dénudés, d'énormes nids abandonnés découpaient leur forme noire sur le ciel morne.

Roman s'arrêta devant une tombe en marbre. *Hier rust Magdalena Einer*. Il vérifia que le gros chien en porcelaine était bien à son poste, fidèle gardien de feue Magdalena. Le chien avait un air grave, mais pas tragique. Il comprenait son devoir. Roman se courba pour tapoter son crâne.

– Bon chien.

Roman avait soixante-dix ans. Il en paraissait vingt de moins, à part dans le regard. Dans le long masque tanné de son visage, ses yeux avaient la couleur du bois de l'instrument dont il jouait. A la différence du chien, l'expression de Roman était tragique. Non, ce n'était pas une expression. La tragédie avait sculpté ses traits.

Délaissant la tombe de Magdalena, il descendit l'allée et fit halte un peu plus loin, pour observer un écureuil qui explorait le sol sous un buisson.

Ce jardin de mort était plein de vie. Au printemps, il y avait aussi une multitude de fleurs, tulipes, jonquilles, pensées, hortensias en pots.

Son exploration terminée, l'écureuil bondit dans un arbre avec plus de légèreté qu'un oiseau.

Roman reprit son chemin. Derrière les cèdres, là où le cimetière bordait la rivière, de grandes herbes aquatiques se dressaient dans l'air, pétrifiées par le froid. Il appuya son balai contre un tronc moussu.

Roman sortit un paquet de Gauloises de son manteau et alluma une cigarette. Il fuma en contemplant la surface de l'eau sur laquelle crépitait maintenant une petite pluie très fine.

L'homme arriva bientôt en longeant la rive. C'était celui qu'on appelait Vonk. Vonk était gras, et sale d'apparence, alors qu'il ne l'était pas en réalité. Un sourire fendit son visage porcin.

– Roman, vieux démon.

Roman haussa les épaules. Son hollandais était toujours marqué d'un très lourd accent, et il le parlait peu. Alors qu'il tendait le bras pour prendre l'enveloppe, le tatouage sur le dos de sa main apparut. Ils l'avaient fait quand Roman était encore jeune.

– Pour lui ? demanda-t-il.

– Pour lui, oui, répondit Vonk. Pour le Prince.

– Il n'est pas prince, rétorqua Roman.

Ce fut au tour de Vonk de hausser les épaules.

Vonk repartit par où il était venu, en sifflotant.

Roman écrasa sa cigarette sur le sol puis reprit son balai. Il retourna dans le cimetière et alla ranger le balai dans l'appentis près de la statue de déesse nue. C'est là qu'il avait laissé sa bicyclette. Il la sortit du réduit.

De la sacoche avant, il tira un imper plié qu'il enfila. Dans la poche intérieure, il plaça soigneusement l'enveloppe. Puis il cala un béret sur son crâne. Dans son étui étanche, la vielle restait seule.

Elle serait capricieuse, aujourd'hui. La pluie. Sa *vrouw* en vieux bois noisette, avec ses cordes et sa roue, les clefs bien rangées dans leur logement. Capricieuse, oui.

Roman enfourcha sa bicyclette.

Sous son imper, ses pieds étaient à peine visibles alors qu'il appuyait sur les pédales.

Il sortit en zigzaguant du jardin des morts, telle une vieille mite humaine à roues, gravit la pente puis longea la rivière et les arbres aux feuilles jaunies. Il se dirigeait vers le pont en béton.

Dans un bateau, un chien aboya.

Derrière la mer, face au demi-cercle de ses canaux, Atlantis, Amselredam, la cité d'Amsterdam.

Sa bicyclette perdue parmi un millier d'autres, Roman traversa les lignes de tramway et descendit les rues droites bordées de commerces, de cafés français, de bars sous des bannières diverses (*cineac*, Marlboro). La tour sombre du Vestertoven jouait son air rituel, *Waar de blanke top der duinen*.

Roman pédalait avec régularité et le vélo filait en tressautant dans les rues pavées. Les dernières floraisons étaient exposées sous les arbres nus qui sentaient la fumée. Les ponts projetaient leur reflet brisé sur les canaux où les bateaux-bus klaxonnaient.

Puis il ressortit de la ville et de son ballet de tramways jaunes et se lança dans les voies désertes et détrempées.

La petite pluie s'était transformée en un véritable déluge. Les routes ressemblaient presque aux canaux.

Des voitures le dépassaient, soulevant des ailes d'eau sur leur passage.

Un halo rosé teintait le ciel au-dessus du gris uniforme des prairies.

Le dos de Roman était courbé par l'effort, et devant lui, dans son étui, la vielle ressemblait à un tronçon de corps humain.

A quelques kilomètres hors de la ville, Roman tourna dans une allée sinueuse bordée d'arbres.

Le Prince.

Roman s'irritait d'entendre Vonk et les autres l'appeler ainsi. Mais ce n'était qu'une marque de respect.

Et qu'était le Prince pour Roman ? Un démon. Peut-être.

Cette première image, gravée à jamais dans la mémoire de Roman, il la revoyait sur l'écran de son esprit tandis qu'il pédalait sur le chemin détrempé.

Il s'était trouvé dans un autre déluge, de feu celui-là. Un mur de maisons enflammées devant lequel une silhouette s'était dressée, noir sur le rubis de l'incendie, auprès d'un cadavre de soldat allemand.

Roman avait cru que l'homme avait tué un des siens, car la silhouette portait l'uniforme d'un officier supérieur nazi. Mais le tueur s'adressa à lui dans un hollandais très pur. Et du col de sa veste où il l'avait glissé, il sortit l'étonnant serpent blanc de ses cheveux tressés.

C'était ainsi qu'il agissait. Il les traquait à la lueur des incendies qu'ils allumaient, et plus tard dans la nuit qu'ils imposaient. Une par une, comme un léopard, il prenait leurs vies. Ils le croyaient des leurs. Il parlait un allemand sans accent, et il avait tout de l'Aryen, avec sa chevelure trop claire et ses yeux bleus. Il les amadouait, puis les égorgeait ou leur brisait le cou.

Ensuite il disparaissait. Cette nuit-là, il prit Roman avec lui.

Et ce fut le début de leur association, si l'on pouvait parler ainsi de leurs rapports.

D'autres chemins croisaient celui qu'il suivait. Les champs herbus s'étendaient partout, ponctués de vaches noires et blanches, impavides sous la pluie.

Les noisetiers se firent plus nombreux, puis vinrent les pins.

Perchée au bout d'une branche, une pie discutait avec la pluie.

Roman pédalait avec application. Il passa sous une vieille arche de pierre flanquée d'un panneau interdisant de pénétrer plus avant.

A quelques dizaines de mètres, il bifurqua pour entrer dans un bois qu'il traversa, et enfin il émergea sur la prairie devant le château.

Kraaienslot.

Pour honorer son nom, une meute de corbeaux décrivait des cercles à la verticale de la bâtisse, dans la pluie.

Quatre tours rondes, un même nombre de tourelles,

et le chapeau conique du corps de garde, au bleu douloureux pour l'œil dans la grisaille de la tempête. Les murs avaient en été et en automne un reflet clair et léger de tableau, mais maintenant ce n'étaient que des surfaces ombrées, et les trous des fenêtres évoquaient les orbites béantes d'un crâne. Au-delà du château, à environ un kilomètre, on apercevait le fantôme d'un moulin à vent baptisé Mina, puis les pins refermaient leur rideau.

Entourant Kraaienslot, un fossé bouillonnait sous l'averse. Par temps calme, des canards à bec rouge venaient s'y ébattre. Aucun n'était visible aujourd'hui. Il n'y avait pas de pont-levis. Aucune façon de traverser. Roman s'arrêta sous un arbre vénérable, appuya sa bicyclette contre le tronc, à l'abri de la pluie, et prit sa *vrouw* dans son étui.

A l'orée du bois se trouvait une souche dressée recouverte de lierre. Depuis le printemps précédent, elle n'avait pas changé.

Roman s'accroupit devant la souche et chercha le bouton caché par le lierre. Il le trouva, l'enfonça et un léger frisson secoua le bois mort tandis que le contrepoids descendait. Sans grand effort, Roman put alors relever la souche creuse pour pénétrer dans le tunnel. Le système était d'origine suisse, et très bien agencé.

Quand il eut descendu quelques degrés, là où l'éclairage électrique commençait, il rabattit la souche dans son logement.

Son instrument sous le bras, Roman avança dans le souterrain dont les murs suintaient. Le sol était toujours brillant d'humidité.

Il lui fallut trois minutes pour atteindre l'autre escalier. Un jour très pâle filtrait entre les barreaux de la grille qui le terminait. L'éclairage automatique s'éteignit.

Roman gravit les marches en glissant un peu, et ouvrit la grille.

Un chien au pelage sombre était assis là, tel Cerbère. Il n'inspirait guère la caresse et semblait redoutable. Son collier était alourdi de clous d'argent. Roman s'en souvenait vaguement.

– Tu es son chien, dit-il en polonais.

Puis il songea que l'animal était sans doute plus familiarisé avec la langue hollandaise, et il ajouta, sur le ton de la confidence :

– *Moi*, je suis son chien.

L'animal l'observait sans bouger.

Roman le contourna, et le chien n'eut aucun mouvement agressif.

La cour du château était pavée, percée en son centre d'un puits surmonté d'une sorte de cage à oiseaux en fer.

De tous côtés les hautes fenêtres en ogive, à petits carreaux, surveillaient la cour de leur regard aveugle.

Les pièces principales se trouvaient sur l'arrière, du côté du grand escalier aux corbeaux sculptés dans la pierre.

Là-haut, les corbeaux vivants avaient engagé une bataille entre eux.

Une plume noire descendit en flottant dans la pluie.

Mauvais présage.

L'averse faiblit.

Roman sortit la vielle de son étui et s'assit contre le mur.

Posé sur ses genoux, l'instrument luisait d'humidité. Il aurait une voix mouillée, aujourd'hui. Contralto.

On avait interdit cet instrument aux seizième et dix-septième siècles. Tourner sa roue retournait les esprits, disait-on.

Roman se mit à tourner la roue.

Il l'accorda au son des tramways de la ville et au murmure des rues.

Le son qui émanait d'elle était rauque, lugubre, et pourtant divin. L'instrument se rappelait d'où il venait. Il joua une ballade vieille de mille ans peut-être : *Mon amour, tu t'en vas.*

Oui, elle sonnait comme une sirène, comme une enchanteresse. Circé...

La catin ne jouait pas ainsi pour son homme mais pour *lui.* Le démon.

Le chien noir s'était approché. Il semblait apprécier la mélodie. Son pelage était un velours rêche, marqué sous le collier de cicatrices. Peut-être un autre molosse l'avait-il agressé.

Roman continua de jouer.

La folie habituelle monta de sa *vrouw*.

Et il entendit la porte qu'on ouvrait là-haut.

15

Immobile en haut de l'escalier, Malach lui fit signe. Roman cessa de jouer, et sa *vrouw* émit un grognement étranglé, comme une femme arrêtée au bord du plaisir. La serrant dans ses bras, Roman monta les marches et suivit Malach dans la grande pièce carrée. Le chien entra derrière eux.

– N'aie pas peur de Kraai. Il est devenu plus aimable.

Roman jeta un coup d'œil circonspect au molosse – Kraai, le Corbeau – qui devait son nom aux hôtes ailés du château.

– Je me souviens de lui, Mijnheer. Il était féroce, naguère...

– C'est toujours un combattant. Mais pas avec mes amis.

Roman inclina le buste en remerciement.

Il posa la vielle sur la grande table de bois poli. Un tapis était étalé en travers, d'un rouge passé, au centre duquel étaient disposés un plat en étain et un haut gobelet de verre teinté datant du seizième siècle au moins. L'édification du château devait remonter au treizième siècle.

Le plafond très haut était traversé d'une poutre maîtresse d'où pendait un lustre circulaire planté de bougies. L'éclairage électrique, bien que rarement utilisé, était aussi installé dans la pièce.

Le sol noir et blanc était d'une propreté rigoureuse. Les meubles anciens et le grand coffre, peint des images de

Vénus et Mercure en tenues hollandaises du quatorzième siècle, luisaient doucement.

Des épées étaient accrochées aux murs, ainsi qu'un tableau du dix-septième siècle qui avait toujours perturbé Roman : il représentait un étrange champ où l'on moissonnait des têtes.

Sinon peu d'objets décoraient la pièce. Un globe bruni sur son support près de la cheminée tuilée d'animaux bleus et blancs, boucs, cerfs et sangliers. Des chandeliers aux bougies épaisses rangés sur la tablette.

Un des molosses était allongé sur une banquette, sous une fenêtre offrant par ses verres blancs, bleu fumée ou vert glauque, une vue sur le moulin de Mina et la forêt de pins au-delà.

Malach alla jusqu'à un meuble, l'ouvrit et servit un cognac français à Roman.

Un hôte parfait, et si dangereux.

Malach dégageait le parfum des choses illimitées, et à cet instant il paraissait redoutablement vivant.

Le printemps dernier, la dernière fois, il avait semblé sur le point d'agoniser. Roman s'était interrogé. Ils finissaient par mourir, ceux de la race de Malach, même si cela prenait plus que le simple temps humain. La douleur, parfois, la douleur de l'âme, celle-là même qui abattait des êtres ordinaires.

La beauté de Malach aurait fait rire Roman, si ce n'avait été Malach.

Un tel visage était une aberration. Pourtant c'était un visage réel, sculpté et éclairé par ces yeux au bleu glacial. Il portait des vêtements modernes, froissés, sans doute très onéreux, chemise, pantalon, chaussures, rien qui s'accordât au froid qui engourdissait le château dès l'approche de l'hiver. Et sa chevelure neigeuse cascadait autour de lui. Une chevelure que les femmes devaient lui envier. Sauf, bien sûr, *leurs* femmes. Les femmes Scarabae.

– Un autre cognac ?

– Merci, Mijnheer. Mais je dois vous remettre ceci.

Roman lui tendit l'enveloppe.

– Assieds-toi, je t'en prie, dit Malach.

Il marcha jusqu'à la fenêtre près de laquelle était

allongé le chien dont il caressa la tête d'une main absente. C'était Enki, le molosse au pelage plus clair. Kraai le Corbeau sauta lui aussi sur la banquette, et Malach le caressa également. Les bagues à la main gauche de Malach scintillèrent brièvement tandis qu'il décachetait l'enveloppe.

Il lut le message en silence.

Puis il se tourna vers Roman. Son visage n'exprimait rien.

– Tu mérites un second cognac.

Il vint emplir le verre de Roman – une œuvre d'art en cristal gris, vieille de quelques siècles.

Par l'autre porte entrèrent alors les autres chiens : Oskar, Tarash et Firs.

Ils s'approchèrent de Malach et restèrent auprès de lui. Enki les rejoignit. Kraai fut le dernier à réagir. Il sauta de la banquette et se mêla aux autres. Ils constituaient la garde de Malach, sans pouvoir mais prêts à défendre, massacrer ou consoler.

La nouvelle devait être terrible, donc. Eux pouvaient sentir ces choses.

Malach n'avait pas pâli, et sa main autour du verre de cognac qu'il s'était servi n'avait pas tremblé. Mais son visage semblait s'être subtilement modifié. Dans la lumière froide de la grande pièce, où jadis des conseils s'étaient tenus et des jugements avaient été rendus, il avait cet air âgé qui transparaissait parfois quand ils avaient une apparence jeune. Il paraissait vieux d'un millier d'années. Un crâne à la chevelure blanche et aux yeux de glace.

Malach fendit la masse des chiens et ouvrit l'énorme coffre avec une clef de métal mat. Il prit une poignée de billets portant le chiffre 50.

– C'est beaucoup trop, Mijnheer. Toujours... beaucoup trop...

– Non. C'est mérité.

Les billets étaient glacés, la main de Malach ou le froid hivernal qui régnait dans le château.

Roman devait partir, maintenant, et accomplir le long trajet du retour. Parfois Malach l'invitait à rester, et ils mangeaient et buvaient du vin ensemble. Et *elle* jouait, *elle* ronronnait, et les chiens se couchaient devant le feu de cheminée, dans l'air doré de poussière des soirs d'été.

Mais pas aujourd'hui.

– Je suis à votre service, si vous avez besoin de moi, dit Roman.

– Je sais. Merci. Sois prudent sur le chemin.

Roman repartit.

Il se déplaçait dans sa forteresse aux corbeaux, une pensée dans ce cerveau de pierre. Les chiens suivaient, rêves mortels attachés à ses pas.

Il passa devant les sièges de bois sculpté, les tapisseries, damoiselles et chevaliers, les secrétaires à compartiments secrets. Sur les murs, des plaques de granite poli, un visage féminin traité à la médiévale, les lèvres rouges, la coiffe pareille à des quartiers de pomme assemblés.

Des sols en pierre, et des sols en carrelage pie. L'immense cheminée, dans l'autre grande salle, avec ses chaînes de fer et sa broche à sanglier. Les chambranles de la cheminée étaient ornés de cariatides en marbre au visage dévasté puis adouci par le temps. Dans le couloir s'alignaient des vitrines emplies de porcelaines d'un bleu très pâle, comme un mélange de mer et de lait, d'une collection de poupées vêtues de noir, de verres taillés aux reflets sanglants, de vieux livres à reliure de cuir et fermoirs de bronze.

Dans la chambre à coucher, trônait la forme carrée du lit, avec son ciel peint d'oiseaux – des corbeaux se régalant de cerises –, d'un poisson symbole de la fertilité, d'un chien blanc pour la fidélité.

Derrière cette pièce, une autre chambre, prête pour une femme.

Les rideaux du baldaquin étaient de soie damassée, les taies d'oreillers couvertes de fines broderies. Près du lit, le berceau peint.

Le lit, le berceau étaient vides.

Cette pièce sentait les fleurs poudreuses et les herbes. Sur le mur, un soleil doré et une lune argentée.

Il traversa l'armurerie, où étaient suspendus les cottes de mailles et les robots sans âme des armures.

Les chiens le suivaient.

Quelquefois Firs ou Kraai allaient renifler un objet. Ils étaient les plus jeunes.

Les autres restaient concentrés, échine et pattes raides.

En dessous, dans la cuisine au sol de tomettes rouges, les bouilloires en cuivre s'alignaient auprès des bassinoires et des bols en porcelaine. Dans le réfrigérateur, concession pratique à la modernité, Jutka laissait pour lui des jambons et des poulets cuits, du poisson fumé, du fromage et du vin. Les chopes à bière décoraient les rayonnages. Un plat était empli des baies tardives qu'elle avait apportées lors de sa dernière visite.

Jutka était âgée. Elle vivait dans une ravissante petite maison moderne, aux murs d'un jaune narcisse, de l'autre côté des pâtures. En été, son jardin ressemblait à une guirlande.

Jutka venait régulièrement au château, et toujours lorsque Malach se promenait dans les bois avec les chiens, ou quand il dormait. Alors, en silence, elle nettoyait le sol des pièces et cirait les meubles.

Elle cuisait le pain qu'elle lui apportait, comme une femme des temps anciens, dans un grand panier. Son mari faisait la bière et le vin.

Leur famille servait le château depuis des siècles.

Dans la cuisine, Malach donna de la viande aux chiens.

Enki gémit.

– Oui, je dois partir cette nuit.

Alors Kraai geignit, et Oskar s'approcha pour lui lécher le museau.

Kraai venait de sous la terre, du fond du puits. Et à présent Malach devait y redescendre, jusqu'aux tréfonds de l'Enfer.

Dans la cuisine, une porte ouvrait sur le souterrain qu'empruntait Jutka. Il passait sous le fossé, comme l'autre tunnel, et débouchait dans l'ombre du jardin, sur l'autre rive.

Ce jardin avait été la fierté de quelqu'un, naguère, mais ce quelqu'un était mort depuis longtemps. Haies et arbres taillés, un verger, un canal d'irrigation. A présent les plantes à feuillage persistant se rejoignaient pour couvrir l'eau et dissimuler sa surface émeraude. Malach avait survécu au verger. Tous les arbres fruitiers avaient dépéri à l'exception d'un cognassier mal en point qui produisait tous les trois ou quatre ans des semblants de fruits, noirs et amers.

Le long d'un mur, des espaliers s'élevaient, aussi nus que des os.

Malach déverrouilla la porte qui donnait sur le monde au-delà. Un monde dont il ne voulait pas et qu'il visitait rarement.

La pluie brillait sur les bois et les prés. Le moulin de Mina se dressait telle une fourmilière crucifiée de clous plats.

Malach s'éloigna vers la route sous les arbres, là où, dans une grange cachée, attendait la voiture capotée, entretenue par le mari de Jutka.

Sous les pins il faisait très sombre. Malach releva la tête et poussa un cri silencieux à l'adresse des branches et du ciel infini.

Les corbeaux croassèrent. De la route parvint le grondement lointain des véhicules.

Malach appuya sur le bouton, dans le mur de la grange.

La ville, de nuit. Des tours en filigrane, la chaleur des fenêtres éclairées. Les réverbères, les néons rougeoyants. Contre le ciel assombri se découpaient les formes bidimensionnelles des façades aux architectures complexes. Les rails des tramways luisaient. Les canaux avaient des reflets d'étain.

Des musiciens boliviens jouaient sur la place. Il écouta leur musique et quand ils eurent fini et vinrent poliment faire la quête, il donna quelques billets.

Puis il entra dans le bar. Il but de la bière, et du genièvre. Il recommanda la même chose, mais ne toucha pas aux verres.

Au-dessus du petit comptoir étaient alignés sur une tablette des chopes en cuivre martelé, des crânes cornus et une tête de taureau. Des bouteilles en terre cuite trônaient sous les fenêtres à carreaux rouges et jaunes. Il mangea une orange d'Israël prise dans un panier.

A l'extérieur, dans la longue rue qui portait le nom d'une reine défunte, passaient en grinçant les tramways. Il s'attabla près d'une fenêtre aux verts et aux rouges éteints.

Une tête de bouc était accrochée au mur en face de lui, auréolée de grappes de raisins et de pâquerettes en bois.

Elle aurait aimé ce décor, et ces crânes cornus.

Un teckel vint auprès de lui mais ne resta pas.

Malach commanda leur repas.

Pour lui, thon au four et pommes de terre à la crème. Pour elle, une soupe de pois verts aux saucisses fumées, des crevettes et un *haché* aux pommes. Et pour suivre, de petites crêpes épaisses au sucre.

Ils prirent deux bouteilles de vin blanc qu'on leur monta de la cave sous la rue.

A l'évidence, elle ne toucha pas son repas ni ne but son vin, comme elle n'avait pas goûté son genièvre.

Elle n'était pas là.

Le serveur vint demander si tout avait été satisfaisant.

Malach le lui assura.

– Elle ne se joint pas à vous ? s'enquit le serveur.

– Non.

Malach prit la fleur qui décorait la table dans son soliflore.

Il l'emporta avec lui dans la nuit scintillante, quand il eut payé leur repas.

Là où la rue s'étrécissait, les enseignes au néon proposaient maints plaisirs. Malach entra dans la lumière multicolore.

– Ah, bonsoir. Voulez-vous voir le spectacle ?

– La Juive, lâcha Malach.

Le visage de l'homme se ferma.

– Elle vous attend ?

– Elle me recevra.

– Alors montez. Mais je vous préviens : pas d'ennuis.

Malach eut un rire sec.

Il gravit l'escalier aussi étroit et tortueux que la colonne vertébrale brisée d'un enfant.

Il frappa à la porte et entendit un chuintement. Sa gorge, ou le froissement de ses vêtements.

– Qui ?

– Malach.

La porte s'ouvrit.

La pièce était sale, empuantie. Une fenêtre entrouverte donnait désespérément sur la rue et ses enseignes lumineuses proposant filles, bière, hot-dogs et cuisine indonésienne.

Parmi le mobilier encombré de bibelots, on voyait des assiettes souillées de reliefs moisis de repas, et de grands verres à bière où des fonds de vin avaient séché. Il lui tendit la rose.

– Tu brûles, dit-elle. Tu brûles toujours. Assieds-toi ici. Ton feu consumera mon palace.

– Non, ma chère. Seulement moi.

– Pas seulement toi, Démon... Elle parla un moment en yiddish, comme pour se donner une contenance. Mais j'aime te regarder.

– Alors regarde-moi.

La Juive eut un rire aigre.

Elle était hideuse. Enorme et couverte de croûtes, comme si la nourriture qu'elle ingurgitait ressortait par ses pores. Son visage bouffi, posé sur une pyramide de plis graisseux, surmontait des mamelles affaissées. Aussi noirs que le bois d'antiques meubles polis, ses yeux étaient enfoncés dans des replis de chair. C'était un médium exceptionnel. Il avait déjà eu recours à ses services, par le passé. Et il se souvenait d'elle lorsqu'elle était jeune, avec une taille de guêpe et une chevelure noire caressant ses reins, ces mêmes cheveux qui maintenant tombaient sur ses épaules comme de la paille sèche et graisseuse.

– Que veux-tu, mon *wit minnaar*? Veux-tu mon sang, enfin ? Bois mon sang, et redonne-moi l'apparence d'une jeune fille.

– Tu es trop utile en dame, répondit Malach.

La Juive haussa ses énormes épaules dans ses vêtements informes.

– Alors ?

– Je t'ai parlé de la femme.

– Ton amour perdu, perdu de nouveau.

– Je l'ai quittée. Et elle est morte.

– Morte d'amour ? Nous mourons toutes d'amour pour toi, Beauté.

– Non, dit-il patiemment. D'un coup de couteau en plein cœur. Je te l'ai dit.

– Oui. Je me souviens. Je l'ai vue. Une femme l'a tuée. Veux-tu cette femme ?

– Tu as dit qu'elle reviendrait.

– Dans un autre corps ? enchaîna la Juive.

Elle prit un verre où restait un peu de vin, le vida et fit claquer sa langue avec satisfaction.

– C'est ce qu'elle a fait, dit-il. Elle s'appelle maintenant Anna.

– Bien...

– Quelqu'un l'a enlevée.

– Avant que tu sois prêt à le faire ? Oh, tu aurais dû te hâter, Blancheur. Tu aurais dû l'enlever, vite.

– Ce n'était qu'une enfant.

– *Non*, grinça l'abominable créature. Non. Elle a grandi. Elle a couru vers toi.

– Dis-moi où elle se trouve, ou je te brise le cou.

La Juive arbora une expression de très grande dignité.

– Tu ne fais pas violence aux femmes. Je n'ai rien à craindre de toi. Comédien. Imposteur.

– Il y a de l'argent à la clef, fit remarquer Malach.

– C'est ton sang que je veux en rétribution. Comme la dernière fois. Mais ça n'a pas marché pour moi. Peut-être cette fois...

– Peut-être, répondit Malach d'un ton nonchalant. Quand je saurai.

Il avança le poignet, le tendit, puis replia le bras.

La Juive se redressa et se dandina d'un pas pesant jusqu'à sa table qu'encombraient un Tarot, une tablette de oui-ja, une boule de cristal, tout un attirail clinquant.

D'un revers du bras elle poussa le tout et se pencha en avant. Ses cheveux crasseux balayèrent les toiles d'araignée et la saleté sur la table.

– Ah, dit-elle. Aah...

Malach garda le silence.

– Tu me laisseras boire à ta veine pendant une minute entière ? demanda-t-elle.

– Si tu veux. Mon sang t'empoisonnera.

– Tu n'es pas aussi pourri que ça, mon Prince. Ecoute-moi. Sa chevelure est blanche. Comme la tienne.

– Cela, je le sais. On me l'a dit.

– Eh bien, mon adoré, sa chevelure a flotté au-delà des collines...

Elle saisit une bouteille cachetée d'un geste vif. Du brandy blanc.

– Tu veux *de la glace?*

16

Bien que l'époque de l'année n'y soit pas propice, le khamsin soufflait, comme cela arrive deux fois par siècle. Aussitôt on ferma les fenêtres et on descendit les stores, sans pourtant empêcher qu'une fine pellicule de poussière ne se dépose dans les moindres recoins de l'hôtel. D'un geste irrité, il l'avait balayée de la surface de son bureau. Et, malgré le ronronnement insectoïde du ventilateur, il lui arrivait d'entendre sa fille tousser dans sa chambre.

Il aurait aimé qu'elle se taise.

Paul-Luc Lebas compléta ses notes calligraphiées serré, dans un français parfait. Puis il ferma le livre relié en peau d'agneau et prit son attaché-case.

Au-dehors, le brouhaha de la ville continuait. Cris, imprécations, voitures et chariots, le rire étrange des mulets... Dans la ruelle étroite longeant l'hôtel, des vendeurs de fruits s'étaient installés, ainsi que des camelots qui proposaient douceurs et satisfactions de toutes les perversions sexuelles. Assis en tailleur, ils caquetaient et hélaient le promeneur d'une voix pleine d'espoir. Sur la corniche surplombant le fleuve, les voitures roulaient au pas parmi la populace nocturne. Cette cacophonie ne cesserait qu'aux dernières heures avant l'aube. Le fléau du désert lui-même, le vent-scorpion de Seth, ne pouvait les faire taire.

Paul-Luc Lebas ouvrit l'attaché-case et prit la carte dans le compartiment secret.

Il l'étala devant lui, sur le bureau.

Elle avait la taille d'une photographie grand format, et le papier n'était ni solide ni d'origine locale. D'après lui, la feuille datait du début du siècle. Ce n'était pas un faux, mais sa provenance européenne et son caractère récent ôtaient toute importance à cette éventualité.

Tout d'abord, il avait été excité, à sa façon froide. Puis il avait douté. Mais il y avait toujours ces histoires...

Paul-Luc traînait ses guêtres dans l'archéologie depuis vingt ans. Il avait travaillé sur des sites qui avaient valu la renommée à d'autres hommes, et partout il s'était fait des ennemis, non pas tant à cause de sa jalousie mais parce qu'il croyait à une discipline sans faille et qu'il professait un mépris tout aussi intégral pour les travailleurs arabes, cette racaille. D'ailleurs il n'avait confiance en personne, et il ne faisait jamais rien qui ne soit raisonnable et logique.

Mais à présent la chance croisait son chemin, une chance qu'il avait payée le prix fort. Le vendeur avait disparu aussitôt avec ses francs français et ses dollars américains. Mais que pouvait-on attendre d'autre de cette engeance ?

Avec sa jeune fille, Paul-Luc s'était donc enfoncé dans l'intérieur du pays.

Cette enfant représentait un véritable boulet. Mais quand elle serait plus grande, elle aurait accumulé toute cette expérience, et il prévoyait le moment où elle pourrait même se révéler utile. Il en ferait une secrétaire à qui il pourrait inculquer des connaissances ésotériques ignorées du commun.

Il serait également plaisant, une fois qu'elle serait formée, de disposer d'une femme capable de dactylographier ses manuscrits, ses articles et ses critiques sur la littérature et le théâtre classiques. Elle devrait apprendre le latin, bien sûr, et le grec, peut-être aussi un peu de la science des hiéroglyphes. Et les femmes étaient si peu douées pour les langues... L'anglais de Bérénice était encore hésitant alors qu'elle avait déjà sept ans et apprenait cette langue depuis deux.

Paul-Luc étudia la carte d'un œil avaricieux.

Demain...

Le bateau était prêt, une chose horrible avec des commodités sanitaires précaires et des cabines au plancher humide. Mais le voyage ne serait pas très long.

Néanmoins il faudrait compter avec ce vent maudit qui s'était mis à souffler hors-saison. Ces pouilleux d'Arabes étaient superstitieux. Ils risquaient de refuser d'embarquer, ou de demander une paie supérieure pour travailler à bord.

Un coup sourd retentit dans la chambre de Bérénice, qu'il perçut malgré la cacophonie des rues.

Cette gosse. Que faisait-elle encore ?

Paul-Luc se leva et traversa le fabuleux tapis tressé dans le sud. L'hôtel était vieillot et excellent. En été, on ne souffrait pas de ces systèmes malsains d'air conditionné.

Il frappa sèchement à la porte de communication.

Après un court silence, une petite voix demanda :

– Oui, Papa ?

– Que fais-tu, Bérénice ?

– Rien, Papa.

– Je vais entrer...

Il joignit le geste à la parole.

Le ventilateur était éteint, car elle avait prétendu que son mouvement l'effrayait la nuit venue, comme une mouche géante. Mais il ne faisait pas une chaleur excessive à cette période de l'année, et seul le vent avait rendu l'air un peu lourd.

Bérénice était assise au bord de son lit. Elle avait repoussé la moustiquaire.

On lui avait donné le prénom d'une reine. Malheureusement.

Quand Marthe, cette chienne, l'avait mise au monde, c'est lui qui avait choisi son prénom. Elle aurait dû grandir en le respectant.

Mais c'était une enfant quelconque, et parfois même laide, aux yeux de son père. Marthe était jolie, elle avait de la classe. Mais ces qualités n'avaient guère servi Paul-Luc, à vrai dire, car trois ans plus tôt elle l'avait quitté. Elle n'avait exprimé qu'un faible désir d'emmener sa fille avec elle, tentative qu'il avait anéantie. Depuis ils n'avaient plus eu aucune nouvelle de Marthe.

Bérénice avait le visage rondelet et son œil gauche était nettement plus étroit que le droit, une particularité qui pour Colette aurait donné de l'intérêt au visage, mais Paul-Luc n'appréciait pas Colette. De plus Bérénice avait les jambes trop courtes et un ventre toujours rond comme un petit ballon. Ses cheveux étaient longs et très fins. Il s'était assuré qu'elle les brosse régulièrement, mais ils étaient devenus cassants, et leur couleur avait terni. Paul-Luc avait toutes les raisons de n'éprouver aucune fierté d'être le père de sa fille.

– Pourquoi n'es-tu pas couchée ?

– Je m'excuse, Papa.

– Petite peste. Tu sais pourtant que tu dois dormir. Demain nous nous levons tôt.

– Oui, Papa.

– Alors au lit. Et vite.

Elle se reglissa sous les draps, dans sa chemise de nuit miniature.

Aucun jouet ne partageait avec elle l'oreiller. Récemment encore elle avait eu un chat en peluche, une chose assez hideuse en vérité, mais une femme de chambre de l'hôtel précédent avait selon toute probabilité volé la peluche pour l'offrir à son propre marmot. Paul-Luc avait fait un scandale, mais sans résultat. Et il était assez embarrassant de faire un esclandre pour un détail aussi futile. La domestique avait tout nié en bloc.

Bérénice, bien sûr, avait pleurniché. Mais quand il lui avait ordonné de cesser, elle avait obéi. Elle possédait au moins cette qualité : elle se conformait instantanément à ses ordres. Il ne l'avait jamais frappée. Du moins physiquement.

– Maintenant reprends-toi. Récite-toi mentalement ta leçon d'anglais. Je te l'ai déjà dit, cela t'aide à la mémoriser, et ça te calme pour mieux dormir.

– Oui, Papa.

Elle esquissa un petit geste inconscient vers le côté du lit où elle avait l'habitude d'installer son chat en peluche.

A contrecœur, il reconnut le mouvement.

Dans les premières nuits après le départ de Marthe, lui aussi... Mais il n'était pas idiot, ni faible. Marthe n'était qu'une catin. Quelquefois, poussé par la nécessité, il avait d'ailleurs informé sa fille de cette réalité. Aussi laide qu'elle fût, ainsi elle ne le trahirait pas.

Bérénice s'agita un instant dans le lit. Ses cheveux mal tressés reposaient sur l'oreiller comme une queue de rat.

– Bonne nuit, Papa.

Dans la salle de restaurant, les ventilateurs étaient immobiles.

Les grandes fenêtres donnaient sur le fleuve. Voilées de poussière, elles reflétaient parfois les faisceaux des phares passant sur la corniche.

Paul-Luc s'assit à une table de marbre couverte d'une nappe effrangée. Il consulta sans hâte le menu, décidé à manger légèrement et à boire de l'eau de source française en bouteille capsulée, les seules qui n'avaient pas été remplies de l'eau du Nil par cette racaille méprisable.

Les lampes de mosquée de la salle formaient des halos d'un rouge poussiéreux. Le khamsin de Seth couvrait par moments le grondement de la circulation.

La salle était vide. Il la survola d'un regard las.

Et soudain son attention fut éveillée.

De l'autre côté de la salle, où un palmier en pot lançait ses larges feuilles à l'assaut du plafond, une jeune femme était attablée. Une Européenne.

Sa blondeur était peut-être factice, mais assurément seyante. Ses grands yeux sombres marquaient un visage au bronzage diaphane. Elle portait un ensemble ocre clair en lin qui s'accordait fort bien à sa chevelure, et sous la veste un pull très fin, pour la fraîcheur du soir qui n'était pas venue. Des gouttes d'argent pendaient au lobe de ses oreilles. Il ne pouvait apercevoir ses jambes sous la table, mais il aurait parié qu'elles étaient aussi jolies que le reste, et gainées de nylon.

En le voyant qui la regardait fixement, elle leva son verre d'absinthe.

Un toast discret, mais flatteur.

Il ne lui vint pas à l'esprit de répondre. Pas encore.

Peut-être serait-elle toujours là quand ils reviendraient du désert, se dit-il. Sinon, bien sûr, tant pis.

L'enfant représenterait une certaine gêne, mais il pourrait lui ordonner de rester dans sa chambre. Il l'avait déjà fait en d'autres occasions.

La blonde ne semblait ni facile ni ordinaire. Elle avait un air aristocratique dont il savait apprécier tout le charme.

Il ne l'avait pas saluée, mais il lui coula un regard en coin tout en consultant le menu.

Elle l'observait toujours. Après tout, il méritait assez une telle attention. Puis elle détourna les yeux, lentement.

Elle avait de la classe. Pas une Française, mais peut-être une Franco-Suisse, ou une Norvégienne.

Le serveur coiffé de son ridicule chapeau écarlate de clown vint prendre sa commande. Paul-Luc lui désigna un des plats français à la carte.

– Recommandez-le donc à Madame.

– Elle a déjà commandé un couscous, Monsieur.

– Alors elle a choisi elle-même sa punition.

17

C'était un cliché, mais la vie changea complètement après le départ d'Althene.

Rachaela dormait tout le temps. Parfois elle se réveillait en plein après-midi, ou au crépuscule. Les pendules avaient été retardées, mais seuls les avertissements télévisés la mirent au courant. Elle régla certaines horloges sur l'heure légale, tandis que d'autres restaient à l'heure d'été.

Elizabeth et Reg avaient maintenant le code de la porte d'entrée, et ils allaient et venaient comme ils l'avaient toujours fait. Elizabeth réveillait parfois Rachaela quand elle passait l'aspirateur dans l'escalier, mais c'était rare.

Rachaela se mit à laisser des mots pour Elizabeth. Elle prétexta une grippe. Plus tard elle se contenta d'écrire que le gâteau avait été délicieux, ou qu'un des jouets de Jelka, Juliet ou Jacob était tombé dans un endroit inaccessible aux chats, et si donc Reg pouvait le récupérer... Ou bien elle demandait qu'on rachète du café, du vin ou des boîtes de nourriture pour animaux.

Althene avait laissé une grosse somme en liquide, et le compte en banque de Rachaela était toujours très bien garni. Rachaela se rendit compte qu'il lui faudrait un jour ou l'autre retirer de l'argent pour payer Elizabeth et Reg. Mais rien ne pressait.

Il arrivait à Rachaela de se promener dans le jardin, au coucher du soleil. Il n'était pas entretenu, mais il manquait les statues. Ce n'était pas vraiment un jardin de Scarabae.

Sinon elle ne sortait pas.

Les chats s'étaient adaptés. Ils dormaient avec elle durant le jour, et sortaient dans le jardin par la fenêtre si nécessaire en passant par les branches d'un arbre. Quand ils voulaient entrer de nouveau, ils miaulaient et Elizabeth leur ouvrait au rez-de-chaussée.

Pendant la nuit, Juliet venait souvent s'asseoir auprès de Rachaela sur le sol du salon. Juliet lapait un bol de crème ou de lait, tandis que Rachaela vidait, verre après verre, une bouteille de vin. Plus tard dans la nuit, il lui arrivait d'en boire une autre. Jacob errait dehors, dans les herbes folles.

Jacob et Juliet ne se battaient plus. Jelka était la plus perturbée. Elle était devenue assez sauvage et grimpait aux murs du jardin ou sur le toit de la maison. Elle miaulait à la lune et attaquait tout chat étranger qui approchait. Parfois elle combattait son propre père.

Anna lui manquait-elle ?

Me manque-t-elle ?

Althene est partie à la recherche d'Anna. Mais elle – il – ne la retrouvera pas. Althene ne reviendra jamais.

Etait-ce un effet de la paranoïa de Rachaela ?

Mais avait-elle jamais souffert de paranoïa ? Cette crainte d'être épiée était-elle sans fondement ? Ils avaient bien été là.

De même, elle ne se trompait certainement pas au sujet d'Althene.

Rachaela l'avait déjà perdue, de toute façon. Althene était devenue un homme.

J'étais seule, avant. Trente ans. J'aimais cette solitude.

Elle se remémorait son existence sur mesure, égoïste et sans souci. Elle avait eu sa propre routine. Elle se lavait les cheveux tous les trois jours, rasait ses jambes fuselées, allait à la laverie automatique quand le besoin s'en faisait sentir, cuisinait de petits repas très simples, s'accordait une bouteille de vin hebdomadaire, qu'elle buvait en deux ou trois jours.

Je ne suis plus ainsi. Je ne suis plus celle que j'étais.

A présent Rachaela mangeait les repas préparés par Elizabeth. Quand elle ne venait pas, Rachaela ingurgitait des quantités de toasts chauds beurrés, du brie et du cheddar, des boîtes entières de pudding à la mélasse raffinée.

Son physique n'en fut pas altéré. Comme les horloges restées à l'heure d'été, elle ne changeait pas. Sa taille restait fine, sa peau très douce. Aucun poil ne poussait plus sur ses jambes. Peut-être la cruauté de ces multiples rasages les avait-elle tués. Et ses cheveux ne devenaient pas gras, même sans shampooing pendant une semaine.

Elle changeait la literie une fois par semaine, lavait sa lingerie et ses bas. C'était tout.

Elle but un vin rosé très clair et regarda la télévision à travers un filtre rosé.

Elle ne se sentait pas triste, désespérée ou furieuse. Pas même délaissée.

Non. Elle se sentait... irréelle.

Comme un fantôme, elle errait dans la maison à trois heures du matin. L'heure du loup, l'heure de l'ombre. Juliet l'accompagnait, ou Jacob.

Elle jetait un œil dans la chambre d'Anna.

Elizabeth avait fait le lit. Ursula la renarde s'y trouvait, près du lapin blanc, pour se réchauffer.

Parfois Jelka venait dormir ici et se pelotonnait contre les peluches qui pour elle devaient conserver le parfum d'un amour disparu.

Rachaela s'allongeait souvent sur le sol du salon et, un coussin sous la tête, elle écoutait Prokofiev, Tchaïkovski ou Rachmaninov. Mais elle n'était plus capable de se concentrer sur les dessins mélodiques. Si elle se laissait piéger par certaines phrases lumineuses, ou par une mélodie aérienne, elle s'en évadait aussitôt.

Elle découvrit qu'en écoutant ainsi de la musique, elle pensait à sa mère et à son existence avant les Scarabae. Des souvenirs mornes, déplaisants pour la plupart.

Une nuit, vers quatre heures du matin, après avoir regardé un film d'horreur, elle alla dans la chambre-bibliothèque et se demanda si elle y trouverait un homme aux cheveux noirs pendu au nœud d'une corde. Une vague de terreur la traversa. Elle vit l'ombre vengeresse de Ruth qui se glissait entre les arbres, armée d'une torche, pour détruire la maison et y faire brûler Rachaela.

Mais Ruth ne pouvait être une simple ombre. Ruth était revenue dans un corps.

Une nuit également, Rachaela s'endormit après avoir bu trois bouteilles de sauvignon. Elle resta inconsciente jusqu'à neuf heures du matin.

Quand elle sortit de la douche et se fut habillée, elle entendit Elizabeth qui entrait dans la maison.

Poussée par une curiosité inhabituelle, elle descendit pour voir à quoi ressemblait Elizabeth maintenant, et comment elle réagirait.

Elizabeth sursauta légèrement quand elle la rejoignit dans la cuisine.

Elle n'avait pas changé.

– Comment allez-vous, Ms Day ?

Rachaela lui donna la réponse attendue. Elle se dirigea vers le réfrigérateur, mais Elizabeth la devança et prépara des œufs pochés, du bacon et beurra les toasts grillés la veille.

Elles mangèrent ensemble dans la cuisine, et les trois chats avalèrent avec satisfaction leur portion d'œufs avant de jouer sous les fenêtres baignées par le soleil.

– Ne le prenez pas mal, dit Elizabeth. Reg m'a quittée, une fois. Mais il est revenu.

– Oh, vous pensez donc que c'est ce qui s'est passé ?

Elizabeth rougit violemment.

– Cela ne me regarde pas, bien sûr. Mais je me suis dit que je vous dirais ça, au cas où.

Suppose-t-elle qu'Althene et moi étions homosexuelles, ou sait-elle qu'Althene est un homme ?

– C'est gentil de votre part, dit Rachaela. Mais je dirais que la situation présente est quelque peu différente...

– Eh bien, l'avenir le dira.

Ce jour-là, Elizabeth changea les draps du lit de Rachaela.

Rachaela s'assit devant le miroir de sa coiffeuse et se maquilla. Poudre et fond de teint, ombre à paupières, mascara, rouge à lèvres.

– Je vais peut-être sortir, annonça-t-elle.

– Ça vous ferait du bien, approuva Elizabeth en entassant les oreillers autour de Juliet qui avait décidé de faire là son antre.

Un autre cliché. Les paroles simples d'Elizabeth, sorties d'un sitcom, avaient redonné à Rachaela le sens de sa féminité et un certain espoir.

Rachaela rit.

Sur une impulsion, elle descendit la colline, traversa la ville et se rendit à la gare. Elle prit un billet pour Londres.

Elle connaissait Londres.

Qu'allait-elle donc faire là-bas ?

Dans le train, elle songea au dernier voyage. Anna et Althene.

Les Scarabae se trouvaient à Londres.

Mais elle ne rendrait pas visite aux Scarabae.

Elle savait ce qu'elle allait faire. Ils l'avaient rendue riche. Elle avait assez d'argent pour fuir.

Elle regarderait les vitrines des agences immobilières. Un appartement, assez grand pour elle et les trois êtres dont elle était responsable, Juliet, Jacob et Jelka.

A sa descente du train elle se rendit dans un bar à vins. Derrière les vitres fumées, traînaient des couples éméchés, des représentants de commerce égarés et des consommateurs de déjeuners tardifs.

Rachaela commanda des pâtes aux champignons et au fromage, accompagnées d'une bouteille de Verdicchio.

Ensuite elle alla dans un autre bar, où elle but deux verres d'un vin rouge assez âpre. Un homme voulut l'accoster, dans un but évident. Qu'aurait-elle fait toutes ces années auparavant ? Aurait-elle feint de ne pas l'entendre, ou bien l'aurait-elle repoussé pour se sauver en courant ?

– Comme c'est flatteur, dit-elle devant son boniment. Je prends cent livres. Ça vous va ?

– Bon sang, balbutia-t-il en devenant aussi rouge que le vin qu'elle avait bu.

Une brusque odeur de transpiration perça sous le Fabergé dont il s'était aspergé, et il sortit sans demander son reste.

Comment aurait-elle réagi s'il avait accepté ? Serait-elle allée s'enfermer dans les toilettes dames, pour s'enfuir par le vasistas, comme le lui permettait toujours sa sveltesse, malgré ses orgies de pudding à la mélasse ?

Elle déambula dans les rues, contempla les vitrines des agences immobilières. Les appartements étaient horriblement chers, et elle pouvait acheter n'importe lequel.

Mais elle n'était pas prête à prendre une telle décision.

Un peu au hasard elle entrait dans un bar, ou dans un pub, et buvait un verre, ou deux. Aucun homme ne l'importuna.

Les rues étaient sales, les façades des immeubles incrustées de crasse. Ici et là, toutefois, on apercevait des colonnades blanches, des frontons de pierre neuve, des parterres de géraniums. Les pigeons picoraient entre les pieds des passants. Une seconde, elle éprouva un élan de pitié pour leurs vies précaires. Elle s'engagea dans des rues plus résidentielles.

Le soleil commença à se coucher, dans une symphonie d'orange étourdissante, pour finir par un crépuscule sirupeux.

Elle se trouvait alors dans un parc ou sur une lande, elle n'en était pas sûre. Elle gravit une colline d'un vert sombre.

Ici, contre l'écran de verre du ciel, des cerfs-volants planaient. Une sorte de club tranquille s'était rassemblé au sommet de la colline, pour observer la fin du jour.

Loin en contrebas, on discernait l'îlot des immeubles de la City, pareil à quelque scène de science-fiction issue d'un nouveau *Metropolis*. Alors que la luminosité du ciel s'évanouissait en un orange pâle, l'éclairage du monde s'alluma. Et bientôt la colline fut ceinte d'une boucle de lumières.

– Anna! cria quelqu'un.

Rachaela se retourna. Etait-elle effrayée, ou seulement étonnée?

Mais ce n'était qu'une enfant très ordinaire courant vers les bras aimants d'une mère ordinaire.

Rachaela s'assit sur un banc, dans les cendres du jour.

Ses trois chats lui manquaient brusquement, avec une telle force que les larmes montèrent à ses yeux.

Il lui faudrait retourner à la maison sur l'autre colline. Refaire tout le trajet en sens inverse.

Elle descendit de la colline et trouva assez vite un pub. elle but un double cognac.

Puis elle prit un taxi.

Dieu merci, le chauffeur était peu bavard.

Elle repensa à ce qu'elle avait fait. Rien. Elle n'avait rien accompli, rien réussi sinon s'apitoyer sur le sort des pigeons et la solitude des chats.

Deux nuits plus tard, peu après le coucher du soleil, on frappa à la porte d'entrée. Jacob bondit pour ouvrir, et bien sûr n'y parvint pas.

Un agresseur ? Un homme armé d'une hache ? songea Rachaela.

Ou bien quelqu'un envoyé par eux, les Scarabae ?

Quand Rachaela atteignit la porte, Jacob détala.

Elle ouvrit. C'était imprudent. Peut-être.

A l'extérieur, une petite fille toute de noir vêtue et portant un masque qui couvrait à demi son visage lui sourit. Ses lèvres étaient maladroitement peintes en rouge vif, et deux crocs jaunes en plastique en dépassaient.

Un vampire.

Une petite fille vampire, toute seule.

– Oui ? dit Rachaela, déconcertée.

– Donnez-moi quelque chose ou je vous joue un tour !

C'était Halloween, et la coutume américaine avait traversé l'Atlantique. Jusqu'ici.

Plus bas, à la lisière des peupliers, une silhouette d'adulte bougea. Un parent qui accompagnait l'enfant, par précaution.

Pourtant Rachaela pouvait la saisir et la tirer à l'intérieur, puis refermer la porte. Elle pouvait l'assassiner, ou pire...

– Il vaut mieux que je te donne quelque chose, en ce cas, n'est-ce pas ?

Négligence, car l'adulte pouvait très bien avoir une hache : Rachaela laissa la porte ouverte et alla dans la cuisine.

Elle prit quelques biscuits au chocolat préparés par Elizabeth, emplit un verre de vin et soulagea le bol de monnaie de deux livres en petites pièces.

Elle ramena le tout à la porte, où attendait patiemment le jeune vampire.

– Attention de ne pas te casser les crocs sur les biscuits, dit-elle avec les intonations d'Elizabeth. Bois une gorgée de ça, et va porter le reste à ton père.

Le petit vampire était très content. Trop pour être poli, car la fillette dévala l'allée sans un mot.

Là-bas, une voix masculine et rauque lança un « merci ».

J'aurais pu les empoisonner tous les deux.

J'aurais pu les attirer ici et boire leur sang.

Elle referma la porte.

Le lendemain soir, elle retrouva le verre à moitié plein dans la vasque en pierre. Ce n'était pas un buveur. Ni un Scarabae.

18

Au milieu de l'alignement délicatement rose clair, une maison détachait sa façade plus sombre. Dans les derniers rayons du soleil, elle se reflétait sur le canal, comme un astre chaud.

Quelle tromperie.

C'était une maison possédée par le froid. Trente ans plus tôt, quand elle avait décidé d'en moderniser l'intérieur, Sofie n'avait pas voulu de chauffage central. Des radiateurs électriques réchauffaient sa chambre, mais les autres pièces, les couloirs et l'escalier étaient de véritables glacières.

Quelque charme avait touché l'intérieur de la maison : les planchers n'étaient pas droits, pas plus que les plafonds, et l'escalier lui-même paraissait tordu, malgré le tapis sombre qui en mangeait les contours. Les murs étaient peints en mauve, en rouge, et de grandes toiles modernes les décoraient, pareilles à des œufs brisés ou à des veines déchirées. Mais, pour elle, la maison était « à la mode », selon son expression.

Le jeune homme descendit de voiture, et resta immobile sur les pavés tandis qu'elle s'éloignait. Les arbres nus griffaient le ciel d'un été disparu. Très bientôt il gèlerait, et on pourrait patiner sur les canaux.

Amsterdam sentait le froid, les gaz d'échappement et de vagues parfums marins.

Il gravit les quelques marches, posa son sac et appuya sur le bouton de la sonnette.

Il attendit dans une parfaite immobilité. Grete, la domestique de Sofie, mettrait du temps à venir. Elle était âgée et récalcitrante à l'effort. Elle racontait les derniers ragots à Sofie seule, et, parfois, brisait des objets. Sofie en riait. Elle pouvait toujours en racheter d'autres plus coûteux encore.

Il y eut une présence impressionnante, qui n'était pas celle de Grete, derrière la porte qui s'ouvrit une seconde plus tard.

Un homme se tenait là. Il portait un jean, un pull à carreaux sous un manteau de cuir. Il était assez grand et fortement charpenté, mais sa musculature avait perdu de sa tonicité. Ses cheveux étaient coupés en brosse sur le dessus du crâne, plus longs sur les côtés, jaune paille. Les traits du visage étaient indistincts, à part deux petits yeux clairs.

– Salut. T'es qui ?

Un Américain.

– Où est Sofie ? éluda le visiteur.

– Sofie, hein ? Tiens, elle arrive.

L'autre homme regarda par-dessus l'épaule de l'Américain et vit Sofie au pied de l'escalier.

– Johanon, dit cette dernière. Pourquoi es-tu revenu ?

– Je vous le dirai plus tard.

Elle était surprise, mais elle le connaissait. Elle n'avait marqué aucune hésitation, aucun doute, bien qu'elle ne l'ait pas revu ainsi depuis une éternité. Plus même. Son fils. Son fils qui lors de sa dernière visite était vêtu en femme, et maquillé comme une femme. Elle l'avait également appelé Johanon, alors. Le prénom qu'elle lui avait donné, au commencement. Depuis longtemps il avait cessé de lui dire qu'il n'utilisait plus ce prénom. Jamais elle n'avait *cédé* à la perversion honteuse de l'appeler *Althene*.

– Tu ne veux donc pas parler en présence de Bus ?

– Non, Mère.

– Il le faudra pourtant. Bus est mon compagnon.

Johanon dévisagea Bus, et l'Américain éprouva quelque difficulté à soutenir l'intensité de ce regard trop noir et trop froid. Mais Bus était armé, et très bien. Grâce à Sofie.

– Oh, c'est donc toi la tantouze, hein ?
– Ecarte-toi de mon chemin.
Involontairement, Bus recula d'un pas. Puis il se ressaisit.
– Sûr, poupée, sûr. Je voudrais pas que tu te casses un ongle.
Très calme, Sofie se redressa de toute sa taille.
C'était une femme plutôt petite, au corps voluptueux de danseuse, à la poitrine généreuse, aux mains osseuses et au cou fin. Elle paraissait trente ans. Sa chevelure mi-longue était expertement décolorée par endroits. Ses yeux d'un bleu-vert très clair étaient un peu trop ronds. Une chouette avec un cou de serpent. Elle portait une robe bleue de coupe moderne, et à son poignet brillait un bijou de création contemporaine, un bracelet de griffes en argent.
– Pourquoi reste-t-il là ? interrogea Johanon en hollandais.
– Parle anglais, s'il te plaît, répondit Sofie. Bus ne comprend pas le hollandais.
– Et il parle anglais ?
Sofie grimaça, et ses yeux s'exorbitèrent un peu plus.
– Bus est mon ami, dit-elle en anglais.
– Ils voulaient que vous choisissiez un autre ami, répliqua Johanon dans la même langue.
– Eh-oh ! fit Bus.
– Passons dans le salon, dit Sofie.
Ils montèrent l'escalier. Bus sifflotait en faisant de petits gestes, comme s'il se retenait de pincer les fesses de Johanon.
Le salon se trouvait au premier étage. C'était une vaste pièce aux murs peints de différentes couleurs, deux en rouge écarlate, un en blanc cassé et le dernier en noir. Un plafonnier « à la mode » pendait au centre du plafond, rappelant le motif du bracelet de Sofie.
Bus se laissa choir sans grâce sur un canapé de cuir noir aux coussins jaune fluorescent.
Le feu de cheminée électrique était allumé, forme étrange dans un cadre de marbre noir. Des spots mettaient en valeur les sculptures, et un lis de serre dans un vase assez semblable à un tronçon de tuyau.

– Assieds-toi, dit Sofie.

Elle-même s'installa auprès de Bus et prit sa main. Il se laissa faire en gloussant.

Alors Sofie cria. Elle cria pour appeler Grete.

– Bon Dieu, pour un petit bout de femme, t'as une sacrée voix, sûr!

Johanon s'assit sur une chaise en acier chromé.

La pièce n'était pas « à la mode ». Son mobilier faisait maintenant partie de l'histoire.

– Eh bien, Johanon, que veux-tu?

– Vous parler seul à seul, Mère.

– Je t'ai déjà dit que c'était impossible. Je veux que Bus soit là.

– Ça n'est pas au sujet de la famille. Du moins, ça ne concerne pas votre relation avec cet homme.

– Eh-oh, protesta Bus.

– Ils ont voulu m'empoisonner avec leurs mensonges. Maintenant ils doivent me laisser tranquille.

– Cette famille, grogna Bus. C'est cette bande de... euh, *vampires*, c'est ça?

Il sourit. Ses dents étaient carrées, solides.

Johanon ne dit rien.

Grete entra dans le salon. Elle regarda fixement Johanon. Le reconnaissait-elle? Peut-être pas.

– *Ja*? dit la domestique.

– Servez-nous du thé, Grete.

– Auriez pas une bière, plutôt? demanda Bus.

– Et une bière fraîche pour Bus.

– *Ja*.

Elle observa Johanon une seconde encore, et ses sourcils se haussèrent sur son front bas. Elle avait compris. Si Sofie était une chouette, Grete était un vautour trop gras. La domestique tourna les talons et sortit de la pièce.

– Bon, raconte-moi, poupée, railla Bus à l'adresse de Johanon. Dis-moi tous sur ces Scaraby.

Johanon ne bougea pas. Il regarda Bus, mais l'Américain évita le contact des prunelles ténébreuses.

– *Je* t'ai dit la vérité à leur propos, intervint Sofie. Ils sont vieux, des centaines d'années. Ils vivent de sang et de cruauté. Je n'ai qu'une moitié de leurs gènes corrompus, mais je suis plus vieille que je ne le parais.

– Tu me parais très bien, à moi, mon chou, fit Bus.

– Oh, mais c'est un trait de famille. Je ne t'ai jamais agressé, Bus, n'est-ce pas ?

– Bah, je te laisserais pas faire, mon chou.

– Je n'ai jamais *tenté* de le faire, Bus, insista Sofie.

– Oui, Mère, coupa Johanon. Je sais que vous lui avez raconté toutes ces passionnantes histoires sur la famille. Je sais aussi pour cette bague que vous lui avez donnée et qu'il a revendue dans un magasin d'Amstelstraat. Et comment la famille a récupéré cette bague. Je sais encore qu'il raconte ces histoires dans tous les cabarets minables de la ville où il traîne pour les strip-teases et les filles, et dans les cafés où il se drogue avec d'autres Américains. Vous l'avez rencontré de nuit, c'est excusable, peut-être. Pas le reste. Mais nous avons déjà eu cette conversation.

– Espèce de trou du cul, gronda Bus, je devrais te dire de...

– Tu devrais me dire que tu pars.

Bus se leva d'un bond et avança jusqu'à dominer Johanon de toute sa taille.

– Tu veux essayer de me sortir, chouquette ?

– Bus, reste auprès de moi, dit Sofie.

– Sûr, sûr. Je crois pas qu'elle fera autre chose qu'aboyer, la tantouze.

Bus fit le tour de la pièce en roulant des épaules.

– Sofie, je suis venu vous parler de mon père, dit Johanon en hollandais.

Le visage de Sofie devint livide, et même le maquillage de ses yeux parut se ternir. Elle leva ses mains à son cou et s'écria :

– Bus ! Bus, ne me laisse pas !

L'Américain la regarda, puis se tourna vers Johanon.

– Eh, tu cherches la merde, c'est ça ? fit-il avec un sourire féroce. J'ai une idée : pourquoi tu irais pas te faire péter la rondelle dans le caniveau, hein ?

– Débarrassez-vous de lui, dit Johanon à sa mère, toujours en hollandais.

Sofie se leva et sortit en courant de la pièce. Ses chaussures souples ne firent aucun bruit sur le tapis.

Bus haussa les épaules, et revint s'asseoir sur le canapé en cuir, face à Johanon.

– Un rien hystérique, ta mère. C'est pour ça qu'elle m'aime. Elle a besoin de moi. Bon, on va rester sympa, OK? Pour son âge, elle est bien. Elle fait combien, quarante-six, à peu près? Super chirurgie. En tout cas on s'entend bien, tous les deux...

Johanon se leva.

Bus s'humecta les lèvres et se mit debout, lui aussi.

– Eh...

– D'accord, on va rester sympa, répéta Johanon, puisque c'est ce qu'elle préférerait. La porte est là.

Bus se pencha vers lui, et dit d'une voix très basse :

– Pourquoi tu nous ferais pas ton célèbre numéro, comme elle m'a dit? Tu vas te changer et tu passes une jolie robe, non? Allez, j'aimerais voir ça. Je suis sûr que t'es canon en gonzesse. Les cheveux défaits, avec un petit peu de mascara et de rouge à lèvres...

Le revers de main frappa Bus en plein visage. Il tomba à la renverse et un jet de sang jaillit de son nez.

– Oh, bon Dieu...

– Maintenant, dehors. Et ne remets pas les pieds ici avant trois jours. Alors je serai parti. Ce que vous ferez tous les deux ensuite ne m'intéresse pas.

– Oh, mon nez... tu l'as cassé...

Bus s'était agenouillé et sanglotait comme un enfant. Le sang couleur framboise disparaissait dans le tapis noir sans laisser de trace.

Grete entra dans le salon. Elle vit Bus au sol, le contourna et posa le plateau avec le service à thé et la bière sur la table.

– Me faut un putain de toubib, geignit Bus.

Grete sourit, sans bouger.

– *Ja.*

– Cela lui déplairait que je te tue, Américain, dit Johanon d'une voix douce. Mais je n'hésiterai pas. Maintenant je sais que le tapis absorbe les traces de sang.

Bus regarda autour de lui. Il avait peur.

– *Ja*, caqueta Grete.

Bus se releva pesamment et sortit en titubant du salon. Ils l'entendirent descendre bruyamment l'escalier et claquer la porte d'entrée.

Il abandonna le thé et la bière pour parcourir la froide maison rose jusqu'au couloir où donnait la chambre de sa mère.

La porte était fermée. Johanon prononça son prénom.

– Non, dit-elle.

– Alors j'attendrai dans le salon.

– Va-t-en. Tu l'as effrayé. Je veux mon Bus...

– Il n'est pas à vous, Mère. Il est à beaucoup d'autres. Il les paie avec l'argent et les bijoux que vous n'aviez aucun droit de lui céder.

– Ils étaient à moi!

– En garde. Vous ne deviez les donner qu'à d'autres Scarabae.

– Va au diable, monstre!

– Je partirais volontiers, Sofie. Mais il y a quelques questions que je dois vous poser.

– Non, non.

Il redescendit dans le salon et but une tasse de thé. Grete se tenait immobile dans un coin de la pièce, près du vase-tuyau, comme une énorme marionnette inutilisée.

– Vous pouvez me préparer la chambre au grenier? Celle qu'elle m'a réservée.

– *Ja.*

Grete ne bougea pas pendant quelques secondes, puis elle traversa la pièce, prit la bouteille de bière destinée à Bus et la vida d'un trait.

Ensuite elle sortit du salon.

Sofie n'aurait pas pu faire grand-chose pour arranger la chambre au grenier, même si elle l'avait voulu. Le plafond plongeait en biais jusqu'aux fenêtres basses qui ouvraient sur le canal enténébré. Des réverbères et des lucioles dansant à la surface de l'eau se reflétaient sur le mur mansardé au-dessus de sa tête.

La tête de Johanon.

La pièce était peinte en blanc, et glacée. On n'avait pas installé de lit, il n'y avait qu'un matelas et un oreiller.

Sofie avait perdu tout intérêt pour le grenier, c'est pourquoi elle y avait relégué son fils.

Il s'allongea sur le sommier et contempla les reflets au plafond.

Son corps ne s'était pas entièrement remis du coup qui avait fait exploser l'appendice et avait perforé le colon. Il guérirait, mais il n'était pas encore aussi fort qu'il le redeviendrait.

C'était pire que cela.

Althene – elle – était son armure, son âme extériorisée, qui l'enveloppait comme une fleur d'acier.

Ce pauvre lis... Althene l'aurait mis dans une bouteille d'eau glacée. Mais il n'était pas Althene, pas pour l'instant.

Sofie se calmerait.

Elle s'était montrée sauvage. Habituellement, après ce genre d'esclandre, elle devenait très douce, maniable parfois.

Pauvre catin.

Epuisé, il ferma les yeux et dormit un peu.

Vers neuf heures, Sofie vint frapper à la porte.

– Johanon, veux-tu descendre et dîner avec moi ? Pas un repas préparé par Grete, non, non. J'ai commandé un repas italien.

Il lui répondit par l'affirmative et passa dans la salle de bains jouxtant la petite chambre. Il n'y avait ni serviette ni savon, et il se servit de ce qu'il avait apporté.

Il défit ses cheveux, sans regarder, puis les renoua.

Face à un de ses parents, un enfant redevient toujours un enfant, d'une façon ou d'une autre. Qu'il ait trente ans ou trois cents ans.

– Courage, murmura-t-il à son reflet.

Une des attitudes d'Althene le surprit, mais il la repoussa. Il ne devait pas penser à elle, ou à Rachaela, ou à Anna. A aucun niveau. Il n'avait pas le temps.

Sofie l'attendait dans la salle à manger.

C'était une petite pièce sans fenêtre, naguère un grand débarras. A présent les murs étaient peints en magenta et une table de verre à pied de cuivre torsadé en occupait le centre.

Bien que simple, le repas était plaisant : de petits pains

frais, des spaghettis avec des sauces au basilic ou aux marrons, des crêpes aux épinards, un assortiment de fromages et un carafon ventru de vin rouge, très buvable.

Sofie avait passé une robe de soirée. Naturellement. Mais elle était presque jolie, avec ses cheveux recoiffés et sa robe découvrant la naissance de sa poitrine, ce qu'Althene ne pouvait faire, bien entendu.

Mais Sofie ne cherchait pas à le défier.

Non, son état d'esprit était maintenant à la conciliation et au raisonnable.

Elle porta un toast en latin, un souhait antique :

– Qu'une déesse t'assiste.

Il acquiesça et répondit en hollandais :

– Mettez votre guirlande de roses, gente dame, et trinquons.

Ils mangèrent en silence, à part quand elle lui raconta les efforts culinaires attristants de Grete, et lui narra ce jour terrible où la domestique avait fait brûler un morceau de porc. L'odeur avait imprégné toute la maison et sur le canal les gens qui passaient en bateau faisaient la grimace. Il rit de l'image.

Quand ils en furent au fromage et aux figues fraîches, elle lui dit :

– Essaie de comprendre, pour l'Américain, s'il te plaît.

– Je m'y efforcerai.

– C'est vrai, il m'a trompée. Mais... Je suis si seule. Et la famille...

– Vous les détestez. Ou bien vous ne leur faites pas confiance.

C'était Rachaela qui parlait. A moitié Scarabae. Comme Sofie. Elle avait passé sa vie à les fuir et à les rechercher.

– Eh bien, ils ne m'ont pas toujours très bien traitée... Je t'en ai voulu lors de ta dernière visite ici. T'envoyer à moi, mon propre fils, pour me faire changer. Mais je me débarrasserai de lui. Oui, je le ferai.

Elle le regarda à travers la robe rubis du vin dans son verre, d'un air presque coquet.

– Mais je t'admire, à présent. Tu es un homme, maintenant. Est-ce elle qui t'a transformé, ta compagne ?

– Non, Mère. Autre chose.

– C'est bien, Johanon. *Très bien.*

Il ne dit rien, et elle ne le pressa pas de parler. Après quelques minutes de silence, pourtant, elle ajouta :

– Bus m'ennuie. Je devrais le quitter.

Un peu plus tard Grete vint débarrasser : ses doigts boudinés. Puis elle apporta du genièvre, du cognac, du thé et des chocolats enveloppés dans du papier argenté. Johanon attendit qu'elle soit repartie.

– Je ne vous veux aucun mal, dit-il.

– Oh, vraiment ?

C'était dit sans ironie, avec seulement une trace d'étonnement.

– Sofie, jamais cela ne me viendrait à l'esprit.

– Non, et j'en suis heureuse. Parfois j'ai peur...

– Sofie, j'ai besoin de votre aide. Maintenant. Je dois... Il faut que vous me parliez de lui.

– De qui ?

Elle affichait l'innocence d'une petite fille. Une petite fille qui pouvait le faire revenir à l'époque où il était un petit garçon de neuf ans, transi d'angoisse, fouetté par des badines... Non, il ne devait pas céder à ces pensées. Les temps changeaient, le temps passait.

– Sofie, je parle de Cajanus. L'homme dont vous m'avez dit qu'il était mon géniteur.

Elle baissa les yeux et ses doigts se crispèrent autour du verre de cognac.

– Non, je t'en prie. Non.

– Ma fille a été enlevée. Anna. Je vous ai déjà parlé de ma fille. Et, d'après ce que je sais – et que je crois, à présent –, c'est *lui* qui l'a enlevée. Mais je ne sais rien de lui. Où il se trouve... Il y a des bruits qui courent, certes, mais nous l'avons cherché et nous n'avons trouvé que de hauts murs noirs, là-bas. Je ne peux le retrouver seul. Et je le veux, Mère. *Livrez-le-moi.*

Elle lui lança un regard aigu, très bref.

– Tu me forces.

– Je n'ai d'autre solution que de vous forcer.

– Pourquoi ?

– Il me faut un indice, Mère. Un chemin dans le labyrinthe.

– Mais c'était il y a des centaines... Il y a tant d'années...

Il se pencha sur la table et saisit doucement sa main de jeune femme.

– C'est tout ce que j'ai. Ne me repoussez pas.

– Je ne peux pas...

– Sofie, vous êtes une Scarabae.

– Non. Je les ai reniés.

– Vous ne le pouvez pas, Sofie, dit-il. Votre beauté appartient à une Scarabae. Votre jeunesse... Dites-moi.

– Très bien, soupira-t-elle. Mais d'abord je dois m'absenter un instant. Je reviens très vite, promis.

Toujours elle s'était excusée ainsi quand elle devait satisfaire des besoins naturels.

Il acquiesça et la laissa sortir de la pièce.

Il se demanda si elle ne courrait pas s'enfermer dans sa chambre. Seule sa chambre possédait des serrures inviolables.

Mais il avait l'intuition qu'elle reviendrait. D'ailleurs, il ne partirait pas tant qu'elle n'aurait pas répondu. C'était dur, mais nécessaire. Ils étaient tous aux abois.

Il prit un des chocolats et déplia l'enveloppe argentée. Une douceur noire, fourrée au kirsh et aux amandes. Il le posa sur la table. Il n'y avait rien de doux dans ce qu'il devait faire maintenant.

Sofie réapparut cinq minutes plus tard, avec une carafe de cristal rouge et deux gobelets hauts.

– Regarde, ça va te plaire. De l'armagnac.

Elle posa les gobelets et la flasque sur la table.

– Il a fallu que je le cache de Bus. C'est un... crétin. Il ne sait rien. Mais il parle aux gens. Sais-tu qu'un Turc a bien failli acquérir la bague-sceau en jaspe ? Mais la famille a envoyé ses agents la récupérer. Le Turc a été très impressionné. Il m'a fait livrer cent orchidées pour s'excuser. Elles sont toutes mortes en une journée. La maison était trop froide pour elles...

Elle poussa un gobelet vers Johanon, l'emplit, puis fit de même avec le sien, qu'elle leva pour goûter l'alcool.

– Un peu amer. Mais c'est approprié, n'est-ce pas.

Il rapprocha son verre, mais ne but pas.

Il attendait.

– Te souviens-tu de lui ? dit-elle. Cajanus ?

– Oui. Un jour mémorable...

Elle baissa les yeux.

– Ne m'accuse pas.

– Non. Poursuivez.

– Il était venu à moi, toutes ces années auparavant. Il avait surgi de la nuit. J'étais seule, alors. Et à la nuit, un homme s'est présenté à ma porte. Il avait obtenu leur autorité. Aux *Scarabae*. Ou il l'avait gagnée.

– Je comprends.

– Il a dîné avec moi. Oh, pas comme aujourd'hui. Te souviens-tu... Bien sûr, tu te souviens. La vieille table taillée dans un chêne. Il a mangé du lapin, et moi aussi. Nous avons bu du vin du Rhin. Il était...

Son regard se perdit dans le vide de la pièce, comme si elle tentait de matérialiser un souvenir sans y parvenir.

– Il était très séduisant.

Sofie ne buvait pas. Elle avait posé ses mains sur la table.

– Il m'a courtisée. Il m'a expliqué qu'il était marié avec une femme qui ne pouvait lui donner de fils. Il a dit qu'il allait divorcer. Il était si gentil... Sa voix. Il y avait une sorte d'hésitation dans sa voix, comme s'il transformait les mots en velours avant de les prononcer...

– Il avait les cheveux noirs et les yeux bleus, intervint Johanon.

– Oui. Il me semblait très grand, mais en fait... Bus doit être plus grand. Toi aussi.

– Peut-être a-t-il grandi encore. Cela nous arrive, avec le temps.

Elle secoua la tête.

– Permets-moi de ne pas te regarder en face pour dire ce que je vais dire.

Et elle détourna les yeux.

– Il m'a séduite. Avec des mots et des poèmes, et des caresses. Jusqu'à ce que je le désire de tout mon être. Et une nuit il est venu dans ma chambre...

Johanon attendit la suite.

– Il m'a dit qu'il était vieux, un des plus âgés d'entre nous. Et il a dit que je ne devais plus l'appeler Cajanus, mais Caïn. J'ai ri et je lui ai demandé si ce nom était le même que celui de la Bible. Alors c'est *lui* qui a ri. Il n'a pas répondu. Ensuite il m'a fait l'amour.

Sofie se leva, et alla se camper face au mur magenta.

– Il était tendre jusqu'à ce que la bougie se soit consumée. Et alors, dans l'obscurité... Dans l'obscurité... l'obscurité...

Johanon attendait.

– Il m'a jetée sur le ventre et s'est couché sur moi. Je ne pouvais pas bouger. Et il m'a prise comme un fauve. Avec une passion de dément. Il m'a déchirée, violentée. Il a labouré mon dos de ses griffes, jusqu'à l'os. J'ai hurlé de douleur et il m'a arraché des touffes de cheveux pour me bâillonner avec. Il a bu mon sang. Il était comme le diable, froid comme la glace. Ou brûlant comme l'enfer. Je ne sais pas quand il est parti. Je croyais être morte. Les Scarabae ont pris soin de moi. Oui, les Scarabae. Je suis forte, comme eux. J'ai survécu. J'ai gardé les balafres sur mon dos pendant cent trente-trois ans. Elles ont toutes disparu, à présent. Mais elles sont toujours là, dans mon esprit. C'est cela qu'il a fait. Cajanus. *Caïn.*

– Où est-il allé ? demanda Johanon.

– Je ne sais pas. Je ne sais rien.

– Il ne vous a parlé d'aucun endroit ?

– *Tu te moques donc de ce qu'il m'a fait ?* gémit Sofie en regardant le mur.

– Non, je ne m'en moque pas. Permettez-moi de le retrouver.

– Il ne m'a rien dit, sinon qu'il quitterait sa femme pour moi. Et il est parti. Bois. Bois à ma destruction. *Bois.*

Johanon prit le gobelet d'armagnac et le vida. L'alcool était amer, en effet.

– Et je me suis retrouvée enceinte, poursuivit Sofie. Et je t'ai sorti de moi. Extirpé. Quatre jours de souffrances. *Quatre jours et quatre nuits.*

– Je sais, Sofie, je sais.

– Toi, un garçon. Un homme qui joue à la femme. Que sais-tu des femmes ? Tu es *un homme.*

– Je ne voulais pas vous faire de peine, Sofie.

– Non, même quand tu as déchiré mes entrailles pour sortir. Son bâtard. Du sang et de la bave issus de sa semence pourrie.

Soudain elle fit volte-face. Son visage était de nouveau le masque de la folie. Mais elle ne cria pas.

– Va te coucher, dit-elle. Grete a préparé ta chambre. Prends l'armagnac.

– Non, merci.

Elle saisit la carafe de cristal rouge et la lança contre le mur.

De même que le sang sur le tapis, l'alcool ne marqua la peinture que d'une humidité temporaire. Comme des larmes.

En arrivant au grenier, il songea qu'il devrait avoir une autre conversation avec elle, quand elle se serait calmée. Peut-être aurait-elle réveillé d'autres souvenirs dans sa mémoire. Mais non, c'était improbable. Tout ce qu'elle avait, elle le lui avait donné.

Avec quelle impatience elle avait dû attendre le moment de lui mettre ce bouquet d'épines dans les mains.

Johanon se sentait harassé, vaguement nauséeux. Ses oreilles carillonnaient. Le grenier blanc qui n'avait pas d'éclairage propre tournait lentement, et il s'écroula sur le lit maintenant pourvu de draps et de couvertures.

La pulsation des lumières extérieures faisait vibrer le plafond, et maintenant ces lueurs prenaient des teintes sanglantes. Une roue ensanglantée...

Oui, se dit-il. Bien sûr. Sa mère avait mis quelque chose dans son verre. Elle avait enfin réussi à l'assassiner.

Et du fond de son cœur monta la certitude doucereuse qu'il ne pouvait rien faire de plus.

19

Le souffle de Seth mourut pendant la nuit.

Il n'avait pas duré cinquante jours.

L'eau était assez basse, et alors qu'ils remontaient le courant les faubourgs de la ville barbelés d'antennes de télévision leur cachèrent les tombeaux majestueux qui se trouvaient sur la rive est, le long du désert.

Des briqueteries rouges suivirent, des felouques amarrées aux quais, des palmiers pareils à des tarentules vertes, des acacias. Ici et là, aux premières heures de la matinée, des femmes venaient chercher de l'eau. Elles emplissaient des bidons en aluminium ou en plastique avec ce liquide brun-vert qui était le Nil.

Il était facile de croire que cette eau boueuse avait naguère été changée en sang.

Mais la raison en était une éruption volcanique, et non la colère divine, songeait Lebas, qui était un athée convaincu.

Installé sur le pont, il contemplait d'un regard supérieur le lent défilement des berges vaseuses, les acacias, les femmes. Une motocyclette pétaradante les dépassa et disparut au loin. Ils avançaient à allure très réduite. Les Arabes qui dirigeaient le bateau étaient évidemment des incapables, crasseux et fourbes. Et leur aversion naturelle pour tout Occidental était aggravée par la guerre. En ville l'absence des touristes l'avait frappé. Mais, à tout prendre, c'était une bénédiction. Paul-Luc professait un mépris égal pour les Américains – grossiers –, les Anglais – constipés et sans esprit – et les Allemands, des bêtes.

Il avait ordonné à Bérénice de rester dans sa cabine. Avec tous ces Arabes, il fallait se méfier. De plus, elle était sujette à des maux de gorge infernaux, et la journée était fraîche. Elle avait ses leçons d'anglais et de littérature à travailler, et comme elle avait l'esprit encore plus lent que la marche du bateau, elle serait occupée jusqu'au repas du soir.

Le déjeuner avait été exécrable. Du riz avec un bouillon innommable. Mais au moins le bateau ne s'était pas arrêté. Ils refusaient de naviguer dès la nuit tombée, en prétextant que c'était illégal. Mais il n'avait pas dit son dernier mot.

Il pensa à la carte. A présent il savait avec exactitude où débarquer et depuis quel point il devait s'enfoncer dans le désert. Son agent avait promis que les mulets attendraient au village, mais on ne pouvait être sûr de rien dans ce pays.

Il jeta un regard au capitaine dans la timonerie.

Et cette race d'incultes descendait de l'Ancienne Egypte...

Pendant une seconde il revit en esprit la femme blonde, dans la salle de restaurant de l'hôtel. Elle était partie avant lui. Ses jambes étaient aussi parfaites qu'il les avait imaginées, dans leur fourreau de nylon blond, serties dans des escarpins à hauts talons.

Puis il l'oublia et songea de nouveau à la carte et à ses indications.

Il y avait eu un léger tremblement de terre. La secousse avait descellé des blocs rocheux et fait glisser des tonnes de sable du flanc de la colline. La chose s'était déjà produite, apparemment au début du siècle, mais à cette époque les natifs, ces paysans, étaient allés recouvrir l'endroit. Cette fois, personne ne l'avait fait. La vie moderne réduisait le sens de l'honneur comme les craintes ancestrales. Car autour de ces tombeaux de l'ancien monde planait une atmosphère de superstition et de surnaturel.

C'était une sépulture creusée dans la roche des collines

basses, au-delà du village dont le nom signifiait Colombe. Assez inhabituel de trouver ce genre de tombe dans cette région.

Il pouvait certes s'agir d'une supercherie. Paul-Luc Lebas avait de nombreux ennemis...

Mais il ne pouvait laisser passer une telle chance si elle était réelle. Et si tel était le cas, sa célébrité était assurée. Ce serait le plus grand événement archéologique depuis la découverte très surfaite du tombeau de l'enfant-roi, Toutankhamon. Il se souvenait fort bien de la publicité faite autour de l'exposition qui lui avait été consacrée à Paris, dans les années soixante. Il l'avait fuie, naturellement.

Non. Ici, il s'agissait d'une découverte totalement originale, unique. Mystérieuse.

Il se retourna et vit Bérénice qui avançait vers lui, sur le pont.

– Retourne dans ta cabine! s'écria-t-il. Il n'y a rien à voir, les eaux sont trop basses.

– Mais Papa, geignit-elle, je manque d'air dans la cabine.

– Aucune importance. Redescends.

Le coucher de soleil projeta un incendie qui transforma les eaux du Nil en sang. La fleur hivernale desséchée qu'ils appelaient Rose du Nil tourna au pourpre, puis au noir.

Encore du bouillon au souper. Paul-Luc avala deux tablettes de pénicilline.

Les étoiles percèrent le ciel comme des dagues scintillantes. Ces étoiles avaient brillé dans un zodiaque presque identique sur la Basse-Egypte. Et maintenant, sous terre, le dieu traversait l'enfer sur sa barque, le fleuve de la mort, d'où Khépri le tirerait avec l'aurore...

Emu, Paul-Luc griffonna trois lignes de poésie dans son carnet.

Il avait persuadé le capitaine de continuer sa route après la tombée du jour, que ce soit légal ou non.

Ils dépassèrent des villages sortis de rêves très anciens, des filets de fumée montaient vers le ciel. Mais le village suivant était défiguré par des néons, un château d'eau et une armée d'antennes de télévision. Des colporteurs des marchés nocturnes accouraient sur les berges et proposaient des bananes vertes ou des oranges naines. Une femme solitaire apparut tel un fantôme, une vieille jarre en équilibre sur la tête. Les projecteurs du bateau capturèrent son vêtement sombre, puis sa silhouette se fondit entre les palmiers.

S'il allait se coucher, le bateau mouillerait certainement. Mais il se sentait las, et demain il lui faudrait se lever tôt.

Bérénice dormait dans sa cabine, enroulée dans quatre couvertures comme un ver géant. Elle ronflotait doucement, et il espéra que ce bruit ne l'incommoderait pas.

Le chant des muezzins le réveilla. Du haut des minarets qui dominaient la ville où avait accosté le bateau, ils appelaient à la prière.

Intérieurement, Lebas les maudit.

La nuit s'éclaircissait à peine.

Mais le jour se leva d'un coup, et Khépri éleva le disque solaire dans le ciel.

Bérénice murmura dans son sommeil.

– Quoi? Qu'est-ce que tu dis?

En français, elle marmonna :

– Des ténèbres il s'élève, vainqueur de la nuit...

Mais il ne put comprendre la phrase.

– Eclaircis-toi la gorge et articule, ordonna-t-il.

Elle ouvrit les yeux.

– Je ne sais pas, Papa. J'ai... oublié.

Au-dehors, sur le fleuve, une grande felouque à deux mâts les croisa, chargée de blocs de calcaire arrachés aux carrières du sud.

Paul-Luc parlementa avec le capitaine. Il ne voulait pas perdre de temps dans cette ville, et d'ailleurs ils n'auraient pas dû s'y arrêter. Mais la police fluviale l'y avait obligé, expliqua le capitaine, sous peine d'amende.

Paul-Luc jura.

Plus tard, ils reprirent la remontée du fleuve.

Une fois, il avait visité la grande pyramide proche, mais sans passer par la ville. Il avait emmené l'enfant avec lui.

Alors que venait la nuit, l'éclairage urbain, derrière l'immense masse antique, avait formé un halo blanc, vert et jaune créant un ciel surréaliste, et la pyramide illuminée fut réduite à une parodie géante de biscuit triangulaire.

Paul-Luc avait alors expérimenté la sensation en lui du mépris sans borne. Il ne voulait pas revivre une telle infamie. Il en avait eu assez.

Lorsqu'ils atteignirent le village dont le nom égyptien signifiait Colombe, le jour s'effilochait. Des canards sauvages passèrent devant le vaste orbe orangé du soleil couchant. Des herbes de trois mètres de haut entouraient une petite île au centre du canal. Ce n'étaient pas des papyrus mais quelque autre végétal commun dans ces contrées.

Le village lui-même n'était qu'une décharge à ciel ouvert, un agglomérat de masures en briques de boue séchée, entouré de résidus de champs où poussaient la canne à sucre, le maïs, les haricots et le trèfle. Des figuiers aux formes torturées se serraient en groupes compacts. Il n'y avait pas de château d'eau, et pourtant l'éclairage public était arrivé jusqu'ici, apporté par des lignes à haute tension, et sur quelques-uns des toits misérables se dressait la peste métallique des antennes de télévision.

Ils dormirent sur le bateau et furent réveillés plusieurs fois par les rires des marins qui jouaient aux cartes et fumaient des narguilés avec les villageois.

Quand le soleil se leva, il annonça à Bérénice qu'elle devait rester dans la cabine.

– Mais Papa, tu avais dit...

– Je sais ce que j'ai dit. Nous avons pris du retard. Le trajet jusqu'au site sera très désagréable. Si je repère l'endroit, dès que les travaux commenceront, je reviendrai.

– Vrai ?

Il la toisa froidement. L'horrible nourriture – ce matin une sorte de porridge infect – semblait lui réussir. Sa peau était pâle mais fraîche, et son regard s'était éclairci.

Mettait-elle en doute ses propos ? S'il disait qu'il allait faire quelque chose, c'est que cela s'accomplirait.

– Bérénice, ne sois pas idiote. Occupe-toi en révisant tes leçons. Reste dans la cabine. Je serai de retour avant la nuit.

Bérénice abdiqua.

– Oui, Papa.

Il descendit du bateau et suivit une rue. Des femmes émergèrent des masures, leurs bidons à la main. Elles sortaient comme des rats.

Il arrivait à l'extrémité de la rue quand un Arabe apparut dans sa gandoura et son turban blancs.

– Monsieur Lebas? J'espère que vous avez fait bon voyage.

L'homme parlait un excellent français.

– Une horreur, rétorqua Paul-Luc. Les mulets sont prêts? et les hommes?

– Les hommes nous attendront sur le site. Les mulets sont prêts.

Ces derniers mots auraient pu être une incantation, car un mulet passa au bout de la rue entre deux maisons ocre. Sur son dos était arrimée une grande télévision lestée d'un morceau de pierre ponce.

Stupéfait, Lebas écarquilla les yeux.

Alors, comme pour l'ébahir un peu plus, une femme vêtue de voiles bleus suivit l'animal, avec sur la tête ce qui ne pouvait être qu'un four à micro-ondes.

– Qu'est-ce que...

– C'est sans importance, Monsieur. Ici, la richesse va et vient.

Leurs deux mulets étaient attachés au tronc d'un palmier, et surveillés par un garçon presque nu.

Paul-Luc scruta les masures, les champs rachitiques avec leur méchant système d'irrigation, puis la surface brune du désert. Des collines s'élevaient là-bas, toutes proches semblait-il, comme les colonnes dorsales de lions endormis sous la chaleur du ciel bleu.

Alors qu'ils avançaient à dos de mulet, ils s'enfermèrent dans un silence distant. L'Arabe avait bien essayé d'engager une conversation polie, mais il avait renoncé. Lebas était le maître : il payait.

Son mulet avait des puces, ce fut vite évident.

Ils progressèrent en gardant les collines arrondies sur leur gauche, et la hauteur pointue sur leur droite.

Le soleil était aussi dur que le verre.

Lebas buvait au goulot de sa bouteille d'Evian.

Pour arriver il leur fallut deux heures de transpiration et de sécheresse alternées, à cause du soleil et du vent.

Près d'un palmier solitaire, les quatre hommes qu'il avait engagés étaient assis et fumaient en buvant du café, à l'abri d'un auvent de fortune.

Ils se levèrent à son arrivée et le saluèrent à la mode égyptienne. Au moins, ils connaissaient leur place, se dit-il. Ou feignaient de la connaître. Un petit tas d'outils était posé sur le sol, dans des sacs en plastique.

– Demande-leur si on leur a posé des questions, dit Paul-Luc.

– Ils parlent tous français, Monsieur.

Un des quatre hommes, qui avait pour toute dentition trois incisives très blanches, prit la parole :

– Personne n'a fait attention à nous, Monsieur. Nous sommes partis il y a une semaine à peu près.

Il sourit largement.

– Ils croient que nous connaissons un endroit où on rencontre des garçons, et que nous avons menti en disant que nous allions dans le désert.

Les autres rirent joyeusement.

Ecœuré, Paul-Luc s'abstint de commenter des propos aussi dégradants pour ceux qui les prononçaient.

– Alors? dit-il.

– Je vais vous montrer, Monsieur, fit l'homme aux trois dents. Nous avons dégagé un peu de sable, déjà.

Avec une répugnance qui l'étonna, Paul-Luc sauta à bas de sa monture. Il était raide et eut du mal à le dissimuler.

Trois-Dents le précéda vers le versant de la colline la plus proche, distante d'une vingtaine de mètres. Il contourna en le gravissant à demi un amas rocheux où affleuraient des veines blanches et roses, et disparut de l'autre côté.

– *Ici*, Monsieur, chuchota-t-il.

Lebas effleura la forme du pistolet glissé à l'intérieur de son blouson.

Mais c'était ridicule : l'argent ne pouvait leur arriver que sur son ordre, et en ville.

Maladroitement, il escalada l'amas rocheux pour passer de l'autre côté.

Oh Dieu – ce Dieu inexistant – *c'était ici.*

Le sable montait à l'assaut de la colline comme un fourreau – bêtement, il pensa à sa fille emmitouflée dans ses couvertures – mais là, juste au-dessus de sa limite, apparaissait le linteau en pierre d'une ouverture.

C'était du granite rouge, aussi lisse au toucher qu'une perle...

Ici et là, il repéra de petits éclats de pierre qui manquaient, les dommages causés par la secousse tellurique, la dernière ou la précédente. Très peu de dégâts, en fait.

Au-dessus de la limite du sable, sur la porte, Paul-Luc vit les épaules gravées d'un homme à tête de scarabée. Khépri. Exactement comme disait la carte.

– Toi ! Va chercher les autres avec les outils. Il faut déblayer tout ce sable.

Trois-Dents glissa au bas de la colline sur le dos et disparut derrière les rochers.

Adroitement, délicatement, imprudemment, Paul-Luc, s'étant hissé un peu plus haut, balaya de la main la poussière de désert accumulée.

La poitrine plate d'un dieu égyptien masculin apparut, taillée dans la pierre.

Des scarabées, symboles de résurrection, décoraient le tour de la porte. Ils étaient étranges. Des scarabées ailés, mais pourvus de bras et de jambes. Il étudia les hiéroglyphes. XXIe Dynastie, estima-t-il, la formule habituelle : *Nul ne doit entrer en ces lieux. Prenez garde.* Eh bien, que ces pleutres d'Arabes prennent garde. L'avertissement pouvait signifier que du poison avait été mélangé au mortier des joints de la porte. Si l'on forçait la porte, le poison tombait en poussière sur les intrus. Mais par l'intermédiaire de son agent il avait demandé aux ouvriers d'acheter des masques et des gants de chirurgie. Cette précaution devrait suffire à les protéger.

Il perdit tout intérêt pour ce détail, car là, devant ses yeux... Les hiéroglyphes gravés...

Une feuille de papyrus, un cerf-volant, la mesure cordée d'une centaine, un symbole en rapport avec les enfers...

Il assembla le tout, et ses lèvres articulèrent lentement le résultat.

Le phonème *Khau*, qui pouvait signifier la honte, un récipient de l'autel, la couronne d'un roi... et ici... *Les Ténèbres.*

Khau-Kheprer.

Les ténèbres du dieu-scarabée, donc. Celui qui élevait le soleil. Et, dans un autre sens, quelque chose qui devait être rempli.

Les hiéroglyphes continuaient sur le montant vertical de la porte. Lebas prit son temps pour les décrypter. Et beaucoup de soin.

Je suis Celui qui est sorti du désert. Je suis Celui aux yeux bleus qui –

L'inscription s'arrêtait là, tronquée par le temps et les séismes.

Aux yeux bleus ? Non. C'étaient des barbares, bien sûr, mais les Egyptiens n'avaient pas les yeux bleus. Pas avant que les Grecs d'Alexandre ne se mêlent à eux. Quelque infiltré plus ancien, alors. Arrivé assez haut dans l'échelle sociale pour avoir droit à un tel sépulcre.

Lebas pensa à Joseph, l'Hébreu qui avait amené son peuple en Egypte, une époque de prospérité puis de désespoir et d'esclavage, jusqu'à ce que les dix plaies les libèrent...

Mais Joseph n'aurait pas été enterré ici, et on ne l'aurait pas défini par le terme *Ténèbres.*

Paul-Luc examina le roc au-dessus du linteau supérieur, et il distingua des hiéroglyphes à demi effacés, qu'il lut. *Ukha na.* Il y avait un interstice entre eux...

Pourtant quelque chose le fit reculer.

Il se retourna et vit les ouvriers arabes qui s'étaient regroupés en bas de la pente.

– Déblayez le sable.

– Monsieur, dit celui qu'il avait retrouvé dans la rue de Colombe, pouvons-nous terminer notre café d'abord ?

– Non, pas question. Balayez-moi tout ce sable.

– C’est l’heure de la prière, dit Trois-Dents. Nous ne pouvons pas travailler maintenant.

Lebas sentit monter la colère en lui. Il les injuria dans leur propre langue, des paroles terribles qui visiblement les offensèrent. Il finit en leur ordonnant d’obéir.

Car cette tombe était une découverte capitale, à n’en pas douter. Et personne ne se moquerait plus de lui.

C’est alors que le chameau déboucha de derrière les rochers, tel un vaisseau préhistorique couleur miel, et s’arrêta au bas de la pente. Sur sa selle était assise une très belle femme blonde. Vêtue d’un pantalon et d’un chemisier blancs, elle était coiffée d’un chapeau de paille à larges bords d’où flottait un foulard vert et blanc.

Elle s’adressa à Paul-Luc :

– Monsieur Lebas. Veuillez pardonner cette intrusion.

Elle parlait un français parfait.

Il posa sur elle un regard ébahi.

– Oh, cher monsieur, ajouta-t-elle, soyez assez aimable pour simplement *me* pardonner.

20

Comment était-elle arrivée ici ? Un train à partir de la ville, jusqu'à une autre cité plus avant, puis le trajet jusqu'ici à dos de chameau ? Ou avait-elle parcouru toute la distance sur cette monture ? Avec qui était-elle liguée ? Ses ennemis ? Un musée quelconque ?

A cinquante-sept ans, il se sentit puéril.

Et il n'aima pas cela.

– Expliquez-vous, dit-il sèchement.

– Je vais le faire, monsieur Lebas. Dans un moment.

Elle parla en arabe à l'oreille du chameau qui ploya les pattes avant, puis arrière pour s'asseoir. La femme descendit gracieusement.

Les Arabes l'entourèrent aussitôt et elle leur sourit. Elle mit de l'argent dans les mains de l'homme à la gandoura blanche. Dans leur langue, de nouveau, elle leur demanda de détacher le panier d'osier du dos du chameau, ce qu'ils firent immédiatement. Puis ils se dispersèrent et, derrière les rochers où ils avaient disparu, Paul-Luc entendit leurs rires gras.

– J'insiste, dit-il.

– Oh, je suis confuse, affirma-t-elle en baissant ses grands yeux. Mais je dois avouer...

– Avouer quoi ? Comment avez-vous su, pour ce site ?

– Je ne savais pas, Monsieur. Quelqu'un a découvert votre destination. Les gens bavardent. Je vous ai suivi. Vous savez, dans ce pays, on peut tout apprendre, et tout vendre...

– Vous êtes française ? coupa-t-il.

– Je ne me targuerais pas d'une telle prétention, dit-elle, et, malgré lui, il accepta le compliment. Peut-être un petit peu.

– Alors pourquoi vous intéresser à moi et mes activités ?

Elle le détailla du regard, et rougit très joliment. Ou parut rougir.

– Vous me rendez très timide, Monsieur. Mais je vous dois la vérité. Vous avez vu en moi. Vous ne faites aucun quartier.

– Eh bien ?

– Je vous ai vu à l'hôtel. Et puis... vous êtes parti. J'ai décidé de vous retrouver. Ai-je eu une conduite répréhensible ?

– Vous avez fait preuve d'une certaine impertinence. Savez-vous ce qu'est *ceci* ?

Il désigna la porte derrière lui.

– Je le pense, dit-elle d'un ton posé.

– Alors vous comprenez la nécessité d'une extrême discrétion.

Elle dit alors, d'une voix basse qu'il perçut pourtant :

– Alors, faites-moi taire. La meilleure façon de faire taire une bouche n'est-elle pas le baiser ?

la phrase était trop ambiguë pour qu'il ne le remarque pas. Le baiser pouvait être plus qu'un baiser. Il lui jeta un regard sévère, mais il sentait monter en lui une excitation physique indéniable.

– C'est absurde, laissa-t-il tomber.

– Alors permettez-moi de vous apaiser. Je promets de ne pas trahir le secret de cet endroit. Vous seul l'avez découvert. Je suis une de vos admiratrices, monsieur Lebas. Je lis toujours vos articles, sur *Antigone, Electre*, sur le style de Pétrone... Bien avant de vous rencontrer je vous connaissais. Et puis...

Elle sourit de nouveau.

– Oserai-je dire : et puis, la foudre a frappé ?

Les mots lui manquaient. Mais il ne se sentait plus du tout puéril.

C'était une femme des plus singulières. Environ trente-cinq ans, mince, presque garçonne. Exactement le type physique qui lui plaisait. Marthe avait été ainsi. Mais Marthe n'avait jamais lu ce qu'il écrivait. Le soleil transformait sa chevelure en un halo angélique.

– Je vous appellerai Médée, dit-il. Une sorcière bien rusée.

Elle rit, puis désigna le panier.

– Je vous ai apporté de quoi faire bombance. Si vous voulez bien être mon Jason.

– Je suis bien trop vieux pour cela.

– Vous ? Ses yeux étaient pareils à deux fleurs sombres et veloutées. Ah, Monsieur...

Elle souleva le couvercle du panier et il vit un pain azyme doré, un des rares aliments qu'il aimait en Egypte, du caviar russe sur un lit de glace, et des dattes farcies au magret de canard. Deux bouteilles de bordeaux rouge rangées dans une petite glacière.

– Vous ne croyez pas à l'aristocratie du vin, je le sais. Mais vous trouverez certainement ces goûts très complémentaires.

– Je déteste la stupidité des amateurs de vin, dit-il. D'ailleurs je bois rarement.

– Et maintenant, avec moi ?

Il ne put que rire.

– Qui peut résister à Médée ? Mais quel est votre véritable nom ?

– *Appelez-moi* Médée. Jusqu'à ce que vous me connaissiez mieux. Les noms sont magiques.

– Mais vous connaissez le mien.

– Vous êtes quelqu'un de très spécial, pour moi.

Elle s'assit sans façon sur le sable, et malgré le tissu du pantalon il devina la ligne sensuelle de ses cuisses et de ses hanches. Ses mains étaient petites, étroites et légèrement hâlées. Les mains d'une Française du Midi. Elle avait les dents très blanches, et aujourd'hui n'avait pas mis de rouge à ses lèvres, qui révélaient leur nature pulpeuse. *Un baiser...*

Il s'assit à côté d'elle, et aussitôt elle étala une nappe blanche, lui offrit le vin à déboucher tandis qu'elle essuyait un verre pour lui avec une serviette.

La présence de la glace l'étonnait. Où l'avait-elle obtenue ? A Colombe ? Mais, s'il y avait des postes de télévision dans ce village, pourquoi pas des réfrigérateurs ? Pourquoi pas du caviar et du bordeaux ?

Par le passé, quelques femmes l'avaient certes poursuivi de leurs assiduités, mais jamais avec une telle franchise, et une telle finesse. Il devait reconnaître que la situation ne lui déplaisait pas. Et une année s'était presque écoulée, à traîner Bérénice partout comme un boulet, depuis son dernier badinage amoureux. Cette femme s'était entichée de lui. Il pouvait la protéger, sa Médée (et pourquoi pas Médée ? Les Grecs anciens avaient été une race dorée, sans rapport avec ces pouilleux bruns et huileux qui avaient envahi leurs îles). Elle serait loyale. Elle pourrait l'aider. Peut-être avait-il rencontré cette rareté aussi improbable que la licorne, une femme intelligente ?

Ils mangèrent. Il avait faim, mais elle ne fit que picorer, goûtant ici et là avec plaisir mais sans plus. Elle paraissait beaucoup plus passionnée par sa présence auprès d'elle. Peut-être, malgré sa sophistication, était-elle impressionnée par lui, et même un peu nerveuse.

Cela ne le dérangeait pas. Elle ne le dérangeait pas.

Il l'imagina, assise à ses pieds, dans quelque pièce fraîche, sa petite main sans bague posée sur sa chaussure.

Il goûta le vin, qui était fort bon. Léger mais à maturité, un complément idéal au caviar et à la saveur du canard.

– J'ai attendu quelques mois avant d'être certain, pour ce tombeau, dit-il.

– Je sais, répondit-elle. Je l'ai découvert.

– Vous êtes une personne très curieuse. Mais que savez-vous de ce tombeau ?

– J'ai entendu parler de ce sépulcre. Les rumeurs...

– Peut-être en savez-vous plus que moi.

Elle rit à cette idée, remplit le verre de Paul-Luc mais laissa le sien vide. Il eut plaisir à remarquer sa modération pour le vin. Elle n'était pas comme Marthe, qui adorait boire du cognac dans des pièces enfumées...

– Je sais quelques petites choses. Sur l'identité présumée de celui qui est enterré ici.

En bas de la pente, le chameau était immobile, comme endormi.

Détendu par le vin, Paul-Luc retrouva toute sa vigilance pendant une fraction de seconde. Oui, sa curiosité féminine avait pu lui permettre d'apprendre certains faits qu'il ignorait.

– Eh bien, racontez-moi donc, blonde Médée.

– Un sorcier peut-être. Nommé Khau. Le Ténébreux. Un homme aux yeux bleus, très craint. Son corps aurait été enlevé de Men-Nofer, la Cité Blanche, pour être enseveli ici. Peut-être un second enterrement, grandiose, inspiré par la terreur.

Le vin lui montait à la tête, et il ne se demanda pas s'il y avait une pointe d'ironie dans les propos de la jeune femme. Il était fasciné par sa bouche plus que par son discours.

Derrière l'éboulis rocheux régnait le silence. Ces maudits Arabes avaient dû filer. Se pouvait-il que bientôt, ici, en plein désert, il la possédât ?

Il fut étonné par son absence totale de réticence à cette éventualité. Mais c'était sans importance.

– Et ce Khau, ce sorcier, que savez-vous de lui ? s'enquit-il.

– C'était un roi, mais ils ont effacé toute trace de lui dans les temples et sur les murs de Memphis. Par dégoût son corps a d'abord été jeté dans un puits à crocodiles, pour être dévoré. Mais plus tard les os ont été amenés ici. Même mort il gardait son emprise sur eux, même sans nom ni aucune chance d'immortalité. *Neshenti* – La Fureur de Seth. C'est également écrit sur la porte du tombeau. Du moins c'est ce qu'ils racontent.

– « Ils », ces « ils » si mystérieux... dit Lebas.

Un peu éméché, il s'adossa contre la pente, là où le sable formait une couche compacte masquant le pied du tombeau de Khau-Khepre, Celui aux yeux bleus. Quelque chose saillit contre son dos, mais il ignora cette petite gêne.

– Oh, c'est ridicule, bien sûr, dit-elle en emplissant de nouveau son verre. Voulez-vous toujours que je vous dise le reste ?

Il lui sourit.

– Ma Schéhérazade, alors, et non plus ma Médée...

– Lui, le Seigneur Khau, était l'instrument de Dieu. Comme son peuple. La Légende de la Tribu Perdue d'Israël... Dans cette histoire, ils se perdent avant l'Exode. Et ils sont rappelés pour assister le prince-prophète Moïse, l'enfant abandonné dans les roseaux pour les prêtres du soleil.

– La fille de Pharaon, corrigea Paul-Luc.

– Non, là l'histoire se trompe. A Memphis, Men-Nofer, il était de coutume de mettre les bébés des paysans non voulus dans des paniers en boue séchée, parmi les papyrus, afin que les prêtres choisissent. Certains enfants étaient ainsi emmenés dans les temples. Pour les autres restés sur le fleuve, le berceau de boue séchée finissait par se dissoudre et le Nil avalait les nourrissons. Mais Moïse fut choisi. Avez-vous jamais entendu dire que certains des textes anciens appelaient certains temples « Fils de Pharaon » ou « Fille de Pharaon » ?

Il acquiesça. Il l'avait peut-être lu quelque part. Il avait sommeil malgré l'agréable désir physique. La roche dans son dos était presque confortable. Dans quelques minutes il l'attirerait à elle. Mais d'abord, il la laissait continuer un peu son jeu. Elle avait une voix bien timbrée, musicale. Le soleil était chaud maintenant, et vieux, comme l'ancien disque, Aton, pourvoyeur de bonheur et de santé.

– Pharaon ne céda pas à la demande de Moïse, qui voulait qu'on libère son peuple, les Hébreux, comme vous le savez. Et c'est ainsi que dix plaies s'abattirent sur la ville.

– L'eau du Nil se changeant en sang, dit-il, c'est très facilement explicable...

– Oh, oui, bien sûr. Tout est explicable, Monsieur. Mais l'*histoire*, Monsieur, l'*histoire* dit qu'après l'échec des trois premières plaies – l'eau changée en sang, la pluie de grenouilles, l'invasion de moustiques –, une quatrième plaie fut déclenchée.

Paul-Luc Lebas ferma les yeux. Il se sentait euphorique, pur, comme saisi de quelque extase religieuse. Le vin... Il voyait les images qu'elle décrivait sur l'écran rouge de ses paupières.

– Un vent s'est levé, le vent-scorpion brûlant du désert. La tempête de sable a couvert la ville et caché le soleil. Et dans cette poussière du désert, au cœur du vent-scorpion, ils sont venus. Il n'y avait pas de vrai nom pour les nommer... La Torah les appelle *Arov*, mais ce nom est discuté par les exégètes. Des bêtes sauvages, disent d'autres. D'autres encore nous racontent que des mouches s'abattirent sur la ville de Pharaon. Ou des serpents. Et d'autres prétendent que ces Arov étaient des buveurs de sang. *Des scarabées...*

Du désert, dans un halo de poussière, la plaie arriva sur des pieds nus et étroits qui ne ressentaient pas la chaleur intense du sable. Ils étaient vêtus de robes noires. Leur chevelure était noire et cachait leur visage. Leurs yeux étaient comme ceux qu'on voit peints sur les murs des tombeaux, des amandes de peinture noire avec au centre un iris aussi noir qu'un disque de nuit.

Des Scarabées. Les Arov.

Ils entrèrent dans les rues et le vent les dissimula comme un voile. L'oiseau-soleil était captif dans un filet d'ombres. Car ils *n'aimaient pas le soleil.*

Ils se glissèrent dans les palais comme dans les taudis de la ville. Ils étaient trop merveilleux pour qu'on leur résiste.

Et là, ils sucèrent le sang des êtres humains.

Ils déchirèrent les gorges et plantèrent leurs dents dans les cous. Ils saignèrent à blanc Men-Nofer, dont les murs pâles furent éclaboussés de sang.

Et le fleuve devint écarlate, comme auparavant, mais à cause des cadavres qui y étaient jetés...

– Des vampires? demanda-t-il d'un ton amusé.

Sa voix était pâteuse, et cela l'ennuya un peu.

– Oui, Monsieur. De magnifiques vampires. Magnifiques jusqu'au moment de l'attaque. A Men-Nofer certains habitants moururent de peur, d'autres d'avoir trop perdu de sang. Ceux qui résistèrent furent tués. Et les rues furent teintes en rouge, et le fleuve fut rougi, et le soleil devint rouge lui aussi, dans la noirceur du ciel diurne.

Il vit la scène. C'était horrible, et juste.

Il voulut demander :

– Et ensuite ?

– Ce n'était pas assez. Le roi, Pharaon, resta inflexible. Et ainsi les autres plaies s'abattirent sur Men-Nofer. Les maux que les vampires Arov avaient apportés avec leurs crocs. La grêle qui brûlait. Les sauterelles qui dévoraient les cultures. Et puis... vinrent les ténèbres. Des ténèbres qu'on pouvait *toucher*.

Paul-Luc sentit la dureté du roc sous le sable, comme si il poussait contre son dos. Il eut l'idée qu'un coin de la tombe se trouvait juste sous lui. Il devrait s'écarter, et déblayer le sable avec précaution...

Il aurait pu dire : « Et maintenant vous allez prétendre que cette neuvième plaie, ces ténèbres, c'était Khau-Kheprer, votre roi sorcier. »

Comme s'il avait formulé à haute voix cette remarque, elle dit :

– Il vint parmi eux, comme son peuple, du désert. Les Egyptiens crurent qu'il s'agissait de Seth en personne, monté sur un âne, avec des cheveux noirs. Ses yeux étaient comme des lapis-lazuli, ou le ciel au crépuscule.

Paul-Luc ne répondit ni ne bougea.

– Vous allez me demander ce qu'il en est de la dixième plaie, et je vais vous le dire. Khau emporta leurs premiers-nés. Il enleva leur progéniture.

Paul ne bougeait pas. *Cette chose, dans mon dos...*

Il se rendit compte qu'elle s'était levée. Frangée par l'éclat du soleil, elle était maintenant comme une ombre blanche, étincelante. Et pourtant... sombre.

– Il emporta leurs enfants et les laissa désespérés.

Paul-Luc ne bougeait pas.

– L'Ange de la Mort, dit-elle encore, voilà un autre nom qui lui sied fort bien, Monsieur.

Elle attendit un instant, et regarda Paul-Luc Lebas avec attention. Il était toujours assis, dos appuyé contre le sable de la colline. Il tenait son verre posé sur son genou. Ses yeux restaient fixés droit devant eux.

Mais la substance dont était imbibée la serviette avec laquelle la jeune femme avait essuyé son verre venait de le tuer.

Elle lui décocha un coup de pied dans le flanc, et il roula au bas de la pente, entraînant une petite avalanche de sable avec lui.

Le chameau s'ébroua, renifla.

Sur le dos de l'homme, sous son blouson, sur sa peau, étaient imprimés les hiéroglyphes gravés de la porte du tombeau, *Neshenti.*

La femme se retourna et lança un appel, en arabe.

Les hommes attendaient. A présent, ils allaient recouvrir la tombe. Et dans leur village dont le nom signifiait Colombe, leur récompense était déjà installée : des antennes de télévision paraboliques, rivées aux murs de boue séchée de leurs masures.

Bérénice avait peur.

Pas au début, quand elle avait entendu l'équipage du bateau qui jouait de la musique ou se querellait, puis les autres bruits du village.

Mais à présent le silence était venu, et quand elle finit par désobéir et monta sur le pont, elle n'y vit personne. Les hommes avaient déserté le bateau. La timonerie était vide. Et dans les rues du village, elle ne vit aucun mouvement.

Le ciel était sombre. Comme dans la ville, il faisait froid mais on manquait d'air.

Elle alla au bord du bateau et regarda l'eau. Elle n'était pas telle que dans sa mémoire... Mais pourquoi pensait-elle cela ?

Elle avait des bribes de souvenirs, sans doute tirées d'un livre ou d'un film, d'un Nil clair comme une bière légère, occupé par les seuls hippopotames. Mais le fleuve qu'elle voyait était boueux, malade, corrompu. Elle en conçut une grande tristesse.

Puis elle se redressa et scruta la berge avec ses figuiers et les maisons de boue séchée, et au-delà, le fantôme vague du désert.

Son père ne l'aimait pas, elle le savait. Il ne l'avait gardée avec lui que parce sa mère était folle et dévoyée. Peut-être s'était-il lassé de sa fille, maintenant, à cause de sa stupidité qui l'irritait tellement, et de son physique.

Elle se mit à pleurer.

Et, fait étrange, alors qu'elle pleurait elle eut l'impression que d'autres pleuraient avec elle, les esprits de la terre et de l'eau. Des femmes avaient pleuré ici même, bien des siècles plus tôt. Leurs larmes avaient gonflé le Nil.

Emmitouflée dans ses couvertures, sur sa couchette, elle était à demi endormie, à demi inconsciente, quand la dame entra dans la cabine, avec les ombres du crépuscule.

La dame était de blanc vêtue, et sa chevelure était d'un or magnifique. Bérénice l'avait aperçue à l'hôtel.

– N'aie pas peur, petite. Tout va bien. Pauvre petite. Là.

Bérénice s'assit sur sa couchette.

– Où est Papa ?

– Il a dû se rendre dans un autre village. C'est pourquoi je suis venue m'occuper de toi pendant quelque temps. Ça ne t'ennuie pas, n'est-ce pas ?

Bérénice la dévisagea sans répondre.

La dame était très belle. Belle comme une autre femme, il y avait très longtemps. Et elle souriait à Bérénice, d'un sourire vrai, qu'on ne pouvait mal interpréter. Le sourire du désir de possession.

21

Ils étaient retournés vivre dans les arbres.

Vivre dans la pâte à bois recyclée : les cartons.

Le long du désert de ciment s'égrenait le campement des déchus. Morceaux d'échafaudages, poutrelles et bâches goudronnées subtilisées sur des chantiers de construction, vieilles poubelles, bidons métalliques, et ces cartons d'emballage portant des marques d'appareils électroménagers, de nourriture pour chiens.

Ici et là brûlait un feu. Un chien, qui n'avait peut-être jamais goûté à une boîte pour chiens, grattait le sol et attendait son unique écuelle de la journée.

Dans les sous-sols sombres d'immeubles aussi indifférents que des falaises, d'autres étaient recroquevillés dans des sacs de couchage ou assis. Ils écartaient leurs cheveux de leur visage avec des doigts jaunes.

Non loin de là coulait le fleuve, avec ses eaux de métal liquide et ses quais ornés de sphinx et d'obélisques. Tout autour s'étendait la ville de fer et de ciment, sous laquelle dormaient des cryptes, des puits à pestiférés, des bains romains et des temples voués à Mithra.

La lumière gagna lentement cette journée d'hiver.

Et les visages apparurent lorsque se répandit l'odeur de cuisine. L'Américaine, qui venait tous les lundis matin, qu'il pleuve ou qu'il neige, avançait devant les abris de fortune.

L'Américaine poussait un chariot contenant des saucisses cuites dans des petits pains, des cartons de jus de fruits, des tartes aux pommes, des bananes, des thermos de café qu'elle servait dans de petits gobelets en plastique.

Elle pouvait avoir soixante-dix ans, et dans son manteau gris sombre elle était mince et soignée, avec sa chevelure bien coiffée et son visage poudré. Elle s'appelait Adoreen, avait-elle dit à ceux qui le lui avaient demandé. Elle semblait plus triste encore qu'eux, car elle n'avait pas accepté leur déchéance.

– Voilà pour toi, chéri, disait-elle avec une pointe d'accent new-yorkais, malgré quarante années passées à Londres. Prends ça aussi. Tu n'aimes pas les pommes, chéri ? Je crois que j'ai aussi une tarte aux fraises...

Et les voix éraillées par les médicaments trouvés n'importe où, les fonds de bouteilles de bière récupérées dans les poubelles, ces voix éraillées par le gel de la nuit précédente la remerciaient, la flattaient, ou restaient aussi indifférentes que les falaises de béton devant cet ange matinal.

– Dieu te bénisse, Adoreen.

– Toi aussi.

– Ouais. Bah...

Adoreen s'engagea dans le tunnel sombre formé par l'espace entre Eastern House et le Thurlough Centre.

– Bonjour, chérie. Comment va, aujourd'hui ?

– Bien, merci, répondit Lix en s'asseyant dans son sac de couchage.

Ses yeux étaient d'un bleu rare, intense.

– Voilà pour toi, dit Adoreen en lui donnant sa ration.

Lix l'accepta de bon cœur. Elle n'avait pas besoin de se coiffer, car ses cheveux étaient très courts. Elle les coupait régulièrement aux toilettes publiques, devant le miroir, avec de petits ciseaux qui, une fois, avaient transpercé la main d'un agresseur.

Lix mordit dans sa part de tarte aux pommes.

– Mmh, bon...

– C'est gentil, dit Adoreen en se dirigeant vers l'homme allongé sous sa couverture, deux mètres plus loin.

– Je crois qu'il est mort, l'informa Lix.

– Oh, Seigneur, murmura Adoreen, et une expression de détresse marqua son joli visage.

Lix continua de manger tandis qu'Adoreen se penchait sur le mort raidi par le froid. La patrouille de police ne passerait que plus tard dans la journée, et se chargerait du cadavre. Il n'y avait plus rien à faire, de toute façon.

Adoreen reprit son chariot et tourna l'angle de Eastern House, dans la lumière grise du matin.

Lix avala les dernières parcelles de tarte et se lécha les lèvres d'une langue rapide. Elle but le jus de fruits, puis se réchauffa alternativement chaque main en serrant le petit gobelet de café fumant.

Une ombre obscurcit l'autre entrée du tunnel. Les flics, déjà ? Non. Lix resta prudemment assise. Trois hommes âgés, des clochards endurcis, d'après leur comportement, remontaient l'étroit passage. Elle en reconnut un, Deux-Chapeaux. Il buvait au goulot d'une fiole de démaquillant, volée sans aucun doute, comme s'il s'agissait d'un très vieux cognac. Lix avait déjà vu celui qui venait en dernier, quand il mendiait sur les trottoirs ou fumait au bord du fleuve.

Mais celui qui avançait en tête était étrange.

Il était plus jeune. Il paraissait quarante-cinq ou quarante-huit ans, tout au plus. Ce qui signifiait qu'il n'avait peut-être que la trentaine. Mais son étrangeté ne venait pas de là.

Il portait un manteau serré à la taille par une ceinture, couvert de boue. Comme les deux autres, sa peau avait un aspect tanné de masque de bois incrusté de crasse et de rides. Les yeux qui perçaient ce masque étaient trop noirs, trop brillants, trop durs.

Lui aussi s'était coupé les cheveux, qui étaient blancs, en mèches inégales qui formaient des touffes.

Ils arrivèrent devant Lix et s'arrêtèrent, apportant avec eux l'odeur familière de vêtements sales, de fumée et de sueur.

– Regardez, un macchabée, fit Deux-Chapeaux.

Il eut un rire caquetant et s'agenouilla. Avec ses deux mains il écarta les mâchoires du cadavre.

– Je veux ses dents.

Il décrocha le dentier, l'essuya sur sa manche et le glissa dans une poche.

Debout devant Lix, l'inconnu aux cheveux blancs parla :

– Et moi, je veux son œil.

Deux-Chapeaux caqueta joyeusement.

Lix restait immobile sur le sol. Du coin de l'œil elle vit l'homme plus jeune se pencher sur le corps et faire sauter un des yeux du cadavre hors de son orbite. L'œil brillait d'un éclat féroce. C'était du vrai verre.

– Joli, commenta Deux-Chapeaux.

Lui et son comparse fouillèrent les poches du mort sans rien trouver à leur goût.

Lix finit son café en hâte. La situation risquait de se dégrader, mais au moins ils ne pourraient pas lui voler son café.

L'homme aux cheveux blancs l'observait avec intérêt.

– Et *tes* yeux ? dit-il brusquement.

Lix se dégagea de son sac de couchage et se leva.

– Ils sont très bleus, n'est-ce pas ? dit simplement l'homme.

– Va te faire foutre, rétorqua-t-elle.

– Et tu ne parles pas comme les autres, poursuivit-il. Je t'ai entendue parler à l'Américaine. Tu as un très mignon accent de bourgeoise.

Lix ramassa son duvet et l'oreiller moisi qu'elle mettait sous sa tête, fourra le tout dans son sac marin.

Soudain il éclata d'un rire aigu, chevrotant, comme le hennissement d'un cheval fou. Une sorte de... cauchemar.

Elle passa la lanière du sac marin à son épaule et s'éloigna rapidement. L'inconnu aux cheveux blancs la rattrapa. Epaule contre épaule ils débouchèrent sur le trottoir encombré où les employés de bureau se hâtaient vers leur travail, leur micro-ordinateur et leur migraine.

Lix s'écarta, mais l'homme ne la quittait pas d'une semelle.

Les deux autres suivaient à quelques pas, en se partageant des rasades de démaquillant.

Au coin de la rue se trouvaient les vieilles toilettes publiques. Lix poussa sans hésiter la porte Dames.

S'il respectait les convenances, il resterait au-dehors.

Apparemment il les respectait, car il ne la rejoignit pas à l'intérieur.

Mais quand elle ressortit une demi-heure plus tard, il était toujours là, assis sur les marches d'un immeuble de bureaux, tendant la main aux passants qui l'ignoraient.

Les deux autres hommes s'étaient postés de l'autre côté de l'escalier. Ils avaient été rejoints par Janice, avec son horrible chien bâtard.

Un homme-sandwich arpentait le trottoir d'un pas lent, une cigarette éteinte entre les lèvres. Sur les placards qu'il portait, on avait inscrit avec soin en lettres capitales « La fin est proche ». Il avait la démarche solennelle et la mine lugubre.

Lix lui emboîta le pas, ne saluant que Janice au passage.

Cette fois, son poursuivant ne bougea pas. Mais pourquoi l'aurait-il fait ?

Le jour était court. Il s'évapora peu à peu.

Dans la rue, l'heure n'avait pas de sens, seuls l'aube et le crépuscule retenaient l'attention, et l'empiètement des néons sur la nuit.

Dans une ruelle, un SDF de seize ans fut poignardé, et ils quittèrent les lieux aussitôt.

Ceux qui avaient un chien s'en tiraient mieux. « Pour donner à manger au chien, une petite pièce, s'il vous plaît... » Ils récoltaient cinquante pence, une livre.

Ils étaient comme un avertissement. Ce que vous pouviez devenir très facilement. Si vous perdiez votre emploi, puis votre maison, votre famille... Les portes de l'Enfer restent grandes ouvertes, jour et nuit...

Le soir venu, les soupes populaires les regroupaient. Vêtus de jaune, des adeptes de Hare Krishna leur apportaient une nourriture chaude et épicée, et un homme en costume distribuait des petits pains, du thé et du jus d'orange.

Le vieux fleuve les attirait aussi, peut-être à cause du rythme des marées qui était plus celui de la vie que celui de la mort.

Le long des berges boueuses, sous les arches des ponts, ils allumaient des bûchers qui inscrivaient des taches de lumière orange sur la toile des ténèbres.

Il s'approcha du feu auprès duquel elle était assise avec d'autres, dans la nuit.

Des étincelles montèrent des flammes, et il dit :

– Je veux te baiser.

– Et alors, rétorqua Lix.

Il s'assit auprès d'elle.

– Quel âge me donnerais-tu ? lui demanda-t-il.

Elle ne répondit pas et continua d'observer la danse des flammes.

– Tu n'as pas plus de trente ans, chéri, intervint Janice. Regarde, mon chien t'aime bien.

Et l'homme aux cheveux blancs caressa le bâtard qui avait rapporté dix livres à Janice en une seule journée.

L'homme ne puait pas. Il ne sentait que la boue, le froid et la nuit. Le fleuve, comme s'il en était sorti.

Lix lui coula un regard de côté. Elle eut l'impression qu'il l'y avait forcée, car il ne l'intéressait pas.

– Je suis vieux, lui dit-il.

Derrière lui, Deux-Chapeaux et l'autre clochard se tenaient debout. Elle se remémora le surnom du second : Vinegar Tom, à cause de sa boisson préférée, le vin blanc aigre.

Lix contempla le feu.

Ashy poussa un coude dans les côtes de l'homme aux cheveux blancs, pour attirer son attention.

– Camillo, tu vois ces bouchons qui flottent sur l'eau, là-bas ? Tu sais d'où ils viennent ?

Camillo, l'homme aux cheveux blancs, répondit par la négative.

Ils se passèrent le seau. Il contenait un mélange de vins blanc et rouge, de Heineken, de Pepsi et d'un quart de bouteille de gin White Satin dénichée dans une poubelle.

Ils emplirent leurs gobelets en plastique et burent, Lix et Camillo comme les autres.

– Ces bouchons, reprit Ashy, ils viennent des bouteilles des noyés. Une fois, j'en ai vu une, de noyée. Une gamine qui était tombée de Vauxhall Bridge. Des cheveux longs, et un visage de poupée. Elle avait une robe moulante noire qui lui arrivait au ras des miches et des bottes à hauts talons. Et elle avait cette bouteille de saint-é-limion...

– Comment le sais-tu ? demanda Camillo.

– J'ai vu, j'te dis.

– Et je parie qu'*elle*, elle sait prononcer correctement le nom du vin, fit Camillo en parlant de Lix, qui ne réagit pas.

– Elle est entrée dans la flotte, et la marée montait. On aurait dit qu'elle voulait prendre un bain. Elle a fait la planche en buvant à sa bouteille, et quand il n'y a plus eu de vin dans la bouteille, elle était bourrée et elle a coulé. Et la bouteille flotte toujours, et le bouchon aussi. La pollou-ssion chéé-mique, dans l'eau, a fait déteindre ses cheveux, ils étaient marron clair, et sa peau toute verte...

– Je pourrais aller chez ma sœur, soliloqua Janice, mais c'est son bonhomme. Il me colle.

Ils se perdirent dans leurs pensées un moment, en silence, et le froid était aussi présent que des tiges d'acier dressées dans la nuit jusqu'aux réverbères des ponts, là-haut, où la civilisation continuait, avec ses autobus et ses foules proprement vêtues. Mais pour combien de temps ?

Vinegar Tom rota.

– Viens auprès de moi, Yeux-Bleus, dit Camillo.

– D'accord, dit Lix, s'il faut ça.

Elle se leva, mais Camillo éclata de son rire haut perché qui ressemblait à un hennissement. Elle se rassit.

– Alors, j'ai quel âge ? fit-il. Douze ans, ou trois cents ans ?

Elle but un second gobelet du mélange.

– Love Like Blood, marmonna-t-elle.

– Oh oui, je connais cette chanson, gloussa Camillo.

– Mon fils l'écoutait souvent.

Ce fut tout.

La marée poussait des vaguelettes à l'assaut des berges boueuses, et loin au-dessus d'eux des choses mécaniques klaxonnaient et grondaient.

– Il y a un vieil obus pas loin, dit Deux-Chapeaux. Sous une arche. On dirait un gros œuf de ferraille. Un jour il explosera. C'est les Boches qui l'avaient envoyé. Boum.

Leurs regards se perdirent dans les flammes. Le feu était éternel. Il y avait toujours eu des feux. Le monde finirait dans le feu, peut-être. La fin était-elle proche ?

Camillo passa son bras autour de Lix. Elle le laissa faire. Il posa la tête sur son épaule.

– Tu es comme ma mère, Yeux-Bleus, dit-il.

22

Peut-être d'autres pièces semblables avaient-elles existé, naguère, et peut-être même existaient-elles encore. C'était un endroit étrange, sans rien de simple, plein d'images, d'objets, de compagnons peints.

Sur les murs s'étalaient des bouquets de grands roseaux verts, avec ici et là des lotus blancs, roses et bleus entre lesquels pointaient les silhouettes de hérons et d'ibis. Au-dessus d'eux, dans le bleu volaient des martins-pêcheurs noirs et blancs. D'autres oiseaux habitaient ces marais, et des hommes ocre lançaient leurs filets, tandis que des chats au pelage doré se ramassaient sur eux-mêmes avant de bondir sur les oiseaux transpercés en plein vol par les archers.

Régnant sur toute la scène, un soleil en or pur luisait doucement sous les égratignures et la patine du temps. Et gravé au centre de son disque se trouvait un œil cerclé de noir.

Le plafond de la pièce était d'un bleu sombre, et à certains endroits la pointe des papyrus s'y risquait.

Le sol était dallé d'une pierre veinée de rouge, polie et rayée comme le soleil.

A l'intérieur d'un cube semi-transparent formé par des voiles blancs qu'une lampe teintait d'un jaune doux, un lit était posé sur des pieds en or. Il était légèrement bancal, sa tête au traversin cramoisi à une dizaine de centimètres plus haut que le pied.

Devant le lit se trouvait un tabouret dont les pieds

avaient la forme de pattes de chat. Le lit comme le tabouret étaient couverts d'une étoffe soyeuse d'un rouge sang.

D'un côté le lit était flanqué d'une table en forme de chat allongé, celui-là noir mais avec des yeux et des oreilles dorés. Des miroirs étaient posés sur la table, des boîtes et des bouteilles d'un verre couleur émeraude laiteuse, ou en albâtre. Les lampes, elles aussi d'albâtre, brûlaient au sommet de leur pied élancé, dégageant une lueur capiteuse allant du rouge au topaze.

Presque tout était authentique, même la baignoire ronde en marbre, sur ses pieds, bien qu'un robinet – en forme de crocodile doré – l'alimentât. Les miroirs étaient anachroniques, bien entendu. Dans un tel lieu, ils n'auraient pas existé, puisqu'ils n'avaient pas encore été inventés.

Les styles étaient d'ailleurs quelque peu mélangés. Ce pot était sans doute grec, ce peigne... romain ? Et la température agréable était à l'évidence artificielle. De l'autre côté de cette porte, sur laquelle étaient peintes des servantes aux boucles d'oreilles dorées, étaient installées des toilettes lourdement décorées, comme celles de quelque seigneur oriental. Mais modernes. Avec une chasse d'eau, un distributeur de papier, un distributeur de savon, dernier cri. Le lavabo s'ornait de dauphins, et non de crocodiles.

Le repas n'avait pas été égyptien non plus, et pas plus ancien que contemporain, pour autant qu'il était possible d'en juger. Il y avait certes eu des figues noires et du raisin vert sur un plat d'argent, mais aussi des blancs de poulet plutôt fades accompagnés d'une garniture de haricots et de riz. Pour se désaltérer, elle eut droit à une bouteille d'eau minérale dont l'étiquette lui était inconnue. Le gobelet était imparfaitement tourné, d'un verre couleur olive sombre. Romain, ou à l'imitation d'un verre romain.

Sans doute s'agissait-il surtout de reproductions de pièces antiques. Ils avaient été fabriqués quelques années ou dizaines d'années auparavant, pas plus. Les murs peints semblaient plus anciens, leur décoration à demi effacée par endroits, ou très finement craquelée, et çà et là on remarquait de petites surfaces nues ou des raccords de peinture assez maladroits.

Un son faible planait dans la pièce, un bourdonnement électrique qui produisait un effet presque hypnotique. Le bruit d'un générateur.

Elle finirait par s'y habituer, et ne plus l'entendre. Combien de temps cela prendrait-il ? Et d'abord, combien de temps allait-elle séjourner ici ?

Anna restait immobile dans la robe blanche que les deux femmes lui avaient apportée. C'était un vêtement de facture grecque classique, au drapé préformé. Elle avait ri en découvrant que cette tenue « antique » était pourvue d'une fermeture Eclair.

Lorsque le second petit avion s'était posé, telle une coccinelle égarée dans l'immensité glacée, elle et le garçon avaient été conduits à l'extérieur par leur gardien.

Plus tôt, la femme avait dit qu'ils se trouvaient « au bout du monde ». Ici, c'était donc certainement la Fin du Monde.

Une blancheur immaculée s'étendait dans toutes les directions, absolue, sans iceberg ni langue d'eau pour la perturber.

Le ciel était clair, opalescent, d'un vert tirant sur le bleu, différent de tout ce qu'Anna avait vu dans sa vie.

– C'est l'été, n'est-ce pas ? avait dit le garçon. Le soleil ne se couche jamais.

– Presque exact, avait répondu l'homme.

Puis une tache noire avait souillé la blancheur, moins comme si elle s'approchait depuis le lointain que si elle s'était matérialisée d'elle-même dans l'air cristallin, aussi froid qu'un mur de glace.

– Mettez votre masque, Miss Anna, avait dit l'homme.

Lui aussi connaissait son nom.

Mais elle se sentait totalement impuissante, maintenant.

Ils allaient se rendre à la résidence de l'oncle du garçon, cet Oncle Kay, comme dans un conte de fées. La Reine des neiges avait sans doute été soumise par Kay, et à présent il avait hérité de son royaume. Y aurait-il une Tante Gerda ? Et Hans Andersen présiderait-il ?

La tache sombre avait pris la forme d'un traîneau que

tiraient une troupe de chiens à l'épaisse fourrure. On aurait dit des loups à gueule noire et blanche, absurdement jolis et sauvages tout à la fois. Le traîneau s'était arrêté. Les chiens avaient agité leur queue.

Brandissant son lama en peluche, Andrew, le garçon, avait voulu s'élancer vers eux. Mais l'homme l'avait retenu.

– Ils pourraient mordre.

Le conducteur du traîneau, vêtu comme eux pour se préserver du froid et le visage caché par son masque et sa capuche, avait jeté une petite ancre dans la neige pour stopper l'attelage, avant de sauter au sol.

– Tu peux y aller, avait-il dit au garçonnet. Tu peux faire connaissance avec le chef de meute.

Et il avait conduit Andrew auprès de l'animal de tête, et le loup noir et blanc s'était laissé caresser le crâne.

– Ce *sont* des loups, à moitié, avait expliqué l'homme de l'avion. C'est ce qui leur donne cet aspect.

Le chien pesait une bonne cinquantaine de kilos, et il avait frotté son museau contre la main de l'enfant. Puis Anna s'était approchée elle aussi, et de sa main gantée elle avait caressé le flanc puissant.

Ils étaient montés dans le traîneau, et l'homme de l'avion s'était assis auprès d'eux.

Le conducteur avait relevé la petite ancre et fait décrire un demi-cercle aux chiens. Certains d'entre eux avaient uriné dans la neige qui fumait. Leur urine sentait le poisson, même à travers le masque.

Le traîneau était reparti dans la direction d'où il avait surgi.

– C'est loin ? avait demandé le petit garçon.

– Pas tellement.

Mais c'était loin.

Ou cette impression de distance n'était-elle due qu'à la monotonie de leur progression ?

Il n'y avait que le ciel cristallin, et la neige, partout. Aucun repère.

Ce n'était pas la fin du monde, mais une autre planète.

Enfin – mais quand ? – une sorte de nuit tomba, précédée par un crépuscule turquoise où un soleil bleu sembla s'évanouir au loin. Pourtant le ciel conserva une pureté de cristal, mais d'un bleu marine strié de quelques bandes de nuages lumineux.

Andrew contemplait les étoiles vagabondes.

– La constellation du Sagittaire, dit-il. Et là, les Gémeaux de Maman. Elle viendra bientôt. Mais le froid ne va pas lui plaire.

La température était terriblement basse, implacable. Souvent Anna fermait les paupières, mais elle les rouvrait très vite, car ce paysage forçait à la contemplation.

A cause de la drogue ou du stress, Anna finit par s'endormir, et quand elle reprit conscience l'homme de l'avion la serrait contre lui. Très mal à l'aise, elle s'en écarta vivement. Elle n'avait pas senti de présence masculine proche depuis celle d'Althene, son père-mère, et ce souvenir lui donna envie de pleurer. Et, comme cela lui était arrivé auparavant, elle eut l'impression qu'elle n'avait encore jamais pu pleurer, que ses larmes couleraient toujours. Pourtant elles s'arrêtèrent très vite. Elles n'avaient pas de sens.

L'aube se levait.

On eût dit de l'ambre gris qui s'étalait sur le tapis glacé et qui révélait les pics de trois montagnes, blancs comme la mort, et pourtant soulignés par des roches nues et anciennes, comme par un épais crayon.

Les montagnes fumaient.

– Est-ce... commença-t-elle.

– Des volcans, répondit l'homme de l'avion. Mais ils ne figurent sur aucune carte.

Le traîneau s'engagea entre des collines blanches. La neige devenait plus profonde, et les pattes des chiens soulevaient des gerbes innombrables. Le lama d'Andrew se constella d'éclats glacés. Les chiens poussèrent en chœur un long hurlement pour saluer le soleil qui venait d'apparaître dans une colonne de lumière.

Et soudain ils virent le dernier sommet.

Aussitôt elle sut, et le garçonnet également, sans que personne ne leur dise rien. Andrew brandit le lama pour qu'il voie le spectacle.

– C'est là qu'habite Oncle Kay!

C'était une vision incroyable. Une montagne dont la forme était celle du plus antique des tombeaux, une pyramide blanche, fendue de marches en roche sombre, couronnée d'un ciel qui tournait maintenant au bleu. Et alors qu'ils gravissaient une dernière pente glacée, Anna vit en contrebas le fleuve de verre qui reflétait la pyramide, à son pied.

– Mais l'eau devrait être gelée, dit-elle.

– Plus loin, elle l'est. Pas ici, à cause de la chaleur dégagée par le générateur, expliqua l'homme.

La base de la pyramide, sur le désert de neige et au-dessus du fleuve, était noire.

Anna s'attendait à voir un bateau égyptien, avec sa haute proue et sa voile de biais, naviguer sur le fleuve.

Mais il n'y avait aucun esquif, aucun signe de vie. Ce qu'ils découvraient aurait tout aussi bien pu être une simple création de la nature.

Les chiens avaient reconnu la destination de leur longue course, et ils redoublaient d'efforts en grognant d'excitation. Le traîneau descendait toujours plus bas dans la vallée entourant la montagne. Puis il longea le fleuve où flottaient des morceaux de glace semblables à des écailles blanches, jusqu'à l'endroit où le gel avait totalement solidifié la surface. Là ils traversèrent pour s'engouffrer ensuite dans une sorte de tunnel pareil à une longue crevasse dans un glacier.

Les chiens aboyèrent, et les chiens fantômes de l'écho leur répondirent.

Une porte d'acier très haute, de celles qu'on voit à l'entrée de certaines usines, leur barrait le chemin, rendue opaque par le froid. Anna n'avait encore jamais rien vu de comparable. Pas plus dans sa vie que dans ses rêves. Et certainement pas dans sa mémoire. Mais quelqu'un l'avait fait venir ici, quelqu'un qui se souvenait d'elle, qui la connaissait comme elle-même ne se connaissait pas.

La porte s'ouvrirait, et ils entreraient.

Mais si elle restait close?

La porte s'ouvrit lentement, sur les ténèbres. La porte donnant sur la Mort et l'Enfer. Ou les Enfers.

Mais en s'accoutumant, le regard percevait la pâleur d'une lumière à l'intérieur. Le générateur d'Hadès alimentait un éclairage électrique.

La première vision de l'intérieur n'avait rien de magique, ni d'ésotérique.

C'était un espace métallique, au sol strié de rails, dégageant cette ambiance d'usine annoncée par la lourde porte, et où planait une odeur de caoutchouc, d'ozone et de parafine. Mais très vite on les emmena ailleurs.

La chaleur nouvelle des lieux leur était presque insupportable, et une femme vêtue d'une sorte d'uniforme noir conduisit Anna, Andrew et son lama dans un ascenseur. La femme appuya sur des boutons.

La cabine ne monta pas dans la montagne. Elle *descendit.*

Mais c'était logique. L'Enfer ne se trouve-t-il pas *en bas ?*

Lorsque les portes s'ouvrirent, ils découvrirent un lieu totalement différent, si étrange qu'Anna ne put réprimer un sourire amusé, comme plus tard elle ne pourrait s'empêcher de rire en voyant la fermeture Eclair de la robe.

Une autre femme se trouvait dans le couloir, et elle était hors du temps. Ou au moins, d'un autre temps.

Les parois du couloir n'étaient pas en métal, et l'éclairage n'était pas électrique. Des torches brûlaient en hauteur, et elles dégageaient un parfum d'encens très doux, intime, comme l'odeur de Noël, le sapin, les bougies et le parfum d'Althene, le tout mêlé. Et pourtant c'était différent.

La femme portait une robe drapée blanche, d'un style égyptien immédiatement reconnaissable. Un sein était laissé nu, et à son cou pendait le collier égyptien avec ses lames d'or et ses perles rouges. Sa chevelure était coupée en casque, elle effleurait ses épaules. A moins qu'il ne s'agisse d'une perruque.

Elle croisa les mains sur sa poitrine et s'inclina, le buste rigide à partir de la taille.

Anna et le garçon sortirent de l'ascenseur, et ils entendirent les portes se refermer derrière eux. Il paraissait peu sage de regarder derrière soi, car la contradiction entre les décors aurait créé un choc inutile.

La femme ne parla pas. D'un geste, elle les invita à la suivre, puis elle tourna les talons.

– Il faut aller avec elle, dit Andrew d'un ton impatient devant l'immobilité d'Anna. Allons-y.

Il n'était pas étonné.

Mais pour lui ce n'était qu'un voyage sur un immense plateau de cinéma, ou dans le monde des rêves.

Le couloir s'étendait sur une certaine distance, et des peintures murales le décoraient. Il y avait là des hippopotames bleus, des chacals noirs – Tauret, Inpou-Anubis –, le tout accompagné de hiéroglyphes, éventails, yeux, arbres, soleils.

Ils franchirent une succession de portes que la femme ouvrit, comme dans la Bible, en frappant à chacune.

Il devait s'agir d'un système automatique, car pour les premières il n'y avait personne derrière. Puis les portes révélèrent des couples d'hommes au crâne rasé, vêtus de tuniques de lin. Comme la femme, ils avaient des allures de figurants de film, car ils n'avaient rien de typiquement égyptien, ni même oriental. Leur peau était pâle, et leurs yeux très noirs, *voilés* comme s'ils étaient aveugles. Anna songea à Michael, le domestique des Scarabae à la Demeure de Londres.

Ces hommes étaient eux aussi des Scarabae.

Les couloirs continuaient plus loin encore, desservant d'autres couloirs. Tous étaient peints et des torches les éclairaient.

Puis vint un couloir où les lampes étaient d'albâtre. Elle reconnut ce qu'en disaient les livres qu'elle avait lus, en voyant la flamme intérieure qui faisait rougeoyer leur forme crémeuse. Les lampes étaient posées sur des supports en bronze. Comme dans les livres.

Enfin ils parvinrent à des portes béantes sur un grand espace bienvenu après tous ces couloirs et l'oppression de la chaleur des flammes.

C'était une cour intérieure au centre de laquelle était creusé un bassin en pierre. La lumière des lampes d'albâtre se reflétait sur la surface noire de l'eau où poussaient des lis, à moins que ce ne soient des lotus.

Dans la cour étaient érigées quatre statues : Anubis, en obsidienne noire, et Bastet, la déesse-chatte, taillée dans une pierre verte, mais aussi un héros romain terrassant un serpent de marbre blanc, et une déesse au corps pâle portant de légères touches de peinture, grecque probablement, avec une longue chevelure sculptée.

Anna leva les yeux. On aurait pu s'attendre à ce que cette cour s'ouvre sur le ciel, mais tel n'était pas le cas. Le plafond était occupé par une mosaïque qui paraissait très ancienne, au contraire du reste, et partiellement endommagée. Le sujet en était une course de chars.

Sur le côté, deux portes noires ouvraient sur un ailleurs inconnu. Une seconde femme vêtue à l'égyptienne vint au-devant des arrivants et tendit la main à Andrew.

L'enfant n'hésita pas et la suivit.

– C'est mon lama, dit-il. Il est mouillé, mais il est lavable : ce n'est pas grave.

– Oui, Maître Andrew, répondit la femme.

Et comme dans le meilleur péplum américain, ils avaient parlé en anglais.

Un instant plus tard, Andrew, sa peluche et la servante eurent disparu par une des deux portes. Alors la première femme conduisit Anna à l'autre porte, la plus éloignée, qui s'ouvrit d'une simple pression de la main.

Dans le couloir au-delà se trouvait la statue égyptienne d'un homme ou d'un dieu, Anna ne put le définir. Il tenait une lance en diagonale devant son corps dur et plat. Il était ancien. Il exsudait le parfum indéfinissable d'un passé immémorial.

La femme contourna la statue et s'arrêta devant une porte fermée par une tablette d'argile.

– Je vais briser le sceau, dit-elle.

Anna la regarda faire. Et pour la première fois depuis très longtemps, elle sentit à son doigt la bague ornée de tourmaline que Rachaela lui avait offerte.

La femme brisa la tablette.

La porte donnait sur un appartement décoré selon les

règles de tout bon péplum : une chaise en ébène, un bain rond, un lit caché par des rideaux dorés.

– Voici votre chambre, Miss Anna. Deux servantes viendront prendre vos ordres très bientôt.

La femme parlait avec un accent qui n'avait rien d'égyptien. Ses yeux n'étaient pas noirs mais verdâtres, et pourtant voilés. Les yeux de Michael. Non, rectifia Anna, ces yeux-là étaient pires que ceux de Michael.

Plus tard, deux femmes entrèrent dans la chambre.

Elles s'inclinèrent devant elle, comme l'avait fait l'autre, mains croisées sur leur poitrine nue.

Anna n'avait encore jamais vu de seins dénudés, sinon les siens. Rachaela s'était toujours montrée très discrète, quant à Althene, sa poitrine n'avait rien de naturel.

Ces femmes avaient les yeux noirs, ainsi que les cheveux qui tombaient droit jusqu'aux épaules. Elles déclinèrent leurs noms : Mesit et Shesat.

– Vous êtes égyptiennes, dit Anna.

Elles la contemplèrent sans répondre.

Anna soupira et détourna les yeux.

Ces Egyptiennes lui avaient apporté un pot de café et des sandwichs de choix, qui semblaient être au jambon.

Anna ne put retenir son hilarité, comme pour la fermeture Eclair.

Au matin – mais n'était-ce pas plutôt la nuit ? –, quand elle fut éveillée, les deux femmes vinrent la baigner. Elle se laissa faire avec pour excuse d'avoir été un bébé deux ans plus tôt. Mesit et Shesat lavèrent également sa chevelure, qu'elles coiffèrent ensuite et décorèrent de petites perles argentées. Ensuite elles lui mirent la robe, celle d'aspect grec, avec la fermeture Eclair, sur des sous-vêtements de soie dont l'étiquette indiquait la provenance : Paris.

Cecil B. DeMille insistait pour que même les sous-vêtements des acteurs aient l'air authentiques, songea Anna.

Pourtant elle ne se trouvait pas sur un plateau de cinéma, mais dans un monde nouveau appartenant à une centaine d'époques différentes.

Le mobilier était récent par souci de solidité. Les statues étaient neuves parce qu'elles remplaçaient celles perdues ou trop abîmées. Mais, à certains endroits régnait une *ancienneté* presque palpable.

Et Anna se trouvait au cœur de ce monde. Au matin, Mesit – qui était exactement semblable à Shesat, peut-être sa jumelle – l'appela d'un autre nom.

23

Elle eut un rêve.

Il survint après la séance d'habillage et le repas au poulet.

Elle était assise sur le siège en ébène, ses pieds maintenant chaussés de sandales brodées d'argent et de pierres rouges posés sur la table figurant un lion couché.

Anna dormait. Droite et silencieuse, comme une reine morte sur son trône, à Alexandrie.

L'affluence des barques couvrait d'or le fleuve.

Le soleil illuminait les eaux et les rames peintes d'or, d'écarlate et de bleu. Les esquifs descendaient le courant.

Sous l'auvent vert, comme prisonnière de roseaux printaniers, la fille Ankhet attendait. Elle était terrorisée et émerveillée, et elle n'osait bouger.

La prêtresse était assise au centre d'une barque, sur un siège d'or et d'ivoire. Comme une reine. Mais elle était plus qu'une reine.

Ankhet avait vu des statues qu'on immergeait dans le fleuve. Elle n'avait pas réagi. Auprès d'elle une esclave agitait doucement un éventail pour lui épargner la morsure des insectes et la chaleur émanant du Fleuve.

Le Fleuve paraissait irrésistible, ses muscles liquides halant les trois barques. Et les soldats aux jupes de métal se tenaient immobiles aux bords de l'auvent, stoïques sous la puissance céleste de Rê.

Un gong donnait le rythme aux rameurs.

Les servantes chantaient. Elles avaient la poitrine dénudée, comme des déesses.

Leur chant était étrange et ne semblait avoir aucune cohérence :

Printemps, printemps. La naissance, la grosseur.

Nous. La lionne-mère.

Mère et reine.

Nous, printemps, le chat, nous...

Et la litanie continuait ainsi, infinie.

Ankhet tremblait. Ils l'avaient amenée de son village. Elle n'avait rien su de plus. Mais à présent...

Sa peur montait et descendait, comme les rames.

Des dos écailleux crevaient la surface du fleuve pour s'y enfoncer aussitôt. Des groupes d'oiseaux jaillissaient des roseaux comme des volées de flèches.

Printemps, printemps, or et argent...

Le Fleuve décrivait une longue courbe. Le maître de nage immobilisa le gong, et les rames se redressèrent à la verticale, telles les ailes d'un papillon, sur les trois barques.

Ils s'étaient arrêtés, et seul le courant du Fleuve les portait maintenant. Ils dérivaient.

Et en approchant la berge courbe du Fleuve, Ankhet vit les paniers qui flottaient à la limite des roseaux, et le bébé que chacun contenait. Certains dormaient, d'autres pleuraient et agitaient leurs membres. Tous étaient bruns, pareils à des poupées.

– Là, dit la prêtresse, et de son index doré à l'ongle peint en bleu, elle désigna l'endroit.

Un des soldats remonta vers la proue pour héler un autre soldat sur le bateau qui les précédait.

– Celui-là !

Sur la première barque, l'autre soldat se hâta de sortir des flots le panier choisi. L'enfant ne pleurait ni ne dormait. Pleinement éveillé, il restait immobile, attentif. A l'évidence il n'avait guère plus de deux mois.

– C'est tout, dit la prêtresse. Nous n'en prendrons pas d'autre.

Le soldat répéta la décision en direction du premier bateau.

Alors le maître de nage rugit un ordre et les rames s'abattirent dans l'eau avec un chuintement soyeux.

Ils avançaient à bonne allure et dépassèrent rapidement les bébés en pleurs, pareils à des tortues retournées, pour s'enfoncer dans la barrière de roseaux.

La lionne, argent et or...

Ankhet avait sept ou huit ans. Les bébés lui avaient paru très jeunes, irréels. Elle ne se souciait pas d'eux. Elle connaissait la coutume.

Ce mâle serait destiné au temple de Ptah, Artisan et Créateur. Les autres se noieraient. A moins que d'autres femmes ne les pêchent.

Le bébé ne pleurait pas.

Mais elle non plus.

– La Dame Nefertun dit que vous devez vous lever. Après le prochain coude du Fleuve, nous approcherons de la Cité.

Toutes les servantes s'étaient mises debout. Elles levèrent également les bras, de sorte que leurs seins et leur chant créèrent un joyeux frémissement désordonné.

Le Fleuve était transformé en bronze par le soleil qui déclinait à l'ouest, et une brume planait sur ses rives, effaçant les détails de la plus lointaine.

Ils passèrent le coude du Fleuve et dans la barque de la Dame Nefertun la prêtresse, Ankhet vit devant elle la Cité, une rive luisante dans l'air, formée de courbes incroyables mais mal dessinée à cause de la distance et de la lumière.

La Cité était une île, d'une blancheur incomparable.

Men-Nofer.

Quittant son siège, Nefertun leva elle aussi les bras pour honorer le soleil couchant.

Et Ankhet se dressa à son tour, et tendit les bras vers le ciel. Et elle s'éveilla.

Elle goûta sur sa langue la sonorité du nom.

– Men-Nofer.

Murs Blancs.

– *Magnifique.*

Et, comme si elle avait attendu qu'Ankhet finisse de rêver, Shesat approcha d'elle.

– Vous viendrez avec moi, Dame Ankhet.
Une nouvelle appellation, *Dame* et non plus *Miss.* Mais c'était une question.
– Appelle-t-on cette demeure *Murs Blancs* ? interrogea Ankhet.
Shesat la regarda sans répondre.
Simplement l'accompagner était sans doute la solution la plus simple, en effet.

Jamais elle ne pourrait retrouver son chemin dans ce dédale de couloirs, à moins d'être guidée par quelqu'un, comme le faisait Shesat maintenant.
Les murs couleur sable étaient éclairés par de petites lampes.
Puis vint une étendue de ténèbres. Le passage avait ouvert sur une immense salle en pierre, qui évoquait l'entrée d'un palais ou d'un temple. Des colonnes de pierre noire s'élevaient jusqu'à un plafond trop haut pour être visible. Le sol luisait doucement.
Elles s'y aventurèrent.
Après l'obscurité, une tache d'un rose très sombre apparut devant elles. L'entrée d'une autre salle aux proportions tout aussi gigantesques.
– Je ne dois pas aller plus loin, déclara Shesat.
– Pourquoi donc ?
– Ici, c'est le centre. A moins d'y servir, je ne peux y pénétrer.
– Quel est ce lieu ?
– La Salle de Nout.
Et Shesat pointa un doigt vers le ciel.
Anna regarda. Elle était abasourdie par le spectacle, malgré tous ses étonnements antérieurs.
Le plafond n'était qu'une seule feuille de fer incurvée, de dimensions impossibles, sur laquelle s'étalait l'image de la déesse du Commencement, Nout, le Ciel. Elle était purement égyptienne, son visage de profil, noir sur le métal, son front orné d'une étoile brillante. Sur son sein étaient peints un soleil et une lune dorés, croissant et disque. Et sur ses jambes qui se perdaient dans le lointain de la salle, à des centaines de mètres, étaient éparpillées des étoiles.

Comme dans le mythe, ses pieds touchaient le sol et sa tête frôlait les cieux.

D'énormes colonnes de cornaline rouge montaient vers elle, et dans des coupes à leur sommet brûlaient des flammes qui en faisaient de colossaux cierges écarlates animant des ombres immenses sur le sol incrusté de fleurs brillantes.

Des gemmes ? Peut-être. Des éclats de jaspe vert, de pâte de verre bleue, de cristal laiteux.

Et toutes ces étincelles minérales étaient comme une mer de lucioles colorées.

Anna leva les yeux et contempla la courbe de Nout. La lumière dorée des lampes pendait également de son ventre.

– Vous devez continuer seule, dit Shesat.

Terrible épreuve que d'avancer ainsi dans cette vastitude ponctuée de flammes sous la voûte géante.

Et dans l'ombre derrière les piliers, des choses immobiles observaient.

Anna ne bougea pas.

– Elle attend, déclara Shesat.

– Qui ?

– La Mère.

Shesat tourna les talons et disparut dans les ténèbres du vestibule.

Anna ne pouvait plus que rester là ou s'aventurer plus loin.

Elle avança sur la surface pareille à celle d'un fleuve où se reflétait la lueur des lampes.

Non, ce n'était pas comme un plateau de cinéma.

Elle marcha sur les gemmes qui s'éteignaient avant de se rallumer, comme des yeux brièvement refermés, pour ne pas subir la blessure de ses pas.

Les colonnes étaient d'une taille monstrueuse. Il aurait fallu six ou sept personnes se tenant par la main pour en faire le tour.

L'image en miroir d'Anna glissait sous elle. Et derrière et entre les piliers, elle vit les dieux anciens qui veillaient. Des groupes taillés dans un granite noir, Isis couronnée de la lune, Osiris avec un roseau, l'enfant à visage de faucon, Horus, sur la hanche de sa mère. Et Nephtys, et Seth, représenté avec la tête d'un cochon étrange éclaboussée par la lumière rouge.

Il y avait d'autres dieux, qu'elle ne put identifier. Certains étaient primitifs, ici et là d'autres étaient figurés dans le style grec le plus classique.

Certains animaux étaient également présents : un lion assyrien, un cobra, et dans une niche obscure un sphinx grec, tapi, d'un blanc-jaune d'os. Son poitrail était brisé, mais pas ses pattes griffues.

La Salle paraissait sans fin.

Dans les entrailles de Nout, Anna passa devant le dieu des sépulcres, Sokar, sa tête de faucon plus fruste que celle de l'enfant Horus, surmontée de la forme d'un scarabée. Alors apparut Sekhmet, femme de pierre tenant dans sa main une coupe en or, le visage caché par un masque de lion.

Derrière la statue se dessinait une vaste alcôve et les dernières ténèbres, teintées de bleu.

Une fenêtre lointaine avait été taillée dans le corps ensanglanté de la Salle. Une fenêtre bleu-vert, lumineuse et aveugle.

Des marches y menaient. Anna les discernait à peine dans l'obscurité vague, au-delà de la lueur des lampes.

Quelque chose était assis là-bas, devant la fenêtre bleue, sur un piédestal. Quelque chose d'extrêmement sombre.

Puis deux autres formes, aussi sombres et pâles, apparurent dans l'espace de la salle.

La première approcha de la lumière et prit corps.

Un tigre adulte, d'au moins trois mètres, et albinos.

Son pelage crémeux était strié de bandes brunes. Et ses yeux étaient pareils à la fenêtre, d'un bleu douloureux.

Il émit un grondement bas qui n'était que douceur. Ses énormes pattes n'étaient pas griffues, comme le sphinx ou la déesse Sekhmet.

L'autre tigre émergea de l'obscurité. Il était un peu moins grand, et d'un blanc plus neigeux, avec des rayures nettes, presque noires. Ses prunelles étaient d'un bleu perçant.

Anna ouvrit les bras, pour qu'ils viennent la renifler s'ils le désiraient.

Les tigres approchèrent, effleurèrent de leur mufle sa poitrine.

Elle les laissa identifier son odeur avant de les toucher. Le plus clair s'écarta aussitôt et s'ébroua. L'autre se laissa faire et elle caressa sa fourrure drue. Son haleine sentait le poisson. D'un coup de crocs il aurait pu lui arracher un bras. Il portait un collier d'argent incrusté de saphirs. L'autre fauve en portait un d'or serti de pierres noires.

Les deux animaux se détournèrent ensemble d'Anna et trottèrent souplement vers l'escalier menant à la fenêtre bleue.

Et la silhouette assise devant écarta ses propres bras et les caressa.

Les tigres s'allongèrent de chaque côté du siège où était assise l'ombre, qui restait silencieuse.

Anna alla vers elle.

La fenêtre était très grande, et ovale.

De l'autre côté s'étendait une caverne de glace, à moins que ce ne fût de l'eau sous la glace ? La vision était d'une telle froideur et d'une telle immobilité que nul n'aurait pu le dire.

Et se découpant sur la radiation bleuâtre, l'ombre paraissait n'être qu'une ombre.

Pourtant Anna sentait la présence d'une autre déesse.

Anna garda elle aussi le silence.

L'ombre était une femme.

Au pied du siège, une queue épaisse frappa la pierre une fois, puis deux.

Alors les mains de la femme bougèrent. Elles étaient aussi blanches que la fourrure du tigre, et ornées d'un seul anneau sombre. Une flamme apparut entre ses doigts, avec la soudaineté de l'éclair.

Elle avait dû craquer une allumette, et ce geste pourtant bassement ordinaire semblait ici relever de la magie.

Une lampe en albâtre déploya sa flamme.

La lumière frappa la femme sur sa droite, laissant le côté gauche dans une ombre aigue-marine.

C'était bien Sekhmet, Sekhmet la femme, au visage léonin, avec le front bas et large, le long nez félin, la bouche douce et très humaine, aux lèvres peintes d'un rouge transparent. Ses yeux étaient comme deux ailes noires étirées par le fard. Sa chevelure de nuit tombait droit sur ses épaules. Coiffée à l'égyptienne et ornée de petites perles d'or.

Sa robe n'était pas égyptienne. Elle épousait la sveltesse de son corps et couvrait ses bras comme des gants. Dans le V profond du décolleté, à un collier de grains ambrés, verts et dorés, pendait un scarabée doré aux ailes noir et or.

La femme contemplait Anna.

Elle avait fait la lumière pour voir et non pour être vue.

Ses ongles étaient peints d'un rouge mat. Les griffes de Sekhmet trempées dans le sang ? Et le jus de grenade qui colorait ses lèvres...

La femme parla. Sa voix était basse, sombre, sans éclat.

– Tu es Anna. Mais il t'a donné un nouveau nom. Te l'a-t-on dit ? Ankhet Perséphone. L'enfant de la vie, volé et amené aux Enfers.

– Je m'appelle Anna.

– Plus maintenant.

– Si.

– Tu es entêtée. Il aimera cela. Ou est-ce parce que tu as peur ?

– Bien sûr. N'importe qui aurait peur.

– Vraiment ? J'ai oublié ce qu'est la peur. Qu'est-ce que la peur ?

Anna ne répondit pas, et la femme continua de l'observer. Elle avait une beauté sans défaut, inaccessible. Une stridulation parut naître sous la carapace de calcédoine.

– Ils vous ont appelée La Mère, dit Anna.

– Ils sont mes enfants, dit la femme en parlant des deux tigres. Tu comprends fort bien la longueur de nos existences.

– En êtes-vous sûre ?

– Certaine. Ou bien nous mourons, et revenons. Comme tu l'as fait.

Anna baissa la tête.

– Gênée par l'idée de réincarnation ? dit la femme. Nous sommes obscènes, c'est une évidence. Notre race est obscène. Et la plus ancienne. Ankhet. Ankhet Perséphone. Ne te souviens-tu pas ?

– Non. Pourquoi ne parlez-vous pas l'égyptien ancien ?

– Ou une quelconque langue sémitique, ou le russe médiéval, ou le français du dix-huitième siècle ? J'ai oublié ces langues, comme j'ai oublié la peur. Mais je me souviens de ma jeunesse. Je jouais dans la boue, et ma sœur m'apportait de petits animaux colorés qu'elle confectionnait, des hippopotames et des crocodiles. Et je me rappelle trois fleuves.

Elle prononça une phrase dans une langue totalement inconnue d'Anna. Les sonorités en étaient gutturales et coulées en même temps, comme le rythme de l'eau.

Puis, en anglais moderne, la femme reprit :

– Nous avons appris ton langage, le tien et celui d'autres. Que faire sinon ? Mon nom est Lilith. L'as-tu déjà entendu ? C'est celui d'une divinité qui apparaît dans les textes babyloniens et hébreux... et aussi dans les traités d'alchimie. Il y a d'autres versions, mais Lilith sera la plus simple.

– Dois-je vous appeler ainsi ? questionna Anna.

– Oui. Mais nous nous verrons peu.

– Que voulez-vous de moi ?

– Rien. Bien que...

Le regard de la femme appelée Lilith traversa Anna et se perdit au loin.

– Il a dit qu'un enfant viendrait à moi. Un des enfants. Mais peut-être a-t-il menti. Le garçon est pour lui. Et tu es pour lui.

– Pour qui ? Qui est-il ?

– Mon Seigneur, dit Lilith, et l'esquisse d'un sourire figé accrocha les commissures de ses lèvres, mais ce n'était qu'un réflexe, car elle avait aussi oublié comment sourire. Il t'a déjà vue. Il t'a observée. Et quand il le désirera il t'apparaîtra, comme le dieu. Brusquement. Oui, tu as tout à craindre.

– Cet homme... appelé Kay...

Lilith eut un rire froid et mécanique. Le tigre le plus clair se redressa et elle posa sa main baguée sur son crâne. Ses doigts s'enfoncèrent dans l'épaisse fourrure.

– Est-ce ainsi que l'enfant mâle l'a appelé ? Certes, il a de multiples noms. Naguère il fut un pharaon. Es-tu impressionnée de l'apprendre ?

– Je ne le crois pas.

– Un sorcier et un pharaon. La nuit de Seth. Le Porteur de Ténèbres. Dans ses appartements, il garde une pierre noire, sur laquelle est gravée une phrase latine : *Tenebrae sum.* Qu'as-tu appris ? Comprends-tu ?

– Je sais ce que cela signifie.

Lilith fit un mouvement dans un murmure. Elle se pencha en avant et prit la pose du sphinx grec.

– Alors, que signifie cette formule ? Dis-le-moi.

– « Je suis les ténèbres », répondit Anna d'une voix lente.

– C'est lui. Ou bien nous tous. De quoi te souviens-tu, Anna-Ankhet ?

– De rien.

– Quel âge as-tu ?

– Je ne sais pas. Dix-sept ans.

– Non. Deux ans. Il t'observe depuis bien avant ton enlèvement. Depuis avant ta naissance. Il sait tout de toi.

– Il sait qui je suis ? Qui je suis réellement ?

– Peut-être. Ou peut-être pas. Il paraîtra savoir. Et tu es si petite, et mince... Tu lui plairas. Sa taille, vois-tu... Il vit depuis si longtemps. A une époque il fut très grand.

Le tigre blanc tourna la tête, imité par le plus sombre. Dans l'éclat bleuté de la fenêtre naquit un mouvement. Lilith pivota légèrement sur elle-même, pour regarder. Et quelque chose passa dans les prunelles brillantes du tigre, qu'Anna ne put définir.

– Je viens souvent m'asseoir ici, dit Lilith. Les mois passent. Mais aujourd'hui quelque chose a nagé dans l'eau, un poisson ou un phoque, ou une créature plus ancienne. Pour t'honorer, crois-tu ?

– Pourquoi cet homme m'a-t-il fait venir ici ?

– A ton avis ?

Anna réfléchit. Il était arrivé la même chose à Rachaela, sa mère. Elle l'avait deviné presque immédiatement. Mais elle n'en avait rien dit. Et maintenant aussi, elle garda le silence.

Lilith se leva.

Elle était probablement grande, mais ce pouvait n'être qu'une illusion provoquée par l'éclairage ou la perspective.

Elle descendit les marches et passa devant Anna comme une brise nocturne, les deux tigres derrière elle.

– Reste ou pars, selon ton désir, dit-elle.

– Je ne sais comment trouver mon chemin, répliqua Anna.

– Alors reste. Ici est le cœur du monde.

La lueur des lampes drapa la silhouette de Lilith, et tandis qu'elle marchait devant la déesse-lionne, un rai d'or la frappa comme un coup physique.

Anna gravit les marches et regarda le siège noir aux bras sculptés à la ressemblance de pattes de lion. Un parfum fumé et terni, sec comme certains vins, planait encore là où Lilith s'était assise.

Et dans le bleu de la fenêtre, rien.

Une poignée de jours s'écoulèrent, qu'Anna passa dans ses appartements, comme elle désignait les pièces qu'on lui avait dévolues.

Elle était frappée par la simplicité sinistre des choses. En revenant de l'alcôve de Lilith, Anna avait retraversé la Salle au sol parsemé de gemmes pour trouver Mesit immobile sur le seuil, qui attendait sans doute qu'elle souhaite repartir. La servante la conduisit jusqu'à ses « appartements ».

Et tout se déroulait de même.

Les repas lui étaient servis trois fois par jour, comme dans une maison tenue, aux horaires bien établis. Avec Elizabeth, la maison d'Althene et de Rachaela avait suivi un rythme aussi précis. Mais les jours d'absence d'Elizabeth, tout se déréglait. Les repas étaient occidentaux et très simples : poulet, poisson, légumes, pâtes, pain ; pommes de terre mais rarement ; café et thé. Et toujours, à présent, un verre de vin rouge apporté sur le dernier plateau. Une attention prouvant qu'Anna était reconnue comme adulte.

Elle recevait également des livres qu'apportaient des serviteurs dirigés par une des deux servantes. Les ouvrages étaient toujours placés dans des caisses tapissées de paille. Apparemment on lui laissait le plaisir de les découvrir, et c'était en effet un certain plaisir pour elle.

La plupart étaient des romans contemporains. Aucun ouvrage historique. Mais elle reçut quelques livres sur les animaux, lions, éléphants et renards. Certains étaient des exemplaires d'ouvrages qu'en Angleterre Anna avait possédés.

Lorsqu'elle demanda à écouter de la musique, Shesat lui répondit que rien n'avait été prévu pour cela. Cette pénurie était présentée simplement, de nouveau.

Deux fois par jour, aux moments qu'elle supposait être le matin et le soir, les servantes venaient la baigner.

Elles gardaient toujours une gravité effacée. Une seule fois, quand un pot de savon glissa des mains de Mesit et fut rattrapé de justesse par Anna, les femmes gloussèrent. Anna ne les imitant pas, elles cessèrent très vite.

Chaque jour elles apportaient des vêtements propres. Sous-vêtements et robes étaient identiques. Les étiquettes de tous les soutiens-gorge et de toutes les culottes portaient la mention « Paris ». En revanche, aucune robe n'avait de marque, et toutes comportaient une fermeture Eclair. Le quatrième soir, Anna marqua sa robe d'une légère entaille pratiquée avec les ciseaux à ongles qu'on lui avait donnés parmi divers accessoires. Deux jours plus tard la robe lui fut présentée de nouveau. Le nombre de vêtements n'était donc pas illimité; elle avait deux ou trois robes seulement.

Parfois Anna s'aventurait au-delà du gardien de pierre noire, dans la cour aux quatre statues. Shesat lui avait dit qu'il s'agissait de Bastet, Inpou, Héraclès et Astartée. Des poissons étaient supposés habiter le bassin, mais Anna n'en vit aucun.

Rien ni personne ne l'empêchait de quitter la cour et de prendre l'un ou l'autre couloir, sinon le risque de s'égarer. C'est pourquoi elle ne franchissait pas cette limite.

Un jour, après le dîner, alors qu'Anna se trouvait dans la cour, le garçon nommé Andrew l'y rejoignit, accompagné d'un esclave mâle.

– Bonjour, dit-il platement.

– Où étais-tu ? s'enquit Anna.

– Avec mon Oncle, répondit Andrew, si du moins tel était toujours son prénom.

De façon assez ridicule, ou sinistre, ou *simple*, Andrew avait été vêtu en accord avec le style et l'époque de la pyramide de son Oncle Kay. Il portait un haut serré en tissu brun et un kilt bouffant blanc, serré par une ceinture dorée. Autour de son cou était passé un mince collier en or, à son poignet un bracelet du même métal. Son crâne avait été rasé à l'exception d'une bande de cheveux sur le côté droit, dans laquelle étaient entortillés des fils d'or.

C'était maintenant un petit prince. Le fils de Ramsès, peut-être, tout droit sorti des *Dix Commandements* de Cecil B. DeMille. Cet accoutrement ne semblait pas le gêner ou le ravir. Il ne paraissait même pas y prêter attention.

Et il avait été avec son « Oncle ».

– A quoi ressemble ton oncle ? demanda Anna.

– Oh, il est super, dit Andrew avec un accent du sud de Londres intact.

Puis, sans plus s'intéresser à elle, il continua de marcher, son serviteur le précédant. Ils sortirent par l'autre porte.

Andrew pensait-il toujours que sa mère viendrait ? Mais peut-être ne s'en souciait-il plus du tout.

Anna contempla le bassin désert.

Rachaela avait été amenée par les Scarabae à leur Demeure, par celui qu'ils appelaient Adamus. Et Rachaela avait conçu l'enfant d'Adamus, comme prévu.

Anna ne se souvenait pas avoir entendu ces explications de la bouche de Rachaela ou d'Althene.

Mais Ruth avait hanté l'enfance d'Anna. Ruth mais aussi la séduction de Rachaela par le premier Scarabae mâle.

Car Adamus avait été le premier, Althene le deuxième. En troisième venait Malach, l'inconnu aux cheveux blancs comme ceux d'Anna. En quatrième, l'autre. Celui qui la surveillait. Les Ténèbres.

Elle avait placé la chaise en ivoire contre le mur peint et cherchait parmi les chasseurs et les roseaux l'ouverture par laquelle un œil aurait pu l'épier.

Ici les choses étaient simples. Il y aurait donc un simple trou.

Alors qu'elle était debout sur la chaise, une évidence subite la submergea.

Elle n'avait rien entendu, aucun son, aucun pas ni toussotement de politesse.

Pourtant elle se retourna.

Il était là.

Dans la pièce, avec elle.

Immobile.

L'homme qui l'avait fait venir ici.

Avec la légèreté d'un chat, Anna sauta de la chaise. Une position élevée n'était pas importante, et elle préférait avoir les pieds sur un sol ferme.

Elle constata qu'il était plus grand qu'elle, comme l'avait prédit la femme, mais seulement de quelques centimètres.

Son corps était large et compact au vu de sa taille. Il portait une longue tunique noire qui descendait jusqu'à ses chevilles bottées. Tout son habillement était d'une grande sobriété, y compris la ceinture qui serrait son vêtement à la taille, avec son fermoir de métal mat.

Sa chevelure avait la noirceur de minuit, avec le lustre d'un plumage. Elle cascadait autour de son visage et dans son dos descendait plus bas que sa taille.

Et au centre de cette noirceur, posé sur le pilier du cou, le visage la contemplait.

Il paraissait avoir la quarantaine, mais une quarantaine entretenue, et la tonicité de sa peau et de sa musculature était celle d'un individu nettement plus jeune.

Le nez était court, la bouche grande, le front large comme un livre. Les yeux commandaient le visage, des yeux amples et qui semblaient des joyaux sculptés, d'un bleu plus intense que celui des tigres de Lilith. Il aurait pu en être le père, car il était semblable à un fauve. Un tigre noir, l'essence sauvage de quelque nuit très ancienne.

De toutes les choses récentes ou antiques de ce monde souterrain, il était le centre, le cœur, la fondation. Le sphinx grec, qui peut-être avait arrêté le regard d'Alexandre le Grand, était un descendant de cet homme.

Il était de tous les temps et intemporel. La femme avait partagé un peu de cette singularité, mais elle était habitée d'une immobilité glacée qui évoquait une magnifique araignée piégée à jamais dans la toile de ses rêves.

Rêvait-il ? Ou se contentait-il de *vivre* ?

Sur ses lèvres se forma un sourire plaisant, amical, plein d'un charme presque innocent.

Et il lui parla.

Il avait la voix la plus merveilleuse qu'elle eût jamais entendue, avec un phrasé particulier qui donnait l'impression que chaque mot était chargé de tout son sens.

– Anna, dit-il.

Il n'avait pas dit Ankhet, bien qu'il ait ordonné aux autres de ne l'appeler que par ce nouveau prénom. Anna.

– Je t'ai apporté un présent.

Et elle vit dans ses mains souples d'artiste qui auraient pu la fabriquer une exquise coupe en faïence bleue. Une femme debout, de facture égyptienne, en constituait le pied. De chaque côté, une tête de canard dépassait du bord décoré d'une frise de feuilles, peut-être de liseron.

Elle ne prit pas le cadeau.

– Pour toi, dit-il. C'est très ancien. Très précieux. Je le pose là.

Et il le plaça sur la table.

Il ne semblait pas impatient, irrité, surpris ou amusé. Rien en lui n'était menaçant.

– Mon nom est Caïn, déclara-t-il encore.

Et avec ces simples paroles un tonnerre silencieux déferla dans la pièce et dans le corps d'Anna. Pourquoi ? Ce n'était qu'un nom de la Bible. Les Scarabae semblaient les affectionner.

– Le garçon a dit que vous vous appeliez Kay, remarqua Anna.

– Oui. Mais il n'a pas compris.

– Et je suis supposée me prénommer Ankhet Perséphone. Mais ce n'est pas ainsi que vous m'avez appelée.

– Cela ne m'est pas nécessaire. Les autres le doivent. C'est ainsi que tu dois être connue d'eux.

– Je préfère Anna. C'est mon prénom.

– Alors je t'appellerai Anna.

– Merci pour la coupe, dit-elle. Puis-je m'en servir ?
– Bien sûr. Elle t'appartient.
– Et si je la brisais ?
– Je t'en apporterais une autre. Mais elle ne serait pas identique.
Anna s'assit sur la chaise.
Caïn resta debout, apparemment très à son aise. Mais s'il avait vécu aussi longtemps il devait être accoutumé à toutes choses, la vie et la mort, le chagrin, la rage, l'amour, et toutes les positions du corps.
Tranquillement, elle déclara :
– Vous ne voulez pas me laisser partir.
– Veux-tu donc si désespérément partir ?
– Je suis votre prisonnière.
– Pas du tout. Mon invitée.
– On m'a amenée ici pour vous.
– Pour être ma joie, oui. Et tu l'es déjà.
Elle baissa les yeux.
Alors elle l'entendit déclamer une sorte de poème en son honneur, et le rythme de sa voix se fit plus hésitant. Il aurait pu traduire en anglais un texte étranger.
– Elle est unique parmi la multitude, sa beauté est sans pareille. Voyez-la, telle l'étoile du matin se levant sur le monde, d'une blancheur éclatante, avec sa peau translucide, ses yeux merveilleux pour voir, sa bouche fruitée pour dire et embrasser.
Anna rougit.
Elle en fut déconcertée. Elle sentait le sang bourdonner dans son corps.
– Comme un feu jaillissant de l'albâtre, continuait-il. Je pense que tu es la plus belle femme du monde, Anna. Comme je l'ai déjà pensé, auparavant.
Et son sang se figea. Elle pâlit.
Elle le regarda droit dans les yeux, dans le bleu de ces prunelles qui promettaient tout et ne révélaient rien, comme la surface de la mer.
– C'est parce que nous sommes des Scarabae, n'est-ce pas ? Nous vivons des centaines d'années, ou bien nous revenons... Nous nous réincarnons... Qui étais-je auparavant ?

– Toi-même.
– N'étais-je pas cette autre... *Ruth* ?
– Oh, Ruth ? La petite meurtrière. Sekhmet la Dame du Temps, la Porteuse de Feu. Si tu l'étais, ne t'en soucie plus.
– Je ne m'en souviens pas.
– Souviens-toi d'autres choses. Ici ce sera facile.
– Mais si j'étais Ruth, il faut que je commence par là...
– Non. Ruth était une erreur. Une femme folle de douleur a poignardé Ruth en plein cœur et l'a laissée morte sur le sol humide d'un bois sombre.
– Et Malach ? dit Anna, sans savoir pourquoi ce nom était venu à ses lèvres.
Et Caïn, seigneur de la montagne, dieu d'Hadès, Ténèbres incarnées, Caïn se rembrunit pendant un instant.
Puis il dit d'une voix aussi douce que devait l'être la caresse de sa chevelure sur le poignet d'Anna :
– Oublie Malach. Il appartient au passé.
– Alors parlez-moi de lui.
Caïn sourit de nouveau.
– Non, Anna. Jamais. A présent tu dois te concentrer sur moi.

24

Miranda regarda le visage putréfié du monstre et ses crocs dégoulinants de sang. Elle eut un rire de gorge très bas. Mais sous son manteau de laine, elle frissonnait. Pas de peur, pourtant.

Bonanza Videos était décoré de guirlandes de Noël. Les minuscules ampoules multicolores clignotaient dans le petit sapin posé sur le comptoir, près de la caisse.

Le jeune homme replet avait suivi Miranda dans le magasin.

– Celle-là n'est pas mal, dit-il. Dommage que la fin soit un peu faible.

– Pourquoi ? s'enquit Miranda.

– Ils le font sauter à la dynamite. Ça ne marche pas avec un vampire, la dynamite.

– Non ?

– Bah, vous êtes comme moi, vous connaissez les règles du genre. Il faut le tuer avec un pieu, ou le détruire par le feu, n'est-ce pas ?

Miranda baissa les yeux. Ses cils, longs et épais, peints en noir, caressèrent ses joues.

Ce n'était pas une jeune fille, assurément. Elle devait approcher la quarantaine, estima le jeune homme. Mais bon sang, elle était sexy. Et mystérieuse, aussi.

Il avait mis de côté ce film de vampires pour elle. Elle adorait ce genre de vidéos.

A bien y réfléchir, elle n'aurait pas déparé dans l'une d'elles, avec ses cheveux noirs mi-longs à peine marqués de gris, dans une lingerie noire, avec les ongles peints d'un rouge vif. Et ces dents si blanches...

Elle s'appelait Miranda. Elle le lui avait dit quand elle avait un peu flirté avec lui. Il ne s'était pas senti gros, alors. Il s'était senti très réel.

– Eh bien, je la prends quand même. Et celle que vous m'avez mise de côté.

Ils retournèrent au comptoir.

– Allez, dites-moi : je parie que vous êtes actrice, fit-il une fois de plus.

– Non, répondit-elle de nouveau.

Alors elle devait être mariée à un richard, se dit-il. Seule ? Non, il n'aurait pas une telle chance.

Elle semblait pleine, satisfaite. Epanouie comme une femme enceinte. Enceinte d'elle-même.

Le jeune homme mince les rejoignit au comptoir. Lui ne louait que des films animaliers et des documentaires de voyages. Le jeune homme enrobé ne l'avait jamais beaucoup apprécié, ni sa sveltesse ni son regard trop noir.

L'employé toisa le client qui regardait fixement Miranda.

– Bonjour, Monsieur. Le film sur l'Inde vous a plu ?

– Oui, répondit le jeune homme mince.

– Moi je ne peux pas supporter la voix qui fait le commentaire.

– Je coupe toujours le son, répondit l'autre.

Miranda sortit quelques billets de la poche de son élégant manteau. Elle n'avait pas de sac à main, remarqua l'employé.

Une heure plus tôt elle se trouvait encore dans l'ambiance feutrée d'un bar d'hôtel, à siroter des cocktails au champagne en écoutant le pianiste de l'établissement. Elle avait payé ses consommations avec l'argent qu'elle mettait dans la poche de son manteau. Elle n'aimait pas les sacs à main. Ils l'encombraient. Mais elle aimait beaucoup croiser ses jambes gainées de nylon mauve, pour surprendre les regards brillants des hommes. Alors qu'elle attendait un taxi à Trafalgar Square, un Indien aux allures de gentleman l'avait abordée. Il avait une tête de moins qu'elle, qui pourtant n'était pas très grande, et une dent en or. Il lui avait proposé un appartement à Knighstbridge. Miranda avait décliné son offre avec un rire sensuel.

Elle se sentait si jeune, maintenant. Frivolité, sans doute. *Zalotna.*

Elle avait déjà vu le client aux yeux noirs.

Il avait l'air calme d'un érudit. Elle l'imagina dans une tour sombre, entouré de livres. Oui, il était séduisant.

Elle prit les cassettes vidéo dans ses fines mains blanches aux ongles soignés mais non peints. Plusieurs bagues décoraient ses doigts, dont une qui avait connu les cours italiennes du dix-septième siècle.

En secret, dans sa chambre, elle visionnait les films de vampires.

Comme d'autres des films pornographiques.

Ils la distrayaient, mais en fait ne l'excitaient pas. Elle n'y était pas encore prête. Pas encore.

– Excusez-moi, dit le jeune homme mince alors qu'elle allait sortir, vous avez fait tomber ceci.

– Oh ?

Elle savait qu'elle n'avait pas perdu cette pièce de vingt pence, car elle n'avait que des billets dans la poche de son manteau, et elle se débarrassait de toute sa monnaie. Elle se dit qu'il était avare, ou prudent, et qu'il ne voulait pas risquer plus pour lui parler.

– Oui, je l'ai vue tomber, dit-il. Ce n'est pas grand-chose, mais les petits ruisseaux font les grandes rivières, n'est-ce pas ?

Elle accepta la pièce.

– On le dit, en effet.

Il lui tint la porte.

Miranda sortit dans le froid de la rue. Le coucher de soleil dorait les toits.

– Vous allez par là ? Moi aussi.

Il ment encore, songea Miranda. *Comme c'est amusant.*

Ils longèrent les façades en direction du terrain communal. De belles propriétés trônaient au milieu de pelouses qui tournaient au gris avec le soir. Le rectangle d'une fenêtre s'illumina.

– Cette maison, là, dit-il. C'est moi qui entretiens leur jardin.

– Oh, vous êtes donc jardinier ?

– Je m'appelle Sam, dit le jeune homme.

– Ah oui ? Et moi, Miranda.

– Vous vivez dans la grande maison, non ? Celle avec les fenêtres en vitrail.

– Oui.

– Je vous ai vue en sortir, une fois, avoua-t-il.

– Vraiment ?

– Très jolies proportions, dit-il.

Elle lui sourit. *Parle-t-il de la Demeure ou de moi ?* Il marchait à son côté, tout près d'elle. *Suis-je prête ?* Mais elle savait ne pas l'être.

Puis l'imposante maison apparut en haut de la côte, au-delà des autres constructions, sur le fond des arbres.

Le ciel commençait à s'enflammer derrière elle.

– On dirait une scène tirée d'un film, fit-il.

– Ah oui ?

– Je suppose que vous n'avez besoin de personne pour votre jardin ? Je travaille bien, vous savez, et je ne prends pas cher... C'est plutôt au noir, si ça ne dérange pas les clients. Pour éviter les impôts, vous comprenez...

– Quel âge avez-vous ? demanda soudain Miranda.

Il détourna les yeux, par gêne ou timidité.

– Vingt-trois.

Bientôt, moi aussi j'aurai vingt-trois ans...

– Nous pourrions avoir besoin de quelqu'un, lâcha-t-elle d'un ton nonchalant.

Ils traversèrent la route déserte et gravirent l'allée.

Et là, devant la Demeure, ils virent la moto, une Harley Shovelhead, noire et solide comme une sculpture de métal. Derrière elle, quelqu'un se redressa de toute sa taille. Ses cheveux très noirs étaient maintenus en arrière par une queue de cheval. Il semblait aussi sauvage que le monstre mécanique, avec son torse de lutteur et tout son corps tendu, dur comme l'acier.

– Qui est là ? s'enquit Miranda.

Le jeune homme mince hésita.

– Qu'est-ce que c'est ?

Alors l'autre homme parla, derrière sa Shovelhead :

– Vous ne vous souvenez sûrement pas de moi. J'étais avec Camillo. Mais il n'est pas là.

Et de l'ombre monta un aboiement léger.
– Connor, dit Miranda. Et Viv.

Ils s'assirent dans la pièce blanche et dorée pour boire du vin d'Alsace. Miranda, Connor, et Viv.

Apparemment il n'y avait personne d'autre dans la Demeure, à part le vieux serviteur, dont Connor se souvenait, il avait apporté les deux bouteilles avant de s'éclipser. Le jeune homme qui avait accompagné Miranda s'était lui aussi fondu dans le crépuscule comme un jeune loup affamé. Connor avait saisi les mots « jardin » et « demain » dans sa phrase de congés, mais le motard ne chercha pas à surprendre ses propos. Ce type était-il un béguin à Miranda ? Peut-être. Connor n'avait pas grande opinion de lui, néanmoins. Certainement elle avait meilleur goût.

Ses cheveux étaient plus courts, et plus sombres. Et elle était nettement plus jeune que lorsqu'il l'avait vue pour la dernière fois. La chose l'étonna moins que sa nouvelle coiffure.

Elle ne lui apprit pas grand-chose. Camillo n'était pas revenu à la Demeure. Cela, il l'avait déjà entendu de la bouche de la vieille femme qui avait répondu quand il avait sonné à la porte. Cheta ? Miranda appela le-vieil-homme-qui-n'était-pas-si-vieux Michael, comme naguère. Les autres dont se souvenait Connor étaient absents : Eric, la femme, Sasha, et la jolie jeune idiote... Tray.

Il était parti aussi, bien sûr. Malach. *Cheveux-Blancs.* Le *père* de Camillo.

– Mais vous êtes seul, remarqua Miranda en versant la fin de la première bouteille dans le verre de Connor.

– Eh oui.

« Ils ont abandonné en route », faillit-il dire, mais ce n'était pas l'exacte vérité. Ils s'étaient simplement dispersés. Red était partie la première, pour retrouver le vieil homme du pub, Mark. Elle devait l'aider dans des recherches universitaires, ou quelque chose d'approchant. Le genre d'excuse utilisée par les gens qui ne se sentent pas encore la permission de vivre ensemble. Basher était parti de son côté, ainsi que Josie, Cathy et Rats. Shiva était retourné chez sa mère. Son père indien était décédé, et sa mère européenne était maintenant seule pour s'occuper des trois sœurs de Shiva qui était donc devenu le chef de famille. Il n'avait pas semblé s'en plaindre. « Je me marierai, avait-il dit, je trouverai bien une femme à rendre heureuse. Ma mère est très religieuse, et elle marque toutes les fêtes. Elle en voulait à babaji parce qu'il n'était pas aussi dévot qu'elle. »

Pig avait poursuivi seul son chemin, comme Whisper. Cardiff était revenu... Et il y avait eu cette nuit, dans les collines du nord.

– Sa jambe n'allait pas très bien, vous comprenez, expliqua Connor. Il se l'était cassée et il n'avait pas fait de bécane pendant des mois. C'est comme les chevaux, peut-être. Il faut avoir une parfaite maîtrise de sa monture...

Il ouvrit la seconde bouteille.

Dans sa robe mauve, Miranda l'écoutait dans un silence attentif.

Connor lui décrivit la longue route noire mouillée, et comment Cardiff, qui avait forcé sur les bières, avait fait la course avec quelque motard fantôme, dans la nuit. Connor et les autres s'étaient lancés à sa poursuite, et ils avaient vu Cardiff rater le virage, s'élever dans les ténèbres avec sa moto, pendant un instant de gloire, avant la chute.

La moto et Cardiff avaient percuté un arbre de plein fouet.

Quand Connor et Owl avaient sauté de leurs Harley pour se précipiter au secours de Cardiff, ils avaient vu que sa tête était presque séparée de son corps, sans que le casque ait explosé.

Meato s'était approché et avait poussé un long hurlement lugubre. Viv était restée muette.

Ray avait dit quelque chose à propos de la police.

Les autres l'avaient ignoré.

Ils avaient transporté le cadavre de Cardiff et le cadavre de sa moto au cœur des collines désertes, jusqu'à une vation dégagée.

Là ils avaient brûlé Cardiff et sa moto. Les flammes étaient montées vers le ciel et avaient chanté tandis que les os et les pièces de métal craquaient.

Une semaine plus tard Connor et Owl s'étaient rendus à Birmingham pour donner à la grand-mère de Cardiff les effets qu'ils avaient pu sauver de ce carnage.

Elle n'avait pas pleuré. C'était une vieille femme aux yeux secs qui avait probablement déjà beaucoup souffert dans son existence. Elle les avait remerciés d'être venus lui annoncer cette triste nouvelle, puis elle leur avait servi du thé noir et un gâteau très sec qu'ils s'étaient forcés à avaler.

Miranda poussa un soupir.

– La Danse des Morts, dit Connor.

– Je suis désolée, dit Miranda.

Camillo avait voulu les injurier en traitant cette armée de motards de « famille ». Et maintenant Miranda compatissait avec Connor, le dernier.

Ils burent le vin.

Puis Connor se leva.

– Faut que j'y aille.

Il aurait aimé lui proposer à nouveau une balade en moto, mais ils venaient de parler de la mort d'un motard.

– Venez me voir quand vous passerez, dit Miranda, et cette formule anodine lui redonna espoir.

– Je pars pour l'Ecosse. Au printemps, peut-être... Mais vous ne voudrez pas me voir.

– Vous devrez essayer, pour voir.

Viv lapa le reste de son vin qu'on lui avait servi dans un bol en porcelaine qui devait être une précieuse antiquité chinoise. Viv sourit à Miranda, et Miranda la prit dans ses bras et embrassa la chienne sur le museau.

– Bonsoir, dit Connor.

Il avait hâte de partir, et il désirait rester.

Mais la nuit l'attendait, dehors. Le monde, avec ses menaces de destruction et d'accident. Combien de temps leur restait-il encore, à rouler, boire, chanter et embrasser ?

Au moins jusqu'au printemps, se dit-il.

Quand la porte se fut refermée sur Connor et Viv, et quand la Shovelhead poussa son rugissement de départ, Miranda alla s'enfermer dans sa chambre pour visionner les films de vampires loués chez Bonanza Videos.

25

Juste devant la porte...

Rachaela se tenait là.

Elle avait changé.

Sa chevelure était blonde, et coupée plus court. Et ses yeux tiraient sur le vert.

Non, ce n'était pas Rachaela.

Il voulut lui parler, mais son prénom, dont il se souvenait à présent, ne voulait pas franchir ses lèvres. *Sofie...*

– Tu es réveillé ? dit-elle.

Elle avait parlé en hollandais, et pendant une seconde il ne comprit pas, car il avait pensé en anglais. Ou en latin. Il ne savait déjà plus.

– Johanon, dit-elle. Réponds-moi tout de suite.

– Je suis... là.

– Bien. C'est l'heure de ton médicament.

Il voulut demander s'il était malade, mais c'était une évidence. Il avait reçu un coup quand ils avaient emmené Anna...

Mais non, l'enlèvement avait eu lieu en Angleterre. Il avait guéri de cette blessure.

Quelque chose ne va pas.

Il bougea un peu et brusquement il se souvint. Là-bas, il avait été Althene. Mais il avait voyagé en homme. Pour rendre tout plus facile, avait-il cru.

– Bus est revenu à midi, annonça Sofie. Mais je l'ai renvoyé. Nous ne voulons pas de Bus, n'est-ce pas ? Nous voulons être seuls, tous les deux.

Johanon sentit sur son corps le contact de la soie. C'était familier mais aussi déplacé. Rien de ce qui appartenait à sa mère ne pouvait lui aller, il était trop grand pour cela. Elle avait dû trouver une chemise de nuit pour une femme plus fortement charpentée qu'elle...

Il tourna la tête. Ses cheveux défaits s'étalaient sur l'oreiller. Et il sentit... un parfum. Christian Dior.

– Depuis combien de temps...

– Oh, juste une nuit et un jour. Je t'ai donné quelque chose.

– Je m'en doute. Mais pourquoi ?

– Pour que tu ailles mieux.

Sofie était insane, il l'avait toujours su, et maintenant Sofie l'Insane l'avait drogué. Elle s'approcha du lit.

– Et je t'ai fait une petite injection. C'est Bus qui m'a montré comment procéder. C'est sans danger.

– Pour l'amour du Ciel, c'était quoi ?

– Juste un petit quelque chose pour te détendre. C'est agréable. Moi, j'aime bien.

La pièce tanguait doucement, comme un bateau par temps calme.

Ne la mets pas en colère. Ne l'alarme pas.

– Très bien, Sofie. J'ai très bien dormi.

– Tu aimes cette babiole en soie ? J'en ai commandé trois ou quatre pour toi. Je sais que tu préfères cette matière. Je me rappelle, dans l'ancienne maison... comment tu t'habillais...

– Oui, Mère. Tu m'as fait cesser ces enfantillages.

– Ah, tu étais tellement intelligent comme enfant, Johanon... Tu avais persuadé les domestiques de t'aider. Et tu te promenais dans la maison, en jupons et en coiffe...

– Oui, Mère.

– Et elles te prévenaient de mon arrivée, n'est-ce pas ? Et tu te cachais. Tu voulais tellement, tellement être une petite fille... Même quand je te corrigeais.

Sofie avait parlé avec une tendresse exagérée. Il n'y eut pas de réponse.

– Maintenant, je vais te donner ton médicament, et ensuite nous nous occuperons de ton visage et de tes ongles, pour que tu sois très joli.

Johanon se força au silence. Etait-ce une vengeance ou seulement la folie de sa mère ?

Il bougea de quelques centimètres, pour voir comment répondait son corps. Une douleur subite brûla sa vessie.

– Je crois qu'il va falloir que j'aille aux toilettes, Mère.

– Non, non. Ne nous occupons pas de cela.

– Mais je risque de mouiller ces jolis draps, dit-il.

– Ils ne sont pas si jolis. Peu importe.

Elle voulait donc qu'il reste allongé, au besoin dans ses propres déjections. Si elle sortait, peut-être pourrait-il atteindre les toilettes. Mais cela semblait peu probable.

– Et voilà, dit-elle en se penchant vers lui.

Elle empestait un parfum douceâtre et certainement bon marché, sans doute un cadeau de l'Américain. Dans sa main elle tenait un petit verre.

– Qu'est-ce que c'est, Mère ?

– Quelque chose de délicieux.

– Quoi ?

– Soit tu le bois, Johanon, dit-elle sur le ton du sermon, soit je te l'injecte entre les orteils, comme l'autre fois.

Il essaya de prendre le verre, en se disant qu'ainsi il contrôlerait au moins partiellement la situation, mais sa main pas plus que son bras ne voulait obéir.

Elle appliqua le bord du verre contre sa bouche.

Quoi que soit la drogue, elle était mélangée à du vin, d'après l'odeur.

Il en laissa beaucoup couler sur son menton, comme s'il ne parvenait pas à boire, ce qui n'était pas totalement faux.

Sofie gloussa comme une gamine.

– Ce n'est pas grave, dit-elle. J'ai dosé fort.

Il se détendit et attendit. Une seconde plus tard une vague effrayante d'euphorie le submergea, puis un océan d'insouciance délirante. Le bateau de sa conscience prenait le large.

Sofie flotta dans la lumière, peut-être celle d'une fin d'après-midi, un jour ou un mois après qu'il était monté ici à la fin de leur repas, quand elle l'avait drogué avec l'armagnac.

Quelque chose luisait dans la main de Sofie.

– Te rappelles-tu, quand tu l'as eu pour la première fois ? Le remède miracle pour ton visage. Cet homme te l'a apporté des Etats-Unis, n'est-ce pas ? Pour ôter les poils. C'est un *secret*, bien sûr. Mais les Scarabae peuvent tout obtenir...

Elle se pencha un peu plus, et il sentit son haleine trop fraîche.

– Mais maintenant ils repoussent un petit peu, même sur tes bras et tes jambes. Et tu n'aimes pas ça, oh non...

– C'est sans importance, murmura-t-il.

Mais elle l'entendit.

– Oh, mais si. Je veux que nous partagions un bonheur parfait. Et je sais comment te donner ce bonheur. Regarde.

Dans une main elle tenait un blaireau bordé d'une écume blanche.

Dans l'autre, un rasoir à main ouvert.

– Ne bouge surtout pas, dit-elle.

26

Il se souvenait d'un hymne que sa mère, athéiste convaincue, avait tout spécialement détesté. Les paroles en étaient mystérieuses : Il y a une colline verte là-bas, sans mur. Mais pourquoi entourer une colline d'un mur ?

Et ici existait une telle colline, verte et luxuriante, entourée de hauts murs en ruine.

Une seconde, en contemplant la colline, Faran songea à Cimmie, sa mère. Mais c'était comme les lucioles qui apparaissaient à la nuit tombée. Une étincelle et elles s'évanouissaient dans les ténèbres.

Les enfants vivaient dans une sorte de bungalow de plâtre jaunâtre, sous la colline semi-tropicale. Quand ils le désiraient ils pouvaient aller voir des ruines, et Faran ne s'en était pas privé. Mais la fillette, Bérénice, n'avait pas voulu venir. Bérénice était triste tout le temps.

Parfois des nuages couronnaient le sommet de la colline, et au loin les montagnes s'effaçaient, à tel point qu'on aurait pu croire qu'elles n'existaient pas du tout. Le ciel, bleu et vaste, était peuplé d'énormes oiseaux qui y planaient comme des créatures découpées dans un papier sombre.

Bérénice avait dit quelque chose à propos d'un peuple perdu, un peuple décimé, exterminé, et Faran, un peu déconcerté, avait pensé qu'il s'agissait des Juifs. Bien qu'antisémite, Cimmie avait souvent fait allusion aux persécutions nazies. Mais Bérénice ne parlait pas des Juifs.

Elle parlait d'un peuple à la peau dorée et aux cheveux d'un noir d'encre, qui avait adoré le soleil.

L'enfant grec s'était moqué d'elle, parce qu'elle parlait mal l'anglais.

Faran lui avait conseillé de la fermer. Bérénice savait beaucoup de choses.

Ils n'étaient que six, en comptant Faran et Bérénice. Les autres enfants venaient de Grèce et de Suède, un autre du Québec. Et il y avait une fille du pays de Galles.

Mutuellement ils ne s'appréciaient pas vraiment, car ils n'avaient pas grand-chose en commun. Le Canadien et Faran étaient les deux garçons les plus âgés. Tous parlaient au moins un peu l'anglais, mais Bérénice, qui aurait dû mieux s'entendre avec le Québécois – elle était parisienne –, ne parlait qu'avec Faran.

C'était une responsabilité dont il se serait bien passé.

Sans cesse il pensait à la femme, celle sur la photo que lui avait montrée Mr Thorpe, avant ce long voyage jusqu'ici. Depuis Faran n'avait plus rêvé d'elle. Enfin si, mais de façon tellement incohérente qu'il ne parvenait pas à s'en souvenir. Il sentait en lui une excitation puissante, proche de la terreur. Cette femme n'était pas sa mère, pourtant d'une certaine façon c'est ainsi qu'il la considérait.

Bérénice était seulement effrayée.

De ce qu'il avait pu comprendre, son père s'était montré injuste, non seulement idiot mais aussi froid et dur. Elle était timide, mais intelligente. Ses yeux étaient merveilleusement calmes et pailletés d'or.

Ils avaient coupé ses cheveux à longueur d'épaule et les lui lavaient chaque jour. Sa chevelure était maintenant d'une finesse extrême qui captait la lumière.

Les adultes qui s'occupaient d'eux veillaient à leur hygiène, à leur confort et aux déplacements qu'ils souhaitaient faire. Ils se montraient toujours prêts à les aider, et les instruisaient sur des sujets divers, sans jamais se départir de leur sourire.

Faran ne les aimait pas, pas plus qu'il ne leur faisait confiance. Après le départ de Mr Thorpe il avait éprouvé un sentiment de colère attristée et de méfiance. Mais après tout, il fallait accepter certaines choses.

Par ailleurs il était trop tard. Faran avait prouvé qu'il ne se souciait absolument pas de Cimmie et de Wellington. Il devait être amené à la femme au visage de lionne. La femme nommée Lilith.

Ses souvenirs d'elle, il les avait mis de côté dans un coin de sa mémoire. Il ne se sentait pas encore prêt. Pourtant la beauté de ces premiers rêves, jamais renouvelés, gardait une partie de lui-même sous le charme.

En secret il redoutait que cette pauvre Bérénice ne se soit entichée de lui. Car elle n'était rien pour lui.

Faran était le seul enfant noir du groupe. Mais ils étaient tous différents. De manière perverse, et bien qu'ils n'aient pas de rapports très étroits entre eux, ils étaient similaires. Des enfants précoces, pas nécessairement timides ou d'une intelligence hors norme, mais *anciens*. C'étaient des enfants anciens. Anciens et confinés dans des moules qui les irritaient, les détruisaient.

Le Grec était le pire. Il souffrait de cauchemars. Il rêvait de soldats et de batailles, de meurtres, de combats singuliers. Et bien que chaque enfant disposât d'une chambre individuelle, parfois les gémissements du Grec, Christos, les réveillaient tous. Alors l'enfant du pays de Galles, Linnet, qui avait neuf ans, fondait en larmes; et le Suédois, Jan, se mettait à crier en russe, tandis que le Canadien se débattait dans un silence obstiné. Bérénice restait recroquevillée dans son lit. Une seule fois Faran l'avait entendue sangloter. C'était dans le terrain derrière le bungalow.

– Qu'y a-t-il? Est-ce que ta maman te manque?

– Je... mon chat...

– Ah, d'accord. Comment il était, ton chat?

– Non, c'était seulement une peluche. Quelqu'un me l'a volé.

– Oh merde, dit Faran. C'est dégueulasse.

Ensuite, à la réflexion, il tenta d'expliquer à Bérénice que le chat, même si elle lui manquait aussi, devait être très bien, parce que ceux qui l'avaient volé devaient vraiment avoir envie de lui.

Des animaux graciles à la silhouette brouillée – des oiseaux-mouches? – voletaient entre les fleurs.

Bérénice se calma un peu.

– Tu crois qu'il est heureux, mon chat ?

– Les jouets oublient. Comme les animaux.

Il avait probablement commis une erreur, car par la suite Bérénice vint le voir, docile, assez bizarre.

Mais il était désolé pour elle. Sa peluche représentait beaucoup, après tout.

La Galloise était plutôt méchante. Elle vous décochait un coup de pied si vous n'étiez pas sur vos gardes. Elle refusait de parler anglais, alors qu'elle en était très capable. Les adultes devaient s'adresser à elle en gallois.

Ils étaient là depuis trop longtemps.

Faran avait parlé à une des adultes, une femme aux lèvres rouge sang.

– Quand partirons-nous ?

– Nous devons donc partir ? avait-elle rétorqué malicieusement.

– Vous le savez bien. *Nous* le savons.

– Et comment le savez-vous ?

Il se dit que cette femme plus que les autres adultes les traitait comme des enfants.

– Je sais que je vais rencontrer Lilith, dit-il.

– Ah, répondit-elle. Ce qui doit être sera. Mais il faut attendre encore un peu.

– Pourquoi ?

– Tu dois également le rencontrer. L'homme qui sera responsable de vous.

– Qui est-ce ?

– Attends, et tu le sauras.

Faran la dévisagea. Il savait qu'elle était plus jeune que lui, même si elle paraissait quinze ans de plus, et le dépassait de soixante centimètres. Il s'entêta :

– Mr Thorpe a dit...

– A présent tu es ici, coupa-t-elle. Veux-tu aller voir le temple ?

– Oui, d'accord. Mais...

– Tu dois te montrer patient, dit-elle d'une voix soudain craintive, où pointait le respect. Tu es spécial. Je ne fais que suivre les ordres, et je ne sais pas quand ils te feront appeler. Sais-tu qu'il fait très froid là-bas ?

– Oui.

Entre autres bizarreries, les discussions avec les adultes les en avaient informé.

– Alors profite donc du soleil pendant que tu le peux. Ici, c'est le pays du soleil. Là-bas, la nuit dure des semaines et des semaines. Ils... ils aiment la nuit.

– Alors moi aussi, répliqua gravement Faran. Qui est cet homme, l'homme que nous devons rencontrer ?

– Le Señor Caïn, répondit-elle, avant de rire nerveusement, comme si elle avait honte.

Et Faran décela en elle une jalousie muette.

Pour quelque raison inconnue, Caïn était un nom qui lui semblait sombre, ténébreux, dangereux. A moins qu'il n'ait établi un rapport inconscient avec co-*caïne*, la drogue qui tuait.

Une ombre tomba sur lui, et Faran se retourna. Bérénice seule était là. Ils avaient dû lui donner cette nouvelle peluche qu'elle serrait avec tendresse entre ses bras. Elle était trop âgée pour ces jouets. Mais elle était également trop âgée pour une enfant, comme eux tous.

– Viens voir le temple solaire, Bérénice, dit-il.

Bérénice approcha le chat en peluche de son visage et lui demanda doucement s'il voulait voir le temple solaire.

– Ils ont des pumas en laisse, dit-elle. Les Incas. Tu crois qu'il y en a encore ?

– Des fantômes de pumas, peut-être.

– Oui, évidemment ! dit-elle en riant.

Eh bien, se dit Faran, si Caïn avait Lilith, lui avait Bérénice, en remplacement.

27

L'avion s'était posé, et il était au sol depuis seulement trente minutes, mais le pilote avait hâte de repartir de cet endroit.

De chaque côté de la piste brune, la jungle élevait une muraille vivante de verts d'où montaient des cris et des bruits divers : des fauves tachetés et des serpents, des singes et des perroquets y grouillaient.

Sur la piste, l'homme attendait, aussi immobile qu'une statue dans ses vêtements ocre recouverts en partie par sa longue chevelure blanche.

Des cigales chantaient.

La jungle ondula.

Six hommes jaillirent de la végétation, en éventail, en tenue kaki, le visage strié par le camouflage. Ils se précipitèrent vers la silhouette isolée.

Leur chef atteignit Malach le premier. C'était un Anglais de haute taille, à la musculature lourde et à la chevelure ondulée marquée de gris. Comme une excroissance de sa main, il tenait un Glock 17 dont il appliqua le bout du canon au centre du front de Malach.

– Bonjour, dit ce dernier en anglais.

– La ferme. Qui es-tu ?

– Personne de votre connaissance.

Le mercenaire appuya son arme sur le front de Malach, et celui-ci recula un peu la tête.

– Fais gaffe. Mets tes mains sur ta putain de caboche.

– Non, répondit Malach.

Un son supplanta les stridulations des cigales. Celui d'une jeep.

Les mercenaires qui surveillaient regardèrent dans la direction du bruit. Seul l'Anglais au Glock ne bougea pas.

– Tu vas dérouiller, connard, grinça-t-il.

Malach lui sourit.

De la jeep bondit le jeune homme enrobé aux cheveux plaqués en arrière. Il portait des lunettes de soleil et un T-shirt en soie de cinq cents dollars qui imitait le vert bariolé de la jungle. Son chauffeur, la très belle jeune femme en combinaison kaki, le suivit.

Les mercenaires attendaient, indécis.

La femme se dirigea droit sur l'Anglais au Glock. Elle était magnifiquement maquillée, et ses cheveux étaient tirés en arrière, comme une danseuse.

Elle le frappa violemment au visage.

Il recula en titubant.

Les mercenaires s'écartèrent.

Le jeune homme avança vers Malach, tournant le dos aux mercenaires et à la jungle. Il s'inclina respectueusement puis tendit sa main, que Malach serra. L'homme s'adressa à lui en espagnol :

– Voulez-vous venir à la propriété, Señor ? Nous avons des boissons glacées et un excellent whisky importé d'Ecosse.

– Non, merci. Où est mon transport ?

– Cinq minutes, Señor. Ils ont eu un petit contretemps. Pardonnez l'inconvénient.

La femme regardait franchement Malach.

Quand leurs yeux se rencontrèrent, elle sourit.

Malach ne sourit pas.

Une deuxième jeep arriva, chargée de soldats avec des SA-80.

Les mercenaires s'étaient retranchés à la lisière de la forêt. L'Anglais paraissait mal en point. Une traînée écarlate marquait son visage, là où la femme l'avait frappé. Sa main portait une lourde bague.

Un soldat sauta du second véhicule et courut jusqu'au trio. Il se campa à côté du jeune homme replet.

– Mes hommes peuvent-ils vous apporter quelque chose, Señor ?

– Non. Laissez seulement passer mon transport.

– Señor, je suis confus. C'est un grand honneur.

Malach jeta un coup d'œil à la femme.

– Tout ce que vous voudrez, Señor, dit aussitôt le jeune homme.

– Merci. Non.

La femme se rembrunit. Elle était très belle, sculpturale, aussi souple qu'un jaguar.

Elle suivit le jeune homme qui retournait vers la jeep. Le soldat leur emboîta le pas.

– Tu ne sais pas pourquoi nous obéissons, hein, Rosa ? dit le jeune homme à voix basse.

– Non.

– *Scarabae*, chuchota-t-il simplement.

Derrière sa beauté et son maquillage parfait, le visage de la jeune femme devint livide. Elle sauta derrière le volant. Plus que tout elle désirait partir d'ici au plus vite.

28

Des femmes entrèrent.

Ce n'étaient pas *ses* servantes, Shesat et Mesit. Pourtant elles lui firent comprendre par gestes qu'elle leur appartenait, ou qu'elles lui appartenaient. Elles ne parlaient donc pas anglais ?

Anna consentit, puisqu'elle ne pouvait faire autrement. Elle savait ce que cela signifiait, il le lui avait dit, bien qu'il ne soit pas resté avec elle très longtemps.

Le bain était parfumé de senteurs puissantes, odeurs de cyprès et, peut-être, de cèdre. Elles passèrent des huiles sur tout son corps, de leurs mains douces et fermes. Elles la touchèrent partout, sauf entre ses cuisses.

Ensuite elle fut vêtue, et cette fois la robe était égyptienne, en lin blanc, tellement serrée autour des hanches et des jambes qu'elle ne pouvait faire que de *très* petits pas. Sur sa poitrine elles placèrent un pectoral somptueux, et une cape chitineuse qui couvrait ses épaules et ses avant-bras, comme des élytres.

Une des femmes la guida jusqu'à une table en forme de chat, et là elles la maquillèrent.

Il y eut un onguent sentant le miel, puis une poudre très légère et transparente, appliquée avec des brosses, modernes ou anciennes elle ne put le voir car elle dut fermer les yeux.

Sur ses paupières, on étala un bleu très doux. Puis un trait de vert, à base de malachite certainement, maintenant réduite en une fine crème sombre.

Sur ses cils elles mirent l'équivalent égyptien d'un mascara.

Enfin elles lièrent sa chevelure sur sa tête, et curieusement cette coiffure éveilla des souvenirs en elle, mais Anna ne put les saisir clairement. Althene l'avait-elle jamais coiffée ainsi ? Ou Rachaela ? Ou Ruth avait-elle...

Sur sa tête elles ajustèrent une perruque aux tresses bleu sombre décorées de disques dorés et de coquillages miniatures.

Sur sa poitrine deux servantes posèrent un collier d'or et de pierres vertes, sans doute des jaspes. Le fermoir entre ses épaules avait la forme d'un papillon vert.

Deux centimètres sous sa taille elles placèrent une ceinture dorée ornée de perles rouges, vertes et bleues.

On chaussa ses pieds de sandales dorées avec une large bande enserrant la cheville, brodée de fleurs en fil d'or.

Puis elles peignirent les ongles de ses orteils d'un or mat. Et au coin de chacun de ses yeux, elles déposèrent une paillette dorée.

Anna se leva et à travers le lin très fin elle vit la roseur de ses seins, mais pas la marque sombre sur le gauche. Une ombre blanche suggérait son sexe libre de tout sous-vêtement venu de France. Elle se demandait s'il ne lui avait pas menti, car il ne lui avait parlé que d'un grand repas.

Elle passa des bracelets d'or à ses poignets.

Une femme lui présenta un pot empli de rouge.

– *Pour les lèvres*, dit très clairement la servante.

Anna prit le récipient, qui était en albâtre et avait la forme d'un grillon, et elle étala un peu de rouge sur sa bouche.

Dans les miroirs modernes, elle vit son reflet d'une éblouissante beauté.

Anna ne vit qu'une chose : elle était maintenant égyptienne.

Telles des étoiles dorées, une centaine de lampes pendaient du plafond dans la Salle de Nout.

Sur le sol inestimable leur reflet créait une symphonie étourdissante de lumières douces.

D'autres lampes étaient disposées devant les dieux, le groupe autour d'Isis, la famille de Seth. Et devant Sekhmet. La fenêtre d'eau bleue luisait là-bas, discrète comme un joyau submergé. Personne ne se trouvait derrière ni devant.

Le piédestal avait été placé au centre de l'immense espace, sous le ventre étoilé de Nout.

Deux sièges inoccupés s'y trouvaient, en métal noir, peut-être du fer. Des masques de lions en or décoraient les accoudoirs, et les pieds avaient la forme de sabots de taureaux. Deux tables basses étaient disposées devant les sièges, blanches, contrastant avec tout ce noir, et des fleurs flottaient à la surface de bols emplis d'eau, près de coupes en faïence semblables à celle qu'il lui avait offerte, mais aussi blanches, ou noires, en attente des boissons. Un glacier lilliputien d'un très beau vert était posé sur la seconde table. Etait-il en émeraude? Il semblait lourd, poli et non taillé, et saignait d'une douce lumière verte.

D'autres tables basses étaient dispersées près de l'estrade, autour desquelles s'étaient installés des convives sur des tabourets et des chaises basses.

Vêtus de lin et de bijoux, certains hommes avaient la tête rasée, d'autres portaient des perruques lourdes, comme les femmes dont la chevelure factice était souvent bleu ou vert sombre.

Ces gens parlaient et riaient avec décontraction, comme les clients d'un restaurant gastronomique du West End.

A part quelques regards insouciants, ils ne portèrent aucune attention à Anna tandis qu'on la conduisait devant une table très proche de l'estrade.

C'était un banquet égyptien.

Les esclaves assuraient le service dans un va-et-vient constant. Les femmes allaient la poitrine découverte, leur robe transparente serrée à la taille d'un bandeau très simple en or. Sur la toison pubienne de quelques-unes, à peine visible derrière le lin, Anna discerna des perles.

Il y avait des fleurs et des flammes partout.

La fragrance des parfums se mêlait à celle du vin.

La silhouette d'un prêtre apparut entre les masses écarlates des colonnes. Son crâne était une boule rasée, et une peau de léopard était jetée sur son épaule droite. Il portait un petit récipient contenant une huile, un parfum ou un alcool, qu'il alla cérémonieusement renverser au pied de la statue d'Isis. Puis il toucha ses lèvres de la main droite et s'inclina.

Les convives ne lui portèrent aucun intérêt.

L'offrande fumait sous les genoux de la déesse.

Mesit vint auprès d'Anna.

Elle se pencha pour la servir. Dans ses mains elle tenait une cruche bleuâtre de facture exquise qui aurait été le joyau d'un musée...

– Puis-je emplir votre coupe, ma Dame ?

– Qu'est-ce que c'est ?

– Un vin rouge français. Il y en a aussi un autre, américain, si vous préférez. Ou du Ksantha, le vin jaune au miel.

Anna leva sa coupe.

– Celui-là ira très bien, merci.

Mesit la servit puis s'éclipsa.

Anna contempla la mer de flammes et d'inconnus des deux sexes qui riaient et discutaient.

Elle ne montrait aucune peur.

Le vin était âcre et sec.

Quelqu'un éclata d'un rire tonitruant.

Anna leva les yeux vers les hauteurs de la salle. Une gerbe d'étincelles tomba d'une lampe accrochée au ventre de Nout, mais les lucioles brûlantes s'éteignirent à mi-chemin du sol.

Une autre esclave s'approcha.

– Permettez-moi.

Et comme Anna ne protestait pas, elle saupoudra de parfum sa perruque bleue, à l'aide d'un cône piqueté de trous à son sommet.

Anna se souvint avoir vu ces objets dans des reproductions de peintures funéraires. C'était un symbole, bien sûr, celui des parfums de la fête, et donc du plaisir. Tout comme le récipient vidé était celui de l'amour physique.

Une musique s'éleva dans le brouhaha des conversations.

Elle était ancienne, heurtée, très singulière, et jouée par de petites cloches, des flûtes et une harpe au son aigrelet.

Anna n'avait jamais rien entendu de semblable. A moins que...

Les musiciens étaient à peine visibles, là-bas entre les piliers géants. Et oui, ils ressemblaient à ces personnages peints dans les tombes. Mais déjà un autre événement se produisait. Une modification subtile mais décisive de l'ambiance générale. Elle tourna la tête et vit qu'*ils* arrivaient enfin. Le Maître et la Maîtresse, le Seigneur et sa Dame. La Femme. L'Homme.

Lilith.

Caïn.

Les convives se levèrent de leurs places, et Anna fit de même.

Elle les regarda marcher dans les ombres sanglantes et traverser le sol fleuri. On avait en effet éparpillé quantité de lis ou de lotus sur le chemin qu'ils devaient emprunter. La floraison des terres de la mort.

Lilith écrasait les fleurs sous ses pieds, comme les deux tigres qui l'encadraient. Elle aussi était vêtue de lin, mais noir. A travers le tissu on apercevait les éclairs pâles d'un corps serpentin, tandis qu'une opacité troublante marquait son sexe. Une coiffe en or cachait ses cheveux et crachait de brefs éclats.

Il avançait près d'elle, à côté du plus sombre des fauves. Apparemment il n'avait pas succombé au goût des préséances dynastiques. Sa robe longue était d'un rouge très foncé – la couleur du mariage chez les Scarabae, avait dit Althene un jour.

Mais son collier était typiquement égyptien, fait d'argent, de cornaline et de blocs de jaspe orangé, décoré en son centre d'un scarabée de turquoise. A chacun de ses doigts était passée une bague en or. Trois anneaux chargeaient le médius de sa main gauche.

Il souriait aimablement, hôte tranquille et satisfait, comme si cette scène luxueuse et surtout singulière était d'une normalité parfaite.

En passant devant Anna, il la dévisagea.

La lumière de la lampe posée sur sa table captura le feu calme de son regard.

Ses yeux étaient de velours, du bleu profond de la nuit. Un bleu serein. Il ne lui dit pas un mot.

Ensemble, ceux qui s'appelaient Lilith et Caïn gravirent les marches menant au piédestal.

La femme s'assit sur son siège, et les deux tigres se blottirent à ses pieds.

Caïn resta debout, et quand il leva une main la musique cessa.

Alors il parla, et sa voix était plus mélodieuse que le son des instruments :

– Que Celui-qui-est-la-vie-dans-la-mort bénisse ce repas. Et que toute chose maligne tombe sur moi, votre père. Quiconque mange dans ma maison est sous ma protection.

Les invités de Caïn – ou ses captifs ? – levèrent leurs coupes et burent.

Il s'était exprimé en anglais. Tous avaient donc compris ?

La musique reprit et Caïn s'installa sur son siège en fer. Il porta une coupe déjà emplie à ses lèvres et but.

Il n'adressa pas un regard à la fille rebaptisée Ankhet Perséphone.

L'aurait-elle désiré ?

Dès qu'il commença, le repas parut très étrange à Anna. Cela ressemblait un peu à ce qu'on peut grignoter dans un bar à vins, mais présenté d'une façon différente et avec une variété de choix beaucoup plus grande.

Shesat s'approcha et rinça les doigts d'Anna avec de l'eau parfumée. D'autres servantes s'occupaient des autres convives, dont certains riaient trop fort. Le vin, sans doute. On déposa sur la table d'Anna un bol contenant du Ksantha, un vin blanc épais additionné de miel et coupé avec ce qui pour elle devait être de l'eau d'Evian.

Les esclaves de Caïn s'affairaient au service, et les arômes luttèrent contre l'odeur froide de la salle.

Dans de grands plats décorés de gemmes et d'or, on leur proposa des pousses et des haricots dans une sauce épicée, et des tranches d'un melon presque blanc accompagnées de cœurs de petits oignons. Puis il y eut des poireaux marinés, et des lentilles rouges écrasées. Chaque plat passait de table en table. On trempait des morceaux de pain dans la purée de lentilles pour la manger.

Vinrent ensuite des poissons aux chairs blondes ou roses, et des viandes qu'Anna ne put identifier et qu'elle ne goûta pas. Mais elle reconnut l'odeur lourde de la dinde grillée.

On amena des plateaux chargés de dattes et de figues disposées sur des feuilles de bronze qu'on aurait pu croire comestibles. On les couvrait de miel, comme pour les grappes de raisin rouge. Des douceurs pareilles à des fruits confits circulèrent également.

Le repas s'étirait, interminablement. De nouveaux plats se succédaient, en une variété continue.

Anna se lassa de manger.

Elle savait qu'il s'agissait également d'une coutume, plus ancienne que les repas prolongés des Scarabae dont on lui avait parlé.

Elle se refusait à le regarder, pour savoir ce qu'il mangeait ou buvait.

Mais soudain elle entendit un des tigres feuler avec irritation, et la voix basse de Lilith sermonner le fauve :

– Non. Laisse-lui ce morceau. Tiens, voici pour toi.

Lilith prenait dans son assiette de la nourriture et la donnait aux deux tigres.

Anna jeta un coup d'œil rapide, et à la lueur des lampes elle le vit. Il observait l'assemblée des convives avec le regard du maître content qu'avait dû avoir Néron.

Anna détourna les yeux, et à cet instant la lumière des lampes baissa brusquement, comme s'il s'était agi de l'éclairage électrique réglable d'un bar.

Quelque chose approchait des profondeurs enténébrées de la Salle.

Anna vit la forme massive faite d'ombre et d'or qui avançait lentement dans la fumée et le halo des lampes, pareille aux monstres des vieilles légendes...

C'était une momie, ou plutôt un sarcophage. Trois hommes le poussaient sur un chariot. Des fleurs tombaient en pluie autour de la silhouette humaine, qui était noire, incrustée d'or et de pierres écarlates. Le visage était peint en vert olive sous une lourde perruque en émail. Ses yeux calmes, morts et pensifs, entourés d'un trait noir en amande, contemplaient le vide au-dessus des convives.

Anna entendit le froissement de sa longue robe quand il se leva, et le tintement d'un gobelet qu'on pose sur une table.

– Voyez ce que nous deviendrons, tonna-t-il. Nous devons vivre et aimer, car la vie n'est jamais assez longue.

Et l'assistance rit de nouveau en se levant, du moins ceux qui n'étaient pas déjà trop ivres et qui n'avaient pas roulé sur le sol jonché de fleurs, entre les tables et les lampes.

– Voyez ce que nous deviendrons! reprit Lilith en écho.

Et les convives redoublèrent d'hilarité joyeuse.

Caïn eut lui aussi un rire bref, de satisfaction peut-être, à les voir ainsi.

Le sarcophage passa devant Anna.

– Fais-lui une offrande, dit Caïn à son adresse. Un gâteau, Ankhet.

Elle prit donc un des petits gâteaux dorés dont elle ne voulait pas et le posa sur le sarcophage, parmi les fleurs.

On éloigna le sarcophage. Une des roues du chariot grinçait comme une souris mécontente.

Elle vit alors qu'on amenait un enfant entre les tables.

C'était le garçon, Andrew.

Il portait sa tenue d'enfant-pharaon, l'or ruisselait sur lui, et de la bande de cheveux qui lui restaient pendait un crocodile en argent aux yeux verts.

Caïn était toujours debout au-dessus d'Anna.

Elle l'entendit sans le voir qui étendait la main vers l'enfant.

Andrew sourit et gravit les marches du piédestal sans hésiter.

– Voici mon neveu, Harpokrates, annonça alors Caïn à la cantonade.

C'était donc son nouveau nom.

Des tables montèrent des applaudissements.

Après l'apparition de la mort, la promesse d'une nouvelle vie.

L'« Oncle » Caïn posa une main sur l'épaule d'Andrew-Harpokrates.

– Regarde-les, lui dit-il. Regarde-les dans les yeux. Tu dois apprendre à faire cela.

– Oui, Oncle Kay, dit le garçon avant d'ajouter : Puis-je caresser les tigres de la femme ?

– Demande-lui. Appelle-la Lilith-Eset.

– Lilith-Eset, répéta Andrew-Harpokrates. Puis-je ?

Et Lilith dut acquiescer car Anna entendit le garçon se déplacer au-dessus d'elle et elle perçut sa respiration accélérée tandis qu'il caressait la fourrure des fauves.

– Ils sont apprivoisés ? demanda-t-il.

– Ils ne connaissent que les humains, répondit Lilith. A part leur mère, qui est morte. A présent ils ne peuvent se reproduire. Ils seront les derniers de leur lignée.

– Comment s'appellent-ils ?

– Ils n'ont pas de nom. Ils n'ont pas besoin de nom.

– Ils sont super, souffla Harpokrates.

Un des fauves se mit à ronronner.

– Ankhet, dit Caïn, à présent tu dois monter ici.

– Le dois-je ?

– Bien sûr. Tous veulent te voir.

– Pourquoi ?

– Tu m'appartiens.

Alors elle leva les yeux vers lui.

Qui lui avait dit cela ? Quelqu'un lui avait déjà dit ces mots.

Tu es mienne. Jusqu'à la mort. Jusqu'à ce que le soleil meurt dans le Fleuve sous la terre. Tu m'appartiens.

Elle ne tenta pas de lui résister. Les yeux qui plongeaient dans les siens et lui semblaient atteindre son cerveau ne pouvaient être ignorés. Anna ne perdit pas d'énergie en un vain combat. L'avait-elle jamais fait ?

Elle gravit les degrés du piédestal et il prit sa main, et derrière lui la sombre reine de la mythologie était assise sur son siège noir, son front un crépuscule au centre duquel se dressait un serpent. Et à ses pieds chaussés de sandales l'enfant avait posé sa joue contre le flanc du tigre.

Sans lâcher sa main, Caïn s'adressa à l'assistance :

– Voici la fille de ma fille, Ankhet Perséphone.

Ils applaudirent cette annonce, même les plus ivres.

– Le suis-je ? lui demanda-t-elle.

– Quoi donc, Ankhet ?

– La fille de votre fille.

– Oui.

– Rachaela, murmura Anna, décontenancée.

– Non, dit Caïn d'un ton amusé. Ta mère-*père*. Althene.

– Mais...

– Elle est homme, je sais. Mais je respecte son propre mensonge, et je l'honore comme telle. Fille, et non fils.

– Alors vous êtes... mon grand-père.

– Oui, si tu veux. Penses-tu m'accepter dans ce rôle ?

Du regard elle survola les convives, comme il l'avait fait, et vit les larmes d'or qui coulaient des entrailles de Nuit.

– Anna, dit-il, déjà semblable à une petite déesse. T'a-t-on déjà dit combien tu es belle ?

Quelqu'un, jadis, songea-t-elle. Mais ce n'était pas Althene. Non. L'autre – mais qui était-ce ? – s'était émerveillé de sa beauté. Autant que celui-ci ?

– Eset, lorsqu'elle s'élèvera avec la nouvelle lune, Isis pour les Grecs, mère et sœur ; fille de Rê.

Anna pensait à tout autre chose, et c'est d'une voix blanche qu'elle dit, par automatisme :

– Je parie que vous dites ça à toutes les filles.

Il éclata d'un rire franc et naturel, qui n'avait rien à voir avec celui d'un acteur. Un rire qui montait spontanément de lui.

– Oh toi, dit-il. *Toi...* Renarde blanche. Diablesse. Etais-tu faite pour moi ?

Sa main était chaude, sèche et bienfaisante. Il en irradiait un pouvoir et une électricité juvéniles.

Son grand-père.

Elle ôta sa main de la sienne et tourna son attention vers la sombre Déesse de la Nuit, Lilith.

Lilith paraissait inconsciente de leur présence.

– Nous allons partir, dit Caïn.

Il ajouta quelques mots dans une langue étrange qui rappelait le chant des oiseaux.

Les paupières de Lilith s'abaissèrent, et elle prit sa coupe. Le tigre le plus blanc se leva et s'ébroua.

– Viens avec moi, dit Caïn à Anna.

– Où ?

– C'est l'aube. Aimes-tu le soleil ?

– Oui.

– C'est preuve de sagesse. Allons saluer le soleil.

Il l'entraîna en bas du piédestal. Seul Andrew-Harpokrates les suivit une seconde d'un regard ensommeillé.

Les convives qui en étaient capables se levèrent à leur passage, pour marquer leur respect.

– Qui sont-ils ? demanda Anna.

– Ces gens ? Personne. Il n'y a que toi et moi.

Ils sortirent du rougeoiement des lampes et passèrent dans l'autre salle.

Vénus brillait dans le ciel de l'aube.

Sastrugi, des vagues de neige identiques à celles de la mer sur une plage, les vents balayant la plage...

Le ciel était une gemme bleue d'une clarté terrifiante. On aurait pu croire que l'air avait disparu, ne laissant comme trace que cette couleur diaphane.

Au-dessus d'eux s'élevait la masse blanche de la pyramide, sa base brillante d'une eau saumâtre

Et sous eux, le Fleuve.

Elle avait imaginé un navire égyptien, sa proue relevée et sa voile oblique. A présent ils se trouvaient sur ce navire.

Il était éclairé d'une lumière dorée et luisait sur l'eau d'un bleu très clair, comme l'horizon.

Des morceaux de glace dérivaient devant eux, et non des hippopotames.

Tout était figé. Pas un son en dehors du clapotis de la rame.

Charon le passeur était-il ce serviteur-esclave dans ses modernes vêtements rembourrés ?

Ils étaient assis dans la cabine flanquée de colonnades, mais ils étaient eux aussi habillés pour lutter contre le froid extérieur. Leurs vêtements étaient chauds et noirs.

Elle s'était habillée dans une cellule d'acier, au cœur de la montagne. Lui avait disparu pour accomplir la même opération, parce qu'il devait rester le magicien, celui qui va et vient magiquement et qui se transforme derrière des voiles... Comme un magicien, ou une prostituée.

Sur leur tenue fonctionnelle, il avait étendu de grandes capes de velours noir sans âge.

Il avait ôté toutes ses bagues.

L'air et l'eau ondulaient paresseusement.

– Est-ce beau pour toi ? questionna-t-il.

– Oui. Il n'y a pas d'oiseaux ?

– Il fait trop froid, ma colombe.

– Pourquoi me désirez-vous ?

– Pour ce que tu es. Personne ne t'a jamais désirée pour ce que tu es, Anna ?

– Je ne sais pas.

– Alors c'est que personne ne t'a vraiment désirée.

Dans le creux formé par la capuche, le revers du manteau et celui de la cape en velours, le visage de Caïn sans protection était buriné de lignes comme tracées à l'encre. Ses yeux étaient d'un bleu incomparable, plus bleu que le ciel, la glace ou les reflets dans l'eau.

– Alors c'est l'Egypte, dit-elle.

– Oui, mon enfant. D'une certaine façon.

– J'ai rêvé d'un fleuve...

– Mais il devait s'agir de Nil-eh. Le bleu. Le lotus.

– Le Nil, dit-elle.

– Si tu veux.

– Me désireriez-vous encore si j'avais tué quelqu'un ?

– L'as-tu fait ?

– Je... Je ne sais pas.

– Tue qui tu dois tuer, Anna. Je te désirerai toujours. Si c'est toujours toi.

– Qui suis-je ?

– Oh...

Il inspira lentement, puis expira en contemplant le ciel. Sa respiration formait un petit nuage blanchâtre. De minuscules cristaux s'y formèrent et tombèrent.

– Tu es le Commencement, Anna.

– Mais je veux savoir.

– Tu dois me donner du temps.

Elle l'observa de nouveau. Il la désirait pour une raison bien précise.

D'un bras, Caïn lui entoura les épaules.

– Il y a très longtemps, dit-il, nous étions si jeunes...

– Vous m'avez appelée une enfant.

– Tu es mon enfant.

– Non.

– Si. Tu es mienne.

Le mot résonna dans le dédale de son esprit.

Son bras était chaud, comme si un feu intérieur irradiait à travers les vêtements et combattait le froid.

Anna ferma les yeux à demi. Elle ressentait la légèreté d'un rêve.

– Toi et moi sommes morts. Toi et moi avons vécu. Je peux t'aimer comme nul autre ne le peut.

– Et Lilith, dit-elle d'une voix songeuse.

– Lilith est mon ombre. Tu es mon aube.

Quelque chose passa dans le ciel.

– Vous avez dit qu'il n'y avait pas d'oiseau?

– Parfois un avion nous survole. Généralement ils évitent cette région.

– Pourquoi me désirez-vous?

– Est-ce que je te désire? répliqua-t-il.

Sa voix était mutine. Il lui parut très jeune, innocent et joyeux, paisible. Il n'y avait qu'eux au monde. Il se pencha vers elle, et d'un geste précautionneux souleva le voile de son masque de protection. Le froid agressa aussitôt le visage d'Anna, mais il le repoussa en joignant leurs bouches. Son baiser était tendre, sans aucun caractère sexuel, doux comme la neige qui tombe, comme celui d'une mère. Comme celui du premier père qu'elle ait jamais eu.

29

Sharon Ferris, la mère d'Harpokrates, descendit l'étroit escalier moquetté et s'arrêta devant la porte d'entrée. Cette porte et cet appartement ne lui plaisaient plus. Mais plus grand-chose ne lui plaisait.

Peut-être n'était-il pas nécessaire de répondre. Habituellement ils se lassaient et partaient. Seuls les Témoins de Jéhovah insistaient et sonnaient encore et encore les dimanches matin, alors que Sharon gisait dans son grand lit, sous la couette, avalant des Smarties à la chaîne. Elle n'avait pas nettoyé le duvet depuis six semaines, peut-être plus. Il était plein de taches de chocolat. Il sentait le chocolat. C'était réconfortant.

Et puis c'était un jour de semaine, n'est-ce pas? Un début d'après-midi... La sonnette retentit une nouvelle fois, la cinquième lui sembla-t-il.

Il fallait faire ce que voulaient les gens. Il fallait même leur ouvrir s'ils insistaient vraiment, et dire : « Non, merci, je suis désolée mais je ne crois pas en Dieu. » Mais ils ne partaient que lorsque vous fondiez en larmes et que vous ajoutiez : « J'ai perdu mon petit garçon. » Une fois pourtant l'un d'eux s'était avancé et avait parlé de la consolation qu'on trouve en Jésus. Heureusement la femme plus âgée qui l'accompagnait lui avait tapoté l'épaule et ils étaient partis. Jusqu'au dimanche suivant.

Pieds nus, Sharon avança jusqu'à la porte et l'ouvrit.

– Oh, bonjour. Mrs Ferris est-elle là?

Il fallait dire la vérité, c'est pourquoi Sharon répondit :

– Je suis Mrs Ferris.

– Oh, Mrs Ferris... Bien...

Et soudain Sharon sut qui était face à elle.

C'était leur médecin traitant, la jeune femme qui avait tant plu à Wayne. Mince et bien faite, avec sa chevelure auburn, sanglée dans un manteau de bonne coupe.

– Docteur, la salua Sharon.

Elle ne lui proposa pas d'entrer. Ce n'était là ni autorité ni impolitesse, mais simplement Sharon était très loin des conventions sociales depuis déjà quelque temps.

– Mon Dieu, Mrs Ferris. Je me souviens vous avoir conseillé et rédigé un régime. Un régime, Mrs Ferris, je ne voulais pas que vous fassiez la grève de la faim.

Sharon s'efforça de réfléchir à ces propos sans trop y parvenir. C'était étrange, car elle se rappelait effectivement ce régime qui avait duré un mois sans résultat. C'est ensuite qu'elle avait maigri.

– En tout cas, félicitations, Mrs Ferris. Oh oui.

Sharon dévisagea le médecin sans comprendre.

– Mais ce n'est pas la raison de ma visite. Puis-je entrer ?

– Oh, bien sûr, oui.

Sharon s'effaça et la jeune femme avança d'un pas gracieux à l'intérieur. Son nez parfait se plissa une fraction de seconde devant l'odeur qui planait dans l'appartement. Une odeur de vaisselle non lavée, de poubelles abandonnées, de poussière accumulée sur des radiateurs ouverts au maximum.

Elles passèrent dans le salon. Partout étaient éparpillés des Kleenex froissés, des bas en boule, des paquets de chips vides. Elle repéra une assiette où de la sauce avait moisi. Des fragments d'existence, comme si cette existence avait été brisée en morceaux.

Le médecin ne fit aucun commentaire. Elle s'assit dans un fauteuil encombré de peluches, et Sharon réagit aussitôt :

– Ne vous asseyez pas là, s'il vous plaît. Désolée, mais si vous pouviez prendre un autre siège...

La jeune femme se leva et alla s'installer dans l'autre fauteuil après avoir ôté le journal qui y était posé.

– Vous avez laissé les choses aller, Sharon, dit-elle en l'appelant par son prénom pour sembler plus cordiale.

– Oui, un peu, c'est vrai.

– Eh bien, ce n'est pas une façon de faire, vous savez.

Sharon lui jeta un regard étonné, puis s'assit sur le canapé et ouvrit un paquet de Matchmakers. Elle le présenta au médecin, qui refusa d'un mouvement de tête un peu sec.

– Vous ne devriez pas manger ces choses, Sharon. Vous allez reprendre tout votre surplus pondéral.

Sharon fourra trois chocolats à la menthe dans sa bouche, et la douceur familière se répandit sur son palais et nimba son esprit, puis redescendit détendre son plexus solaire. Elle en ingurgita trois autres.

– Je sais que vous avez subi des épreuves très dures, Sharon, disait le médecin. Mais vous devez penser à ce que vous avez. Il y a tant de malheurs plus grands de par le monde. Vous avez la santé, et la force physique. Pensez à ceux qui n'ont pas cela, Sharon. Et votre mari ?

– Wayne ?

– Oui.

– Oh, souffla Sharon.

– Je crains que vous vous soyez comportée de façon très condamnable. En fait, on m'a demandé de venir vous en parler...

Sharon se renversa contre le dossier du canapé, le paquet de Matchmakers serré contre sa poitrine. Elle patienta tandis que le médecin parlait et parlait encore. Pour elle ce n'était qu'un bruit lointain, indistinct.

La chevelure de Sharon lui arrivait maintenant aux épaules. Elle ne l'avait pas lavée depuis très longtemps. Peut-être depuis... depuis cette semaine dramatique.

Ses kilos en trop avaient disparu peu à peu, comme un clown se débarrasse de manteaux enfilés les uns sur les autres. Comme dans un tour de passe-passe.

Tout avait commencé le jour de la disparition d'Andrew, au magasin Tesco.

La police avait fait de son mieux, mais Sharon avait bien senti qu'ils perdaient peu à peu leur intérêt pour les recherches. Wayne l'avait accusée mille fois, mais ce ne fut très vite pour elle qu'une sorte d'illusion qu'elle voyait sur un écran irréel, comparable à la télévision qu'elle regardait sans vraiment s'y intéresser. Elle ne voyait que des couleurs et n'entendait que des sons, parfois un peu trop forts.

Elle cuisinait toujours les repas de Wayne, cela elle s'en souvenait, mais il ne rentrait presque plus à la maison. Maintenant il préférait la compagnie d'autres femmes, tous les soirs. Il l'estimait entièrement responsable de la disparition d'Andrew. *Son fils, à lui*. Elle n'était vraiment qu'une vache stupide.

Quand Wayne ne rentrait pas, Sharon mangeait les deux repas qu'elle avait préparés. Elle mangeait tout le temps, des tourtes au bœuf et des gaufres, des œufs et des frites, des éclairs et des croissants, et du chocolat, six ou sept tablettes par jour, sans compter les Marshmallow, les caramels, et pendant la nuit l'Ovomaltine, car elle dormait très peu.

Elle restait allongée et pensait à Andrew, la bouche pleine de douceur, le ventre empli, satisfait.

Et Sharon maigrissait. Quelque chose avait changé en elle. Elle devint aussi mince que ces mannequins qu'on voit dans les magazines. Elle devint mince puis maigre, et les os de ses hanches pointèrent sous la peau, et son visage prit un modelé dur de sculpture.

La police cessa de venir la voir pour lui parler des dernières recherches et lui dire de continuer à espérer.

Mais elle avait cessé d'espérer depuis longtemps déjà. Non : elle n'avait jamais eu d'espoir.

Par un soir agréable, alors qu'elle se cuisinait une tourte au mouton et qu'un gâteau aux framboises décongelait sur le plan de travail, un officier de police vint sonner à sa porte.

Celui-là, elle ne l'avait encore jamais vu, et derrière lui se trouvait une femme policier. Tous deux avaient des mines graves.

Ils craignaient bien que ce soit à propos de son mari...

Elle les dévisagea. Oui, son mari s'appelait Wayne. Qu'était-il arrivé ? Avait-il finalement décidé de la quitter, et pour quelque raison qu'elle ne s'expliquait pas la police venait le lui annoncer ?

La vérité était bien différente.

Le matin même, Wayne réparait un poste de télévision chez une cliente possédant un appartement près du parc, quand quelque chose avait explosé dans l'appareil. Wayne avait été rejeté trois mètres en arrière, contre un mur. La propriétaire qui était passée dans la cuisine pour faire du café était revenue en courant, pour découvrir Wayne gisant sur la moquette.

Il y avait eu un court-circuit dans le poste de télévision, court-circuit qui s'était répercuté de façon permanente au cerveau de Wayne.

Ils emmenèrent Sharon jusqu'à l'hôpital, et juste avant de partir elle fit quelque chose d'un peu ridicule, sur une impulsion. Elle prit un des ours en peluche d'Andrew et le glissa dans son sac. Ce n'était pas son fils qu'elle allait voir à l'hôpital, mais elle ne se rendit compte de son erreur qu'en chemin.

Wayne venait de sortir de l'unité de soins intensifs, et subissait quantité de tests. On l'avait lavé mais non rasé, et il gisait sur un lit, à demi adossé à plusieurs oreillers empilés. La chambre sentait le désinfectant industriel et l'urine.

Sharon le regarda, et ce qu'elle vit n'éveilla aucun sentiment en elle.

Elle fut ensuite emmenée dans le bureau d'un médecin indien de belle prestance qui lui annonça qu'il y avait malheureusement peu de chances que Wayne voie son état actuel s'améliorer. Il pouvait respirer, dormir et avaler de la nourriture, mais bien qu'il fût également capable d'uriner et de déféquer, ces fonctions naturelles demanderaient une assistance constante car elles pouvaient se produire spontanément. Il faudrait donc le laver et le nourrir. Il était comme un bébé.

Sharon ne pensait pas que Wayne était comme un bébé. Elle estimait que c'était un raté adulte qui n'avait jamais fait grand-chose de lui-même et qui maintenant était incapable de chier seul. Bien sûr elle n'employa pas ces termes, même en pensée. En fait elle ne pensa pas très longtemps à Wayne.

Mais elle se rendit dans les toilettes pour dames, où elle

s'enferma, et là elle sortit de son sac l'ours en peluche d'Andrew et l'embrassa. Ensuite elle rentra chez elle.

Après quelques semaines, la mère de Wayne prit son fils dans sa petite maison et l'installa dans la chambre d'ami. Là il restait allongé dans le lit toute la journée, à regarder la télévision en urinant et en déféquant spontanément.

Le mari de la mère de Wayne l'avait quittée deux ans plus tôt pour une femme de Brighton. Mais à présent elle avait son fils.

Sharon dut subir ses communications téléphoniques interminables et furieuses. La mère de Wayne lui dit qu'elle n'était qu'une catin possédée par le diable.

Sharon se mettait au lit et buvait de l'Ovomaltine en mangeant des Galaxy. Et elle regardait la télévision, elle aussi.

Elle avait toujours su qu'elle ne reverrait jamais Andrew. A présent elle ne serait peut-être pas obligée de revoir Wayne.

Mais le médecin était là, à faire de petits gestes élégants et contrôlés. Elle n'injuria pas Sharon, mais elle lui répéta qu'elle avait des responsabilités.

– J'ai promis à Mrs Ferris que vous iriez la voir aujourd'hui, dit-elle. Ce soir. Vous irez la voir, n'est-ce pas, Sharon ?

– Oui, d'accord.

Sharon avait toujours fait ce que les gens autoritaires lui commandaient.

Elle regarda le panda et les ours en peluche sur l'autre fauteuil. Ils semblaient paisibles. Elle fut soudain frappée par une association d'idées : si la mère de Wayne était « Mrs Ferris », alors qui était Sharon ? Il lui fallut quelques secondes pour se remémorer son nom de jeune fille. Timberlake. Elle avait toujours aimé ce nom. Sharon Timberlake. Sharon et Andrew Timberlake... Elle soupira.

– Et vous irez ce soir ? Tout de suite, peut-être ? Je peux vous y conduire. Mais vous devriez vous donner un coup de peigne, d'abord.

– Oui, dit Sharon.

La maison de Mrs Ferris était située à l'angle d'une rue. Le jour tombait déjà, et sous le ciel assombri les fenêtres de façade du foyer Ferris étaient éclairées d'un jaune trop vif.

Elle leur ouvrit aussitôt, si vite qu'on aurait pu croire qu'elle attendait derrière la porte. Le médecin annonça qu'elle ne pouvait pas s'attarder.

– J'ai bien peur de devoir aller en chirurgie tout de suite, dit-elle. Mais je suis sûre que vous saurez vous arranger ensemble.

Deux femmes adultes, sous-entendait-elle du haut de son excellence. Jamais elle n'avait fui ses responsabilités, mais elle aimait le pouvoir que les responsabilités assumées vous donnaient sur autrui. Aucun problème intime n'était jamais venu troubler sa santé ou la perfection de son teint. Elle repartit très vite.

Le salon était tel que dans le souvenir de Sharon, avec les rideaux d'un jaune fade imprimés de fleurs marron, les murs rouges et bruns, le tapis et le canapé, les gazelles en verre et les cendriers qu'on ne devait pas utiliser, et au-dessus du chauffage une assiette décorative représentant un petit enfant dans une salopette trop grande pour lui. Mrs Ferris avait toujours aimé les garçonnets. Elle avait aimé Andrew, même si elle s'était parfois plainte de son calme.

Il y avait des photos d'Andrew un peu partout, ainsi que de Wayne enfant. Derrière un vase de fleurs artificielles régulièrement époussetées était glissée la photographie du mariage de Wayne. Sharon y apparaissait dans sa robe trop serrée, et Mr Ferris père dans son meilleur costume, caché de façon permanente par les corolles synthétiques de deux jonquilles.

– Ça n'est pas trop tôt, commenta Mrs Ferris. Vous feriez bien de monter, si vous voulez le voir.

Sharon n'en avait aucune envie, mais elle ne pouvait pas être aussi franche. Elle suivit donc Mrs Ferris à l'étage, jusqu'à la chambre d'ami.

La pièce était peinte en rose, et dans le lit Wayne était assis.

Il regardait d'un air ahuri un programme télévisé pour les enfants.

– Je le nettoie, dit Mrs Ferris d'un ton qui aurait pu laisser penser qu'elle faisait l'article pour vendre son fils. Je le nourris comme il faut. Vous ne trouverez rien à redire.

– Non, dit Sharon.

– Alors, quand allez-vous le reprendre avec vous, Sharon ? Il est plus que temps. Je sais que vous avez été très choquée par la disparition d'Andrew, mais vous devez vous ressaisir. Je ne peux pas m'en occuper toute ma vie, surtout avec son coureur de père qui m'a quittée. Je vous le dis, j'en ai plus qu'assez de régler les traites de votre assurance à votre place. C'est à vous de vous occuper de lui et des factures, Sharon.

Sharon regarda Wayne.

Une odeur suffocante monta soudain du lit.

– Oh, mon Dieu, gémit Mrs Ferris. Qu'ai-je fait pour mériter cela ?

Ignorant les imprécations de sa belle-mère, Sharon sortit de la chambre pendant que Mrs Ferris s'occupait de Wayne.

Elle redescendit dans le salon et s'efforça de ne pas regarder les photographies d'Andrew. Elle avait rangé toutes les siennes dans un tiroir.

Quand Mrs Ferris la rejoignit, elle était pâle et furieuse, nerveuse comme un insecte en colère.

– Je ne peux en supporter plus, dit-elle. Une femme adulte comme vous, c'est à vous de vous occuper de lui.

– Il ne m'a jamais aimée, fit Sharon.

Elle n'était pas sûre de la raison qui l'avait poussée à formuler une évidence aussi gênante. Wayne n'avait jamais aimé sa mère non plus.

– Il ne vous a jamais aimée ? Vous auriez dû le quitter, avant, alors, petite idiote. Mais vous vouliez absolument l'épouser pour fonder une famille, bien sûr. Non qu'Andy n'ait pas été mignon, mais vous n'avez même pas été capable de prendre soin de lui, non plus !

Dans le monde de Mrs Ferris, les petits garçons avaient forcément raison. Ils ne pouvaient rien faire sans vous. Mais Andrew avait disparu. Par la faute de sa mère.

Sharon sortit un Mars de son sac et le proposa à Mrs Ferris.

– Mon Dieu, mais regardez-vous! Vous n'arrêtez pas de vous goinfrer de ces saletés! Vous êtes folle!

Mrs Ferris alla se planter devant le miroir du salon et entreprit de se poudrer nerveusement le visage. Puis elle passa une petite brosse dans ses cheveux courts et gris.

– De toute façon, Madame, je dois sortir maintenant. Je vais aux nocturnes des magasins. Alors vous pouvez rester ici et prendre soin de votre mari. Et quand je reviendrai, nous réglerons tout cela. Pour que vous l'emmeniez. Suis-je assez claire?

Elle avait été très claire, surtout avec la poudre.

– Oui, Maman, répondit Sharon sans réfléchir.

– Et ne m'appelez pas comme ça! Vous n'avez plus aucun droit de le faire, maintenant. Vous avez votre mère à vous, même si c'est une vieille folle stupide.

Sharon pensa vaguement à sa mère, qui n'avait pas approuvé sa grossesse. Pendant tout le mariage, elle avait affiché un air désespéré, et juste après la naissance d'Andrew elle était partie s'installer dans le Yorkshire. Pour le dernier Noël elle lui avait téléphoné, et Andrew lui avait parlé, lui aussi. Mais la mère de Sharon n'aimait pas les enfants.

– Désolée, dit Sharon en remettant le Mars dans son sac et en regrettant de ne pas avoir apporté une des peluches d'Andrew. Mais non: le médecin l'aurait vue faire.

Mrs Ferris avait enfilé son manteau. Elle prit son cabas, sortit et claqua la porte derrière elle.

Sharon resta seule dans l'horrible éclairage trop jaune du salon.

Andrew était mort.

C'était comme si elle venait de le comprendre.

Elle ne pleura pas. Elle avait cessé de pleurer deux mois après ce jour fatal chez Tesco. Elle avait l'impression que le monde était très loin d'elle. Elle passa dans la cuisine de Mrs Ferris et trouva un paquet de tartelettes dans le réfrigérateur. Elle n'en mangea qu'une.

Ensuite elle monta voir son mari.

En vingt minutes, il n'avait pas bougé d'un centimètre. Pourtant quel changement il avait subi... Lui qui quelques semaines plus tôt sentait le parfum d'autres femmes, aujourd'hui il puait les excréments et le désinfectant.

Sharon le contempla un moment, avec un peu de crainte. Et s'il se redressait brusquement, qu'il se tournait vers elle et qu'il lui disait qu'elle n'était qu'une grosse vache stupide qui avait perdu son fils ? Mais Wayne continuait de regarder l'écran de télévision, comme hypnotisé.

Alors Sharon traversa la chambre jusqu'à la télévision et la régla sur un canal inoccupé. L'image disparut dans le monde moucheté de blanc d'une tempête de neige électronique.

Elle redescendit et sortit de la maison.

Pendant la soirée, alors qu'elle rassemblait les affaires nécessaires, le téléphone sonna à de multiples reprises. Sharon ne répondit pas, et quand finalement elle décrocha ce fut pour le poser sur la table, sans écouter. Le récepteur grésilla une dizaine de minutes, comme un moustique, puis se tut. C'était donc aussi simple ?

Elle n'avait pas grand-chose à mettre dans le grand sac de voyage bleu.

La plupart de ses vêtements ne lui allaient plus. Elle sélectionna quelques T-shirts et pulls amples, une jupe qu'elle possédait avant la naissance d'Andrew et qui avait été épargnée quand Wayne avait sorti tous ses habits trop étroits en lui ordonnant de les donner à une œuvre de charité.

Quelque part elle conservait deux soutiens-gorge neufs, des slips en coton et des paires de bas.

Dans l'appartement il n'y avait à peu près rien qu'elle veuille emporter, à l'exception des CD achetés par Wayne. Rachmaninov, Stravinski... Ces noms la laissaient perplexe. Elle laissa les CD. Mais elle prit toutes les peluches : les quatre ours, le panda, le dragon, le serpent, la souris et le poulet, qu'elle arrangea sur ses affaires, dans le sac.

Elle n'oublia pas sa réserve de chocolats.

Après avoir bu une Ovomaltine, elle alla au lit et s'endormit dans la minute.

Au matin, elle trouva du courrier sur le paillasson. En temps normal elle ne s'en souciait pas, surtout des enveloppes en papier brun à l'air officiel, comme celle qu'elle voyait aujourd'hui.

Mais trois petits cadeaux avaient également été glissés par la fente à courrier dans la porte. Une nouvelle minibarre chocolatée, un échantillon de shampooing aux herbes et une pochette de parfum.

Sharon passa dans la salle de bains en mangeant la barre chocolatée. Là elle se doucha et se lava les cheveux avec le shampooing gratuit. Ensuite elle se parfuma avec le contenu de la pochette.

Dans la chambre elle mit un jean confortable et un vieux pull, puis elle se maquilla, ce qu'elle n'avait pas fait depuis une éternité.

Elle avait l'impression de retrouver ses yeux, et sa bouche.

Qui était-elle ?

Sharon Timberlake.

Et Sharon Timberlake connaissait les stations balnéaires anglaises. Wayne n'avait jamais voulu y aller, il préférait l'Espagne et les plages brûlantes où elle n'osait pas dénuder son corps trop gros. Mais dans son cœur Sharon avait gardé le souvenir de ces petites villes côtières où son père l'emmenait hors-saison. Elle se rappelait leurs noms bizarres. Elle en choisit un.

Ce serait un endroit totalement différent, sans doute, après toutes ces années. Mais c'était sans importance.

Elle ne se souvint pas avoir refermé la porte derrière elle.

Sur le paillasson, la lettre marron attendait. Elle attendit longtemps.

Elle provenait d'une importante société au titre impressionnant. Quelqu'un avait appris la disparition du fils de Sharon, quelqu'un compatissait et ne pouvait rien faire pour l'aider, sinon lui donner sans contrepartie d'aucune sorte une fort belle somme d'argent. La firme espérait que Sharon ne verrait aucune offense dans cette proposition.

D'autres lettres semblables avaient été envoyées, ici et là.

La mystérieuse compagnie...

Au pays de Galles, à Londres, ces lettres arrivèrent. Cimmie et Wellington en furent ravis et songèrent à adopter quelque *vrai* enfant noir dans un pays d'Afrique. Et ces lettres arrivèrent sur une île grecque, et à Québec au Canada, et en Suède. Mais pas à Paris.

Et ici la lettre restait sur le paillasson, cachetée. Le vent finit par ouvrir la porte que Sharon n'avait pas refermée, et la pluie dévora l'enveloppe et l'offre généreuse qu'elle contenait.

Alors que le train filait dans la grisaille du paysage, Sharon rêva à ce qu'elle pourrait faire avec son argent. Elle s'était rendue à la banque et avait retiré une partie de ses propres économies. Son père avait ouvert ce compte pour elle alors qu'elle n'était encore qu'une enfant. A présent, avec les intérêts cumulés, elle disposait de presque cinq mille livres. Et elle pouvait en prendre deux cent cinquante par jour. Cet argent lui appartenait, à elle et à elle seule, Sharon Timberlake.

Alors que le crépuscule tombait comme un rideau de pluie sale, Sharon descendit du train et s'enfonça dans une petite ville qui de façon étonnante n'avait pas beaucoup changé malgré les années.

Bien sûr ils avaient fini par construire la promenade en béton, mais on pouvait toujours atteindre la plage que la mer battait de ses vagues frangées d'écume sous la lune montante.

Elle trouva un hôtel proposant un tarif raisonnable pour la nuit et le petit déjeuner. Au matin elle pourrait se régaler d'œufs au bacon, de pain grillé, de tomates et de champignons, de tartines de confiture. Et dans la chambre propre – qui n'était pas rose –, près de la bouilloire, on avait disposé des sachets de thé, de café instantané, de sucre et de chocolat en poudre, ainsi que des petits cartons individuels de crème. Dans toute la ville on vendait des frites et des filets de poisson grillé succulents.

La nuit venue elle sortit se promener. Elle passa devant

une pizzeria et ignora l'invite muette de sa devanture. Plus tard elle viendrait y faire ripaille.

Elle emporta le petit ours d'Andrew sur la plage.

Sur le sable argenté elle contempla le va-et-vient noir et moiré des vagues.

Un peu de neige tombait. Comme sur l'écran d'une télévision déréglée.

Sharon Timberlake regarda autour d'elle, et ce qu'elle voyait lui plut.

Et lorsqu'elle fit demi-tour pour retourner vers les lumières du monde et se régaler d'une grande pizza fromage-jambon-saucisse-poivron, suivie d'un gâteau et d'une glace, Sharon aperçut un coquillage à ses pieds.

Elle se baissa et le prit dans sa main.

Puis elle le colla à l'oreille de l'ours en peluche, qui écouta.

Ensuite elle le mit à son oreille.

Et elle perçut le rythme de la vie, un sifflement plaintif mais dénué de crainte, beaucoup plus proche que les battements de son cœur.

30

La bombe était tombée avec un sifflement aigu.

Certaines tombèrent sans bruit durant l'enfer rouge et noir de cette nuit de blitz de 1940. Celle-là chanta.

Elle traversa des couches de gravats et disparut entre les tuyaux et les épaisseurs éventrées de ciment, pour atterrir dans un espace parfait, loin en dessous de la surface de la ville.

Une autre bombe explosa non loin et cacha la première.

Dans les profondeurs de son abri, la bombe continua de chanter.

Elle n'aurait dû cesser que pour exploser. Mais quelque défaut suspendit son chant, et elle resta là, comme une énorme abeille de métal de trois mètres de long sur un de diamètre, endormie.

Au-dessus d'elle, la ville se reconstruisit.

Quand Lix revit Camillo, il jouait avec le chien bâtard de Janice devant le magasin de restauration rapide et de produits pakistanais.

Le propriétaire leur avait donné quelques tartes dont la date de péremption était dépassée, et Janice comme le chien s'en étaient régalés.

– Comme tu m'as manqué, dit Camillo à Lix.

Janice fouilla dans son grand sac et en sortit une tarte qu'elle offrit à Lix.

Celle-ci la prit et la mangea lentement, en mâchant avec application.

– Elle ne se souvient plus de notre nuit d'amour, ajouta Camillo.

– Oh, vous avez passé une nuit d'amour ensemble? s'étonna Janice.

– Le soleil se couchera dans une demi-heure, supputa Camillo.

Lix ne répondit pas. Il n'y avait pas eu de nuit d'amour, bien sûr. Camillo l'avait laissée, toutes ces semaines auparavant, au bord du fleuve, devant le feu crépitant, et il était parti avec Vinegar Tom et Deux-Chapeaux.

Lix contempla la rue aussi grise que le ciel. Seul le magasin du Pakistanais formait une tache de lumière attrayante, avec ses guirlandes et son éclairage vert censés plaire aux clients occidentaux.

C'était ainsi que Lix voyait Noël, à présent, dans les vitrines des magasins et sur Trafalgar Square où se dressait le grand sapin illuminé.

Noël lui était interdit. Pour toujours.

Une jeune Indienne sortit de la boutique. Elle portait un manteau de laine rouge sur son sari pourpre, et tenait à la main deux sacs emplis de ses achats.

En voyant Camillo et les deux femmes, elle se hâta sur le trottoir.

– Cette manière qu'ils ont de nous regarder... maugréa Janice.

– Oui, comme si nous n'étions que des objets au rebut, enchaîna Camillo obligeamment. Et c'est ce que nous sommes.

Il suivit du regard la silhouette mince de la jeune fille qui traversait la rue et se dirigeait vers le coin d'un immeuble, là où Vinegar Tom et Deux-Chapeaux étaient occupés à fouiller un groupe de poubelles.

Il y eut un bruit de détritus tombant sur le sol. Une poubelle renversée.

Le chien de Janice aboya.

Moi aussi je me méfiais des gens comme moi, avant, songea Lix. *Je leur donnais une pièce en évitant de les regarder...*

L'Indienne avait fait demi-tour et revenait précipitamment.

A sa suite arrivait Deux-Chapeaux qui brandissait un rameau de gui déniché on ne savait où.

– Donne-moi un baiser! hululait-il.

Il s'était enivré d'une bouteille d'après-rasage partagée avec Vinegar Tom.

L'Indienne marcha plus vite encore, ses yeux agrandis par la peur.

Lix ne ressentit aucune compassion pour elle, seulement un vague ennui, comme lorsque naguère elle avait oublié de fermer le gaz et devait remonter chez elle. Elle ne bougea pas.

– Bon Dieu de cochon de merde! rugit Vinegar Tom en apparaissant derrière Deux-Chapeaux. C'est pas chez toi ici!

L'Indienne lâcha ses deux sacs de provisions sur l'asphalte et s'écria d'une voix faussée par la peur :

– Prenez-les! Prenez-les!

Puis elle se mit à courir follement, sa longue tresse de cheveux la fouettant entre les épaules. En quelques secondes elle eut disparu.

Interdit, Deux-Chapeaux s'était arrêté devant les commissions abandonnées sur la chaussée.

Des œufs s'étaient brisés et formaient une tache d'un jaune violent sur le sol. Dans le ciel un œuf géant laissa lui aussi échapper son jaune, et un dernier rayon de soleil jaillit entre les nuages.

– Regardons si il y a son porte-monnaie, dit Vinegar Tom en se penchant sur les deux sacs.

Mais l'Indienne l'avait gardé sur elle. Elle n'avait renoncé qu'à des paquets de lentilles, des œufs, des sachets d'épices et cinq sortes différentes de poivre, un chou-fleur et un pain complet.

Le propriétaire du magasin pakistanais sortit sur le seuil de sa boutique et les considéra d'un air attristé.

– Je vous donne à manger, et voilà comment vous me remerciez. En faisant fuir mes clientes.

– Désolée, mon amour, lui lança Janice. Mes potes ne lui voulaient pas de mal.

– C'est tellement difficile d'être étranger, pas vrai ? lui dit Camillo en souriant, et l'Indien cligna des yeux, déconcerté. D'être un proscrit. Un paria.

– Je suis né ici, rétorqua le commerçant d'un ton irrité. En 43, à Wandsworth.

Camillo éclata de son rire dément qui rappelait le hennissement d'un cheval, et l'Indien rentra dans sa boutique dont il claqua la porte.

– Tu n'aurais pas dû l'insulter, dit Janice. Il m'a donné une pochette de jambon pour le chien.

– Les chiens et la viande de porc sont négligeables pour lui, répondit Camillo.

– Non, ce n'est pas vrai. Il est gentil, ce type.

En plein milieu de la rue, Deux-Chapeaux mastiquait un morceau de pain complet.

– Tu ne me crois pas, hein, pour la bombe ?

– On aurait pu manger les œufs, s'ils n'étaient pas cassés, soliloqua Janice.

– Comme un œuf, justement, reprit Deux-Chapeaux. L'ai vue tomber. Et je sais où elle est.

Il eut un hoquet et vomit le pain et l'after-shave d'un seul long jet. Mais il se redressa aussitôt, sans paraître affecté, s'essuya la bouche d'un revers de manche et dit en souriant :

– Ça te dit de la voir, Camillo ?

– Une bombe doit exploser un jour. Oui, c'est tentant.

– Allons d'abord à la soupe, proposa Vinegar Jœ.

Une soirée de choix, pensa Lix. *La soupe populaire près du pont, et ensuite une promenade le long du Strand pour voir une bombe.*

Je me mets à penser comme il parle. Camillo.

Le groupe s'adjoignit quelques membres à la soupe populaire : Ashy et Pug, et Arthur le Noir, la jeune Kirstie, deux ou trois autres.

Le ventre agréablement lesté de bouillon de bœuf et de légumes au riz, ils allèrent d'un pas de promeneur jusqu'au fleuve.

Deux-Chapeaux et Vinegar Tom ouvraient gaiement la marche, en esquissant des pas de danse sur la berge. Ils avaient partagé un peu de vin piqué.

La nuit était terriblement froide, et Janice qui marchait près de Kirstie demanda d'une voix geignarde qu'on fasse un feu. Mais personne ne s'arrêta.

– Pendant la guerre, il y avait plein de feux partout, lâcha Pug.

– Merci, je sais, rétorqua-t-elle. Je ne suis pas née d'hier.

Le fleuve coulait paresseusement, à marée basse, tel un long serpent de verre noir. Dans un autre univers, loin au-dessus d'eux, brillaient les lumières orange de l'éclairage public.

Ils arrivèrent sur une sorte d'immense terrain vague en bordure du fleuve. Derrière eux un pont semblait posé sur une couche de brouillard monté du sol, à des kilomètres de hauteur. Devant eux, l'obscurité n'était troublée que par la silhouette lointaine d'immeubles trop propres et lumineux.

Sous les arches de pierre étaient entassés des monceaux de détritus divers, des pans de murs en béton, la forme de ce qui avait peut-être été un bateau, dans un passé indéfini, des pièces de voiture, une carcasse.

Ils s'y risquèrent, sauf Janice et Kirstie qui s'assirent au bas de la montagne de rebuts et refusèrent d'aller plus loin. Kirstie prétendit que l'endroit lui rappelait un cauchemar récent.

Deux-Chapeaux repoussa des plaques de tôle tordue et de longues planches pourries avec une violence de propriétaire irrité.

Enfin ils purent se glisser sous les quais de Londres dont ils percevaient les vibrations.

Il y avait un long tunnel sombre empuanti d'une forte odeur de pourriture. Des os jonchaient le sol, os de rats, de chiens errants, peut-être de clochards malchanceux.

– Une fois je suis venu ici pour dormir, déclara Deux-Chapeaux. Eh bien je n'ai pas fermé l'œil.

– Et tu as trouvé la bombe que tu avais vue tomber pendant la guerre, dit Camillo.

– P'têt, bougonna Deux-Chapeaux, soudain énigmatique.

Un lourd écho multipliait leurs voix.

De vieux cageots étaient éparpillés un peu partout.

Et là, derrière un mur effondré, entre les poutres brisées, ils découvrirent à la lueur des allumettes le tunnel en briques dont le plafond se perdait dans la nuit.

Sur le sol couraient des tuyaux métalliques qui résonnaient lorsqu'on les frappait. Certains étaient énormes, en fer rouillé, leurs soudures ressemblant à des croûtes verdâtres. Des câbles des British Telecoms pareils à des tresses ou des vers avaient trouvé leur passage en s'entortillant autour des conduits.

L'odeur dominante était maintenant celle des excréments et de la boue, à moins que ce ne soit simplement celle du fleuve empoisonné par la pollution citadine. Puis le sol disparut, et ils descendirent dans un passage étroit.

Une masse se dressa devant eux, et fiévreusement ils craquèrent des allumettes.

– Attendez, j'ai un morceau de bougie, dit Pug.

– On sait d'où elle vient, gloussa Arthur.

Ils l'allumèrent et, dans le halo restreint de sa flamme, ils virent l'œuf métallique de Deux-Chapeaux, verdi par les moisissures, strié de noir.

– C'est une bombe ?

– C'est une bombe.

Comme des pèlerins ils s'assemblèrent devant l'autel de mort. En silence.

Puis Vinegar Tom aspergea la bombe d'une giclée de vin. Le métal se mit à luire.

– Je l'avais bien dit, se rengorgea Deux-Chapeaux. Elle chantait en tombant.

– Et qu'est-ce qu'elle chantait, hein ?

– Elle chantait comme la mer, répondit Deux-Chapeaux.

A la lueur de la bougie, il semblait presque mystique. Mais il les avait amenés ici, dans son Saint des Saints personnel.

– Alors, Camillo, fit Pug. Pourquoi elle n'a pas explosé ?

– Elle est morte, dit Camillo avec un rictus. Ou endormie.

Il bondit en avant et frappa la bombe avec un morceau de roc qu'il avait ramassé.

– Fais gaffe ! s'écria Arthur.

– Depuis combien de temps est-elle là ? interrogea Camillo.

– 1940, dit Deux-Chapeaux d'un ton révérencieux.

Ses yeux brillaient. Il but une rasade du vin de messe de Vinegar Tom.

– Plus vieille que ce vieux schnock de Pakistanais, fit-il.

Camillo frappa de nouveau la surface métallique. Puis il se pencha et colla son oreille contre le flanc de la bombe, dans un mouvement précautionneux.

– Pas un son. Elle est tranquille. Elle s'en fout.

Lix escalada des tuyaux et des gravats et posa ses deux mains sur le sommet de la bombe. Elle ne savait pas pourquoi elle agissait ainsi, mais elle n'avait pas peur. Depuis bien longtemps elle n'avait plus peur. Sa lutte pour survivre n'était qu'un réflexe animal, car elle ne redoutait plus la mort. Elle l'avait vue, elle la connaissait. Et après ce qu'elle avait enduré, plus rien n'avait d'importance.

– Allez! lança Camillo en flanquant un coup de pied à la bombe.

Lix poussa un cri de victoire et frappa elle aussi le métal de ses deux poings, les écorchant sur la surface froide. Elle lui décocha un coup de genou et ressentit une vive douleur. Et la bombe?

Les autres s'approchèrent et se joignirent aux réjouissances.

Les deux bouteilles passaient de l'un à l'autre, et tous frappaient du pied, du poing ou avec un projectile quelconque. De temps à autre l'un d'eux appliquait son oreille sur le métal. Mais à l'intérieur du monstre ce n'était que silence.

Camillo écarta Lix de la bombe.

– Ça suffit.

– Pourquoi? voulut-elle savoir.

– Je ne t'avais encore jamais vue heureuse.

– Je ne suis pas heureuse. Qu'est-ce qu'il y a d'heureux?

– Viens. Je vais te rendre triste de nouveau. Ensuite tu me rappelleras ma mère.

Avec frénésie maintenant, les autres s'attaquaient à la bombe. Pug bouscula Lix sans s'en rendre compte, et sans la poigne étonnamment ferme de Camillo elle serait tombée. Il l'attira vers le tunnel.

Elle se sentait au bord des larmes. Elle ne voulait pas partir. Mais elle ne résista pas, ni ne protesta. Elle l'accompagna docilement.

Ils retournèrent dans le tunnel et en sortirent. Au bord du fleuve, Janice et Kirstie attendaient, figées par l'horreur.

Les bruits qui montaient de la caverne de la bombe étaient déformés et amplifiés, et ils ressemblaient au rugissement de démons en folie.

– Par là, fit Camillo.

Il se baissa et ramassa le bâtard qui lui lécha le visage.

Ils se mirent à courir le long du fleuve.

– Pourquoi doit-on courir ? haleta Kirstie.

– C'est bon pour la santé, rétorqua Camillo.

Ils continuèrent jusqu'à ce que la masse fantomatique du pont se dresse devant eux, comme un oiseau aux ailes vastement déployées dans la brume.

Ils s'arrêtèrent près d'un pilier, et le bruit de la circulation au-dessus d'eux faiblit.

– Ça va exploser ? demanda Kirstie.

– Quoi ?

– La bombe.

– Il n'y a rien, affirma Camillo.

Janice s'assit par terre. Elle avait chaud, à présent. Elle s'essuya le visage. Camillo reposa le chien qui trotta jusqu'à elle.

Kirstie se mit à pleurer.

Camillo attira Lix contre lui.

– Pourquoi ne sens-tu pas mauvais ? dit-il. Tu es trop propre.

– Je me lave. Dans les toilettes publiques.

– Alors arrête de le faire. Je veux que tu sentes mauvais. C'est l'odeur qui convient.

Lix ne répondit pas, et Camillo déposa un baiser sur sa chevelure rase.

– Ma mère avait les yeux bleus.

– Qu'elle aille se faire baiser.

– Oh, j'ai failli m'en charger. Mais elle est morte.

Le fleuve murmurait l'annonce de la marée montante. Là-haut, sur le pont, une fille cria. L'alcool et non la peur.

– Qui est mort ? dit Camillo.
– Fous-moi la paix.
– Dis-moi.
– Tout le monde.
– Non, nous sommes là.
– Quelle importance crois-tu avoir ? rétorqua-t-elle.
– Je ne suis qu'un pauvre vieil homme dont personne ne veut, se lamenta Camillo.

Lix le repoussa.

Elle se tourna et vit le groupe surexcité qui émergeait du tunnel comme des fourmis d'un trou. Très vite.

Ils *explosèrent* à l'extérieur. Ils firent de grands mouvements désordonnés, et elle perçut leurs cris.

– Oh-oh... fit Camillo.

Arthur et Pug arrivaient en premier, Lix les connaissait assez bien pour les identifier malgré la distance. Puis apparurent les trois autres avec leurs casquettes en laine, et Vinegar Tom qui s'écroula face la première sur le sol.

Soudain tout changea. L'entrée du tunnel vira à l'écarlate et un cône de lumière blanche aveuglante effaça la gueule sombre du tunnel, boule de neige géante bordée de mauve et de vert.

Lix reçut un choc monstrueux en pleine poitrine, et elle se retrouva couchée sur le dos, Camillo allongé sur elle comme dans ces vieux films où le héros fait un rempart de son corps à la jeune fille fragile pour la sauver. Quelque chose siffla dans la nuit et retomba dans le fleuve. Et soudain l'eau fut agitée d'un bouillonnement comme de l'huile dans une poêle trop chaude.

La déflagration sembla prendre une éternité avant de leur parvenir, sous la forme d'un grondement sourd et titanesque.

Les oreilles de Lix se mirent à carillonner.

Elle détourna la tête juste à temps pour éviter un vol de débris minuscules qui crépitèrent autour d'eux. Un morceau de planche s'abîma dans le fleuve, à quelques mètres.

Un silence assourdissant suivit.

Lix se rassit et repoussa Camillo. Il riait bas.

Elle vit Janice couchée sur son chien. Le bâtard

indemne poussa un long hurlement sinistre. Kirstie se joignit à lui.

Alors que les sons revenaient aux oreilles de Lix, elle constata bien autre chose.

Tous les hommes gisaient sur la berge du fleuve, à part Arthur et Pug qui semblaient engagés dans une gigue folle. Ils ne portaient plus que des lambeaux de vêtements. L'explosion les avait dénudés en une fraction de seconde, et Arthur se tenait le sexe à deux mains en hululant de panique.

Le brasier rougeoyant continuait d'ensanglanter la nuit, mais c'était la seule lumière. Au loin, les silhouettes des immeubles s'étaient fondues dans l'obscurité. Le pont n'était qu'une forme surnaturelle suggérée par les flammes de l'incendie. Pas une lampe électrique ne fonctionnait. Au-dessus d'eux, il n'y eut pas un cri.

Pendant un instant, Lix voulut courir jusqu'aux hommes toujours immobiles sur le sol, mais l'impulsion mourut aussitôt.

– Je veux t'épouser, déclara Camillo.

– J'ai cru que c'était la fin du monde, fit-elle.

Sur le pont, l'homme-sandwich dont les placards annonçaient la proximité de la fin avait été jeté au sol lui aussi par le souffle de l'explosion. Allongé sur le trottoir suspendu, il vit les vapeurs de feu redescendre lentement dans la nuit.

Jamais il n'avait pensé que la fin du monde arriverait ainsi.

La déflagration l'avait rendu momentanément sourd. Un moment il observa le ciel rougi par le brasier, puis dans un mouvement de joie intime il alluma sa cigarette à une braise tombée auprès de lui.

Au *Beehive*, Connor mangeait des lasagnes et des frites en buvant de la bière quand il entendit un grondement distant. Une seconde plus tard toutes les lumières de l'établissement s'éteignirent.

Dans l'obscurité subite, il entendit la voix effrayée d'une femme :

– C'est comme dans *Les Monstres de l'espace.*

Connor se dit que les dialogues du films devaient quand même être meilleurs.

Il caressa Viv et elle frotta son museau contre sa main. Il lui donna quelques frites, une à une. Quelqu'un apporta des bougies au bar, et bientôt l'endroit prit des airs du Londres de l'époque victorienne, mais avec des filles en minijupes et des hommes tatoués, et ce type louche posté près des toilettes qui avait déjà proposé à Connor des substances illégales.

La lumière ambrée des bougies le fit penser à Miranda. Il l'imagina dans ce même éclairage, assise sur le plancher d'une vaste pièce dans une haute tour dominant la mer. Mais demain il prenait la direction du nord.

En réalité, à cet instant précis Miranda se trouvait au dernier étage de la Demeure, avec les deux chats noirs et blancs.

Elle contemplait la mer d'habitations de Londres, qui habituellement à cette heure était une immensité scintillante. Mais ce soir une partie des lumières avaient disparu brusquement, comme soufflées par quelque éternuement prodigieux.

Miranda était en train de regarder *Le Vampire de la crypte* quand, au moment crucial où le sang allait être bu, le son assourdi d'une explosion venue du monde extérieur l'avait distraite.

Les chats s'étaient poursuivis dans les escaliers tandis qu'elle montait avec eux au grenier. A présent, assis sur le rebord de la fenêtre, ils observaient le lointain avec le même calme qu'elle.

Mais pour les chats l'obscurité soudaine qui s'était appesantie sur une partie de la ville ne signifiait rien. Rien du tout.

Assise par terre devant la télévision, Rachaela débouchait sa troisième bouteille de vin de la nuit quand elle entendit le présentateur du bulletin d'information annoncer une panne d'électricité sur une moitié de Londres. On soupçonnait un attentat terroriste.

Sans raison évidente ses pensées s'orientèrent vers sa diablesse de fille, Ruth, incendiaire et meurtrière, et, de façon encore plus irrationnelle, vers Camillo.

Puis ces images s'enfuirent de Rachaela et se diluèrent dans la caverne vide de la maison. Elles s'enfuirent comme s'enfuyaient Althene et son silence, comme la disparition d'Anna; comme toutes choses s'enfuyaient loin de Rachaela.

Mais le vin pouvait tout arranger.

Elle se servit un verre et le but. Comme toujours, plusieurs autres bouteilles attendaient en réserve, dans le réfrigérateur.

31

Pendant qu'il attendait que Sofie vienne lui ouvrir, Bus eut le temps de voir passer trois bateaux sur le canal. Elle mettait longtemps à descendre, aujourd'hui. Ou Grete. Mais il était persuadé que ce serait Sofie et non la domestique qui répondrait à son coup de sonnette.

Il ne se trompait pas.

Sofie était folle, il l'avait toujours su, dingue. Mais elle était aussi immaculée. Aujourd'hui, elle ne se ressemblait pas du tout. Vêtue d'un vieux pantalon informe et d'un pull lâche avec un trou près du col, elle ne portait ni bijoux ni maquillage. S'était-elle seulement coiffée ? Ses iris bleu-vert paraissaient plus anciens, et plus fous. Elle le regarda fixement, de ses yeux ronds.

– Que veux-tu ?

– Te voir, mon chou.

– Pas maintenant, Bus.

– Mais, mon chou, tu vas quand même pas me fermer la porte au nez ? Je veux dire, je suis déjà venu plus tôt, et Grete m'a dit que tu pouvais pas me voir pour le moment. C'était moche de me faire ça, Sofie. C'est pas une façon de traiter son homme, ça, tu sais...

– Je suis désolée, Bus, mais tu dois partir.

Il s'encadra dans la porte, bombant le torse pour la dominer de toute sa corpulence.

– Pas question, non-non. Moi je veux voir mon petit chou d'amour.

Sofie jeta un regard anxieux dans la rue.

Dans l'air froid du jour, l'eau du canal était d'une immobilité parfaite, proche de la glace qu'elle avait été quelques mois auparavant et qu'elle redeviendrait bientôt. La silhouette dénudée des arbres se dressait dans le ciel gris. Un homme promenait son chien le long du canal. Il s'engagea sur le pont.

– Alors entre, dit-elle. Vite. Juste pour quelques minutes.

– Ah, tu vois... fit Bus en pénétrant dans la maison glacée.

Elle l'emmena dans le salon.

– Attends ici, Bus, s'il te plaît. Je ne veux pas que tu sortes de cette pièce.

– Eh, qu'est-ce qui se passe ?

– Fais juste ce que je te demande, Bus, je t'en prie. J'ai quelque chose pour toi. Je vais te le chercher. Mais tu dois me promettre de rester ici.

Bus répondit d'un haussement d'épaules et s'assit sur le canapé. Le chauffage n'était pas allumé, comme d'habitude, et la maison paraissait plus froide que l'extérieur. Il l'entendit s'éloigner dans la maison à pas menus. A quel jeu jouait-elle donc ?

Il resta immobile, plus par inertie naturelle que pour lui obéir. Elle revint rapidement.

– Tiens, Bus. Je veux que tu prennes ceci. Cette fois tu n'auras aucun problème.

– Qu'est-ce que c'est ?

Elle lui tendit l'objet.

C'était une bague de diamètre restreint, pour un doigt très fin donc. Dans l'or de la monture était serti un petit crâne taillé dans une matière ocre, avec des éclats de saphir pour les yeux et des brillants à la place des dents.

– C'est bizarre, marmonna Bus.

– Elle est très ancienne. Du dix-septième siècle. Le crâne est taillé dans un os.

– Tu veux dire dans de l'ivoire ?

– Non. Dans un os. Humain.

– Allons bon ! grogna Bus, impressionné malgré lui.

– Tu n'auras aucun problème, répéta Sofie. Ils n'ont jamais su que je la possédais.

– La famille...

– La famille, oui. C'est une bague très précieuse.

– Combien ?

– Je ne saurais le dire. Peut-être inestimable.

– Bon, je verrai bien.

– Oui, Bus. Va voir combien elle peut te rapporter. Maintenant tu dois partir.

– Je trouve quand même ça un peu vexant, grogna-t-il. Tu me jettes comme un malpropre. T'as un autre mec là-haut ?

Sofie eut un rire forcé. Elle ressemblait à une chouette folle.

– Non, Bus.

– Bon, enfin je suppose que vous autres, les femmes, vous avez besoin d'avoir vos petits sercrets, hein... Mais tu sais que le vieux Bus finit toujours par tout découvrir. Tu sais bien que je finirai par savoir ce qui se passe, hein ? Au fait, et ta pédale de fils, elle est où ?

Sofie se raidit.

– Mon fils est parti.

– Ah ouais ? Quand ça ?

– La semaine dernière.

Bus se dit que ce devait être la raison de son attitude. La tantouze était encore là-haut, et avec Sofie ils préparaient quelque chose. Peut-être que la tante avait des occupations plus intéressantes que les drogues ou les casses. Mais il valait mieux attendre un peu, décida-t-il, pour laisser Sofie se calmer. Quand elle s'énervait elle pouvait être vraiment insupportable.

– D'accord, je vais te laisser. Mais je reviendrai. Je peux pas rester trop longtemps sans voir mon chou d'amour, moi...

Elle l'accompagna jusqu'à la porte d'entrée, avec des mouvements furtifs de souris traquée.

Après que la porte se fut refermée, Bus se retourna et considéra un long moment la façade rose. Aucun indice. Pas de lumière dans la grisaille, pas même de rideau tiré. Les fenêtres du grenier attirèrent son attention, sans raison précise. Il n'y avait rien là-haut, rien qu'il pût voir.

Le tramway jaune qui roulait vers l'est prit Bus et l'emporta dans l'après-midi.

A Zwartkerk, un homme monta et alla s'asseoir au fond du tram. Il était jeune, vingt-trois ou vingt-quatre ans, et portait un blouson de cuir brun et une casquette.

Après une minute, Bus se dirigea d'un pas nonchalant vers l'arrière du véhicule et s'assit à côté de l'autre passager.

– Je me demandais si tu faisais toujours le trajet, Sparky.

– Toujours.

Sparky était le surnom que lui donnaient les Américains, car ils étaient incapables de prononcer son véritable nom, du moins celui qu'il utilisait avec eux.

Sparky sentait la froidure des rues et la Gauloise.

Le visage fermé, il regardait droit devant lui tandis que le tramway suivait son trajet immuable. Sparky prenait cette ligne tous les trois ou quatre jours, montant à Zwartkerk pour descendre à Rubbish Market. Pour ceux qui savaient.

– J'ai ça, fit Bus. J'aimerais que tu me dises ce que tu en penses.

Sparky ouvrit sa main aux ongles entretenus et longs. Bus y déposa la bague au crâne. Il l'examina sans un mot.

– Alors ?

– Où as-tu eu ça ?

– Même source que l'autre fois. Elle a dit qu'il y aurait pas de problème.

– C'est ce qu'elle a dit...

– Ouais. Donne-moi quelque chose et tu peux la garder. Renseigne-toi. Je sais que je peux te faire confiance, Sparky.

– Bien sûr. D'accord. Tiens.

Sparky glissa une enveloppe brune tirée de son blouson à l'Américain, car le receleur voyageait toujours avec le nécessaire. Et les junkies savaient qu'il ne fallait pas tenter de le dépouiller.

Bus glissa deux doigts dans l'enveloppe et massa la liasse de billets entre son pouce et son index. Plus d'un millier de florins.

– Alors tu crois que ça vaut quelque chose, hein? Le reste demain, ça marche?

– Si ça nous plaît, oui.

– Tu seras dans le tram.

– Je serai dans le tram.

Le tram suivait ses rails serpentins, et bientôt ils arrivèrent à Rubbish Market, le marché aux livres. Les cabines téléphoniques vert sombre luisaient dans la grisaille de plus en plus prononcée, en contradiction complète avec l'état d'esprit de Bus.

Un groupe de femmes et d'hommes âgés montèrent dans le tram. Sparky se faufila entre eux pour descendre.

Bus rangea soigneusement l'enveloppe dans la poche intérieure de son blouson.

Bus décida de s'autoriser quelques menus plaisirs. Il resta assis une heure entière, à boire des Grolsch et à fumer du matériel de première qualité.

Il était content de lui, et pas seulement à cause de la bague. Plus il fumait et buvait et plus il comprenait que quelque chose d'inédit et de très intéressant l'attendait dans un futur proche. Sofie s'était encore fourrée dans une drôle de situation. Bon sang, elle avait peut-être assassiné la pédale, et elle gardait le corps chez elle, à l'étage. Donc elle aurait besoin de l'aide de Bus, et une fois qu'il lui aurait rendu service elle ne pourrait plus rien lui refuser.

Oui, il tenait certainement le bon filon.

Quand il eut assez fumé de marijuana, Bus se rendit dans un bar qui servait des hamburgers gras à souhait. Là il fit la connaissance d'une Anglaise complètement partie. Elle avait dix-neuf ans et un corps de rêve, les cheveux teints en noir et un T-shirt blanc zébré de noir qui lui plaisait bien.

D'un air entendu, la fille lui dit qu'elle avait quelque chose de sublime à l'appartement où elle logeait actuellement. Bus devina qu'elle parlait d'un produit beaucoup plus fort que ceux qui se fument.

Quand ils sortirent du bar, le soleil venait de se coucher et le ciel était un dôme lavande couvrant la ville, la masse sombre des immeubles et le ruban argenté des canaux piqueté du reflet des lumières jaunes et rouges.

La fille emmena Bus par de petites rues jusqu'à un canal bordé d'arbres.

Contre un tronc, elle s'arrêta et alluma un joint.

Alors qu'il la regardait faire, Bus prit conscience d'un de ces milliers de cyclistes qui sillonnent Amsterdam. Il arrivait vers eux sans hâte dans la rue longeant le canal.

L'homme ressemblait à un corbeau avec son grand manteau dont les pans se soulevaient légèrement tandis que le vélo roulait en cahotant sur les pavés. Dans la sacoche placée devant le guidon, un objet long et patiné dépassait.

Amusé, Bus le regarda approcher.

La fille tirait sur la cigarette magique, yeux mi-clos.

Le cycliste arriva à leur hauteur.

Bus saisit la vision fugitive d'un visage tout en longueur coiffé d'un béret noir, puis le vélo parut tressaillir et l'Américain craignit qu'il ne le percute. Il vit le bras de l'homme jaillir, et décrire un arc de cercle fulgurant dans l'air.

– Eh-oh ! s'exclama Bus.

Roman, le joueur de vielle, serviteur de Malach et des Scarabae, trancha la gorge de Bus avec un couteau effilé comme un rasoir.

Avant que le sang ne jaillisse le cycliste avait dépassé sa victime et s'éloignait.

La fille s'écarta précipitamment pour ne pas être aspergée de sang.

Bus tituba sur la rue pavée, en la fixant d'un regard étonné. Il émit un gargouillement horrible.

La fille avait déjà remarqué l'enveloppe dépassant de la poche intérieure du blouson. D'un geste vif elle la prit et recula de nouveau. Bus pivota gracieusement sur lui-même pour tomber d'une pièce dans le canal. L'eau se referma aussitôt sur lui, ne laissant qu'une tache d'un rouge huileux qui vira au noir.

32

La tempête.

Recroquevillé sous les fourrures vivantes, l'homme résistait à la torture nocturne.

Les chiens eux aussi grondaient et gémissaient, et se serraient contre lui.

Il est une blancheur qui est comme les pires ténèbres. Ils l'enduraient. La neige se mêlait au néant de l'obscurité. Il n'y avait plus de lune, ni d'étoiles.

Parfois il leur parlait avec douceur, et les chiens répondaient en geignant sous la couche de neige.

Ils se pressaient contre lui, glissant leurs pattes sous sa tête encagoulée et masquée par les lunettes. Leurs corps ne formaient qu'un seul îlot de résistance vivant dans l'océan déchaîné du froid.

Seth était venu avec la tempête.

Une fureur immaculée les assaillait.

Ils se retrouvèrent sous un petit monticule blanc, et la neige leur servit de protection contre la neige.

Les chiens finirent par se taire, et lui, Malach, resta immobile entre leurs corps roulés en boule. Silencieux lui aussi.

Il avait passé un certain temps à chercher.

Mais il avait fini par trouver.

Elle. Anna. Ruth. Et aucune des deux. *Elle-même.*

Ensuite il y avait eu le long voyage, les bateaux et les avions, des lieux où régnaient une chaleur caniculaire, les mercenaires et les limonades glacées... Et le dernier avion. Puis le froid, et les Russes rencontrés dans l'immensité neigeuse, au crépuscule. *Dobroye utra*, avaient-ils dit poliment en riant dans leurs combinaisons noir et bleu.

Ils avaient apporté l'équipage de chiens. Il s'en était rendu maître sans attendre. Le chef de meute pesait plus de cinquante-cinq kilos et était presque totalement noir. Malach avait immédiatement adoré ce chien, comme s'il venait de retrouver un frère longtemps absent. Il s'étaient affrontés dans la neige, et il avait mordu le chien à travers la double protection de la fourrure et de la graisse. Ensuite la meute fut à lui.

La nuit, dans le ciel aussi lumineux qu'un demi-globe de radium, des myriades d'étoiles scintillaient. Le Sagittaire. L'Aigle...

Ils approchaient.

Puis était venue la tempête.

La tempête.

Les chiens avaient hurlé et couru ensemble. Il les avait rassemblés. Pas de tente ni d'abri sinon les vêtements spéciaux, le masque de protection pour le visage et les lunettes pour les yeux, la capuche doublée. Les chiens n'avaient que leur fourrure.

Malach, dont les cheveux avaient la blancheur de ces collines, et les chiens qui étaient ses guerriers, ensemble ils livrèrent bataille à la tempête.

Les deux femelles rampèrent auprès de lui durant la nuit. Il les tint contre lui, et elles pressèrent leur museau contre son visage. Il pouvait sentir leur haleine douceâtre qui avait l'odeur de la viande.

C'est l'amour qui les maintint en vie.

L'amour était-il la seule explication, alors?

Au matin, dans l'émeraude du ciel glissaient des lambeaux blancs.

Les chiens aboyèrent et hurlèrent en chœur. L'autre tumulte était vaincu.

Les animaux urinèrent dans la neige, qui fuma.

Il leur donna de petites briques de viande compressée.

Le traîneau était en bois, muni de patins en plastique. Il l'extirpa de la neige avec l'aide des chiens.

Puis il consulta le sextant.

Après avoir harnaché son équipage, il donna le signal du départ. Les chiens étaient las, mais sa voix les ragaillardit et ils bondirent en avant en agitant la queue.

Quoi qu'on puisse lui faire, les chiens seraient bien traités, il le savait. Là où ils allaient, un tel attelage était sans prix.

Alors que le traîneau glissait à vive allure vers sa destination, Malach aperçut le disque solaire qui s'élevait dans l'air turquoise.

Malach était la représentation de l'Homme. Universel et impérissable. Droit et souple. Sous le masque coulait le torrent de la chevelure blanche, et derrière les lunettes son regard implacable scrutait le lointain. Et dans sa poitrine battait son cœur. Son cœur parlait aux chiens. Son cœur, protégé par les épées du temps.

33

Le soir enveloppa la cité majestueuse, et la procession se mit en marche dans les derniers rayons cuivrés du soleil.

Une mer de lumière flottait dans l'air, sur le sommet des bâtiments et les obélisques coiffés d'or qui réfléchissaient le rayonnement du soleil.

Au-dessus du Fleuve, des oiseaux planaient paresseusement sur leurs ailes de miel.

Mais l'ombre de l'avènement de la nuit se glissait imperceptiblement dans les rues.

Et de cette ombre, chaque sistre s'élevait dans la lumière, ainsi que la tête du grand éventail blanc agité devant l'image de Sekhmet la Lionne, s'abaissant dans la pénombre pour se relever et brûler au soleil. La déesse aussi était merveilleusement lumineuse. Elle se tenait sur son traîneau vert, rouge et or. Elle était taillée dans une pierre rose, aussi douce que l'eau, le visage doré, un collier en or sur sa poitrine nue, un tablier en or sur sa jupe de lin jaune.

Derrière Sekhmet la déesse, sur une litière dorée, avançait Sekhmet l'humaine.

Comme la déesse elle était vêtue de lin jaune, les seins nus, hauts et gonflés de jeunesse. Elle avait la couleur du bois d'acacia le plus blond finement poli. Son visage était caché par le masque de la déesse, en or massif. La perruque qui caressait ses épaules était lourde et raidie par le henné rouge, couleur de Sekhmet, enrichie de nœuds dorés.

Ses bras et ses épaules, ses poignets et ses doigts étaient ornés d'or. Elle était habillée d'or, enveloppée du métal précieux.

Les prêtresses entonnèrent leur chant sonore.

Elles y racontaient comment Sekhmet allait vers son époux, dans son palais, le Temple de Ptah.

Et la foule massée dans la rue et sur les toits des maisons reprenait ce chant. Certains jetaient des poignées de fleurs sur le cortège, des volubilis, des lis et des lotus.

Un vol de moineaux jaillit d'une rue pour monter dans le ciel enflammé.

La procession passa devant les portes entrouvertes du petit temple dédié à la gloire du disque solaire, et le soleil sur le faîte aveugla la jeune fille comme elle le regardait, et à son tour son visage d'or aveugla les spectateurs dans la rue.

Elle s'inclina devant le temple.

Puis le cortège contourna les maisons colorées avec leurs marches et leurs colonnes, leurs linteaux gravés d'où pendaient fleurs et roseaux; il se glissa entre les murs droits, passa la Première Enceinte et déboucha dans le vaste espace annonçant le Temple de Ptah, père de Men-Nofer, refuge des Justes.

Deux pylônes colossaux hauts d'au moins cent pieds se dressaient vers le brasier céleste. Le portail qu'ils soutenaient était grand ouvert, et les prêtres seuls s'alignaient là dans leur robe blanche décorée d'une peau de bête.

Ils accueillirent Sekhmet avec des mouvements pareils aux plongeons des oiseaux au-dessus du Fleuve, puis s'écartèrent pour la laisser entrer.

Par sa simple venue, selon la coutume, Sekhmet la femelle s'unissait à Ptah le mâle. Alors qu'elle passait sous le linteau, suivie de la litière de la jeune fille, le mariage fut scellé.

Au-delà des pylônes, s'étendait la grande cour de trois cents pieds sur quatre cents. Elle baignait déjà dans l'ombre, mais une ombre dorée. L'eau des deux bassins paraissait enflammée, et des poissons ici et là crevant la surface évoquaient le clignement d'yeux jaunes.

De l'autre côté de la cour s'élevait le portique flanqué

des deux énormes statues, l'une taillée dans une pierre verte et représentant Osiris, couronné de roseaux, le fléau dans une main, la crosse dans l'autre; la seconde statue était à l'image de l'artisan, Ptah lui-même. Il portait les bandelettes de momie sur son corps, du cou aux chevilles. Sa tête était celle d'un homme, aux traits nobles et sereins. Au poing, il tenait la verge magique surmontée du symbole de vie.

Le chant des prêtresses mourut.

Un grand silence s'établit, qui n'en était pas vraiment un. Au loin le Fleuve bruissait, et les rues résonnaient; des cigales chantaient dans les jardins, un enfant appela sa mère, quelque part la lourde machine servant à tirer l'eau grinçait. Des insectes bourdonnaient dans la lumière.

Le ciel s'assombrit jusqu'à un rouge clair.

La fille fut aidée à descendre de sa litière et se plaça devant la déesse. Elle leva les mains et, se tournant, salua Ptah le Créateur de Vie et Osiris le Seigneur de la Mort.

Alors Sekhmet fut transportée dans le temple et, minuscule dans l'ombre de la statue, la jeune fille suivit.

Dans les longs couloirs aux colonnades carrées peintes de noir, d'ocre et de vert, les offrandes de pain, de vin et d'huile couvraient les autels; sur un seul, l'offrande était de sang.

Le jour agonisa doucement et la nuit vint. Toutes les torches et les lampes suspendues furent allumées.

Au fond du temple d'autres sons sacrés s'éveillèrent, respirèrent. Mais ici les portes ouvraient sur un labyrinthe jusqu'aux frontières du royaume de la Mort. Et là, sous son autre forme, celle de Sokar, le nain à tête de faucon, Ptah attendait.

La jeune fille qui était Sekhmet suivait toujours la déesse.

Elles pénétrèrent dans une vaste salle de pierre. Sur une sorte d'autel la jeune fille s'allongea, et on écarta les pans de lin de son ventre et de ses jambes.

Le Taureau apparut, mené par deux prêtres qui n'osèrent pas la regarder, car voir le sexe de Sekhmet était danger mortel.

Mais le Taureau le vit, car il connaissait son devoir.

Son pelage était clair, bien que moins pâle que le corps de la jeune fille. Sur son large front avait été fixé le triangle blanc de Zehuti. Il baissa le mufle et sentit le sexe offert.

La jeune fille ne tressaillit même pas.

L'animal était très doux. Il sentait le parfum et une odeur de bovin bien soigné, et les oignons qu'on lui offrait parce qu'il était divin, alors que les prêtres ne devaient jamais en manger.

Les fins poils de son mufle chatouillèrent la peau satinée, et malgré elle la jeune fille rit.

Le Taureau releva la tête.

Il était l'incarnation d'Apis, et maintenant il contemplait son visage d'un regard pensif.

Le prochain à me toucher sera un homme, pensa-t-elle avant de rectifier : *Non, c'est Ptah qui me touchera.*

Le paisible Taureau fut emmené, et on rajusta la robe de la jeune fille. On la fit se lever, et elle suivit Sekhmet jusqu'à la chambre du mariage.

Elle s'appelait Ankhetari. Elle avait été choisie bien des années auparavant, comme cela arrive parfois, dans un village en bordure du Fleuve. Là-bas, pendant la montée des eaux, le sol des huttes était détrempé. Elle avait toujours entendu la musique du Fleuve et le grincement de ces appareillages en bois qui prenaient l'eau du Fleuve pour l'apporter jusqu'aux champs qu'elle irriguerait.

Puis elle connut l'intérieur figé des temples. Elle se souvenait de son voyage vers la ville, sur le bateau doré, de la prêtresse Nefertun aux ongles bleus, et des hauts rivages de Men-Nofer. Par la suite elle avait vu le Temple de Sekhmet, la déesse à la tête surmontée du disque rouge du soleil. La Lionne, Porteuse des Fléaux et du Feu : Sekhmet, qui pouvait détruire comme le temps; Sekhmet, l'épouse de Ptah le Créateur.

Dès le début, Ankhet avait su qu'elle était le fruit de l'adultère, mais c'était un terrible secret, car un tel crime était passible de défiguration. Même le « père » d'Ankhet avait protégé sa mère d'un tel châtiment.

Dans le temple, où on lui apprit à servir la figure divine

qu'était la lionne, Ankhetari sut : ils comprenaient qu'elle n'était pas totalement des leurs, et ils s'efforçaient pour cette raison de la plier à leurs manières, de la modeler comme une poterie vivante.

Mais elle ne savait pas qui elle pouvait être en réalité, et ainsi tout cela lui importait peu.

Mais lui, celui qui serait son époux d'une nuit, choisi pour représenter la cité, et pour elle le dieu Ptah, lui aussi avait été choisi, tiré du panier dans lequel il dérivait sur le Fleuve. Il était de six ou sept ans plus jeune qu'elle.

Le Temple de la Gloire solaire l'avait voulu, car c'était un bébé magnifique, et *intelligent*. Mais Khuen-Aten, la fille du roi, ne l'avait pas eu. Ptah l'avait pris, et maintenant il devait être Ptah.

La première salle était de pierre sombre, et les lampes qui y pendaient dispensaient une lumière légère, qui semblait dorer les ombres, comme l'avait fait le coucher de soleil dehors. Dans l'air planaient des odeurs d'encens, de camphre et d'huiles florales.

Les femmes la laissèrent près de l'autel d'où un mince filet de fumée montait et frissonnait à son souffle, devant le coffret doré contenant l'image de Ptah.

Sa vue pouvait l'étendre raide morte si elle osait briser le sceau et regarder à l'intérieur.

Ils avaient placé Sekhmet sur le côté. *Elle* aurait pu briser le sceau, et seulement elle.

Dans un moment il entrerait dans la salle.

Ankhetari attendit.

A vingt-deux ans, elle était mûre pour une femme d'Atert-Meht, le Haut-Pays. Pourtant elle ne paraissait guère plus de quinze ans, car elle avait gardé toute la perfection de la jeunesse. Sous le masque de Sekhmet, Ankhetari était encore plus belle, mais c'était toujours la beauté d'un masque. Dénouée, sa chevelure noire atteignait le bas de ses cuisses. Ses yeux étaient tout aussi noirs, mais du noir du Fleuve à la nuit.

Les portes s'ouvrirent, et Ptah pénétra dans la salle.

Tout comme elle semblait plus jeune qu'elle ne l'était en réalité, lui-même, qui n'avait que seize ans selon ce qu'on lui avait dit, arborait le physique d'un homme plus âgé qu'elle.

Il était grand et se tenait très droit. A la différence du dieu son crâne n'était pas rasé, et comme elle, il portait une perruque massive dont les tresses noires frôlaient ses épaules, sans parvenir à briser l'harmonie des proportions de son corps.

Il était vêtu de lin, sa taille ceinte d'or, avec les symboles de Ptah, l'emblème de la Vie et de l'Eternité.

Elle n'avait jamais vu un visage semblable au sien. Mais, cloîtrée depuis son enfance avec des femmes elle n'avait vu de près que peu d'hommes, des gardes ou des prêtres. Pourtant celui-là représentait plus la prêtrise que n'importe quel autre homme.

Un homme courut devant lui et déposa un vase sur l'autel, et le prêtre de Ptah qui était Ptah s'en approcha et le brisa de son poing fermé, de sorte que de petits joyaux d'huile et de verre coloré se dispersèrent sur la pierre.

Il leva les yeux sur elle, et l'autre homme s'éclipsa.

– Je suis Reptah, dit-il.

Il avait l'arrogance, la froideur et la puissance des piliers qui derrière lui soutenaient le toit de la salle.

– Je suis Ankhetari.

A présent ils s'étaient confessés l'un à l'autre, en prononçant leurs noms terrestres.

– Mais je t'accueille comme Ptah, ajouta-t-elle.

Et il répondit :

– Sois la bienvenue, comme Sekhmet qui est Flamme.

Ses yeux étaient noirs, semblables aux siens mais non identiques. Si les prunelles d'Ankhetari étaient le Fleuve à la nuit, celles de Reptah étaient l'ombre sur le Fleuve durant le jour. Il y dansait le fantôme d'une lumière, comme celui d'un oiseau voltigeant paisiblement mais prêt à prendre son essor vers l'infini.

Elle n'éprouvait aucune crainte, car tel était son devoir. Et pourtant elle était encore vierge et savait que cet homme devrait la perforer, pénétrer son intimité, et peut-être éveiller en elle un enfant.

Le désirait-elle ? Certes il était séduisant, mais si jeune, même s'il ne le paraissait pas. Et paré d'une indifférence cruelle.

Sans échanger d'autres paroles, ils passèrent derrière l'autel et entrèrent dans la seconde salle.

Ici tout avait été arrangé pour eux, afin qu'ils puissent se baigner pendant la nuit, comme devait le faire un prêtre, et une nouvelle fois à l'aube, mais aussi afin qu'ils puissent se soulager derrière un paravent peint. De la nourriture était disposée dans un coin, simple et appétissante, ainsi que du vin et deux récipients, un bol pour la femme, un gobelet haut pour l'homme.

Le lit était une couche faite pour l'amour physique, légèrement surélevé à la tête, avec deux repose-tête en forme de croissants lunaires pour dormir après l'accouplement.

Elle songea que ce serait une nuit où Isis chercherait son époux, Osiris, et où la brillante étoile chevaucherait le bateau de la lune montante.

Mais ils ne verraient pas cette union céleste, car la pièce n'avait aucune fenêtre.

Ankhetari s'allongea mollement sur la couche et écarta un peu les jambes, laissant ses mains sur ses cuisses.

Alors il rit.

– Pas comme avec le taureau, dit-il, puis il ajouta d'un ton plus grave : Ote ton masque, il se pourrait que l'envie me prenne de goûter ces autres lèvres.

Ankhet ne savait rien de l'étiquette amoureuse, et elle n'avait eu aucun fantasme sexuel pendant les années passées à servir Sekhmet. Toutes ses émotions sensuelles s'étaient réfugiées en l'image de la déesse. Mais elle lui obéit, retira le masque et le posa avec soin sur le merveilleux tapis écarlate et vert qui couvrait le sol.

– Et la perruque, dit-il. Ont-ils rasé ton crâne ?

– Non.

– Alors débarrassons-nous tous deux de nos perruques. Les nuits ne sont pas encore si fraîches.

Docile, Ankhetari se dépouilla de la perruque rouge et sa propre chevelure cascada sur ses seins, ses épaules et ses bras.

Il l'observa un moment, avant, lui aussi, d'ôter sa perruque.

Ses cheveux étaient aussi noirs que son postiche, mais d'un noir brillant. Ils tombaient dans son dos et avaient la même longueur que ceux d'Ankhetari. Ils étaient très épais, robustes, et de nouveau elle pensa au Fleuve.

Il emplit le bol et le gobelet de vin et les apporta jusqu'au lit sur le bord duquel il s'assit. Il lui tendit le bol.

– As-tu peur ?

– Non.

– Si, tu as peur. Tu me mens.

– Je n'ai pas peur, Reptah, Premier Né de Ptah.

L'étonnement passa sur son visage.

– Tu m'honores. Mais moi je le suis. Apeuré. Je n'aime pas partager, dit-il d'un ton froid.

– Mais tu partages la pensée avec moi, dit Ankhetari.

– En effet. Alors peut-être pourrai-je me charger du reste.

– Il le faut.

– Oh non, je peux te déflorer avec n'importe quoi. Ma main ou un objet adéquat pris dans cette pièce.

– Mais ne doit-il pas y avoir du plaisir ? Elles m'ont dit...

– Pour moi, oui. Mais pour toi, femme, c'est un acte très douloureux. Comme de donner la vie, mais dans l'autre sens...

– Sommes-nous en train de blasphémer ? s'interrogea-t-elle à voix haute.

– Ce n'est pas un blasphème. Ton sceau doit être brisé et je dois déposer quelque chose de moi en toi. Mon doigt conviendrait. Et je dois épancher ma semence pour Ptah, mais cela, je l'ai déjà fait.

– Comment est-ce ?

– Etrange. Un présent aux ténèbres. Ne t'es-tu jamais caressée... là où le Taureau t'a touchée ?

– Souvent, bien sûr. Quand je me baigne.

– Et as-tu jamais ressenti la moindre émotion ?

Ankhetari baissa les yeux.

– Oui. Alors je retire ma main.

Ils burent un peu.

La mèche d'une lampe grésilla, et une vapeur s'éleva dans l'air. Ils observèrent le phénomène, puis leurs regards revinrent l'un à l'autre.

– Laisse-moi te voir nue, dit-il.

Ankhetari posa son bol et glissa hors de la couche. Elle défit sa ceinture et la laissa tomber, puis sa robe.

Elle était très mince, mais ses courbes étaient parfaites. On avait rasé tous les poils de son corps. Et là, en haut de ses cuisses se blottissait le secret de son intimité, comme un lotus refermé au sommet d'une tige d'ombre.

Il la contempla et elle ne put que subir son examen, bien qu'elle ressentît pour la première fois une sorte de colère orgueilleuse. Elle aurait voulu lui demander pourquoi il lui fallait la détailler ainsi. Car son regard n'était pas amical, ni respectueux. Il semblait chargé de haine.

Il se leva et en quelques gestes se débarrassa de ses vêtements.

Son corps était aussi musclé et dur que celui d'un lion ou d'une statue, avec des épaules larges et une taille étroite. On l'avait également rasé en totalité, et le serpent de son sexe pendait entre ses jambes, épais mais immobile, d'une couleur terne. Il n'était pas en érection, comme on avait expliqué à Ankhetari qu'il devrait être. Il restait passif. Elle n'avait pas éveillé son désir.

D'un ton dédaigneux, il dit :

– Mon corps ne rend pas hommage à ta beauté. Pardonne-lui. J'ai été battu pour lui avoir permis le plaisir, et maintenant il craint de n'avoir que souffrances pour toute récompense.

– Trouve alors quelque objet, répondit Ankhetari d'un ton aussi froid que le sien, et prends ma virginité. Si ce n'est pas un blasphème. Ensuite tu pourras dormir.

Mais à sa stupéfaction elle sentit des larmes monter à ses yeux et couler sur ses joues. Elle n'avait pas pleuré depuis des années, pas depuis ses premiers temps au service de Sekhmet, quand elle avait regretté sa famille fruste et la pauvre hutte, et sa mère adultère.

Mais Reptah parut ébranlé par la vue des larmes.

– Je ne voulais pas te peiner, dit-il d'une voix radoucie. Non. Si nous le devons, nous nous coucherons ensemble. Allonge-toi de nouveau, Ankhetari.

– Tu ne me peines pas. Je suis seulement nerveuse. Oui. Faisons-le, et peu importe si tu me fais mal. Je ne crierai pas.

Elle s'allongea et, comme s'il se décidait brusquement, il la rejoignit sur le lit.

Leurs flancs se touchèrent.

Jusqu'à cet instant, ils n'avaient partagé aucun contact charnel.

La peau effleura la peau, et en chacun d'eux s'éveilla une pulsation, un courant qui les fit se rasseoir. Ils se dévisagèrent avec le même étonnement.

– Qu'est-ce ? dit-elle.

– La connaissance, répondit-il. Une fois j'ai touché le pied de la statue, dans le sanctuaire. C'était pareil. Et pourtant... c'était différent.

Ankhetari leva lentement la main et la posa sur son épaule droite. Il fut parcouru d'un frisson qui passa en elle, dans tout son bras, puis dans sa poitrine et son ventre, comme un spasme de chaleur ou de lumière, mais c'était autre chose...

Il saisit sa main avant qu'elle ne puisse la retirer, la tint dans la sienne et dit, d'une voix qui n'était plus douce mais aussi dure que le métal sorti du feu :

– Nous avons le même sang. Nous sommes étrangers dans ce pays. Ils m'ont mis dans un panier et m'ont confié au Fleuve parce que je n'étais pas des leurs. Et toi...

– Mon père, murmura-t-elle. Mais qui il était...

– Des légendes disent que Seth a chassé de nouveau dans les marais, et qu'il a forniqué avec les femmes au milieu des roseaux. Il est venu renifler les huttes au bord du fleuve, comme un cochon rouge aux yeux de lapis-lazuli.

– Sommes-nous maudits, alors ?

– Le dieu sait. Mais nous ne sommes qu'un. Frère et sœur. Parents. Nous ne sommes pas des enfants du Haut-Pays.

Quelque sixième sens lui fit baisser les yeux et elle vit qu'il était maintenant dressé, énorme comme une statue, trop gros pour elle, mais en cet instant elle désira violemment cette invasion, et elle voulut qu'il l'écartèle et la pénètre.

Il l'embrassa et sa langue explora sa bouche. Elle se laissa faire, abandonnée, conquise par la merveille qu'était cette première possession.

Il la coucha tendrement sur le dos et s'étendit sur elle,

ses pieds touchant les siens, ses mains plaquées sur les côtés de sa tête. Son baiser se fit plus profond, et elle sentit le poids de son corps qui l'immobilisait, l'ancrait à la terre.

Alors il commença à explorer son corps offert. Ses lèvres parcoururent ses seins, dressant ses mamelons en boutons de bonheur. Il lécha ses aisselles parfumées et la douceur à l'intérieur de ses bras, enserra sa taille dans l'étreinte de ses mains et de la pointe de sa langue transforma son nombril en un point de feu. A la lisière de son sexe sa bouche parut hésiter, mais sa langue trouva peu à peu le chemin et un plaisir extraordinaire arracha à la jeune fille un cri irrépressible, malgré ce qu'elle avait promis.

Il lui dit qu'elle avait le goût du miel et de la menthe.

Il lécha ses orteils et le pli intérieur de ses genoux, et alla même jusqu'à prendre des mèches de sa chevelure dans sa bouche.

Quand il la pénétra elle eut l'impression que tout son corps s'ouvrait pour se refermer sur lui.

Elle aima la douleur qui n'était pas une douleur, et elle crut entendre la mélodie des sistres et des harpes qui bourdonnait à ses tempes.

Alors, comme le Fleuve, il l'emporta vers la mort.

A son oreille elle murmura qu'elle était en train de mourir.

Il lui assura qu'il n'en était rien, même si tout semblait le confirmer.

Et elle mourut, et son âme s'envola de son corps, un oiseau bleu à visage humain, et elle s'éleva jusqu'au plafond peint d'étoiles dorées. De là elle contempla les spasmes de son propre plaisir et le vit plonger en elle, encore et encore. Et quand elle rouvrit les yeux elle était sous lui, et elle était vivante.

Elle connut alors une tristesse terrible car elle ne voulait plus vivre après cette extase. Elle aurait souhaité disparaître dans cette apothéose. Au-delà de leur union il ne pouvait y avoir de raison pour vivre encore. Il ne pouvait y avoir de vraie vie.

Mais après quelque temps il se retira d'elle, et ils se baignèrent dans l'eau consacrée parfumée de pétales, dans laquelle avait plongé le bec des ibis.

Ensuite il lui refit l'amour une deuxième fois, puis une troisième.

Et chaque union était plus inouïe que la première, chaque mort plus parfaite, chaque renaissance plus triste, et lente, et sombre.

Finalement elle pleura.

Il la serra contre lui, sans parler.

Ils restèrent ainsi, à contempler le ciel peint au plafond, jusqu'à ce qu'ils sombrent dans le sommeil.

A l'approche de l'aube on frappa violemment aux portes et ils s'éveillèrent.

Les lampes s'étaient éteintes, mais par un millier de petites ouvertures la lueur perlée de l'aube filtrait.

Bientôt Rê surgirait du Fleuve de la mort et mordrait l'horizon. Sur le visage et les flancs du grand Sphinx, dans le désert, l'or du soleil se déverserait comme une huile généreuse. Et dans le temple entre les pattes du Sphinx, ils offriraient à l'astre du jour du vin, des fleurs et du sang. Et les obélisques de la cité réfléchiraient selon des angles précis les premiers rayons. Les trompettes résonneraient sur les hautes portes, et le matin naîtrait sur l'Egypte.

Mais pour Ankhetari ce serait un jour de ténèbres. Car ils se sépareraient. Plus jamais l'un n'apercevrait la silhouette de l'autre.

Elle sentit une légère douleur sur un côté de son cou. Dans les transports du plaisir il l'avait mordue, et fait coulé son sang, comme celui d'un sacrifice. Ainsi quelque chose d'elle serait à jamais en lui. Et peut-être avait-il déposé en elle le germe d'une vie. Mais elle en doutait. Elle se sentait horriblement vide, là comme dans son cœur.

Ils se baignèrent puis se vêtirent, toujours sans parler, jusqu'à ce qu'ils reviennent dans la salle extérieure où se trouvait l'autel.

– Je ne veux pas te quitter, dit-il. Peut-être pouvons-nous nous revoir...

– Mais comment ? Ce serait la mort.

– Nous sommes unis. Mari et femme.

– Seulement pour une nuit.

– Tu ne le penses pas, affirma-t-il. Tu m'appartiens. Dans cette vie et dans la vie au-delà de la vie, dans les champs dorés de l'éternité, où le seigneur Ousir marche avec sa faucille.

– Je n'atteindrai peut-être jamais l'éternité, dit-elle, si mes péchés me dévorent.

Il sourit.

– Jamais. Quels péchés ? Ma sœur...

Ils firent l'offrande du feu, le seul laissé allumé, et autour d'eux le jaspe jaune du jour s'étendit à travers les minuscules pores des cloisons.

– Nous nous reverrons, dit-il. Nous trouverons un moyen. Tu es mienne. Jusqu'à la mort et par-delà la mort. Jusqu'à ce que le soleil meure dans le Fleuve sous la terre. Tu m'appartiens.

Elle baissa les yeux et le feu fuma. Les dieux avaient-ils entendu ?

Quand la porte fut ouverte ils sortirent et dans le vaste couloir ils virent le scribe qui peignait sur le mur un scarabée au-dessus d'un soleil. Il utilisait une bombe aérosol rouge, et mêlé à son odeur acide montait l'arôme de la soupe de tomates Heinz dans le Thermos posé près de lui.

34

L'éveil fut plus étrange encore que le rêve.

Anna se trouvait dans ses « appartements » égyptiens, sous la montagne.

Et ce matin, au lever du soleil, c'était Caïn qui était venu déposer un baiser sur ses lèvres, et il n'avait rien fait de plus.

Le rêve concernait des choses auxquelles jusqu'alors Anna n'avait jamais pensé. Des choses sexuelles qui semblaient très lointaines.

D'ailleurs l'homme du rêve, Reptah le prêtre, n'était pas Caïn. Il ne lui ressemblait en rien.

Pourtant c'était tellement explicite, et tellement évident. Tout. Des étoiles peintes sur le plafond à la goutte de sang sur son doigt, souvenir de la morsure de Reptah. Et il y avait aussi la délicieuse douleur de la pénétration dans son corps.

Reptah lui avait aussi semblé familier. Comme s'ils s'étaient souvent vus. Pourtant elle ne l'avait jamais vu.

Il était probablement tard dans la matinée, car elle avait dû dormir des heures après son retour dans la pyramide, la montagne.

Avant de s'endormir elle s'était sentie calme, presque satisfaite. En s'éveillant, elle était désespérée, décontenancée. Elle s'assit sur le bord de ce lit qui n'était pas fait spécialement pour les étreintes sexuelles et pleura. Elle n'était qu'une enfant, si jeune, perdue. Elle aurait voulu la présence d'Althene, mais Althene ne viendrait pas. Les mères n'étaient pas invitées, comme avait dû finir par le comprendre Harpokrates, le préféré de Caïn.

Il avait dit qu'Althene était son propre fils. *Sa fille.* Mais même cela ne comptait pas.

Anna avait demandé une chaîne stéréo à Caïn, et il avait répondu qu'il verrait si la chose était possible. Un réveil, et il avait ri. Sekhmet, la Maîtresse du Temps. Elle devait appartenir à Caïn, et non à Reptah. Qui qu'ait été Reptah. Quel qu'il soit.

La femme nommée Ast entra dans la chambre, et elles accomplirent le rituel du bain et de l'onction. Anna fut vêtue d'une robe grecque pourvue d'une fermeture Eclair, à la coupe assez moderne.

Elle ne posa pas de question, et Ast l'informa simplement que plus tard quelqu'un viendrait la voir. Elle ne précisa ni qui, ni pourquoi, ni quand.

Ast mit un collier de coquillages en or martelé autour du cou d'Anna. Le bijou était visiblement et horriblement ancien.

Ce ne devait pas être un banquet mais un simple repas, plus grec ou romain qu'égyptien, peut-être. Dans une salle de marbre blanc, proche de la Salle de Nout, étaient installées des couches basses agrémentées de coussins, auprès de tables basses. Les femmes – elles étaient deux – s'y assirent, tandis que les hommes s'allongeaient sur les leurs. Ils étaient quatre.

Ici les lampes pendant du plafond descendaient près du sol. Des fleurs à longues tiges décoraient des vases.

Quelque part s'élevait de la musique, mais c'était une pièce classique rebattue : du Bach. Une chaîne haute-fidélité invisible devait la dispenser.

La première femme était Lilith. Elle portait une de ses longues robes noires, sans ornement sinon une couronne de fleurs rouge sombre et une seule bague à la pierre écarlate. L'autre femme était vêtue d'un drapé semblable à celui d'Anna et ornée de multiples bijoux qui pouvaient être des originaux ou de superbes copies d'anciens. Elle portait également une couronne de fleurs fraîches, mais jaunes.

Les habits des quatre hommes étaient contemporains, coûteux et simples, leurs chemises sans cravates, et pas de veste. Comme si l'on ne pouvait ici s'habiller que d'une seule façon pour les soirées.

Le cinquième homme, Caïn, avait endossé une tunique bleue, selon son goût habituel. Aucun bijou, pas même une bague. il n'était pas allongé mais assis, comme les femmes.

Sur les tables étaient déjà posés des coupes emplies de noix, de friandises sucrées et de fruits, ainsi que des flacons de style romain.

Les hommes et la femme qui n'étaient pas Lilith ni Caïn étaient déjà très ivres et très bruyants, comme la veille.

Mais il se dégageait d'eux quelque chose de nouveau, une vivacité fiévreuse. A l'évidence, ils avaient peur.

Caïn fit signe à Anna de venir auprès de lui, et elle s'assit sur sa couche, à son côté. Il semblait serein et amical, mais assez indifférent à tout. L'attitude de Lilith restait indéchiffrable. Ses tigres n'étaient pas présents. Le garçon, Harpokrates, apparut soudain, assis sur un siège d'enfant dans l'ombre de Caïn, une couronne ceignant son front. Harpokrates buvait du vin dans un petit gobelet en or.

– Décris le vin, lui dit Caïn, et un silence respectueux s'établit aussitôt dans la salle.

– Rose, dit le garçon.

Les cinq invités s'esclaffèrent bruyamment. Lilith ne parut rien remarquer. Anna voyait sur cette femme les signes d'un très grand âge qui n'était pas de la sénilité mais l'habitude d'un repli sur soi-même total. Elle aurait aussi bien pu flotter sur un nuage. Seuls ses tigres albinos la reliaient à la réalité, et ils étaient absents.

Comme il était étrange qu'elle ait attendu Anna sous la fenêtre bleue et qu'elle lui ait parlé. Pourquoi avait-elle agi ainsi ? Caïn le lui avait-il demandé ? Ou n'était-ce qu'une coïncidence, comme ces conjonctions planétaires qui ne se produisent qu'une fois par an ou par siècle ? Alors Lilith avait été une chasseresse, un archer infaillible qui décochait ses traits dans l'air enfumé. Mais à présent elle paraissait vide, une poupée douée de vie pour une demi-heure, pour montrer qu'un tel miracle était possible, rien de plus, rien de *moins*.

Une jeune fille vêtue à l'égyptienne vint placer sur la tête d'Anna une couronne de fleurs blanches identique à celle portée par le garçon.

– Et maintenant, à ton tour de décrire le vin, fit Caïn à l'adresse d'Anna, d'un ton plus intime.

Elle en but une gorgée.

– Bourgogne, dit-elle.

– Faux. Mais ce n'est pas si mal. Ta mère-père t'a appris quelques petites choses.

– Oui, dit Anna.

– Et t'a-t-elle fait l'amour ?

– Non.

– Quelle occasion manquée, dit-il.

Dans ses yeux dansait une lueur nouvelle. Apparemment il voulait qu'elle soit consciente de son désir pour elle. C'était bizarre après ce long rêve cohérent dans lequel un autre homme avait été son amant, avait pris sa virginité et l'avait transportée sur le Fleuve de la Mort jusqu'au matin.

Anna observa Caïn. Elle semblait maintenant possédée de la force nécessaire, ou seulement de la témérité. Elle avait compris dès le premier instant ses intentions quand il l'avait fait venir à lui. Il l'avait embrassée. Mais maintenant, n'était-il pas trop tard ? Comme s'il devinait ses pensées, il lui avait demandé s'il y avait eu quelqu'un avant lui.

– Est-ce un repas romain ? s'enquit Anna. Mangerons-nous du loir ?

– Non. Les loirs ne doivent pas être capturés. C'est un repas français. Il désigna les convives trop bruyants : Ils aiment cette cuisine. C'est un régal pour eux.

Lilith soupira.

Anna l'entendit et se tourna vers elle.

Lilith restait immobile, sa belle tête féline appuyée sur une main. Lentement elle éleva un gobelet vert à ses lèvres et but le vin rosé qui avait un goût de Bourgogne.

– Me déteste-t-elle ? murmura Anna à Caïn.

– Comme la méchante belle-mère du conte ? Elle ne déteste personne. Ses sentiments se sont atrophiés et doivent être régénérés. Peut-être le pouvons-nous. Ou quelqu'un d'autre. Mais pas maintenant. Pas encore.

Les esclaves égyptiens de Caïn apportèrent des plats qui auraient pu provenir de n'importe quelle cuisine moderne et raffinée. Les mets étaient français, comme il l'avait dit, ou d'inspiration culinaire française : un poisson blanc au brie et à l'ail, des chaussons de légumes au beurre, une soupe froide, des fraises qui devaient beaucoup de leur douceur au sucre dont elles étaient saupoudrées.

La musique de Bach tissait toujours ses harmonies discrètes. La cassette ou le CD ne finissait jamais et ne semblait pas se répéter alors que c'était probablement le cas. Mais c'était comme beaucoup de choses ici qui se répétaient avec de subtiles altérations, se développaient sans se départir d'une certaine rigidité.

Elle avait connu un autre endroit pareil à celui-là.

Anna pensa à la Demeure des Scarabae surplombant le terrain communal. Non, pas là. Une autre maison, avant celle-là... Une robe pailletée, un grand chat, une tombe... Un couteau de lumière fouaillait sans souffrance son esprit.

– Qui sont ces gens ? demanda-t-elle à Caïn.

– Tu m'as déjà posé cette question.

– Vous n'y avez pas répondu.

– Ils m'appartiennent.

– Sont-ils vieux ? Ont-ils vécu des centaines, des milliers d'années ?

– Qui sait ? fit-il avec un sourire sibyllin. Tu parles comme une petite fille, avec une voix de petite fille, devrais-je dire. Mais tu n'en es pas une, n'est-ce pas, mon Anna-Ankhet ?

Il lui donna une fraise très rouge. Le rouge. La couleur de Sekhmet...

– Et vous avez l'air jeune, dit-elle. Mais vous ne l'êtes pas. Vous êtes un Scarabae.

– Quelle délicatesse, mon enfant, alors que je ne suis pas jeune à tes jeunes yeux. Mais il est vrai que je suis un des tout premiers...

Il avait parlé d'un ton proche de l'espièglerie.

– Quel est mon nom ? T'en souviens-tu ? J'ai tué mon frère au bord d'un champ, sous l'œil jaloux de Dieu. Et Dieu m'a condamné à peupler ma terre de mes enfants meurtriers, et Il m'a marqué, afin qu'ils me craignent ces enfants d'autrui qui existait déjà.

– Oui, dit-elle.

– Ah, tu le crois.

– C'est la vérité. D'une certaine façon c'est la vérité.

– Mange la fraise que je t'ai donnée.

– Elle n'a aucune saveur.

– Les fraises n'ont jamais aucune saveur. Elles n'ont qu'un parfum qu'on confond avec le goût. Il la dévisagea un instant. Ces mets nous viennent de très loin, et ils perdent leur saveur. Et ici nous n'avons pas d'horloges. Ici il fait toujours nuit, ou jour. Anna voudra partir...

– Vous ne le permettrez pas.

– Non, je ne le permettrai pas.

Elle éprouva une curieuse allégresse et dit, un peu au hasard :

– Quelqu'un viendra peut-être ici, pour me chercher.

– Oui. Comment sais-tu ?

– Althene... commença-t-elle.

– Pas Althene. Althene ne trouverait jamais le chemin.

Anna mordit dans la fraise. Elle avait le goût de la rougeur, mais celle du satin et non d'un fruit.

– Quelle belle récompense tu es pour moi, Anna... Jamais tu ne dois me quitter.

Le repas s'achevait, et on apporta des fioles d'un brandy qui sentait la poire et la fumée. Même le garçon, qui avait gardé le silence, eut droit d'en boire un petit gobelet.

Comme la veille, les invités vociféraient de plus en plus fort, couvrant les mélodies de Bach.

– Pourquoi ont-ils aussi peur ? voulut savoir Anna.

– Ne peux-tu l'imaginer ?

– Ils ont peur de vous ?

– De moi, oui, mais pour une raison précise. Non, ne t'essaie pas à des déductions. Observe plutôt.

Et il sourit au vide.

Alors il se leva, et un silence écrasant envahit la salle. Même la musique s'était interrompue.

La femme aux nombreux bijoux plaqua une main sur son front, se pencha de côté et vomit brusquement sur le sol de marbre.

Pas plus Caïn que les autres ne le remarquèrent.

– Le repas, la musique et les fleurs, déclama Caïn. Et maintenant, notre loterie.

Sur le seuil de la salle rouge voisine, une femme apparut, toute de noir vêtue. Elle était caricaturale, presque comique avec le masque recouvrant ses traits qui représentait un crâne humain. Personne ne rit.

Entre ses mains qui étaient douces et jeunes elle tenait une coupe en cuivre.

L'odeur âcre des vomissures de la femme aux bijoux devint plus forte.

La femme en noir avança vers elle et lui présenta la coupe. D'un geste rapide l'invitée y plongea sa main et en sortit une petite bille d'argile. Elle la laissa tomber entre ses pieds, la brisant. Ce fut tout. Mais la femme mordit son poing et se mit à sangloter.

La Mort approcha des autres convives avec sa coupe.

Les quatre hommes qui s'étaient vautrés sur les couches étaient maintenant assis très droit. Chacun prit une bille d'argile.

Et chacun la laissa tomber sur le marbre du sol, où elle se brisa.

De l'intérieur de deux d'entre elles, une sphère plus petite et noire, peut-être un pois calcifié, s'échappa.

Anna avait envie de se mettre debout et d'applaudir. La scène était absurde et théâtrale. Si la femme à la couronne de fleurs jaunes n'avait pas été malade, elle aurait cru à un jeu ridicule.

Mais les hommes dont la bille d'argile contenait un pois se levèrent.

Tous deux affichaient une expression d'impuissance épouvantée, bien que celui de gauche gardât à ses lèvres un sourire imbécile.

Caïn se déplaça dans la salle.

Il alla embrasser les deux hommes avec une grande tendresse, presque langoureusement.

La femme au masque sortit de la salle et entra dans

celle de Nout, les deux hommes désignés par le sort derrière elle.

Dans le halo rouge de l'autre salle, il y eut des mouvements nombreux, des cliquetis et un choc sourd.

Puis plus rien.

Caïn revint auprès d'Anna. Il ignora les autres, sauf le garçon sur l'épaule duquel il posa la main.

– Anna, à présent je vais te tester. Es-tu prête ?

Elle le regarda fixement, sans répondre.

Il se tourna vers Harpokrates :

– Et toi ? Me trahiras-tu ?

– Non, Oncle Kay, répondit le garçon.

Le vin et l'alcool faisaient briller ses yeux, et sur sa tête la couronne de fleurs avait glissé de guingois.

Caïn jeta un regard froid à la femme qui avait vomi. Elle avait cessé de sangloter.

– Pourquoi étais-tu si effrayée ? Ne veux-tu pas faire mon bonheur ?

– Pardonnez-moi, dit-elle avant de se lancer dans un flot de paroles débitées dans une langue étrangère aux intonations aiguës.

Caïn lui tourna le dos et elle se tut aussitôt.

La Salle de Nout était baignée d'un rouge violent, comme si on la voyait à travers un filtre coloré.

Le rouge, la couleur du mariage.

La couleur de Sekhmet.

Pour la femme, la couleur du sexe, de la naissance, de la vie. Et du feu. Du sang.

Ils avancèrent dans cette mer écarlate, Lilith et Caïn, et derrière eux Anna et le garçon, Harpokrates.

Il n'y avait personne d'autre. Tout le monde avait disparu à l'exception des dieux dispersés dans la salle, Isis qui était Eset, et son époux Ousir-Osiris, Seth et son épouse Nebthat. Le Sphinx grec était tapi dans sa caverne d'ombre, sa blancheur teinte en rouge.

Harpokrates avait pris la main d'Anna. Non par besoin de consolation, se dit-elle, mais dans une sorte de détermination à l'entraîner en avant.

Elle sentit le poids de la terreur s'abattre sur elle. On ne pouvait lui échapper. Elle n'aurait pas eu la futilité de tenter de fuir.

Sekhmet se dressait, son visage semblable à un masque à gaz doré avec le mufle écrasé, les oreilles rondes et les yeux ronds fendus.

Au colossal pilier devant elle étaient enchaînés les deux hommes choisis par le sort, chacun d'un côté.

Ils avaient porté des vêtements français ou italiens, des chaussures cousues main. Ils avaient bu sans retenue et ri hystériquement.

A présent ils étaient nus, la blancheur argile de leur peau baignant dans le rouge, comme le Sphinx.

Les membres écartés en X mais tenus par des chaînes de bronze.

L'un dodelinait mollement du chef. Il devait s'agir de celui qui avait voulu résister. Comment avait-il pu le croire ?

L'autre était conscient.

Il gardait les yeux fermés et marmonnait sans relâche une phrase, le visage pressé contre la pierre du pilier. Un peu de bave coulait du coin de sa bouche. Priait-il ?

Ils s'arrêtèrent.

Le garçon lâcha la main d'Anna.

Le rouge omniprésent, la semi-obscurité provoquaient un effet étrange qui donnait l'illusion de tout ramener à deux dimensions. Les torches brûlaient de leurs flammes jaunâtres qui semblaient ne rien éclairer...

Caïn.

Caïn s'était écarté. A présent une autre sorte de puissance le possédait, qui le grandissait et le rendait plus imposant. Son ombre se dressait derrière lui, projetée comme un rugissement sur les ténèbres.

Il éleva les bras à l'horizontale, puis les replia vers sa poitrine, agrippa sa tunique et d'une seule saccade la déchira en deux. Les lambeaux de tissu tombèrent à ses pieds.

Comme les hommes enchaînés, il était maintenant totalement nu, mais sa peau était plus mate que la leur, et sa chevelure noire tomba en longs flots d'encre sur son torse, sans cacher l'arme qui se dressait au centre de son corps, si énorme qu'elle paraissait factice, comme ces plaisanteries monstrueuses en usage dans les réjouissances antiques auxquelles, certainement, il avait participé.

Anna était stupéfaite. Dans son rêve... elle avait vu le sexe d'un homme, et le pénis orgueilleux était gonflé de puissance. Mais pas d'une telle puissance. Le sexe de Caïn était une véritable épée de chair...

Caïn trottina. Oui, il trottina, précédé de la proue tendue de son énorme érection.

La lumière l'accompagna. Et soudain un rouge plus dense éclaboussa tout.

Anna regardait à travers un voile sanglant.

Et elle vit Caïn atteindre l'homme conscient enchaîné au pilier, le saisir et se positionner pour enfoncer son dard monstrueux dans son corps.

L'homme hurla.

Anna vit cela, à travers le sang, le feu et la fumée. Des bras et des jambes enchevêtrés, les deux torses qui ondulaient, se joignaient et se séparaient sur un rythme qu'elle connaissait en rêve. C'était une vision d'extase. Une vision d'horreur. Une agonie.

L'homme hurla, encore et encore.

L'ombre bondissait dans la salle en fumerolles qui s'enroulaient autour des colonnes massives et montaient vers le ventre de Nout elle-même pour entrer en elle.

Et soudain, dans la danse serpentine des deux corps, la tête de Caïn jaillit en avant, mâchoires ouvertes.

L'homme hurla une fois encore et de son cou jaillit un épais jet si rouge qu'il était noir, un jet arqué dans l'air qui retombait en pluie sur le sol.

Caïn...

Caïn venait de déchiqueter la gorge de sa victime avec ses seules dents.

Et Caïn but au geyser de vie.

Enfin il abandonna le corps pantelant et s'écarta d'un pas léger et affecté.

Son sexe était toujours aussi énorme, mais pour le moment il était repu. Pourtant sa puissance n'en était pas amoindrie.

Sur son corps, de ses hanches jusqu'à ses pieds et sur le

sol, le sang de sa victime luisait et s'écoulait comme une peinture écarlate, tellement humide. Le liquide le plus humide du monde.

Alors il leur parla, de sa magnifiquc voix aux intonations chaudes et civilisées :

– Viens, Harpokrates. Approche, Anna. Venez goûter ce sang.

Le visage lisse et joyeux, le garçon avança aussitôt.

Et dans cette portion de temps très réduite, Anna vit que Caïn apercevait une nouvelle présence derrière eux, dans la caverne de l'obscurité.

Peut-être parce que cela signifiait seulement qu'elle n'avait plus à l'observer, elle se retourna.

Et là-bas, en effet, très loin dans la Salle de Nout, quelqu'un approchait.

Il y avait d'autre silhouettes derrière celle-là, une escorte qui n'avait pu que laisser passer le nouveau venu mais qui n'osait pas s'aventurer dans la Salle.

Il était habillé en noir sur lequel s'écoulait une blancheur fluide, tout comme la rougeur du sang avait coulé sur le corps de Caïn.

Un homme élancé à la longue chevelure blanche, vêtu pour affronter les grands froids. Et qui apportait avec lui un souffle glacé.

Anna identifia son visage, ses yeux pareils à des icebergs, la ligne sévère de sa bouche.

Elle le connaissait.

Elle l'avait connu.

Et en une fraction de seconde, elle se souvint de tout.

De tout.

Ce n'était pas en Egypte.

Seulement cette dernière fois, quand elle l'avait connu, lui, peut-être la meilleure fois. Quand il l'avait retrouvée et l'avait faite sienne, et avait été à elle, avant de l'abandonner. De la trahir. Pire, de la rejeter.

La main d'Anna se crispa sur son sein gauche, là où la douleur venait de se réveiller.

Elle vacilla, se redressa. Dans son cerveau bouillaient des pensées plus horribles encore que les faits dont elle venait d'être témoin.

Mais ce ne fut pas l'homme aux cheveux blancs à l'autre bout de la Salle qui s'adressa à elle.

Ce fut Caïn.

– Oh, dit-il. *Ruth*. Ruth, viens à moi. Viens goûter le sang, Ruth.

Et Ruth se tourna et alla vers lui. Vers Caïn.

– Ce ne sera pas comme dans ton souvenir, dit-il. Ce sera doux. Meilleur que les fraises. Meilleur que le vin.

Et elle s'approcha du corps accroché au pilier, posa ses lèvres sur le cou déchiqueté et aspira le sang.

C'était doux. C'était meilleur.

35

Malach avançait dans la salle de la Montagne-Reine, et aucun des serviteurs de Caïn n'osa l'arrêter ou lui interdire l'accès au cœur de la montagne. Caïn était Caïn, mais ils avaient reconnu Malach. Moins *qui* il était que *ce* qu'il était : un autre seigneur, un prince-prêtre-guerrier venu des neiges et des ténèbres.

Il portait la tenue thermique noire qu'il avait revêtue pour son long périple, mais il avait ôté la capuche et la cagoule, laissant libre sa chevelure blanche qui s'épanouissait autour de ses épaules comme une bannière vivante.

Seul lui bougeait. Les autres n'étaient que les éléments d'un tableau.

Caïn vêtu de sa nudité de glaise rouge. Anna qui avait été et était Ruth, aussi immobile qu'un mince pilier auprès du corps supplicié. Seules ses lèvres étaient rouges, comme elle les avait jadis peintes une fois. Sa bouche avait conservé son dessin parfait, souligné par le sang. Puis un filet écarlate coula sur son menton et tomba sur le sein de sa robe blanche. Le sein gauche. Comme si quelqu'un venait de la poignarder...

Entre Caïn et elle, il vit l'autre homme enchaîné, toujours inconscient mais vivant, et le jeune garçon dans ses vêtements blanc et or, et enfin la quatrième, la ténébreuse Lilith.

Malach parcourut toute la distance qui le séparait d'eux.

Il s'arrêta à moins de dix pas de Caïn et de Ruth-qui-était-Anna.

Son visage était fait de crevasses dures et de plaines, un paysage de neiges. Sa pâleur rendait ses yeux beaucoup plus sombres, presque noirs. N'eût été la blancheur de son teint et de ses cheveux, il était le jumeau de l'homme qu'avait connu Anna en rêve. Reptah, le prêtre du dieu.

Mais elle ne le connaissait pas pour cette raison.

Elle le connaissait comme Malach, à présent. Le Malach de Ruth.

– Eh bien, dit-il avant de prononcer une courte phrase en latin, d'un ton sec.

Caïn eut un rire tonitruant.

Mais c'est Lilith qui s'avança. Elle semblait glisser sur le sol. Elle s'approcha de l'homme mort enchaîné, et dans un calice en or elle recueillit les derniers jets de son sang.

Contournant Anna-Ruth et Caïn, elle alla vers Malach et lui présenta la coupe.

Il la regarda une seconde, puis trempa deux doigts dans le calice.

Ils en ressortirent rougis de sang.

Il les porta à ses lèvres.

Le visage impénétrable, Lilith se détourna et alla jusqu'à la statue de Sekhmet. Elle posa le calice dans la main de pierre de la déesse, sculptée pour recevoir ce genre de présent, sous le mufle léonin.

Malach contempla la jeune fille en blanc et rouge.

– Faim, dit-il d'une voix neutre.

– *Rassasiée*, répondit-elle en souriant, et elle essuya le sang de son menton avec sa main.

– Anna, proposa Malach du même ton plat, et sa langue fit disparaître le sang de ses lèvres.

– Non, pas Anna, rétorqua-t-elle. Et pas pour toi.

Caïn rit de nouveau, cette fois d'un rire urbain, comme un hôte lors d'une soirée sans anicroche, qui surprend une seule parole quelque peu déplacée.

– Tu ne lui appartiens pas, Anna, reprit Malach. Comprends-le. Tu es libre de ton choix. C'est pourquoi je suis venu te chercher.

– Alors je pourrais te choisir, *toi ?* railla-t-elle

Elle releva la tête dans un mouvement qui se voulait méprisant, et ses cheveux coulèrent dans son dos comme une fumée pâle.

Elle aurait pu être sa fille, ou sa sœur. Il semblait qu'elle s'était remodelée à son image. Mais c'était avant qu'elle ne se remémore ce qu'il lui avait fait, car elle avait oublié sans pardonner, et maintenant elle se rappelait.

Il lui avait appris à tuer avec discernement. Avec lui, il y avait toujours *le choix*. Epargne cette vie. Prends celle-là. *Certaines choses appartiennent de droit à certaines personnes.* Un cadeau. Une caresse. Ou même la mort. Mais il était toujours l'arbitre, l'instructeur, le juge ultime.

Et elle avait fini par commettre l'inévitable erreur, même après avoir fait ses preuves. Elle avait tué un homme qui pour Malach ne méritait pas de mourir. Et Malach l'avait rejetée. *Ne prononce pas mon nom*, lui avait-il dit. Et elle avait hurlé son nom alors qu'ils l'emmenaient dans sa prison. Mais plus tard elle s'était échappée, et dans les sous-bois humides une lame lui avait transpercé le cœur...

Le sien avait été le premier des coups de poignard. Son cœur était déjà mort. Elle l'avait aimé. Il lui avait dit qu'elle était son âme. Et pourtant il l'avait délaissée. *Il l'avait abandonnée.* Et maintenant de nouveau... mais *trop tard.*

– Anna, dit-il.

Sur son visage, derrière la pierre et la neige, elle aperçut sa force et son désir.

– Ne prononce pas mon nom, lâcha-t-elle.

– Ah, tu gardes rancune. Mesquin, Anna, après tout cela...

– Alors je serai mesquine. Je serai mesquine et méchante et tellement différente... Tu ne me reconnaîtras pas. Alors tu pourras disparaître.

– Est-ce là tout ce que tu veux, Ruth, demanda Caïn d'une voix douce avant de s'adresser à Malach d'un ton badin : Tes chiens seront bien traités, naturellement. Mais peut-être que tu ne le seras pas autant...

– Non, dit Ruth.

Ruth se rappelait la beauté de Malach, la beauté de sa

nudité, et comment elle l'avait contemplé dans son sommeil, combien le désir l'avait rongée. Elle avait voulu mourir pour lui. Elle avait rencontré la mort maintes fois entre ses bras, une mort incandescente...

Et il se mêlait maintenant à l'image de l'autre homme. Elle voyait le corps de Reptah allongé sur le sien, dans la salle d'un temple, des milliers d'années plus tôt.

Quelque chose comme un orgasme diffus monta en elle. Et au centre de son ventre une pomme de verre se brisa. Elle sentit la première offrande de sang s'infiltrer dans le corps d'Anna et atteindre son sexe, et une rose rouge s'épanouit sur sa robe, de sorte qu'elle était blessée deux fois.

Elle avait voulu mourir pour lui.

Elle était morte.

Anna qui était Ruth vint se camper devant Malach et le regarda droit dans les yeux. Pendant son séjour sous la montagne blanche, elle avait encore grandi.

Elle lui cracha au visage.

Le jet de salive le frappa comme s'il était d'argent en fusion.

Et elle, elle vit que Malach l'aimait, comme Ruth ne l'avait jamais vraiment compris, malgré les mots qu'il lui avait dits, malgré son départ.

Elle était maintenant Ruth *et* Anna. Mais Anna *savait.*

– Non, dit Anna, ce n'est pas tout ce que je veux. Caïn, emmène-le quelque part pour moi. Attache-le et fais-lui mal. Pour *moi.* Je veux qu'il souffre, maintenant. Je veux qu'il souffre énormément.

36

Des crocus violets avaient percé sur le terrain communal, mais derrière la Demeure, aucune fleur n'avait assez peu de sagesse pour pousser aussi tôt.

Sam, le jardinier aux cheveux noirs, avait coupé les herbes en ne laissant qu'un cercle intact autour du vieux pommier et de la fontaine avec le poisson. Non loin de lui, Terentia était assise sur un banc, son lion en peluche sur ses genoux. Elle portait une longue robe en laine noire sur laquelle elle avait passé un épais gilet.

Sam et Terentia ne se parlaient pas, mais, dans l'idée de Miranda, ils étaient engagés dans ces conversations silencieuses très communes entre les jeunes et les très âgés. Miranda avait pensé qu'il serait temps pour Terentia d'aller s'asseoir près de Sam pour le regarder travailler. Sam n'y avait pas vu d'inconvénient. Il avait paru concentrer tout son intérêt sur Terentia dès qu'il l'avait vue, c'est à dire la deuxième fois qu'il était venu à la Demeure. Il s'était montré respectueux envers Eric et Michael.

Un jeune homme curieux.

Sasha ne se trouvait pas dans le jardin mais devant la télévision, dans sa chambre, occupée à tricoter un autre manteau noir en laine.

Eric était lui aussi dans sa chambre. Il avait abandonné sa réécriture de l'histoire pour commencer à sculpter un petit sujet en bois, une loupe de bijoutier coincée dans son orbite gauche. C'était une femme avec une tête de renarde. La mémoire dans le bois?

Ils restaient dans leurs chambres, à présent, comme des insectes cloîtrés dans leur nid pour résister à la rigueur du temps. Seule Miranda agissait différemment.

Dans son jean noir, elle enfourchait allègrement la moto derrière Connor, et dans sa sacoche Viv la saluait de jappements enjoués.

Il était revenu plus tôt qu'il ne l'avait prévu : avant le printemps.

– Ça signifie Ténèbres, dit Miranda d'une voix absente.

– Quoi donc ?

– Sam, en hiéroglyphes.

– En égyptien ancien ? Vous parlez comme Red...

– Les ténèbres peignent la pelouse, dit Miranda, et elle rit.

– Prête ? lui demanda Connor.

– Oh, *oui.*

De façon un peu incohérente, il se demanda si un jour ils feraient l'amour ensemble, et s'il oserait le lui demander poliment.

La moto démarra dans un grondement de tonnerre et il entendit Miranda pousser une exclamation. Pas de peur, probablement de plaisir.

Puis ils dévalèrent l'allée et s'éloignèrent de la masse sombre de la Demeure.

Miranda s'agrippait de ses deux mains à Connor, à sa ceinture en cuir. Elle avait mis le deuxième casque. Viv et elle regardaient à travers leurs lunettes de moto, et le monde filait autour d'eux.

Miranda n'essayait pas de parler. Le rugissement du moteur commandait le silence.

Dans les tournants elle se penchait sans peur, comme il le lui avait montré. A travers le labyrinthe des immeubles ils fonçaient, derrière les bus à deux étages, dans les vapeurs de diesel et la pollution, parfois sous la pluie.

Vers midi ils avaient atteint les limites extrêmes de la banlieue, et ils s'arrêtèrent dans le parking d'un pub. Le propriétaire de l'établissement connaissait Connor, et il sortit pour admirer sa moto et sa nouvelle conquête.

Miranda était très séduisante dans son pantalon noir moulant passé dans ses hautes bottes, et son blouson de velours déjà déteint par la route. Sa chevelure noire s'échappait en mèches folles de son casque. Ses dents étaient d'une blancheur éclatante, comme celles d'une enfant. Avait-elle perdu les anciennes ? Et les nouvelles avaient-elles poussé, ou bien s'était-elle fait faire un appareil ? En tout cas elles ne semblaient pas fausses.

Connor, Miranda et Viv dévorèrent des steaks et des pommes de terre au four, arrosés de deux bouteilles d'un vin rouge capiteux choisi par Miranda. Elle paya avec grâce et laissa un bon pourboire. Connor était fier d'elle. Elle et Viv avaient bu la plus grande partie du vin.

En vingt minutes de route le paysage changea. Les collines restaient toujours à l'horizon, tandis que la plaine s'élargissait devant eux. Ils passèrent devant des usines, des écoles et des immeubles de bureaux. Puis ils pénétrèrent dans une vaste campagne ponctuée de granges et de fermes, de vieilles églises isolées et de petits villages. Ils traversèrent des agglomérations qui avaient des noms comme Whippum, Flittham, Burrow ou Warry, et où on trouvait des pubs flambant neufs aux enseignes modernes représentant des moissonneurs souriants, des taureaux et des porcs-épics.

Sur une route étroite cinglée par la pluie, un renard traversa la route en deux bonds devant la moto et disparut sous une haie. Viv poussa un aboiement justement outragé.

Ils atteignirent la côte vers trois heures.

C'était l'endroit qu'ils cherchaient, pas trop touristique, plat et anonyme, bordé de champs immenses, noirs et vert sale, avec de grands cèdres penchés et une plage de galets vide à l'exception de deux ou trois cabines de bains symboliques et d'un homme avec son chien, un labrador. La mer était grise comme de la crème tournée, avec des reflets jaunâtres sur la crête des vagues. Au loin elle se fondait dans un ciel délavé.

Ils laissèrent la moto sur la route boueuse, en surplomb de la plage où ils allèrent s'asseoir pour regarder la limite du monde.

– Oh, Connor. C'est si joli, si... désolé.

– Oui, dit-il, satisfait du paysage.

Ils marchèrent le long de la plage, et Viv courut en aboyant jusqu'à la mer pour jouer avec les vagues.

– Je venais ici quand j'étais gamin, mentit Connor.

– Oui, nous aussi nous avons longtemps vécu au bord de la mer...

Ils ne parlèrent pas beaucoup, et le vent gonfla les vagues qui venaient mourir à leurs pieds.

Quand elle fut épuisée, Viv trotta jusqu'à Connor pour qu'il la prenne dans ses bras.

En dehors de l'homme au labrador, personne d'autre ne se promenait sur la plage. Ils firent demi-tour, revinrent à la moto et suivirent la route côtière.

Enfin ils trouvèrent un hôtel long et bas qui semblait battu par les vents et désert. Pourtant l'établissement était ouvert, et derrière le bar une femme aussi austère que la mer brancha le feu de cheminée électrique pour eux et leur servit du thé et des biscuits secs.

– Pas de boisson alcoolisée avant dix-huit heures, annonça-t-elle, et ce furent ses seules paroles.

Alors ils discutèrent. Connor raconta des anecdotes de la route, certaines comiques, d'autres tristes ou terribles, toutes vraies et à peine enjolivées. Elle, à son étonnement et peut-être sa déception, lui narra des histoires londoniennes; cet hôtel où le piano mécanique jouait des morceaux de Cole Porter et où de jeunes hommes et de vieux messieurs se donnaient de mystérieux rendez-vous dans les chambres; ce gentleman indien qui avait voulu lui offrir un appartement; comment elle s'était égarée dans les magasins Harrods pendant tout un après-midi, pour ne trouver le chemin de la sortie qu'à l'heure de la fermeture.

– Vous ne parlez pas de votre passé, remarqua-t-il.

– Oh, le passé... Il est tellement vaste.

– Vous trouvez?

– Pas vous? éluda-t-elle.

Il réfléchit un moment et se sentit obligé d'approuver cette opinion pourtant vague. Depuis son enfance, des siècles lui semblaient s'être écoulés, et il avait l'impression d'avoir été plusieurs personnes différentes. Et il ne désirait pas parler des premières années, de son père sinistre et de sa mère à la main trop leste, de sa sœur qu'il avait aimée, qui s'était enfuie avec un homme marié et dont le prénom était à jamais banni des conversations, cette sœur qu'il n'avait jamais réussi à retrouver.

– Vous m'avez parlé une fois d'un mariage, dit-il alors qu'ils buvaient le thé pâle et chaud et trempaient dans leur tasse des biscuits pour les donner ensuite à Viv.

– Vraiment ?

– Un mariage ancien. Vous montiez un cheval.

– Oh, je suis vieille, vous savez, Connor. Dans le temps, oui, nous faisions ce genre de choses. Mais depuis j'ai chevauché votre merveilleuse moto.

– Vous nous flattez, dit-il.

Elle rit, et c'était un rire bien agréable.

L'hôtel offrait un endroit sûr où laisser la moto, et ils sortirent pour marcher entre les rochers frangeant le bord de mer.

La lumière du jour désertait les terres dans un crépuscule gris d'où le soleil était absent. La nuit commençait à tomber quand elle se tourna vers lui et qu'il demanda, très poliment :

– Puis-je vous embrasser ? Sur les lèvres ?

– Qu'en pensez-vous ?

– Je pense que vous me le permettrez.

– Alors je vous le permets.

Et il déposa un baiser sur sa bouche, lèvres fermées, avec précaution.

Celles de Miranda étaient adoucies par un rouge à lèvres au goût acidulé. Jalouse, Viv se rua en aboyant vers les vagues pour les mordre. Un rouleau plus important que les autres la surprit et la trempa.

– Oh, pauvre Viv ! s'exclama Miranda, mais le chien revint aussitôt à l'assaut, après avoir éternué furieusement.

– Quand j'étais enfant, la mer m'a fait ça, une fois. Et je n'étais pas aussi courageuse que Viv. J'ai fondu en larmes. Mais par la suite j'ai prétendu que mon visage n'était mouillé que par l'eau de mer.

Quand cela s'était-il produit ? se demanda-t-il. Et sur quelle grève du Moyen Age, ou de la Renaissance ? Il ne posa pas la question. Il l'embrassa de nouveau, et cette fois sa langue s'enhardit sans qu'elle résiste. Sa bouche recelait la chaleur du soleil qui avait manqué à la journée, délicieuse, pleine de promesses.

Quand il l'appela, Viv accourut. Miranda ôta son foulard de soie rouge et essuya le pelage de la chienne pendant que Connor les serrait toutes deux contre lui.

Ils retournèrent à l'hôtel où brillaient maintenant quelques lumières. Le bar était aussi désert que le carré du *Hollandais volant*, avec les tasses de thé abandonnées sur la table et les bouteilles à l'éclat discret sur la desserte.

– Voulez-vous boire quelque chose d'alcoolisé ? demanda la femme au visage austère en émergeant de derrière le comptoir où, peut-être, elle avait dormi.

– Il n'est pas encore dix-huit heures, fit remarquer Miranda.

– Bah, c'est offert par la maison.

Le feu de cheminée électrique brûlait joyeusement. La femme ne fit aucune difficulté pour servir à Viv une demi-pinte dans un bol.

– Il y a une chambre de disponible, si vous voulez, ajouta la femme. Mais je suppose que vous êtes descendus au King's Hotel ?

– Jamais entendu parler, dit Connor. Nous nous apprêtions à rentrer.

– Il serait agréable de rester ici pour la nuit, déclara soudain Miranda d'un ton très naturel. Oui, cela me plairait.

Connor hésita, et la femme précisa :

– Vous pouvez prendre la meilleure chambre, une double pour le prix d'une simple. C'est le creux de la saison, alors...

Connor interrogea Miranda du regard, et c'est elle qui répondit :

– Ce sera parfait, merci.

Résignée, Viv enfouit son museau dans son bol de bière.

Durant la nuit Connor se réveilla et observa Miranda qui dormait paisiblement auprès de lui.

Son épaule nue luisait doucement sous la clarté lunaire entrant par la fenêtre aux rideaux à demi tirés.

C'était un quartier de lune, une lune de jeune fille. Le corps de Miranda était épanoui, blanc et ferme, sans une once de peau flétrie.

Ils avaient fait l'amour sur le flanc, et il ne pensait pas qu'elle ait atteint l'orgasme, mais il n'aurait pu l'affirmer. Elle avait montré un plaisir extrême et parfaitement sincère. Elle n'avait probablement pas fait l'amour avec un homme depuis des années, peut-être des décennies. Elle avait dit quelque chose à propos d'une nouvel apprentissage...

Quoi qu'il en soit, elle avait apprécié Connor, c'était une certitude. Plus tard elle avait couvert de baisers ses paupières closes.

Et lui s'était noyé dans le plaisir. Elle l'avait excité d'une façon étrange et inédite, comme la déesse sur la colline. Et elle connaissait tout des jeux et des perversions charnels. Une nuit glorieuse, oui.

Indulgente, Viv dormait sur un oreiller.

Viv était son amour, après tout.

Mais qu'était Miranda ?

La lune était couchée et le soleil ne s'était pas encore levé quand il s'éveilla pour découvrir Miranda qui le prenait dans sa bouche et, oh Seigneur, les marées de tous les océans roulèrent en lui alors.

Il était presque trop tard quand elle le lâcha pour l'enfourcher. Elle était fine et d'une pâleur veloutée, et il dut imposer à son esprit les pires images pour retenir sa jouissance. Même Cardiff vint à son secours, Cardiff qui brûlait avec sa moto sur le bûcher en haut de la colline. Mais Cardiff lui aurait pardonné, comme Viv qui n'ouvrit qu'un œil pour le refermer aussitôt, avec une discrétion de grande dame.

Cette fois Miranda eut un orgasme et son dos se courba comme un arc et un long sifflement de plaisir frémit sur ses lèvres.

Il sentit alors ses forces l'abandonner et sa virilité se résorber. Mais il ne regrettait rien, et la chose lui parut juste. Une fois pour lui, une fois pour elle.

– C'est l'aube, dit-elle après un long moment.

Le soleil s'était enfin décidé à colorer l'horizon.

– Il va falloir que je vous ramène, dit-il.

– J'aurais adoré une chevauchée nocturne, répondit-elle, mais j'en ai quand même profité, n'est-ce pas ?

Il ne savait pas s'il devait lui avouer la désirer encore, et dans le doute il resta silencieux.

Ils reposèrent côte à côte, détendus, tandis que les rayons dorés du soleil s'allongeaient sur la mer d'argent.

Viv grimpa sur le rebord de la fenêtre pour savourer ce spectacle.

Quand Miranda se leva pour se rendre dans la salle de bains, Connor remarqua la légère humidité sombre qui marquait l'intérieur de ses cuisses, et un instant il en conçut de l'inquiétude. Puis il se dit qu'elle commençait simplement sa période de menstruation, déclenchée par leur fougue.

Il l'entendit chanter dans la salle de bains. Il ne connaissait pas cette mélodie, mais elle ne semblait pas ancienne. Non, bien sûr.

37

Des bougies éclairaient toutes les pièces qui encadraient la cour intérieure rectangulaire, hors de style. Elle était simplement obscure, son haut plafond noir peint d'étoiles dorées. Pourtant, des bougies y brûlaient sur de grands supports en bois, comme par un soir paisible.

Sur un des murs de la cour s'étalait une fresque rappelant vaguement celles de Pompéi, une course quelconque dans des déclinaisons de rouge et d'ocre passés.

Une carpe nacrée évoluait dans le bassin, sous les larges feuilles des plantes aquatiques. Il n'y avait aucune autre végétation, et pas d'autre trace de vie animale. Ce poisson seulement.

Caïn passait d'une pièce à l'autre. Certains jours il faisait cela sans s'arrêter. Les pièces qui étaient au nombre de dix ouvraient l'une sur l'autre, en enfilade, hormis la petite salle de bains moderne, blanche et fonctionnelle, pourvue d'une douche mais non d'une baignoire, comme dans quelque appartement exigu de Soho à Londres.

L'une des pièces était la chambre. Le lit y était d'un style victorien ou Régence, drapé dans des rideaux bleu sombre rendu pastel par la poussière.

La poussière régnait dans toutes ces pièces à l'exception de la salle de bains que les serviteurs de Caïn nettoyait tous les jours. Cette poussière ne venait pas du monde glacé alentour. Elle était constituée de particules minuscules de bois, de fibres et de tissus. Et de Caïn lui-même.

Car sa peau à l'évidence plus qu'humaine l'était encore assez pour muer, tout comme ses cheveux.

Une fois ils avaient gardé sa chevelure, pour en bourrer ses oreillers, en y ajoutant les cheveux perdus ou coupés des femmes qui lui avaient plu un temps. Mais cela remontait à un passé lointain, et les oreillers tombaient en lambeaux.

Certains jours Caïn ne sillonnait pas ces pièces. Durant des heures, il restait assis dans l'une d'elles, sur un siège d'origine européenne, grec ou italien.

Il y avait très peu de meubles, et seul un grand piano noir occupait vraiment un espace important. Lui aussi était couvert de poussière. Ses touches avaient jauni et leur sensibilité s'était durcie. A l'intérieur une araignée avait naguère élu domicile.

A part les meubles, il y avait quelques objets.

Leur ancienneté leur donnait probablement une certaine valeur marchande, mais rien d'autre. Des pierres et des bâtons, des tessons de poterie, des bouchons, des bouteilles, des verrous en fer, des clefs. Dans une pièce des cages de cuivre étaient suspendues au plafond. Et sur le sol d'une autre reposait le crâne d'une créature indéfinissable.

Dans une autre encore étaient rassemblés des portraits et des répliques. Aucun apparemment ne représentait Caïn, mais trois avaient pour sujet Lilith. Un était une tête de vieux marbre brun, peut-être grecque, très exacte dans sa ressemblance avec la femme. Elle était couronnée de fleurs en marbre. Ailleurs elle apparaissait sur une peinture du quinzième siècle sertie dans un ovale de vieil or, sans doute de l'école française.

La troisième image d'elle était une photographie tirée sur papier sépia. Sur ce cliché Lilith n'avait pas du tout la même apparence. Elle avait des airs de matrone sous le disque d'un grand chapeau noir, et sa pose raide et très étudiée ne parvenait pas à cacher une vivacité qui l'avait maintenant quittée.

Sur une table était posée une pyramide d'une trentaine de centimètres de haut, en verre, emplie d'un liquide rouge sombre où était enchâssée une unique bulle argentée. La lumière des bougies brillait à travers ce liquide qui était peut-être du sang.

Quand les bougies avaient fini de se consumer, il arrivait à Caïn de les remplacer lui-même. Mais, la plupart du temps, ses esclaves s'en chargeaient.

La pièce occupant l'angle ouest du rectangle contenait des preuves indéniables de modernité. Sur un bureau de métal noir était posé un micro-ordinateur Apple, avec quelques disquettes éparpillées à côté de lui, ce qui laissait supposer qu'on les avait utilisées au moins une fois. Il y avait également un système stéréophonique, mais à en juger d'après la poussière et les toiles d'araignées qui le couvraient, il n'avait sans doute jamais servi. Par ailleurs on ne voyait nulle part de cassettes ou de disques.

La pièce contenait divers autres gadgets munis d'écrans et de claviers ou de boutons. Ceux-là avaient été manipulés récemment, comme le prouvaient les marques de doigts sur les boîtiers.

Caïn pénétra dans cette pièce mais n'y resta qu'un moment. Il la survola d'un regard vide de toute expression.

Il ne semblait pas vieux, sauf peut-être pour un enfant ou un animal. Le garçon, sans doute, devait croire qu'il avait plus de soixante ans. Seule Ankhet, qui n'était pourtant encore qu'une enfant, paraissait le juger sans âge. Ankhet-Ruth...

Les hommes âgés... pouvaient devenir sclérosés, étroits d'esprit, malveillants. La jeunesse physique était parfois imbue d'elle-même et affirmait tout savoir. Et Caïn était les deux. Trop jeune. Trop vieux.

Ou n'était-il qu'un mensonge soigneusement dissimulé, un homme riche, athlétique et intelligent de quarante ans, un fou qui se croyait si ancien que même sa compagne devait être photographiée ou représentée en portrait dont les artifices voulaient simuler un âge impossible à la dame. Il se serait entouré de trésors d'antiquaires et, plus finement encore, de babioles très anciennes, comme s'il les avait accumulées au cours des siècles...

Caïn pivota sur lui-même et par la fenêtre observa la forme blanche de la très vieille carpe.

Ses yeux étaient deux tunnels ouvrant sur l'obscurité.

Il sortit et alla se pencher sur le bassin. Un plat en argent était posé sur son rebord, empli de morceaux de quelque aliment. Il les prit dans le creux de sa main qu'il plongea lentement dans l'eau. Et la carpe vint manger dans sa paume.

Sur son support en granite, dans la cinquième pièce, se trouvait la pierre gravée de ces mots mentionnés par Lilith à la jeune fille dans la Salle de Nout :

Tenebrae sum.

Je suis les Ténèbres. Moi, l'Obscur, Maître des Ténèbres...

La carpe n'avait pas peur de Caïn, car elle n'avait aucune raison de le craindre.

Il la laissa se frotter contre sa main, comme il avait déjà laissé des insectes et des scarabées parcourir sa peau, des lézards et des serpents, des crocodiles.

La jeunesse était fraîcheur et savait tout, et la vieillesse était expérience et savait aussi, deux intolérances opposées, sans juste milieu.

Plus qu'humain... Oui, peut-être. Mais l'esprit, la psychologie n'étaient qu'humains.

Caïn se redressa du bassin où tous les jours à la même heure il venait nourrir la carpe.

Et Caïn le Maître des Ténèbres traversa la cour d'un pas rapide jusqu'à la fresque. La porte qui y était dissimulée s'ouvrit automatiquement à son approche.

La femme se tenait immobile à l'endroit où la rivière recommençait à geler, hors de la montagne. Un vaste glacier aux reflets verdâtres s'étendait au sud, comme une ombre sous la glace.

Lilith était emmitouflée dans une fourrure gris et noir. Comme lui, elle n'aimait guère couvrir sa tête pour la protéger du froid mordant, bien qu'aujourd'hui la température soit très nettement en dessous de zéro.

A quelque distance attendaient ses serviteurs, vêtus de combinaisons thermiques mais visage découvert, comme elle.

Le groupe observait les deux tigres albinos qui chassaient sur la glace.

Les fauves se trouvaient à environ un kilomètre de distance, là où quelques animaux capturés sur la côte avaient été relâchés. Les tigres avaient choisi leur proie et, piégés depuis leur jeunesse par leur association avec Lilith, ils traquaient de concert leur gibier.

Ils l'abattirent après une très brève poursuite qui ne les obligea qu'à un exercice restreint.

Les deux carnassiers déchirèrent le corps pantelant de leurs crocs et de leurs griffes, tandis que les autres proies restaient à distance respectueuse, perdues dans l'immensité immaculée.

Des vapeurs s'élevèrent des entrailles tièdes, comme si la glace fumait.

Bientôt ils reviendraient vers elle, la gueule barbouillée de sang, la langue écarlate. Ils lui rapporteraient un morceau de choix de leur victime, qu'elle accepterait pour satisfaire leur instinct. Car elle était la tigresse aînée, celle qui avait endossé le rôle de leur défunte mère.

Son esprit n'était certes pas sénile. Des bribes de souvenirs s'agitaient toujours en elle, comme l'éclair zébré de la queue des tigres sur la neige, et ses pensées s'élevaient comme la frêle vapeur exhalée par le sang chaud.

Et elle se retrouvait ballottée sur une mer qui l'emportait sans hâte. Mais le navire n'avait plus de voiles, et il ne restait plus qu'un radeau d'os et de sang, Lilith. A des kilomètres de là surgit l'île d'une autre pensée. Un enfant. Non pas les deux qu'il avait baptisés Ankhet et Harpokrates, car d'autres allaient arriver, *d'autres enfants* parmi lesquels un jeune garçon à la peau d'ébène. Il apparaîtrait beaucoup plus réel et solide que les autres dans l'écrin de glace.

Faran.

Oui, ce nom que son seigneur n'avait pas changé lui avait été communiqué. Faran, qui avait sept ou huit ans. Un chevalier noir pour la reine noire. Une île dans la mer de Lilith.

Car il représentait quelque chose d'important pour elle. Elle le savait avec une certitude inexplicable, il était... Oh, cette pensée trop fuyante qui encore lui échappait. Comment la saisir et la capturer ?

Etait-ce pour cette raison qu'elle avait parlé à la fille appelée Ankhet, et Anna, et Ruth ? Parce qu'elle était seulement annonciatrice de la venue de Faran. *Le* fils de Lilith. Son enfant.

Avec lui elle serait vraiment une mère avec son enfant.

Et une épouse.

Et enfin, éveillée par la nouveauté de ce corps jeune et empli de sève, la porteuse de l'enfant qui serait sien...

Le tigre le plus sombre se redressa et s'ébroua.

Les pensées de Lilith s'évanouirent.

Elle ne vit que les deux fauves qui s'élançaient vers elle en soulevant des gerbes d'échardes glacées.

Elle prit dans leur gueule les petits lambeaux de chair et quand elle se retourna, Caïn, son seigneur, Ptah, Magus, son époux était à ses côtés. Les esclaves s'étaient éloignés.

Il lui parla dans une des langues les plus anciennes du monde. Son rythme musical menaçait toujours de la dépouiller de toute signification, et pourtant elle comprit :

– *Bientôt, Lilith. Es-tu anxieuse ? Ton cœur tambourine-t-il follement dans ta poitrine ?*

– *Peut-être, Mon Seigneur.*

– *Mais il le faut. Ne me déçois jamais.*

– *Selon vos souhaits, Mon Seigneur.*

Puis Caïn s'adressa à elle en français contemporain, et il est vrai qu'il aurait pu être quelque explorateur des glaces du vingtième siècle :

– Pensais-tu à lui ? A cet enfant que j'ai fait enlever pour toi, ce petit Noir taillé dans l'ébène ? Avec ses cheveux courts et ses yeux de chat. Oui ?

– Qui ? dit-elle.

– Ou est-ce à Malach que tu penses ? poursuivit Caïn dans un dialecte peu connu en Hollande. Te soucies-tu de Malach ?

Lilith ne répondit pas. Le tigre à la fourrure pâle lécha sa main dégantée, la colorant de rouge.

– Peut-être les prendrai-je tous les deux, après tout, dit Caïn en anglais. Ton enfant noir et son prêtre blanc... pour ne laisser aux femmes que les faveurs de Caïn à se disputer.

Les yeux de Lilith s'étrécirent, et luirent comme deux pointes de vif-argent dans son visage blanc.

– Vous aviez dit que l'enfant me reviendrait.

– Ainsi donc tu t'en soucies? dit-il en français. *Hélas, j'ai perdu, mon amour*[1].

Mais la vie avait déserté les yeux de Lilith. Elle lui jeta un regard aigu et lui parla dans une langue presque aussi ancienne que celle qu'il avait employée en premier, l'appelant *Phrah* (Pharaon), d'un ton curieux, comme le vestige d'une coquetterie enfuie.

– Vous avez Ankhet, dit-elle. Vous avez déjà Ankhet.

Mais dans ses yeux la flamme s'était éteinte, comme l'horizon qu'un vent neigeux effaçait maintenant, au loin.

Ankhet Perséphone et Anna Ruth s'était vêtue pour Ruth, comme Ruth l'aurait voulu.

Elle dit aux servantes, Mesit, Shesat et Ast, ce qu'elles devaient faire, et les esclaves obéirent immédiatement. Elle se montrait très polie envers elles, à la façon de Ruth.

– *Merci*, leur dit-elle. Comme Ruth également, elle avait une légère tendance à la pruderie, mais elle maîtrisa ce penchant. Les Egyptiennes allaient souvent la poitrine nue.

La perruque tombait sur ses épaules, une masse de cheveux très noirs dont de nombreuses mèches avaient été tressées et fermées de boules en or. Ses boucles d'oreilles étaient en or aussi, incrustées de trois fines échardes de jaspe vert.

Sa robe était de lin à la transparence laiteuse, serrée autour de ses cuisses et laissant un sein libre – le droit, de sorte que le gauche qui portait la marque bleue restait caché. Des bandes croisées d'or maintenaient sa robe en place sur son torse; à leur intersection, un scarabée rouge. Sa toison pubienne était couverte d'un filet d'or qui brillait à travers le tissu. Ses paupières étaient peintes d'or et soulignées d'un trait vert sombre. Elle leur permit d'ajouter du mascara. Ses lèvres étaient du même rouge que le scarabée, aussi foncé que du sang séché.

1. En français dans le texte. *(N.d.T.)*

Elle avait ôté la bague portant la tourmaline. C'est Rachaela qui l'avait offerte à Anna.

Elle était ravie de sa beauté. Plus qu'elle, ce n'était pas elle du tout mais quelqu'un d'autre qu'elle était vraiment.

Dans les ténèbres dont Caïn avait noyé les salles sous la pyramide blanche, Malach était prisonnier.

Et comme Ankhet Ruth avait été soigneusement parée, Malach avait été dénudé.

Cela ne la surprendrait pas. Caïn l'avait prévenue. C'était ainsi que devaient être les choses et les gens. Et Ruth avait déjà vu Malach nu. Même Anna l'avait connu ainsi, dans le rêve.

A la lueur des torches fichées haut dans le mur de pierre, son corps était le symbole de tous les corps de prisonniers. Bien que musclé, dur et magnifiquement proportionné, très beau dans d'autres circonstances, il apparaissait maintenant vulnérable et laid, presque gris.

La scène était une fois de plus digne de quelque film, et certainement d'un *mauvais* film. Et Malach en était un personnage, comme il avait toujours semblé l'être, un homme inventé pour des romances, des chansons et des histoires incroyables. Un personnage sombre, magnifique, inflexible.

Vain. Un redresseur de torts, un sauveur, un chevalier blanc...

Sa tête était penchée sur sa poitrine, et sur son torse et ses épaules tombait sa longue chevelure blanche. Ils ne lui avaient pas coupée. Ruth qui était Ankhet Perséphone avait précisé qu'elle ne voulait pas qu'on touche à ses cheveux. Elle le ferait, si elle le désirait. Et personne d'autre.

Impérieuse petite fille, colérique et trop gâtée. Une enfant tuée par amour. Une enfant morte à cause de la mort d'un amour.

Vaine, elle aussi. Un autre personnage.

S'ils avaient tous deux vécu tous ces siècles dans un ou plusieurs corps, se souvenant à demi des précédents, comment en étaient-ils arrivés à une telle impasse ? A une mesquinerie aussi stupide ?

Ils auraient pu approcher le statut des dieux et ils pensaient comme des gens ordinaires. Ils aimaient, haïssaient, souhaitaient punir et sauver de cette même façon qui n'était excusable que chez les gens ordinaires, ces gens qui sont torturés, massacrés alors qu'ils n'ont qu'une vie.

Et c'était ce qu'il disait, mais dans une langue qu'elle ne comprenait pas.

Ruth ne comprendrait jamais.

Il avait pourtant commencé à lui enseigner comment comprendre.

Puis il avait cessé.

– Comment vas-tu, Malach ?

Elle lui avait posé cette question du haut de l'escalier qui descendait jusqu'à lui, exactement comme la dame malfaisante du château, dans un mauvais film d'horreur en noir et blanc.

– Très bien, répondit-il. Et toi ?

– Si nous jouions aux associations de mots ? Je dirai un mot et tu me donneras celui qui te vient immédiatement à l'esprit. *Erreur.*

Malach sourit. Il était accroché à des chaînes d'acier artistement arrangées par Caïn. Mais Malach était fort, et son sourire aimable.

– Continue, dit-elle. Je veux t'entendre. Peut-être te pardonnerai-je, si tu parles.

– Et peut-être pas.

– Ne veux-tu pas savoir ce que j'ai à te pardonner ?

– Je le sais.

– Bien. Il te fera tout ce que je lui demanderai de te faire. Il te fera torturer, et fouetter.

– C'est tout ? fit-il doucement, laissant entendre par l'ironie du ton qu'il n'avait pas accepté son rôle dans ce film.

Mais le sens de l'humour ne s'était jamais développé chez Ruth. Et Anna n'en avait peut-être aucun.

– Ou même te castrer, lâcha-t-elle.

– Non, je ne crois pas qu'il l'accepterait.

– Parce que les Scarabae vénèrent la reproduction de la race ? Peu lui importe. Tu es mon jouet. Il t'a donné à moi.

– Non, Anna. *Je* me suis donné à toi.

– Quelle belle preuve de stupidité!
– Que pouvais-je faire d'autre? Je pensais qu'il te retenait ici contre ton gré.
– Il ne me laisserait jamais partir.
– Si j'étais là et que tu désirais partir, il accepterait.
Un instant elle parut réfléchir à cette hypothèse.
– Mais il me désire.
– Je te désire.
– Non. Il est trop tard. *Sang*, Malach. A quoi penses-tu quand je prononce ce mot?
– Au plaisir qu'il éprouve à le boire. Ou au plaisir qu'il simule.
– Moi aussi.
– Anna...
– A présent ta voix change. Mais ne m'appelle pas ainsi. *Les autres* m'appelaient ainsi. Je suis Ankhet, maintenant.
– Althene t'a donné ce prénom. Veux-tu renier Althene aussi?
– Althene n'est pas venue me chercher.
– Elle aurait essayé. Mais quelque chose... Mais non. Moi seul étais capable de te retrouver. Moi seul *devais* te retrouver.
– Oui, c'est vrai. Afin que tu sois à *ma merci*. Naguère j'ai été ta prisonnière. Et tu m'as punie.
– Oui.
– A présent tu es ma chose.
– La sienne, corrigea-t-il. C'est justement là l'erreur dont tu parlais.
Elle descendit les marches et s'arrêta devant Malach. Il était suspendu aux chaînes par les poignets, bras étirés audessus de la tête. La position devait être très douloureuse et gêner grandement la respiration. Pourtant il semblait détendu. Son corps ne portait aucune trace de sévices.
– Je suis gauchère, déclara-t-elle en fléchissant son poignet. C'est à cause de toi. La main gauche. La senestre. Comme « sinistre ».
– Je sais.
– Je suis sinistre.
– Si je t'appelle Ruth, écouteras-tu?

– Pas si je ne le désire pas.

– Alors désire-le. Juste un moment.

Elle le regarda droit dans les yeux.

Les siens brillaient dans les deux poissons symétriques dessinés avec la pâte de malachite.

– Te souviens-tu de moi ainsi ?

– Non. Je ne me souviens que de *toi*. Et tu as oublié, *toi*. Mais je te promets ceci : quoi que fasse Caïn, et quoi qu'il refuse de faire, ce qu'il veut de toi n'est que cette vieille chimère inutile. Celle que redoute ta mère. Faire de toi celle qui portera ses descendants. Sa propre épouse ne le peut pas. Ce n'est qu'une ombre, tu l'as vue. Mais toi tu es le commencement. Il veut renaître en toi, et c'est la seule chose qui l'intéresse. De nouvelles créations de lui-même que tu porteras. *Adamus*. Adamus n'était rien comparé à lui...

– J'entends, dit-elle, mais que m'importe ? Je peux porter des bébés. Je peux avoir des bébés facilement, encore et encore, et rester *moi-même*. Et pourquoi pas ? Cela le rendra heureux. Il me désire. Il y a plus de bleu dans ses yeux que dans les tiens.

– Ou bien tu peux rester libre avec moi. Penses-y, Anna. Libre avec moi, et de moi, si c'est ce que tu veux.

– Comment ? Il t'a soumis. Tu as *succombé* !

– Les apparences sont trompeuses.

– Tu ne peux gagner, dit-elle.

– Je le peux, si tu le veux.

– Ce que je veux, c'est te voir brisé, détruit, anéanti. Je veux te voir mort. Je te hais, dit-elle calmement. Je te hais tellement que je ne peux même pas ressentir cette haine. Je ne ressens rien. Et je veux te voir hurler de douleur afin de ressentir à nouveau.

– Tu n'as jamais été capable de ressentir, dit Malach. N'espère pas cela.

– *Si*. Je t'ai aimé. *Je t'ai aimé*.

– Alors viens avec moi, maintenant. Cet endroit n'est même pas réel. Ce n'est qu'une illusion. Une création inepte. Le monde continue à tourner, comme il a toujours tourné.

– Alors qu'il tourne sans moi.

Elle fit demi-tour. Elle était comme un reflet doré, une icône brillante, un scarabée en or comme Ruth l'avait toujours été, et Anna, dans son rayonnement pâle. Ankhet fit un signe à l'homme qui s'était tenu immobile dans l'obscurité sous les torches.

– Regarde, dit-elle.

L'homme portait dans ses bras une sorte de fouet à manche de fer et multiples lanières de cuir terminées par des crocs d'acier.

– Es-tu prêt ? demanda-t-elle à Malach.

Il ne répondit pas.

Obéissant à un second geste de Ruth, l'homme vint se poster devant Malach.

– Allez, dit Ruth en inclinant la tête de côté.

Le bras de l'homme balança en arrière puis projeta en avant les lanières de cuir bardées de métal.

Silence.

Le sang qui avait giclé de la peau déchirée de Malach éclaboussa le visage de Ruth. Elle passa une langue gourmande sur ses lèvres souillées, puis recula de quelques pas pour éviter le déluge écarlate du prochain coup.

38

Louis le Prêtre se cura le nez d'un index rapide.

Ce genre de geste n'aurait guère été convenable devant ses fidèles, c'est pourquoi il ne s'y adonnait qu'en privé.

Mais rien n'était vraiment convenable, quand on y réfléchissait. Après tout, il n'appartenait plus à l'église des Enfants du Temps. Et même son nom avait disparu cette dernière fois, sous le couperet de la guillotine, à Paris en 1793.

A une époque il avait cru se souvenir encore très bien de tout cela. Le tombereau et la foule vociférante, et même la planche où on l'avait allongé, et la façon très désagréable dont la guillotine agissait. Grâce au Ciel ces souvenirs s'étaient dissipés peu à peu. A présent, et bien qu'il soutînt dans son enseignement la théorie de la réincarnation, ses propres convictions étaient plus que floues.

Il avait quatorze ans quand l'église des Enfants du Temps l'avait pris dans son giron. Il avait erré dans Londres comme un imbécile, les yeux ronds, avec en poche dix livres dérobées à sa mère. Il voulait échapper à ses parents et aux petites maisons toutes semblables de sa petite ville du nord, et il voulait échapper à l'école et au spectre de l'usine qui se profilait à l'horizon de son avenir.

Londres aurait pu faire de lui n'importe quoi, un héroïnomane ou un prostitué, ou un jeune cadavre qu'on découvrirait un matin dans une ruelle, ce qui ne valait guère mieux que le Paris de 1793. Mais par quelque hasard Londres l'avait conduit dans le hall de l'église des Enfants du Temps, après trois jours de jeûne forcé.

L'Eglise était une secte ouverte à tous. Sa doctrine professait la propreté corporelle et la liberté sexuelle, entre individus de sexes opposés ou identiques; après tout, une attirance quelle qu'elle soit indiquait probablement que vous aviez déjà couché dans une vie antérieure avec la personne qui vous intéressait maintenant. Et puisque la réincarnation se moquait des sexes, vous pouviez être une femme dans cette vie après avoir été un homme dans la précédente, ou le contraire, et cette autre femme que vous désiriez avait peut-être été votre épouse légale, à une autre époque.

Tout cela était très commode.

L'église des Enfants du Temps nourrissait bien ses adeptes. Par groupes ils allaient mendier dans les rues, vêtus de leurs robes vertes bien propres, et parfois ils faisaient de menus travaux. L'argent gagné était versé à un fonds commun géré par un comité.

Au début, les séances de régression avaient amusé Louis – il ne se prénommait pas encore Louis, alors. Jusqu'à ce qu'il tombe amoureux d'une fille de dix-sept ans qui se souvenait être morte dans sa précédente réincarnation en France, pendant la Première Guerre mondiale.

Elle refusa de faire l'amour avec lui parce que, expliqua-t-elle, il n'était pas encore prêt. Il en déduisit qu'il n'avait pas été initié aux cercles supérieurs de l'Eglise.

Il se mit donc sérieusement à essayer la régression et laissa les prêtres s'efforcer de le faire entrer en transe. Mais sous hypnose ou non, Louis ne percevait aucune impression particulière. Les transes ne faisaient remonter à sa conscience que des souvenirs d'enfance, comme cette fois où sa mère l'avait surpris en train de se masturber, ou quand il avait dû aider à nettoyer le pied gangrené de l'oncle Joseph.

Louis demanda alors aux prêtres s'ils ne pourraient pas lui trouver une vie assez récente, afin qu'il puisse plus aisément en avoir des réminiscences.

Un des prêtres s'assit aussitôt auprès de Louis et les

yeux clos griffonna une longue litanie de phrases sur un cahier d'écolier acheté dans les magasins Woolworth.

Un autre aspirant prêtre lui lut l'ensemble, non sans quelque difficulté. Le texte expliquait comment Louis s'appelait Louis quand il avait péri la dernière fois, et pourquoi : il aurait été un pamphlétaire tombé en disgrâce auprès de la Convention. Le texte lui suggérait de se lancer personnellement dans des recherches sur ce sujet.

Louis se sentit curieusement excité par ce défi. C'était quelques jours après son quinzième anniversaire. Il n'avait pas d'argent mais il reçut deux bouteilles de bière brune en cadeau de la fille de dix-sept ans qui ne voulait pas coucher avec lui.

Complètement ivre, Louis se rendit dans une bibliothèque publique et lut toute la journée sur la Révolution française.

Quand il ressortit, il brûlait du feu de la conviction et de celui d'une vessie trop pleine – la bibliothèque ne disposait pas de toilettes –, et il se sentait un peu étourdi par l'ensemble. Il se rendit sur Westminster Bridge, lieu significatif s'il en est, et expérimenta là un très étrange phénomène de schizophrénie : il eut conscience de vivre en même temps deux vies.

Il ne réussit pas à coucher avec la fille de dix-sept ans, car entre-temps un autre prêtre l'avait séduite, avec le gros avantage sur Louis d'avoir enfanté la fille en question deux siècles plus tôt. Louis cessa de s'intéresser à elle.

Il vécut le Londres des années soixante-dix dans une joie nouvelle. Il était heureux de tout, voulait tout savoir car chaque chose était immortelle. Bien sûr, tout changeait, mais vous reveniez toujours, et la mort n'avait plus d'importance. Par ailleurs, les êtres les plus répugnants, ceux qui vous traitaient horriblement mal, tous finiraient par être bons, et intelligents, et se fondraient dans le Grand Tout. C'était rassurant.

Ce furent des années de joie et d'enthousiasme pour Louis.

Il finit par devenir prêtre de l'église des Enfants du Temps, et l'agitation destructrice de la métropole ne l'emplit plus que d'une résignation douce-amère. Il était serein, sage, voyait plus loin que quiconque et aimait tous et chacun, de l'homme qui tenta de le poignarder au clochard qui mourut dans ses bras en entendant ses paroles de réconfort – peu efficaces sur lui, apparemment –, des policiers enragés aux bandes errantes qui saccageaient les villes du monde.

Louis n'était pas une jeune âme. Il avait en lui une étincelle de maturité humaine, qui approchait de la perfection. D'ici dix incarnations peut-être, il réussirait. Et comme il serait beau de voir ce monde dévasté entrer dans la révélation! Car il pourrait lire dans le futur, et tout le monde le pourrait. Et à la fin des fins, ceux qui étaient bons et avaient progressé sur le Chemin hériteraient de la planète Terre. Ce serait merveilleux.

Cet avenir le faisait régulièrement éclater en sanglots de joie.

Et brusquement, au début des années quatre-vingt, Louis perdit la foi.

Comme ça.

La veille encore il était un enfant qui voit à travers un verre trouble, et soudain il eut la vision d'un adulte. Et il contempla la terreur et l'horreur qui s'étalaient partout, et il comprit en une seconde de douleur intense que rien n'avait vraiment de sens. Vous ne viviez pas pour l'éternité. Vous souffriez pour finir par mourir, et c'était tout.

Il voulut affronter cette grave crise spirituelle, mais personne ne put l'aider et après quelque temps il retourna vivre dans la décadence citadine.

Il s'appelait toujours Louis, et il se vantait toujours d'avoir été un prêtre. Il revenait à l'église des Enfants du Temps pour assister aux anniversaires, aux funérailles et aux mariages. Et il affirmait toujours sa croyance en la réincarnation, alors qu'il n'était plus sûr de rien.

Mais comment pouviez-vous *savoir*?

Comment était-ce possible, avant de mourir?

Et alors il était foutrement trop tard.

Louis leva les yeux et vit les fidèles qui avançaient le long de la grisaille du fleuve.

C'était Camillo qui avait voulu que la cérémonie ait lieu ici, sous le pont.

Et qui diable était ce Camillo ? Un individu jeune et vieux à la fois, mais surtout complètement dingue.

Louis, un innocent qui en avait su trop et trop peu, épousseta du plat de la main la robe verte qu'il conservait habituellement au fond de son sac. Ses narines étaient maintenant bien dégagées, et en conséquence son esprit l'était aussi. Il ferait de son mieux.

Lix avait coupé de nouveau ses cheveux et lavé ce qu'il en restait sur son crâne. Elle portait son autre jean, celui des grandes occasions, et Janice avait épinglé sur son manteau un coquelicot ramassé lors de l'Anniversaire de l'Armistice.

Camillo parut offensé.

– Trop propre. Tu t'es encore lavée !

– Eh, tu vas l'épouser, n'oublie pas, dit Janice.

Kirstie gloussa.

– Ce n'est pas un vrai mariage, dit Lix.

– Si, insista Camillo. C'en est un vrai.

Lix s'en contrefichait. Elle s'était lavée parce qu'elle aimait être propre. Non que cela fût très important en soi, mais elle détestait sa propre odeur corporelle, alors que celle d'autrui ne la gênait pas. D'ailleurs Camillo ne sentait rien sinon la boue de son manteau. Comme quelqu'un de très âgé, il n'avait plus d'odeur. Il était sec.

Elle accepta la cérémonie parce qu'on l'y avait décidée. En fait, cela ne signifiait rien pour elle.

Le prêtre détraqué, celui qui croyait à la réincarnation, attendait sous le pont, comme l'avait promis Camillo.

Les gens faisaient ce que Camillo disait qu'ils feraient.

Même Deux-Chapeaux, qui était mort dans l'explosion de la bombe, et Vinegar Tom, que la déflagration avait seulement rendu sourd et qui entendait de la musique dans sa tête. Lui et Pug portaient des pantalons neufs et déjà salis que Camillo avait dénichés pour les hommes déshabillés par l'explosion. Pug les avait rejoints pour participer aux libations.

Camillo avait aussi de l'argent – il l'avait simplement eu quand il le lui fallait – et il avait acheté du vin rouge, du brandy et du martini. Le tout avait été mélangé dans un vase brisé trouvé entre deux poubelles et qui gardait l'odeur un peu écœurante des chrysanthèmes fanés.

Lix pensa brusquement à Ron buvant un peu du mélange. Pauvre Ron. Il était bien rare qu'elle ait une pensée pour lui, à présent. Un gin-tonic avant le repas, trois verres de bordeaux avec les plats, et de temps à autre un whisky en guise de pousse-café. Oh oui, et aussi un mélange de whisky et de lait chaud, pour combattre la grippe. Et Greg... Greg était si jeune quand...

Une minute. Pourquoi pensait-elle à eux ? Cela ne lui était pas arrivé depuis une éternité. Son mari et son fils avaient disparu, voilà tout.

Elle aurait pu dire : *Désolée, Camillo. Je suis mariée.*

Mais ce n'était pas vrai non plus.

Non, elle était libre. Pas d'alliance à son doigt. Où était-elle passée ? Ah oui, quelqu'un la lui avait arrachée. Elle dormait, ou plutôt feignait de dormir. Elle avait bien cru qu'ils allaient lui couper le doigt, mais la bague avait fini par venir...

Avait-elle pleuré, après ?

Non. Elle n'avait jamais pleuré.

– Le voilà. Le dingue, dit Janice en désignant Louis sous le pont.

– C'est encore mieux, assura Camillo. Les fous sont sacrés.

L'après-midi était blanc et bruyant. Il devait être quatre heures moins le quart environ.

Sur le pont la circulation déroulait son serpent interminable et frénétique.

Sous le pont, l'ombre était épaisse. Immobile.

Vingt centimètres de boue, et dans cette boue des carcasses diverses, des fossiles de caddies, de poissons morts, l'os blanc et large de la mâchoire d'un grand chien, peut-être égaré des Baskerville et venu mourir ici. Ils donnèrent des coups de pied dans des bouteilles de verre et de plastique.

– Trop propre, catin.

– Ça va, dit Lix.

Elle s'assit puis s'allongea dans la boue, elle s'y roula.

Quand elle se releva, elle en était couverte, son visage digne d'un fusilier-commando en opération.

– C'est mieux comme ça ?

– Beaucoup mieux, oui, approuva Camillo. Très joli, je trouve. Je ne savais pas que tu pouvais être aussi belle.

Camillo avait l'air d'un garçon de seize ans, mais seize ans dans la rue, un siècle ailleurs.

Il crocha le bras de Lix et le couple s'engagea sous le pont.

Les autres suivaient, Janice, Kirstie, le chien, Pug qui souriait, Vinegar Tom, un mégot entre les lèvres, qui écoutait *La Marseillaise* tonner à l'intérieur de sa tête.

Louis conduisit la cérémonie en se référant à sa mémoire.

Il s'adressa à eux avec une grande solennité.

Ils se comportèrent très bien. Même Janice prit un air grave, et le chien n'aboya pas. Kirstie bâillait de temps à autre, mais elle était sans doute malade, et toujours léthargique. Quelques années plus tôt Louis n'aurait pas hésité à partager le vase empli d'alcool avec quelqu'un comme Kirstie, alors qu'à présent la méfiance rampait dans son cerveau. Mais après tout, s'il n'y avait rien, pourquoi s'en faire ?

Il leur expliqua ce qu'ils s'engageaient à partager, et ils se partagèrent le contenu du vase.

Puis il se tourna vers Lix.

Il lui demanda si elle était libre de s'unir à Camillo et si elle le désirait. Elle répondit qu'elle l'était et qu'elle le désirait. Il ne lui demanda pas d'aimer son mari, de l'honorer et de lui obéir, mais seulement de l'aimer. De l'aimer pour toujours et de respecter la liberté de l'autre, et de le chérir. Les formules furent identiques pour Camillo. Ils répondirent tous deux par l'affirmative, et Louis en fut un peu étonné. Car d'une certaine façon cela mettait en relief le décalage de sa position : s'ils avaient accordé la moindre importance à la valeur des sacrements, sans doute ni l'un ni l'autre n'auraient prêté serment.

Le vase circula parmi les participants.

Louis marmonna une prière.

– La vie est un dur professeur, et c'est en vivant que

nous apprenons, sous la férule de l'expérience. Nous faisons le mal et nous blessons et nous regrettons souvent. Mais à la fin une lumière dorée illumine nos ténèbres intérieures. Et bien que le chemin de la vie semble être fait de ténèbres, il existe toujours un passage de lumière. Nous devons seulement avoir confiance en nous et en l'Infini, qui toujours nous guide...

Les yeux de Janice étaient mouillés de larmes.

Louis ressentit une grande tristesse devant cette marque de foi qui était bien plus forte que la sienne.

Il conclut la cérémonie d'une bénédiction.

Le vase passa une nouvelle fois de main en main.

– Vous pouvez vous embrasser, dit Louis.

Camillo se tourna vers Lix et la prit dans ses bras.

Il ressemblait à un adolescent, comme Louis à quatorze ans, quand il était entré dans le temple de l'église des Enfants du Temps, avec les poches et le ventre vides. Et pourtant Camillo était sauvage et sûr de lui. Comme un pigeon, pensa Louis, car les pigeons étaient les plus doués pour survivre. Camillo le Pigeon posa sur la bouche de Lix le bec cruel de ses lèvres.

Elle se laissa faire.

– Et voilà! s'exclama Janice.

Alors se produisit une chose étrange.

Une bourrasque de vent avait dû balayer le tablier du pont au-dessus d'eux, qui souleva les détritus légers de la journée pour les déverser par-dessus le parapet, dans l'air brumeux, vers le sol boueux de la berge.

Les odeurs de l'heure de pointe accompagnèrent la pluie de saletés, odeurs de cigarettes et de gaz d'échappement, d'air vicié expulsé des tunnels du métro, odeurs de corps parfumés au déodorant mais piégés par des émotions qu'ils ne voulaient pas éprouver.

Des tickets verts déchirés, des mots d'amour sur du papier coloré, des emballages de bonbons et de chewing-gums, des tickets de bus, de vieilles factures et une carte postale, des Kleenex usagés, des mégots, tout un monde de déchets infimes voltigea sur le fleuve.

Une autre bourrasque en poussa une partie sous le pont.

Les confettis du mariage.

– Ooh, regardez... s'extasia Janice.

– On dirait... commença Kirstie.

– Ouais, fit Pug, les yeux brillants.

Et sur le chaume des cheveux de Lix tomba un emballage doré de chocolat.

– Et maintenant, le voyage de noces! claironna Camillo. Qui veut venir?

– Un couple n'emmène personne pour son voyage de noces, décréta Janice.

Son chien poussa un aboiement désapprobateur.

– Là, c'est différent, affirma Camillo.

Il les précéda le long de la rive grise, et même Louis suivit.

Ils gravirent un escalier aux marches glissantes.

Et là, de l'autre côté de la rue, garées contre le trottoir où s'agitait l'autre monde, deux énormes voitures noires attendaient.

– Merde alors, souffla Janice.

– Des Rolls, balbutia Pug.

– Je vous invite, annonça Camillo. Lix et moi dans la première, vous autres dans la seconde.

Janice restait hébétée, les bras serrés sur son chien et son sac. Kirstie était tout aussi immobile près d'elle, le visage vidé de toute expression.

– Ouais... crut bon d'ajouter Pug.

Et Vinegar Tom, malgré la fanfare dans sa tête :

– Ça, je veux bien essayer.

Camillo traversa la rue et approcha de la première voiture. Il tambourina d'un poing autoritaire sur la vitre fumée.

Un chauffeur en tenue sortit de la Rolls Royce, et son double émergea de la seconde.

Autour d'eux le monde supérieur, celui qui passait sur le pont, s'agitait dans un pandémonium mécanique.

Lix monta dans la première voiture, suivie de Camillo, et avant de se rasseoir derrière le volant le chauffeur referma la portière sans à-coups.

Elle ne se retourna pas pour voir qui s'installait dans l'autre Rolls. Mais elle remarqua Janice, Kirstie, le chien et Louis, figés comme un groupe de statues au bord de la rue.

La Rolls démarra silencieusement.

La dernière voiture dans laquelle Lix était montée... Mais cela n'avait rien de comparable avec celle-ci.

– Et un peu de champagne! gloussa Camillo.

Et elle entendit la détonation d'un bouchon qu'on fait sauter.

Quelque part du côté d'Euston, Camillo ordonna au chauffeur d'arrêter la voiture.

Avec l'aide de Vinegar Tom et de Pug, il ramassa un homme vêtu d'un costume noir crasseux qui était allongé sur le trottoir.

– Putain-de-putain-de-putain-de-putain... maugréait l'homme.

Mais il ne protesta pas autrement quand ils le chargèrent dans la seconde Rolls Royce.

Il y vomit de la bile pendant cinq bonnes minutes, ce qui empuantit notablement l'intérieur luxueux.

Pug et Vinegar Tom lui passèrent le vase, puis y goûtèrent de nouveau. Personne ne se plaignit.

Lix ne demanda pas à Camillo qui était cet inconnu, pas plus qu'elle ne l'interrogea sur leur destination.

Il le lui dit spontanément.

– Ça ne serait pas assez rigolo sans lui, chez ma nièce, ajouta-t-il.

39

Ils s'étaient fait voler la camionnette. Ils étaient absolument désolés, mais ils ne pouvaient donc pas la livrer cette semaine. Et peut-être même la semaine prochaine. Ils multiplièrent les formules d'excuses. Après tout, c'était une très bonne cliente : trente bouteilles de vin blanc tous les sept jours, sans compter quelques-unes de rosé et de rouge et un litre de gin de temps à autre, les cartons d'eau minérale et de jus de fruits. C'était vraiment désolant qu'on leur ait volé la camionnette de livraison.

Rachaela leur assura que c'était sans importance.

Elle descendrait la colline et irait acheter elle-même quelques bouteilles. Elle avait donné leurs congés à Elizabeth et Reg juste avant Noël, car elle n'avait pas besoin de tout cet entretien et de ces petits plats maintenant qu'elle était seule. Il y avait des compagnies de taxis. Elle se débrouillerait.

En voyant l'employé du magasin de spiritueux sortir les quatre cartons de bouteilles, le chauffeur du taxi lui demanda si elle préparait une petite fête.

– Exactement.

Une petite fête pour moi toute seule, songea-t-elle.

Elle rassembla toute son indulgence, cet homme ne voyait probablement une bouteille de vin qu'à Noël ou quand il emmenait sa femme au restaurant chinois du coin. Et avec son métier, la boisson lui était interdite. Mais son attitude l'irritait un peu. Il exsudait une jalousie muette qui la perturbait. Comme toujours, les ennemis étaient partout. Pendant si longtemps elle s'était crue capable de les éviter, mais à présent elle devait affronter ce monde envieux une nouvelle fois, avec ses insultes et ses menaces, et ses regards soupçonneux.

Alors qu'ils approchaient du pied de la colline, le chauffeur s'adressa à elle :

– Ça ne vaut pas vraiment le coup de prendre un taxi, non ? Vous auriez dû y aller en bus. Vous auriez pu monter le restant du chemin à pied.

Rachaela serra les dents. C'était encore plus difficile à supporter après tout ce temps. Quelles barrières les Scarabae et Althene avaient-ils dressées entre eux et ces gens ? Des panneaux de verre blindé...

A cet instant quelque chose attira le regard toujours en alerte du chauffeur.

– Regardez-moi ça...

Rachaela regarda.

Deux Rolls Royce noires arrivaient en face d'eux. Elles tournèrent dans la rue qui escaladait la colline.

– Sacrées funérailles, on dirait, hein ?

Rachaela ne répondit pas. Elle suivit des yeux les deux automobiles luxueuses qui se glissaient sans bruit entre les murs de son propre jardin et remontaient l'allée privée vers sa maison.

Des Scarabae.

Qui d'autre ?

Ce ne pouvait être qu'eux.

Althene ? Non...

Elle sentit alors une vague peur mêlée de curiosité nouer son estomac.

– Je ne rentre pas, prévint platement le chauffeur de taxi. Ces grosses voitures m'empêcheraient de faire mon demi-tour... Dans le rétroviseur, il jeta un coup d'œil aux cartons empilés à côté de Rachaela, sur la banquette arrière. Je ne peux rien porter. A cause de mon dos...

Rachaela attendit quand même qu'il vienne ouvrir la portière pour sortir de l'autre côté, contourner le taxi et décharger les quatre cartons sur le sol, juste derrière le mur de leur propriété. Le chauffeur l'observait d'un regard impavide. Il lui demanda plus que le prix et elle le paya en ajoutant un pourboire. Mais c'était une forme de défense : il savait où elle habitait.

Alors qu'il redescendait la rue elle resta immobile auprès des cartons et contempla les deux Rolls Royce arrêtées devant les peupliers dénudés.

Personne n'en était encore sorti.

Rachaela ramassa le premier carton et gravit l'allée. Quand elle atteignit la maison elle se retourna et regarda les voitures noires. Pas trace de mouvement, mais les vitres fumées interdisaient tout indice.

Rachaela inséra sa clef dans la serrure et ouvrit la porte. Elle alla déposer le carton dans l'entrée.

Alors qu'elle se redressait, la portière arrière de la Rolls la plus proche s'ouvrit comme une aile noire qui se déploie.

Un homme descendit du véhicule. Non, ce n'était pas Althene, pas même tel qu'elle aurait pu devenir. L'individu était mince, âgé d'environ trente-sept ans et enveloppé dans un long manteau qui, elle s'en rendit compte en un éclair, était encroûté de boue séchée et d'autres saletés. Elle ne le reconnut pas, mais elle sut aussitôt que c'était un Scarabae. Il avait leur attitude et leur silhouette. Et ses cheveux tailladés sans soin étaient d'un blanc neigeux. Un parent de Malach ?

Puis il pivota sur lui-même pour dire à quelqu'un de sortir également de la Rolls Royce, et quelque chose dans son mouvement et dans son profil renseigna Rachaela. Il était plus vieux, la cinquantaine environ. C'était Camillo.

L'autre passager de la voiture était une jeune fille maigre portant un jean et un anorak. Elle tenait un sac marin dans ses bras. Sa chevelure également était coupée court, et elle hérissait son crâne. Elle était couverte d'une substance sombre, ses vêtements comme son visage. De la peinture peut-être.

– Nous voici, lança l'homme qu'était devenu Camillo. Vous voulez un coup de main pour transporter ces cartons ?

Le chauffeur sortit de la Rolls avec souplesse et referma la portière arrière.

– Allez chercher les cartons là-bas, lui ordonna Camillo.

Et l'employé sanglé dans son élégant uniforme obéit sans un mot.

En trois pas de danse, Camillo approcha de l'autre voiture et toqua du doigt à la vitre fumée. Comme mû par un mécanisme parfaitement entretenu, le second chauffeur descendit de cette voiture et ouvrit la porte arrière.

Deux individus incroyablement crasseux sortirent à quatre pattes de la Rolls et s'étalèrent sur le sol en toussant et en riant. Ils se relevèrent en s'aidant l'un l'autre et aidèrent un troisième homme engoncé dans un costume noir à s'extirper de la Rolls. Ce dernier tomba à genoux et cracha au pied de la vasque en pierre.

– Putain-de-putain-de-putain...

Puis il vomit avec application.

– Des amis, fit joyeusement Camillo. Nous venons vous rendre visite pour le week-end.

– Ce n'est pas le week-end, dit Rachaela.

Elle vit le premier chauffeur qui remontait l'allée en portant deux cartons. Son collègue le croisa en sens inverse, sans doute pour aller ramasser le dernier.

Un des « amis » de Camillo arriva en titubant devant elle. Il empestait une odeur incroyable de misère et de désespoir vivant.

Il franchit le seuil et zigzagua jusqu'au carton. Il marqua une pause pour en inspecter le contenu, et elle entendit les bouteilles tinter les unes contre les autres.

L'homme au costume noir crasseux avait fini de vomir.

– Putain-de-putain-de... murmura-t-il en levant vers elle le regard étincelant d'un chien atteint de la rage.

– J'ai pensé que vous aimeriez un peu de compagnie, dit Camillo. Ce n'est pas bon de rester seul.

– Je préfère rester seule.

– Il faudra faire une petite entorse à la règle, alors, n'est-ce pas? répondit Camillo avant de se retourner à demi vers la fille. Voici mon épouse. *Mon amour. Ma femme.* [1]

Rachaela détailla la fille en jean. Elle avait des yeux d'un bleu très vif, et c'était le seul intérêt de son visage.

1. En français dans le texte. *(N.d.T.)*

Le second chauffeur remontait avec le dernier carton contenant le reste du vin, le gin et l'eau.

Les deux autres clochards entrèrent ensemble dans la maison. Ils étaient aussi sales et sentaient aussi mauvais que celui qui les avait devancés.

Elle ne fit rien pour les arrêter. Toute tentative aurait impliqué un contact qu'elle refusait. Et de toute façon ils étaient impossibles à arrêter. Sinon pourquoi Camillo les aurait-il amenés ici ? Camillo le Vengeur, toujours à la recherche d'un stratagème pour créer le malaise ou l'incident qui la déstabiliserait, pour quelque raison inconnue...

A l'intérieur de la maison il y eut un bruit de verre cassé. Une bouteille, peut-être.

– C'est ma nièce, Rachaela, lança Camillo aux autres. Lix, dis bonjour.

– Bonjour, dit la fille aux yeux bleus.

Elle avait une voix menue et terne, et une élocution soignée.

Comment l'avait-il retrouvée ? Mais les Scarabae pouvaient toujours retrouver d'autres Scarabae.

Pendant une seconde elle songea à téléphoner à la Demeure surplombant le terrain communal, mais elle renonça. Camillo les avait épargnés. Quant à elle... Eh bien, que faire ? Camillo et ses clochards n'étaient qu'une autre facette du monde extérieur qui l'avait envahie. Etonnant pourtant qu'il soit devenu ainsi.

Les clochards explorèrent d'abord la cuisine. Ils ouvrirent le réfrigérateur pour en inspecter le contenu, ce qui laissait supposer qu'ils connaissaient l'usage d'un réfrigérateur. Ils semblaient tellement primitifs, tout droit sortis de l'époque de Thomas Hardy et de Dickens...

Il n'y avait pas grand-chose dans le réfrigérateur : un petit steak cru, quelques tranches de jambon sous plastique, un camembert – l'odeur parut leur déplaire –, des tomates et trois yaourts.

Et une dernière bouteille de vin.

Un des clochards au moins dédaigna le vin en déclarant que c'était « trop fade ». L'instant suivant il se mit seul à gravir l'escalier menant à l'étage. Rachaela le suivit, juste parce qu'elle était curieuse de voir ce qu'il allait faire. Elle venait d'ouvrir une bouteille de vin qu'elle emmena, avec un verre.

Le vieux clochard entra d'abord dans la salle de bains, celle qui avait été réservée à Anna. Il entreprit de fouiller dans les placards de toilette.

– Vous avez du démaquillant, M'dame ?

– Là.

– Aah.

Il prit le flacon à moitié plein de démaquillant parfumé à l'abricot, et une lotion astringente. Anna avait acheté ces produits mais elle les utilisait rarement, se contentant de se laver le visage au savon.

Le fantôme d'Anna entra dans la salle de bains.

Mais le clochard ne le vit pas.

Il dévissa le bouchon du démaquillant et le goûta d'un air concentré. Puis il fit claquer sa langue avec une évidente satisfaction et proposa le flacon à Rachaela.

– Excellent. Vous en voulez un coup ?

– Merci. J'ai à faire.

Elle ressortit et dans le couloir emplit de vin son verre. Puis elle se rendit dans l'autre salle de bains, celle qu'elle avait partagée avec Althene. Elle ouvrit la grande armoire de toilette.

Oh oui, il aimerait cela...

Il apparut derrière elle.

– Faites votre choix, lui dit-elle.

– A la vôtre, répondit le clochard. Il vacilla derrière elle, son odeur nauséabonde mêlée à des relents de parfums Coty et Lancôme.

– Quelque chose vous tente ? lui demanda-t-il.

– Non, ça va. Je ne m'en sers que pour les soins du visage.

– Jolie comme vous êtes, dit-il galamment, c'est inutile.

Il plongea une main dans la forêt de fioles et de flacons, et plusieurs tombèrent de l'étagère pour éclater dans le lavabo.

– Désolé, M'dame.

Rachaela le laissa là. Elle pourrait toujours utiliser

l'autre salle de bains ou les toilettes du rez-de-chaussée si elle avait besoin de se soulager. Ou si elle était malade. Et si le clochard au costume noir se remettait à vomir ? Sans aucun doute la chose se reproduirait...

Elle le trouva en bas, assis sur le tapis chinois, une bouteille de colombard à la main. Le tapis était déjà souillé. Le dernier clochard était allongé sur le canapé, ses bottes enfoncées dans les coussins. L'air rêveur, il buvait lui aussi du vin.

Camillo occupait un fauteuil, et la femme qu'il avait appelée Lix était assise en tailleur sur le sol. Elle ne buvait pas. Camillo non plus.

– C'est Pug, dit-il. Et celui en haut s'appelle Vinegar Tom. Celui-là, on ne sait pas. Quel est ton nom, papa ?

– Putain-de-putain-de-putain-de-putain...

– Adorable compagnon, commenta Camillo avec une affection sans tache.

L'homme roula sur le tapis et voulut se remettre en position assise, mais sans y parvenir. Alors il se laissa aller et but au goulot comme il pouvait.

Rachaela passa dans l'entrée et tendit l'oreille. Elle entendait le troisième homme – Vinegar Tom – qui titubait lentement à l'étage.

Soudain la chatte, Juliet, dévala les escaliers. Elle s'arrêta net au bas des marches et leva vers sa maîtresse une face blanche et étonnée.

Rachaela sentit son cœur se serrer. Les chats. Elle les avait complètement oubliés.

– Oui, dit-elle en allant ramasser Juliet qui se débattit un peu, nerveuse. Allons, reste tranquille.

Rachaela alla ouvrir la porte du placard près de l'escalier. Alors qu'elle y glissait l'animal, la terrible fenêtre colorée étendit ses derniers feux sur elles, le rouge, le vert et l'or de Perséphone et de sa mère. Perséphone qu'on lui avait ravie.

– Juste pour une demi-heure, mentit Rachaela en refermant la porte.

Elle donna un tour de clef et empocha celle-ci. On avait toujours pu fermer ce placard à clef, Dieu seul savait pourquoi, mais c'était bien utile maintenant.

Juliet ferait probablement ses besoins sur le sol, pour protester, mais qui pourrait lui en vouloir ?

Rachaela remonta à l'étage. Elle savait que la chatte noire, Jelka, s'y trouvait. Ou s'y était trouvée.

Normalement Jacob devait être dehors. Il serait trop avisé pour rentrer, avec un peu de chance.

Au milieu des escaliers, son verre se renversa. Elle le posa sur une marche mais ne lâcha pas la bouteille.

Vinegar Tom était passé dans sa chambre, celle qu'elle avait occupée avec Althene. Il était assis sur le lit, un mégot à la bouche, et il reniflait un oreiller qui devait garder des traces de parfum. Dans une seconde la taie brodée prendrait feu.

La porte de la chambre d'Anna était entrouverte.

Rachaela y entra.

Indifférente, Jelka était roulée en boule contre Ursula la renarde, la tête enfouie dans le ventre du lapin en peluche.

Une idée horrible assaillit Rachaela.

Elle leva la bouteille et but une rasade de vin. Mais le liquide douceâtre ne lui apporta aucun réconfort.

Mon Dieu, c'était cela la vérité. La réalité.

Elle posa la bouteille sur le sol et approcha doucement du chat immobile. Mais certainement aucun des clochards n'aurait fait de mal au chat, ni Camillo. A moins qu'il n'ait changé aussi en cela ?

Rachaela prit la fourrure de renard, la peluche et Jelka dans un nid de douceur.

La chatte s'éveilla en ronronnant doucement et la contempla d'un regard ensommeillé.

– Tout va bien.

Jelka resta calme et laissa Rachaela l'emporter au rez-de-chaussée.

Elle eut quelque difficulté à rouvrir la porte du placard sans laisser Juliet en sortir. Elle n'y serait pas parvenue avec la bouteille en main. Elle était heureuse de s'en être débarrassée.

Quand elle eut placé la chatte, la fourrure de renard et le lapin dans le placard, elle les enferma de nouveau et, serrant la clef dans son poing, s'assit au bas de l'escalier.

Il n'y avait plus grand-bruit dans la maison. L'homme devait s'être allongé sur son lit sans mettre le feu à l'oreiller, puisqu'elle ne décelait aucune odeur de fumée. Et les deux restés en bas buvaient, sans aucun doute. Et Camillo et sa femme – sa femme ? – restaient immobiles.

Elle aurait pu prétendre être seule.

Mais elle ne l'était pas.

Si elle avait été seule elle aurait fait comme à son habitude. Elle aurait ingurgité avec une lenteur obstinée le liquide qui lui procurait une sérénité passagère. Et elle aurait allumé la télévision. La nuit aurait paisiblement amassé ses ténèbres autour de la maison.

C'était étrange. Elle avait pensé à Camillo quand une partie de Londres avait été plongée dans l'obscurité. Et maintenant il était là.

Que voulait-il vraiment ?

Peu importait à Rachaela. Elle avait mal, et la douleur croissait par vagues sourdes, comme une mer de souffrance montant vers elle.

Elle l'avait réprimée si longtemps.

La souffrance de la naissance et du sexe, et surtout la souffrance de la perte. Oui, c'était cela.

Elle songea à Althene qui était redevenue un homme. Un homme si fragile et pourtant si dur quand il l'avait quittée. D'abord Adamus, puis Ruth. Et Anna. Et Althene. Seule. Mais elle aimait être seule. Non, c'était faux : elle s'y était seulement accoutumée.

Elle se demanda si elle allait pleurer. Mais cette nouvelle douleur était bien trop aride.

Elle chercha la bouteille. Où l'avait-elle laissée ? Aucune importance. Il y en avait d'autres dans la cuisine, là où les chauffeurs serviables les avaient portées.

Etaient-ils repartis ? Elle n'avait pas entendu le ronronnement des Rolls Royce redescendant l'allée.

Elle se leva, alla jusqu'à la porte qu'elle ouvrit et regarda au-dehors.

Les deux voitures étaient toujours là.

Rachaela referma la porte.

Elle retourna dans la cuisine et ouvrait une autre bouteille quand Camillo apparut.

– Vous voilà, dit-il. Je croyais que vous aviez fui.

– Et pourquoi l'aurais-je fait ? C'est ma maison.

– Ah oui ? Je pensais que c'était celle d'Althene. La belle et séduisante Althene. Avez-vous des nouvelles d'elle ? Qu'a-t-elle dit ?

– Je n'ai aucune nouvelle.

– Son nom d'homme est Johanon. Le saviez-vous ? C'est sa mère qui le lui a donné. On a dû vous parler de Sofie, Sofie la Folle. Le Diable seul sait ce qu'elle peut bien manigancer en ce moment. Tss-tss... Avec une folle comme elle...

– Althene est partie à la recherche d'Anna.

– Anna est perdue, comme Ruth, dit Camillo. Oui, je sais tout. Althene est allée voir Sofie d'abord. Et elle est probablement restée chez elle. Piégée par Sofie.

Rachaela versa le vin dans trois verres de cuisine en cristal vert clair.

– Je suppose que votre femme en voudra.

– Peut-être, oui. Je ne la connais pas très bien.

Camillo prit un verre et ils retournèrent dans le salon.

La lumière mourait maintenant dans les signes du zodiaque en haut des murs.

Rachaela songea aux yeux de la femme de Camillo. Très bleus... Ceux du père d'Althene étaient très bleus, lui avait-elle dit. Cajanus. Celui que peut-être Althene recherchait. Celui qui avait pu enlever Anna, s'il existait réellement. Si Anna existait réellement.

Rachaela ferma les yeux. Elle ne parvenait pas à se remémorer ce que lui avait dit Althene et ce qu'elle avait elle-même imaginé, deviné ou déduit. Rien de tout cela n'avait de sens, de toute façon. Quelle était donc sa place dans tous ces événements ?

– Merci, dit la jeune fille polie qui était la femme de Camillo, ou sa propriété.

Rachaela lui avait tendu le verre sans la regarder.

Sur le canapé, Pug s'était endormi, après avoir vidé sa bouteille.

– Vous souvenez-vous de mon cheval ? demanda Camillo à Rachaela.

– Oui.

– Je l'ai laissé dans un endroit sûr. Pauvre bête, je dois lui manquer. Méchant Camillo qui est parti loin de son destrier...

Rachaela but une gorgée de vin, qui avait un goût métallique. Inutile.

– Ça se voit qu'elle déprime, chantonna Camillo. Quelqu'un lui a volé son enfant. Et puis l'amante de Rachaela est partie à la recherche de l'enfant et c'est Sofie la Folle qui l'a enlevée. Eh oh, la vie c'est rigolo!

Lix jeta un coup d'œil rapide à Rachaela.

– Je peux prendre un bain? demanda-t-elle soudain.

– Oui, si vous voulez. Il y a deux salles de bains à l'étage. Un des amis de Camillo est dans une chambre. Il a probablement bu tout le parfum de bains. Il y a des serviettes dans le placard, sur le palier.

– Parfaite hôtesse, commenta Camillo.

– Vos amis feront-ils du mal aux chats? lui dit Rachaela.

Camillo sourit et haussa les épaules.

Mais sur le tapis l'homme releva la tête, une lueur mauvaise dans ses yeux.

– Ils sont dehors, les chats, dit Rachaela. Parfois ils restent absents des jours entiers.

Lix se leva. Elle était mince et très petite. Le noir qui maculait son visage n'était que de la boue, mais en dessous elle paraissait propre. Elle sortit du salon.

Rachaela ne voulait pas rester avec Camillo. Elle se leva elle aussi et suivit Lix.

Au bas de l'escalier, Lix se retourna vers elle :

– Je nettoierai la baignoire après. Je n'ai pas de maladie. Enfin pas que je sache..

– Mais vous pourriez ne pas le savoir.

– Oui, c'est vrai.

– C'est sans importance, déclara Rachaela. Cette famille est supposée immunisée contre la plupart des maux. Nous avons des bébés comme... les chats.

Elle se demanda pourquoi elle parlait ainsi à Lix.

– Vous êtes très gentille, dit la jeune fille.

– Non, je suis totalement insensible. Et lâche.

– Je suis désolée. Pour la maison.
– Ne vous en faites pas.

Lix était enfoncée dans le bain jusqu'au cou. Son corps paraissait tout à fait dans son élément, comme dans une peinture de Waterhouse.

Elle n'avait pas pris de bain depuis... Bah, elle ne se souvenait plus.

Elle bougea un peu dans l'eau, en alerte. Quelqu'un, peut-être Vinegar Tom, se trouvait de l'autre côté de la porte, mais elle l'avait verrouillée.

Cette très belle femme brune que Camillo disait être sa nièce, était-il vrai qu'elle aussi avait perdu son amant et son enfant, comme Lix avait perdu Ron et Greg, dans un accident de voiture, lors d'une autre existence ?

Rachaela se pencha à l'entrée du salon et observa Camillo et l'homme au costume noir qui en était à sa troisième bouteille. De temps à autre il regardait les êtres invisibles qui pour lui peuplaient le vide de la pièce, et il les insultait à voix basse.

Elle perçut vaguement les chats qui miaulaient dans le placard et griffaient la porte avec colère.

Puis elle entendit beaucoup plus clairement un miaulement, et elle baissa les yeux. Jacob se trouvait à ses pieds. Il avait réussi à s'introduire dans la maison.

Il fila entre ses jambes, et elle n'eut pas le temps de le saisir. Elle n'avait pas posé son verre. Elle aurait dû le lâcher.

Camillo se tourna à demi, mais c'est l'homme au costume noir qui se mit péniblement à genoux.

– Putain-de-putain-de-putain-de-vermine...

Et il plongea, ses mains aux ongles noirs tendues comme des serres pour se refermer sur le chat.

Jacob bondit lestement de côté, et l'homme se releva d'un bond d'une étonnante vivacité pour lui décocher aussitôt un coup de pied.

Rachaela sentit son cœur monter dans sa gorge. Elle lâcha enfin le verre et avança de deux pas. Mais Jacob avait de nouveau évité l'attaque et il bondissait sur la table où était posé le compotier empli de bananes.

L'homme abattit ses deux poings sur la table, s'y écroulant à moitié dans son élan. Le chat était déjà sur le sol.

– Arrêtez! s'écria Rachaela, sans effet bien sûr.

L'homme saisit le compotier et le jeta contre une des fenêtres. C'est le compotier qui explosa, et non la vitre. Le clochard avait les yeux rougis et le regard fou. Il fit volte-face avec un hurlement de rage.

– Putain-de-putain-de-putain...

Rachaela regretta de ne plus avoir le verre en main. Elle aurait pu s'en servir comme d'une arme, et lui déchirer le visage. Hésitant entre son envie d'attaquer la femme et le désir de continuer sa chasse au chat, il vacillait d'un pied sur l'autre.

Alors Camillo se leva et traversa le salon en trottant de côté, comme un crabe ou un enfant qui joue, un large sourire aux lèvres.

Il projeta sa tête en avant, faisant passer dans le mouvement tout le poids de son corps, et Rachaela entendit l'incroyable craquement des deux crânes se percutant.

L'homme au costume noir s'écroula au pied de la table en poussant un grognement surpris. Une seconde plus tard il ronflait.

– Il va s'étouffer, dit Rachaela.

– J'espère bien. Ici, minou, minou..

Camillo se baissa et saisit Jacob qui s'était retranché au creux d'un fauteuil. Il souleva le chat qui dans son affolement arracha le tissu du siège de ses griffes tétanisées.

Rachaela le lui prit des mains. L'animal était encore sous le choc et il lui fouettait le bras de sa queue.

– Tout va bien, lui murmura Rachaela.

Elle l'emmena directement dans l'entrée et ouvrit la porte. Puis elle sortit et marcha vers la Rolls Royce la plus proche. Le chauffeur se tenait debout près du véhicule, et en la voyant il s'empressa d'ouvrir la portière. Elle posa Jacob sur la banquette.

– Refermez, s'il vous plaît. Il y en a encore deux autres.

Elle n'eut de problème qu'avec Juliet qui se débattit un peu en crachant. Mais bientôt les trois chats étaient en sécurité à l'intérieur luxueux de la Rolls, avec le lapin en peluche et la fourrure de renard.

Elle s'adressa au chauffeur :

– Vous allez me conduire à la Demeure au-dessus du terrain communal. Vous voyez l'endroit dont je veux parler ?

– Oui, Madame.

– Je reviens dans un instant.

Elle ne fut pas spécialement étonnée que Camillo l'aide à rassembler les affaires d'Althene et les jouets d'Anna. Même Lix sortit de la salle de bains et se joignit à eux. Elle avait remis sur son corps lavé les vêtements sales. C'est elle qui désigna les affaires que Rachaela pouvait entasser dans le sac de voyage.

Tout cela n'était-il qu'un stratagème ridicule pour la faire partir ? Le clochard dans la chambre dormait toujours. Son mégot s'était éteint, et une odeur écœurante flottait dans la pièce.

Elle n'était pas réellement consciente de ce qu'elle prenait ou de ce qu'elle faisait. Elle prit quelques pièces de lingerie appartenant à Althene et les fourra dans le sac. Il y avait quelques babioles de valeur à la cave, mais peut-être ne trouveraient-ils pas le chemin du sous-sol.

Lix l'aida à transporter les sacs au rez-de-chaussée.

Pug traînait dans la cuisine et l'entrée, à la recherche d'une bouteille de vin encore pleine.

– Il est rétamé, fit-il en désignant du pouce l'homme au costume noir toujours allongé près de la table, dans le salon.

– Tête de bois, approuva Camillo. Allez, tout dans la voiture, oui.

Comme les autres, Pug aida Rachaela à porter les sacs jusqu'à la Rolls Royce.

40

Alchimique : une croisière en pleine nuit.

Elle avait été étonnée par la taille du navire, semblable à un gâteau d'anniversaire dans l'obscurité, festonné de lumières.

Il semblait solide, indestructible, et recelait en lui une débauche de luxe, des cafés et des boutiques, des ascenseurs et des escaliers ornés de tapis moelleux. Quand il leva l'ancre elle ressentit à peine la très légère oscillation.

L'océan était calme, la nuit sans limite. Sur un pont découvert, elle contempla ce spectacle avec l'impression d'accomplir un devoir, car elle n'avait encore jamais voyagé en bateau. Mais elle n'avait pas voulu prendre l'avion. Une lune étroite était accrochée bas dans le ciel. Les étoiles brillaient d'un éclat nouveau. La noirceur de la mer était totale.

Elle ne devait plus dire le bateau ou le navire, mais *elle*. Au féminin. C'était la baleine qui l'avait avalée, et elle s'efforcerait de dormir dans ses entrailles. Au matin elle surgirait du ventre de la baleine, pour une seconde naissance.

Elle ne profita pas des restaurants mais retourna directement dans sa cabine de première classe. Alors qu'elle était allongée sur le lit à la couverture d'un vert profond, quelqu'un frappa à la porte.

On lui apportait une salade au poulet, du pain frais, une grosse pomme de terre fumante, un jus de fruits ambré et deux bouteilles de grenache blanc. Il y avait également un pot de café brûlant.

Enfuis à jamais, ces premiers jours chez les Scarabae, quand elle avait demandé sans succès à boire du café.

Elle mangea et but sur le lit qui oscillait très doucement. Le rythme du balancement infime était agréable. Il l'aiderait à dormir, comme le vin dont elle ne but pourtant que trois verres. Après s'être douchée et brossé les dents, elle se glissa entre les draps blancs et resta immobile dans l'obscurité.

Je suis Rachaela. C'est mon nom.

Mais je suis plus que cela.

Toute son existence défila devant ses yeux, ce qui peut-être convenait à la situation puisqu'elle prenait le risque de la noyade. L'immobilité des premières années, puis le contact avec les Scarabae. La première Demeure au bord de l'océan. Adamus. Et la grossesse. Ruth. La vie effroyable de Ruth qui avait couru comme ce vent brûlant des déserts de l'est, le khamsin...

Et Althene. Et Anna. Passées comme des averses de neige.

Allongée sur son lit, c'est Anna que Rachaela essaya de voir en esprit, et non Althene, son amant-mari-femme pour qui elle entreprenait pourtant ce voyage. Elle connaissait Althene. Elle recherchait Anna.

Sa blancheur, celle de sa chevelure aux racines argentées. Ses cils noirs. La petite marque à son sein gauche...

Anna n'était plus.

Cela rendait tout beaucoup plus facile, bien sûr. C'était Althene donc qu'elle voulait retrouver.

La décision avait été aisée. Elle ne l'avait même pas prise, la nécessité s'en était imposée à elle. Lorsqu'elle avait préparé ses sacs elle avait su. Et dans la Rolls Royce, avec Juliet ronronnant sur ses genoux, Jacob pressé contre elle et Jelka à demi dressée, les pattes avant posées sur la portière pour regarder par la vitre, Rachaela s'était soudain sentie aussi claire que du cristal. Elle voyait en elle ce qu'elle était et ce qu'elle voulait.

Cela lui était-il jamais arrivé?

Quand ils avaient atteint la Demeure des Scarabae la

nuit était déjà tombée, mais les vitraux des fenêtres brillaient comme un signe de bienvenue.

Cheta l'avait accueillie à la porte, et presque instantanément ils avaient tous été là, Miranda qui paraissait vingt ans à la lumière des lampes, Sasha plus âgée, et Eric quelque part entre les deux. Tray-Terentia n'était pas présente. Michael servit un copieux souper froid et Rachaela leur raconta ce que lui avait dit Camillo, comme si elle n'en avait rien su auparavant. Elle expliqua sans détour que la mère d'Althene était folle, et que sans nouvelles d'Althene elle, Rachaela, avait décidé de partir à sa recherche.

Aucun d'eux n'éleva la moindre objection.

Eric affirma que les dispositions nécessaires seraient prises.

Et le matin suivant, tout était prêt.

Dans le lit de cette pièce qui naguère avait été sa chambre, Rachaela avait réfléchi à la possible erreur qu'elle aurait pu commettre, sous l'influence malicieuse de Camillo. Althene avait pu simplement passer chez sa mère, et se trouver maintenant n'importe où, mais ailleurs.

Peut-être parce qu'il avait eu les mêmes pensées, Eric lui avait dit qu'elle ne serait pas « seule » à Amsterdam. Apparemment, d'autres Scarabae seraient là pour l'assister. Pas Malach, qui était ailleurs. Mais quelqu'un d'autre. D'autres membres de la famille.

Au matin, Cheta lui avait apporté le petit déjeuner dans sa chambre, et un peu plus tard Miranda était venue. Assise sur le bord du lit, elle avait joué avec les trois chats en lui annonçant que les détails de la traversée maritime avaient été arrangés durant la nuit.

– Vous paraissez en pleine forme, avait dit Rachaela.

Miranda avait souri, comme une coquette derrière son éventail.

– Oui, et je le suis.

Jadis elle avait été vieille, ancienne. Comme Sasha à présent, grise, avec de longues dents jaunes.

– Tombent-elles ? avait demandé Rachaela en parlant des dents.

La question était franche mais manquait totalement de tact. Pourtant Miranda ne s'en était pas offusquée.

– Oui. C'est assez horrible. Elles se cassent, vous voyez. Et ensuite seulement les nouvelles poussent. Comme pour un enfant. Mais je ne mets pas les vieilles sous l'oreiller pour la petite souris. Elles ne sont pas assez jolies.

Les chats jouaient entre eux avec entrain. En bas, on avait disposé des plats de poissons sur le sol pour eux.

– Merci de me le dire, avait répondu Rachaela. Je me posais la question. Et pour le reste?

– Le reste?

– Je veux dire, vous rajeunissez. Est-ce que... Est-ce que tout se produit comme auparavant?

De nouveau, Miranda avait eu ce sourire faussement timide.

– Oh oui, naturellement.

– Est-ce donc naturel? avait dit Rachaela, et devant le silence de Miranda elle avait insisté : Est-ce que tout cela va m'arriver, Miranda? Est-ce que... ça vous effraie?

Miranda avait ri, et les chats avaient sauté sur le lit pour solliciter l'attention de leur maîtresse.

– Comment les avez-vous appelés?

– Ils n'ont pas de nom. Ce sont juste les Chats.

Ils n'ont pas de nom. Ce sont juste les Scarabae. La Famille.

Les gènes importent, et non le titre.

La voiture qui l'avait conduite au port était une simple limousine.

Seuls Eric et Miranda lui avaient souhaité bon voyage. Apparemment Sasha tricotait dans sa chambre. Elle était un peu fatiguée aujourd'hui, lui avait-on dit. Sasha allait-elle mourir, cette autre chose que faisaient les Scarabae? Rachaela en avait été émue; elle s'était remémoré l'embrassade entre Anna et Sasha ce jour-là, dans la Demeure, après l'évanouissement de Sasha et le présent du châle. Le châle se trouvait parmi les jouets d'Anna, enveloppé, entre deux petits ours en peluche, pour leur tenir chaud.

Elle aurait voulu les serrer contre elle, les membres de

la famille. L'occasion ne s'était pas présentée. Mais elle reviendrait peut-être un jour.

Dans sa cabine Rachaela se retourna sur le lit.

Etre allongée au-dessus de la mer, c'était comme être couchée dans le ventre maternel.

Elle avait déjà éprouvé ce doux balancement, dans le corps de sa mère. C'était là l'essence de la berceuse. Car c'était aussi une traversée maritime nocturne.

41

Ils prirent la mer un premier avril, jour réputé néfaste. Mais ils n'avaient pas le choix. Le vaisseau transportait probablement du bois, du vin et du tissu, mais ils n'en étaient même pas certains. Le capitaine avait été soudoyé, et ils purent embarquer discrètement. La traversée serait longue, mais le voyage par terre avait été interminable. Ils avaient l'impression d'être en route depuis des années.

Leur peu de goût pour la lumière les avait gardés à l'intérieur du bateau pendant la journée. Les femmes partageaient une des cabines, les hommes l'autre. C'était un moyen de fortune, mais ils n'avaient pas espéré plus.

Les marins n'étaient pas très heureux de savoir plusieurs femmes à bord. Une seule suffisait à mettre la mer en colère, c'était bien connu. Et la mer se déchaîna le quinzième jour. Le ciel vira au vert, la mer au blanc.

Le navire se mit à rouler et à tanguer.

Ce jour-là, Camillo prit ses distances avec eux, et l'enfant de Stephan commença à bouger dans le ventre de Sasha.

L'espoir qu'il attende l'arrivée en Angleterre avait été vain. La violence de la mer, inévitable, avait précipité l'action de la nature. Les douleurs avaient plus d'un mois d'avance.

Ils l'attachèrent à sa couchette. Ils le devaient, pour sa propre sécurité.

Alors que les spasmes de la mer soulevaient le vaisseau, Sasha resta très calme. Elle endurait ses propres spasmes et les tourments du bébé en elle stoïquement, sans verser une larme ou pousser un cri de douleur.

Elle paraissait jeune, comme Anna, Miriam ou Livia, vingt-cinq ou vingt-huit ans. Sa longue chevelure noire avait été coiffée en tresse et courait au bord de l'oreiller. Grusha s'en était occupée, et maintenant elle rafraîchissait le front brûlant de la femme en gésine avec des linges humides. Parmi elles, seules Sasha et Anna restaient calmes. Les autres étaient nerveuses, apeurées.

Le travail de la mer, le travail de Sasha...

La nuit vint, puis un jour qu'on ne pouvait distinguer de la nuit. Et une autre nuit.

Les marins marmonnaient des jurons, et quand Camillo les rejoignit leur humeur se dégrada encore plus vite. Un homme était déjà passé par-dessus bord, et Camillo s'agrippa au grand mât dont les voiles avaient depuis longtemps été affalées. Camillo riait, et de temps à autre il hurlait dans la tempête, d'une voix de fausset horrible, marquée par la folie : *A tenger! A tenger!* La mer! La mer!

Ils avaient tenté de le persuader de les rejoindre, mais il avait refusé. L'épithète polie d'*oncle* ne l'avait pas amadoué, bien qu'il y ait tenu auparavant, dans la maison de pierre où ils l'avaient gardé enfermé.

Cette demeure était bien loin d'eux, à présent. Ils en étaient séparés par des kilomètres et des kilomètres de toundra, de montagnes, de champs de blé, de routes brûlées par la poussière et plus tard couvertes de boue, quand viendraient les pluies. Des milles d'océan aussi.

Au-dessus d'eux le ciel tremblait et des morceaux de tempête semblaient s'abattre sur le vaisseau. Il n'y avait pas d'endroit sûr pour eux, de par le monde. C'était toujours ainsi, comme cet océan déchaîné, furieux, qui essayait de se débarrasser d'eux.

Et l'équipage commença à parler de les assassiner. La nuit dernière les marins, après avoir beaucoup bu, avaient tiré au sort pour désigner trois d'entre eux qui devraient descendre et bastonner à mort les passagers indésirables. Ensuite on jetterait leurs corps à la mer. Qui saurait jamais ce qui se serait passé?

– *Les autres* sauront, avait répondu le capitaine. Les aurais-je acceptés à bord si j'avais pu faire autrement ? Laissez-les tranquilles.

Il avait parlé dans un dialecte de l'Ukraine, mais il répéta son discours en gaélique, car une bonne partie de l'équipage était composée d'Irlandais.

– Si quelqu'un d'entre vous en touche un seul, c'est moi qui m'occupe de lui. Je lui tranche la gorge. Compris ?

L'aube arriva. Le début du troisième jour de travail pour Sasha.

La tempête avait éteint le soleil, et quatre d'entre eux, George, Kare, Stephan et Dorian, montèrent sur le pont. Ils parlèrent au capitaine, et de l'or passa dans ses mains. Ils l'avaient payé pour qu'il ouvre un nouveau tonneau de vin. Saouls, les marins étaient pour la plupart un peu plus conciliants, et surtout moins dangereux.

On reparlait de l'homme qui était passé par-dessus bord. On racontait qu'il portait des marques sanglantes au cou.

Stephan rit à gorge déployée en apprenant cette rumeur. Il était vigoureux, puissant et paraissait trente-cinq ans. Ses cheveux étaient d'un noir magnifique. C'étaient des individus séduisants, et même les marins le reconnaissaient. Mais la beauté de leurs femmes ne pouvait que mettre un peu plus en rage l'océan.

Les marins rêvaient qu'on les ravissait et qu'on les empoisonnait. Après cinq jours de voyage, sept hommes étaient tombés malades. Ils s'étaient plaints de sentir le poids de corps invisibles sur eux, la nuit.

– Vous croyez que nous toucherions à cette racaille ? rétorqua Stephan au capitaine, en russe.

– Je ne pose pas de questions. Mais ils sont prêts à la mutinerie. Ils sont terrorisés par cette femme. Votre épouse, n'est-ce pas ? Elle va accoucher ! C'est assez pour tenter tous les dieux des océans !

La quatrième nuit de tempête arriva. Sasha avait sombré dans l'inconscience.

Frances, Stephan et Jack se postèrent dans la coursive devant leur cabine, en compagnie de Michael et Carlo.

Carlo avait la grande hache qu'il avait emmenée avec lui, les quatre autres étaient armés de pistolets.

Habituellement, les naissances étaient rapides.

La mer précipitait le vaisseau dans des gouffres verdâtres et le hissait à l'assaut de murailles bordées d'écume.

Sasha hurla.

Elle s'ouvrit largement, et l'enfant apparut enfin, très vite, glissant dans une vague de sang, d'eau et de placenta.

Les femmes étaient stupéfaites. Elles restaient figées par la terreur.

Car sur ce navire, Sasha avait donné naissance à une sirène.

Le petit corps était zébré d'écarlate, mais on apercevait quand même la blancheur de marbre de la peau, comme si la créature avait été de glace et non de chair.

Et ce n'était pas un bébé. Le nouveau-né, prématuré de près de deux mois, avait l'apparence d'un enfant de deux ans, parfaitement proportionné, et sur le beau visage blanc encadré de sang brillant, la longue chevelure neigeuse s'était entortillée pour former une corde qui s'était enroulée autour de son cou et l'avait étranglé.

Il n'y avait pas de cordon ombilical. Ses yeux sages et morts, bordés de rouge, étaient d'un gris de vieil argent. Il semblait les regarder. Même mort, il paraissait les voir.

Et les jambes minces étaient à peines visibles dans la masse luisante de la queue.

C'est Anna qui se précipita pour dénouer la corde de cheveux. Puis elle le saisit par les pieds, l'éleva en l'air et lui frappa les fesses pour essayer de le ramener à la vie.

Mais le cou avait été brisé. Il était déjà mort depuis quelque temps.

La frénésie d'Anna détacha la gangue de placenta qui avait enserré ses jambes, donnant l'apparence d'une queue de poisson. Ce n'était qu'un enfant, après tout.

Autour du vaisseau, la mer se souleva une dernière fois, puis retomba dans un ultime frisson.

Comme si le sacrifice l'avait apaisée. Elle réclamait la mort d'un enfant.

Dans la cabine, les femmes lavèrent Sasha et le bébé blanc qui était trop vieux.

Elles aidèrent Sasha à s'asseoir sur sa couchette.

– Donnez-le-moi, dit-elle.

– Sasha, Sasha, il est mort.

– C'est un enfant mort-né, Sasha. Le voyage l'a tué. Repose-toi, Sasha.

– Non, laissez-moi le prendre dans mes bras.

Et ils lui donnèrent le beau cadavre à la peau laiteuse, et Sasha le serra contre elle, emmitouflé dans le châle qu'Alice avait confectionné et qui semblait tissé d'ailes de mites. Sasha berça doucement l'enfant mort, montrant aux dieux de l'océan ce qui aurait pu être.

– Oh, Sasha, Sasha, il est mort.

– Je sais. Juste un moment encore...

Ensuite elle demanda la présence de Stephan, et il entra dans la cabine. Immobile devant la couchette il contempla Sasha et le magnifique enfant albinos dont les yeux argentés refusaient de se refermer.

Dehors, sur le pont, les jurons des marins se firent plus audibles sans les rugissements de la tempête.

– Je sais qu'il aurait été bien parmi nous, dit Sasha. Je sais qu'il a déjà été parmi nous.

Doucement, Stephan prit le petit corps inerte de ses bras, et elle se laissa faire.

Puis il l'emporta dans le silence qui s'était abattu sur le vaisseau.

Quand il revint, il n'avait plus que le châle en mains. Il le donna à Alice, mais elle l'offrit à Sasha.

Et Sasha s'endormit en souriant, sous sa joue, le châle qui avait enveloppé son bébé.

– La mer! La mer! hurlait Camillo sur le pont.

– Notre enfant dort maintenant au fond de la mer, dit Stephan.

– Pourquoi tout ce que nous possédons doit-il nous être arraché? dit Unice. Le premier enfant, depuis si longtemps...

Alors Anna regarda Stephan. Anna, qui porterait le fils

de Stephan quelques années plus tard, dans ce pays d'Angleterre où ils se rendaient. Et Anna dit :

– Nous devons être forts. Nous devons endurer les épreuves.

– Et nous les endurons, mon Anna, répondit Stephan. Nous les endurons, n'est-ce pas ?

42

Au matin, on les emmena dans la grande salle.

Là, un homme leur parla, en anglais et en français. C'était un nouveau venu, grand et assez gros, avec des lunettes qui brillaient de façon gênante. Il s'agissait d'une de ces leçons comme ils en avaient déjà eu ici, informelle et très intéressante.

Tout d'abord il leur expliqua quelques généralités sur leurs origines, rien de personnel en fait, bien que chacun se soit agité, mal à l'aise, quand il avait commencé. Entre eux ils ne s'étaient pas confié grand-chose sur leurs parents ou leurs gardiens respectifs, ou leurs foyers, à l'exception de Bérénice qui avait parlé de son père très déplaisant à Faran.

L'enfant grec, Christos, corrigea le professeur – ou quoi qu'il fût – sur un point. A propos d'une statue. Faran ne se sentait pas très concerné.

Ensuite l'homme aux lunettes dit quelques mots de l'endroit où ils allaient se rendre. On leur en avait déjà parlé, et aucun d'entre eux ne manifesta d'excitation particulière, jusqu'à ce que l'homme ajoute :

– Cet après-midi vous entamerez la dernière partie de votre voyage.

Tous réagirent par des murmures et des chuchotements, certains adressés à eux-mêmes. Seul le Suédois, Jan, qui avait six ans, demanda à voix haute :

– Vous voulez dire qu'on va enfin aller là-bas ?

– Oui, dit l'homme aimablement. Enfin. L'attente a

été longue, je le sais. Vous vous êtes bien conduits. Vous avez fait preuve de patience.

– On n'avait pas le choix, remarqua le garçon grec.

Pierre, le Canadien français, intervint :

– *Tais-toi. Continuez, Monsieur, s'il vous plaît*[1].

– Oui, je vais continuer, dit l'homme.

Il regarda Faran, comme s'il s'attendait à ce que celui-ci élève une objection, mais Faran l'encouragea d'un hochement de tête.

– On vous a dit qu'il fait très froid là-bas. Pour la dernière partie du trajet, vous porterez des vêtements spéciaux. Vous devrez suivre à la lettre les instructions qu'on vous donnera. Pour votre propre sécurité. Inez vous parlera plus tard et vous fournira tous les détails nécessaires. Je sais que vous comprenez tous.

La fille galloise cracha quelque chose dans sa langue. L'homme ne parut pas l'entendre. Mais sans aucun doute il savait qu'elle parlait parfaitement l'anglais.

– A présent, dit-il en levant son visage vers le ciel, en une attitude commune pendant les cérémonies religieuses et que même Faran avait déjà vue à la télévision, je vais vous parler de quelque chose dont vous ne saisirez peut-être pas tout le sens. Je veux que vous soyez très calmes, très réceptifs, et que vous considériez le concept avec un esprit ouvert.

Faran décida que cet homme les traitait non comme des enfants en bas âge mais comme de jeunes étudiants de quinze ou seize ans. Il attendit, pour voir à quoi ressemblerait le « concept ».

– Je sais que le Señor Stampa a déjà abordé avec vous le sujet de la réincarnation, dit l'homme. Je pense que vous en comprenez le principe. Lorsqu'il vous a posé la question, vous avez tous répondu que vous pensiez la chose possible, si je ne me trompe. De renaître après la mort.

Faran réprima une grimace. Les propos du gros homme prenaient une orientation quelque peu embarrassante. Bien sûr, ils avaient répondu comme l'attendait le Señor Stampa. Mais quand vous étiez confronté à un pro-

1. En français dans le texte. *(N.d.T.)*

fesseur particulièrement ennuyeux, le moyen le plus rapide d'être tranquille était d'abonder dans son sens. Et de tous les adultes qui s'étaient occupés d'eux ici, le Señor Stampa, avec son défaut de prononciation et ses costumes trop blancs, avait sans doute été le moins enthousiasmant. Il avait les dents grises et fumait continuellement. C'était même l'association d'idées qu'il avait à son insu créée avec ses sujets de dissertation qui touchaient souvent à la spiritualité : fumeux.

– Maintenant, parlons un peu de la famille où vous allez vous rendre, dit le gros homme à lunettes. C'est une famille très importante. Une très grande famille qu'on ne peut comparer qu'aux grandes maisons de la Renaissance en Europe, ou celles d'Italie et de France, avant la guerre. Et le monsieur qui vous prendra en charge est un des plus importants personnages de cette maison.

Faran jeta un coup d'œil à Bérénice. Assise très droite, son chat en peluche sur les genoux, elle regardait l'adulte avec beaucoup d'attention. Elle agissait toujours ainsi.

– Cet homme s'appelle Caïn, continuait l'homme. Et c'est lui qui vous a choisis. Maintenant je vais vous expliquer pourquoi. Vous ne saisirez peut-être pas complètement ce que je vais dire, mais je vous demande d'essayer. Mr Caïn pense que chacun de vous est une réincarnation d'un membre disparu de la grande famille à laquelle il appartient, et que seul un accident vous a exclus de la maison commune. C'est pourquoi, à présent, vous devez la réintégrer.

Cette fois il n'y eut aucune réaction dans son auditoire.

Faran se dit que tous savaient plus ou moins ces choses. En ce qui le concernait, il avait reconnu la femme-lionne sur la photographie. Mais cela aurait pu se produire d'une autre manière. L'homme le contrariait un peu, à exposer d'un ton aussi mondain quelque chose d'aussi absurde et qui pourtant était peut-être vrai. Mais les adultes étaient si souvent vexants...

Le gros homme parut décontenancé par le manque de réponse des enfants. A quoi s'était-il attendu ?

Il regarda fixement Bérénice, qui rougit avant de murmurer :

– *Merci, Monsieur* [1].

Et ce fut tout.

Un autre bus les amena à l'aéroport. Le premier vol en avion dura quelques heures. Il ne leur déplut pas, car il constituait un changement agréable après tout ce temps passé au sol.

Les vertes collines disparurent au loin.

Pendant le vol on leur servit des hamburgers dans des pains ronds agrémentés de graines de sésame, des frites et des tomates, une salade de fruits et une glace. Ils burent de la limonade ou du Pepsi. Puis ils purent regarder plusieurs films, et tout d'abord *Superman*, que le Suédois et la Galloise avaient déjà vu mais qu'ils revirent avec plaisir. On leur passa également des dessins animés, surtout des *Bugs Bunny* et des *Tom et Jerry*, toujours aussi amusants. Même Faran rit, et Bérénice.

Très pâle, elle semblait assez troublée.

Faran décida d'aller s'asseoir auprès d'elle. Il changea de place.

– Tu as peur ? Allez, dis-moi.

– Oui, mais c'est pas ça...

Son anglais s'était beaucoup amélioré grâce à ses conversations avec Faran, et elle avait acquis de solides bases dans cet argot londonien qu'il utilisait maintenant sans retenue, puisque Cimmie n'était plus là pour le réprimander.

– C'est à cause de ce qu'a dit l'homme avec ses binocles, expliqua-t-elle. Sur le fait de renaître.

– Oh, ça...

Faran se laissa captiver par la scène sur l'écran. Une barre de fer frappait Tom en plein visage, et toutes ses dents tombaient en morceaux.

– Tu vas voir, dit-il, juste après elles repoussent, ses dents.

– Papa a dit qu'il n'existait pas de Dieu, poursuivit Bérénice. Qu'il n'y avait rien. Juste la vie présente...

Elle baissa les yeux sur sa peluche et parut s'adresser à elle.

1. En français dans le texte. *(N.d.T.)*

– Il y avait une sœur, une religieuse qui est venue à l'appartement, une fois. Elle connaissait ma maman. Quand papa est rentré de son travail, il l'a jetée dehors. Il a failli la faire tomber dans l'escalier, et elle a crié. C'était superméchant, non ?

– Ton père n'est pas de notre galaxie, décréta Faran.

Il adorait cette expression, et elle semblait parfaitement s'adapter au père de Bérénice.

– Il m'a abandonnée sur le bateau. Et puis la dame est venue me chercher, mais lui il m'avait abandonnée.

– Oublie-le, conseilla Faran. De tout façon, ce Caïn est forcément mieux que lui.

– Mais je vais faire quelque chose qu'il ne faut pas, dit-elle. Je suis bête. Mais il m'a abandonnée.

– Mais non, tu n'es pas bête. Moi je t'aime bien.

Il se demanda aussitôt s'il avait été bien avisé de lui dire une telle chose, mais il était trop tard. Et elle semblait réjouie.

Elle parla au chat :

– *Tu es fou!*[1]

Et elle lui agita la tête comme s'il répondait non.

Sur l'écran, Jerry glissa sur une motte de beurre.

Le soleil donnait un éclat presque insoutenable au ciel quand ils descendirent du second car qui les avait transportés au deuxième aérodrome.

Faran n'aurait pu dire quelle heure il était, mais il lui semblait que le soleil aurait dû cesser de briller. Et le ciel lui paraissait trop mince. Peut-être ne pouvait-il pas retenir la lumière pour que la nuit arrive ?

C'est là, dans un long bâtiment bas, qu'on les habilla des vêtements chauds dont on leur avait parlé. Il faisait déjà beaucoup plus froid, et un vent coupant balayait la plaine et couchait les herbes sèches. Au loin on discernait des collines.

On leur donna du chocolat chaud.

Puis ils s'alignèrent devant une grande fenêtre et contemplèrent le petit avion rouge.

– Qu'est-ce que c'est ? demanda le Grec.

1. En français dans le texte. *(N.d.T.)*

Un de leurs accompagnateurs l'informa qu'il s'agissait d'un DC-6 quadrimoteur.

Les adultes ne monteraient pas avec eux dans l'avion. Il n'y aurait que le pilote qui leur dirait ce qu'ils devaient faire. Il faudrait lui obéir. Le vol prendrait quelques heures, et ils se poseraient une fois pour se ravitailler.

– Le pilote, dit Jan en désignant un homme de taille moyenne, au visage sombre, qui avançait dans le vent.

Il longea la barrière de barbelés et contempla une seconde une forme blanche à quelques mètres, une petite statue dressée là, peut-être la Vierge Marie.

Miguel Chodil marchait d'un pas régulier.

Le petit médaillon de la Madona qui pendait à son cou bougea sur sa poitrine.

Hier seulement ils lui avaient dit qu'il devrait prendre cet avion et ce chargement. Pas de fruits, de viande ni de livres, cette fois, mais des enfants, au nombre de six. Peu lui importait. Pour lui, les enfants étaient comme des singes. Si on ne les surveillait pas, ils faisaient n'importe quoi, comme les chiens de traîneau de cet explorateur qui s'étaient battus jusque dans le cockpit. Mais il était inutile de protester. Il avait accepté depuis longtemps déjà.

Il pouvait voir leurs visages derrière les vitres du bâtiment, qui observaient l'avion. Cinq faces blanches et une noire. Ils avaient l'air assez calmes. Ils étaient un peu anxieux, probablement.

Chodil atteignit l'avion. Il posa une main sur son flanc froid, qui lui parut sans vie. Il connaissait ce type d'appareil, qu'il avait déjà piloté, et qui ne lui inspirait qu'une confiance très modérée. Rien de féminin dans cet avion.

Il n'avait émis aucune remarque sur son chargement humain, sinon pour savoir s'ils poseraient ou non des problèmes.

Chodil monta dans l'appareil.

Il s'assit dans le cockpit en pensant à cette femme qu'il avait possédée en ville. C'était toujours une femme différente. Ensuite il avait sorti le médaillon de la boîte où il conservait les souvenirs de sa mère, et il l'avait passé à son cou.

Sur la piste, deux des gardes armés de Kalachnikov battaient la semelle.

Puis les enfants sortirent du bâtiment en un groupe ordonné conduit par deux adultes. Ils ne coururent pas, ne crièrent pas. Oui, ils étaient dociles. Le petit Noir était très beau. Son visage paraissait sculpté dans l'ébène. Et la petite fille blonde avec la peluche, auprès de lui, avait quelque chose de particulier...

Il détourna son esprit d'eux.

Ils feraient comme il le leur commanderait, mais bien sûr la leçon leur avait été faite. Et on leur avait donné quelque chose pour les faire somnoler. On le lui avait assuré.

Chodil laissa courir ses doigts sur les contrôles du tableau de bord, et pendant une seconde il eut une conscience aiguë de l'étrangeté de cet avion, de celle de l'endroit où il devait aller, et même de sa propre personne. De façon extraordinaire, il ressentit très fortement sa tête et son torse, ses jambes et ses bras, ses pieds et ses mains, et l'image de la Vierge Marie qui pendait sous ses vêtements, contre la peau de sa poitrine...

Mais la sensation se dissipa en un instant.

– J'ai dormi des années, plaisanta Bérénice en bâillant. Mais regarde, il fait encore jour. Regarde! C'est quoi?

Faran se pencha pour voir par le hublot.

Ils volaient au-dessus des glaces, à présent. La mer était d'un bleu violent, constellée de plaques de glace qui dérivaient.

– De la neige, proposa Faran.

– Il y aura des pingouins?

– Peut-être.

– Et des ours polaires?

– Non, je ne crois pas. Pas ici.

– Oh, souffla-t-elle, déçue.

Les autres s'éveillaient à leur tour. Le Suédois et le Canadien. Mais le Grec ronflait, alors qu'il ne l'avait jamais fait avant.

Faran savait qu'ils avaient été drogués, mais il n'en dit rien à Bérénice. On avait dû leur donner quelque chose comme ces pilules qu'il avait vu Cimmie avaler après ses disputes avec Wellington.

Une image s'imposa à l'esprit de Faran, celle d'une côte rocheuse, avec des montagnes en arrière-plan. Lui avaient-ils montré cette photo ? Peut-être Mr Thorpe, il ne pouvait s'en souvenir avec exactitude.

– Tu crois qu'on va bientôt arriver ? demanda Bérénice d'une petite voix.

– Oui. Ne t'inquiète pas.

– Non.

Faran se demanda comment il pourrait supporter Bérénice après avoir connu la femme, Lilith. Il faudrait qu'il se force à la gentillesse.

– Mon chat est tout excité, dit Bérénice d'un ton rasséréné.

– Super.

La peluche semblait en effet plus vivante, se parant d'une personnalité sous l'attention de Bérénice. Cela se produisait avec les gens également. Faran espérait que Caïn apprécierait Bérénice. Mais ce devait être déjà le cas, sinon pourquoi l'aurait-il choisie ?

Une pensée tournait dans l'esprit de Faran. Ils étaient tous enfants uniques, même la Galloise et le Grec. Tous... – Comment disait-on, déjà ? – Premiers-Nés.

Pourquoi se souvenait-il de ce détail ? Il y avait bien les Premiers-Nés en Egypte, et l'ange qui était passé... Mais qu'avait fait l'ange ?

– Je n'arrête pas de penser à Maman, lui avoua soudain Bérénice. Ma mère. Avant, ça ne m'arrivait jamais. Je me demande si elle est heureuse.

– Peut-être pourras-tu la revoir un jour, dit-il, perdant le fil de ses souvenirs bibliques.

– Oui, ce serait super. J'aimerais bien... Quand je serai grande.

– Tu veux être grande ?

– Oui. Je serai plus à l'aise.

– A moins que ce soit pareil ?

Elle réfléchit.

– Non, ça ne peut pas être pareil, décida-t-elle pour eux tous.

L'avion ronronnait en glissant dans les airs. Le pilote ne leur avait pas adressé la parole. On aurait dit un robot.

Une vague de sommeil déferla de nouveau sur Faran, qu'il repoussa avec difficulté. Il ne voulait pas se rendormir.

– Tu ne trouves pas que la mer est sombre ? dit-il.

– Oui, répondit Bérénice, et quelque chose dut retenir son regard car elle se mit à se trémousser sur son siège en s'exclamant : *Regarde*, Faran !

Et Faran regarda.

A cet instant, le ciel devint totalement blanc.

Vu du sol, l'avion parut s'effacer du ciel. Sa forme se brouilla, devint très lumineuse avant de se transformer en une boule de flammes roses.

Le bruit, au contraire de l'image, fut très net et brusque, mais lointain, d'une certaine façon sans ampleur.

Des débris de l'avion, des sièges, des pièces de métal et des corps calcinés tombèrent lentement du ciel et s'abîmèrent dans la mer d'encre.

Une traînée de fumée salit le ciel un moment, puis se dissipa.

Bientôt il ne resta plus aucune trace.

43

Caïn se déplaçait dans les ténèbres ponctuées par le halo des torches, sous sa montagne, sa pyramide, et il arriva dans la salle aux quatre statues : Anubis, Bastet, Héraclès et Astartée ; âme, joie, force et luxure.

Là, il s'arrêta.

Il était vêtu de noir, et le casque de ses cheveux noirs était comme un animal couronnant son visage, quelque organisme symbiotique, comme ses yeux, incrustés dans son visage, étaient des yeux symbiotiques. A présent ses yeux étaient voilés, et calmes.

Il tourna un instant son attention vers l'appartement adjugé au garçon. Puis il avança et ouvrit la porte des appartements de la femme.

Dans sa main il serrait le boîtier de plastique noir avec l'unique bouton rouge.

Il passa la statue du gardien.

A la porte intérieure, il frappa.

La femme parla :

– Est-ce vous ?

– Caïn, dit-il.

Il avait murmuré son propre nom avec un appétit indicible, comme ces hommes qui prononcent le nom des femmes qu'ils veulent posséder et posséderont. Il ne prononçait pas son nom à elle de la même manière, bien qu'il le lui ait donné et qu'elle l'utilisât maintenant.

C'est elle qui ouvrit la porte.

Il pénétra dans la pièce ornée, dorée, peinte.

– Je me demandais quand vous viendriez. Pourquoi avoir mis aussi longtemps ?

– Tu ne devrais jamais me questionner, dit-il. Je ne réponds que lorsque je le veux bien. Et, dans ce cas, je te le dirais, de toute façon.

– Très bien.

Elle n'était pas choquée. Maintenant elle était Ankhet, comme il l'avait voulu, ni Ruth ni Anna. Une nouvelle personne. Sienne ?

– Ankhet, dit-il, tu es seule avec moi, maintenant.

– Oui.

– Je ne veux pas dire que toi et moi sommes ensemble dans cette pièce en ce moment. Je veux dire qu'il n'y en aura pas d'autres.

– D'autres ?

– Je les ai détruits. Toi seule comptes pour moi. Et tu as répudié ton amant.

– Malach... Oui. L'homme l'a fouetté avec les lanières. Ensuite je suis partie.

– Et moi, je suis venu à toi. Il y a le garçon, bien sûr. Il a quelque signification pour moi, ou il en a eu, naguère. Il finira par se souvenir. Une grande loyauté, et dans sa vie d'adulte, un peu plus. Mais si tu le souhaites, Ankhet, je leur dirai de le tuer. Très vite, et sans le faire souffrir. Ensuite, il n'y aura plus que toi, et moi.

– Et Lilith ?

Son visage était ce même masque qu'avait arboré Ruth, la perfection neutre de la porcelaine. Vide. Divin. Et pourtant ce néant était une sorte de plénitude et de satiété.

– Lilith... Lilith et moi sommes séparés.

– Et vous tueriez le petit garçon, Harpokrates ?

– Andrew, dit-il d'un ton insouciant.

– Non, dit-elle. Peu m'importe. Qu'il vive.

– Et maintenant...

– Maintenant je désire que vous m'aimiez, dit-elle.

Il lui semblait se remémorer maints accouplements, avec Malach et d'autres. Mais peut-être n'y avait-il eu que Malach, dans des corps différents, dans plusieurs existences ? Elle-même avait dû mourir et revenir à de nombreuses reprises. Elle pouvait visualiser ce long parcours, à présent, une sorte de passage tortueux scandé par des portes closes.

– Faites comme vous le voudrez, dit-elle.

– Ce n'est pas alléchant. Allèche-moi.

– Je coucherai avec vous. Je porterai vos enfants.

– Ah, fit-il en souriant. Ankhet. Essaie de te souvenir.

– Non. Ce sera nouveau, peut-être. Vous et moi.

Il s'approcha d'elle et posa doucement les mains sur ses bras. Elle leva les yeux et le regarda sans crainte.

– Me ferez-vous mal ?

– Non. Jamais je ne te ferai souffrir.

Elle se rembrunit.

– Mais l'amour devrait faire mal, non ?

Il baissa la tête et plongea son calme regard bleu et brillant dans celui d'Ankhet. Il paraissait proche du rire, de nouveau, comme le garçon qu'il avait été dans le bateau, alors qu'ils voguaient sur le fleuve de vif-argent glacé qui était la réplique du Nil.

Pourtant il était bien celui qu'elle avait vu sodomiser un homme, égorger un homme, dans un flot de sang...

Elle passa ses bras autour de son cou.

Il émit un son léger d'approbation, et de plaisir.

Puis il se colla contre elle, la maintint et l'embrassa d'une façon qui soudain lui parut familière, sa langue roulant dans sa bouche en une sorte d'asphyxie consentie.

Derrière ses paupières baissées, elle sentit l'autre qui s'éveillait, comme s'il se trouvait déjà en elle. *Malach.*

Ankhet banda sa volonté, qui était beaucoup plus grande qu'elle ne l'aurait pensé. Et elle chassa Malach.

Caïn l'entraîna jusqu'au lit sur lequel il l'allongea.

Il la déshabilla lentement et simplement, sans lui-même se dévêtir, et elle ne protesta pas. Elle se concentrait sur son toucher, dont l'électricité éveillait son corps et le préparait.

Il avait affirmé qu'il ne lui ferait pas mal, mais à l'évidence il y serait forcé, car Anna était encore vierge. Et son éperon de chair, que jusqu'alors elle n'avait vu utiliser que comme arme de mort, la pénétrerait également au plus profond. Il lui ferait mal, mais la souffrance imposée ne serait pas délibérée, c'était vrai.

Elle le regardait à travers un fin voile de larmes.

Elle ne savait pas pourquoi elle pleurait. Elle n'en était même pas sûre.

Il lécha ses larmes avec une langue plus râpeuse que celle d'un chat.

Puis il posa ses lèvres sur ses seins.

Elle sentit ses pulsations épouser le rythme du cœur de Caïn, et le cœur de celui-ci battre violemment contre son estomac. Peu à peu il glissa jusqu'à ce que sa tête arrive au niveau de son sexe en feu, et il se reput sans hâte de son miel intime.

Elle gardait les yeux fixés sur lui, car elle ne voulait pas oublier, ne fût-ce qu'une seconde, qu'il était Caïn.

Finalement il la transperça, et une fois de plus elle connut la douleur, mais c'était une douleur différente, moindre et plus vaste à la fois. Alors elle s'empala elle-même sur l'éperon de chair. Elle saisit la taille de Caïn et plongea son regard dans le sien, pour ne voir que lui. Ils étaient maintenant unis, dans cet instant peut-être unique où deux êtres peuvent dire qu'ils ne font qu'un.

– Boirez-vous mon sang ?

– Oui, Ankhet Perséphone.

– Alors, suis-je vôtre ?

– Depuis le commencement, tu l'es. Mais nous scellerons notre union.

– Vos dieux sont-ils réels ? demanda-t-elle.

– Je n'ai pas de dieux.

Il se mouvait en elle comme une tempête de chair. Elle ferma les yeux. C'était différent, elle n'avait plus besoin de voir.

Et quand il lui mordit le cou, elle ne réagit pas. Elle sentit la chaleur de son sang qui coulait le long de sa gorge alors que la semence de Caïn l'envahissait. Un spasme la secoua, lointain, l'orgasme de qui elle avait été, naguère, ou de qui elle serait un jour. Ce n'était pas extatique, pas même agréable. Ce n'était pas encore à elle vraiment.

Caïn était couché sur Ankhet. Son corps était lourd, chaud et dur, et en même temps souple comme celui d'un grand fauve.

Immobile sous lui elle s'épanouit, et le sentit se retirer d'elle. La quitter.

Il paraissait grave, presque stoïque, comme s'il avait renoncé au sexe plutôt que contenté son désir.

– Lève-toi, dit-il, et regarde dans le miroir.

Elle fit comme il disait. Et il devrait toujours en être ainsi. Elle ne devait pas désobéir. C'était presque un soulagement. Dans la glace ordinaire et inopportune, Ankhet aperçut son propre reflet, celui d'une jeune fille, blanche, nue, et celui de Caïn derrière elle, toujours vêtu et sombre. Il passa son bras gauche autour d'elle, et sa main se referma sur le sein gauche, au-dessus du cœur, et le pressa. De la main droite il caressait son cou, là où il l'avait mordue pour boire son sang.

– Pourquoi ? dit-elle.

Ce n'était pas une question qu'elle aurait dû poser. Parce qu'ils étaient vampires, la réponse était évidente. Ruth le savait. Pourtant elle le lui demandait. Une forme de test ?

– La loi divine, répondit-il.

– Mais vous m'avez dit que vous ne croyiez en aucun dieu, s'étonna-t-elle.

Il sourit.

– Une habitude. Peut-être y eut-il un dieu, il y a bien longtemps...

Il se courba pour mettre sa tête à hauteur de celle d'Ankhet, comme un père le ferait avec son enfant.

Dans le miroir elle contempla leurs deux visages côte à côte. Elle n'avait plus sa perruque, elle était comme son ombre blanche. Son ombre *vivante*. Il était détendu, enjoué, à présent, alors qu'elle voyait son propre visage crispé.

– Es-tu mienne maintenant ? Dis-le.

– Je suis à vous.

– A jamais ?

– Oui.

– Alors je peux le relâcher, conclut Caïn.

Elle ne dit pas *Malach*, mais :

– Et si je désirais que vous le tuiez ?

– J'ai tué assez pour le moment. Je devrai les porter pendant trois jours.

– Les enfants ?

– Oui. Ils sont là. Regarde.

Il désignait une sorte de besace médiévale qu'il avait ôtée de sa ceinture et posée sur une table. Elle alla l'ouvrir et en sortit six photographies anodines et assez floues de six enfants différents. Ils avaient été saisis à leur insu dans des lieux divers : une rue triste, sous des arcades, à l'extérieur d'un vieil immeuble, dans une gare, à l'entrée des magasins Harrods, sur une bicyclette dans un champ. Le garçon devant Harrods était noir, et une Noire bien vêtue le tenait par la main.

– Mon sacrifice pour toi, dit-il. En l'honneur de la déesse Ankhet.

Elle remit les photographies dans la besace. Naguère elle aussi avait tué des enfants. Mais face à face, à l'aide d'instruments acérés.

– Merci, fit-elle, et c'était la voix de Ruth, nette et froide.

Il parut alors rire, mais sans bruit, comme un chat qui miaule en silence.

– Je ne peux les ramener, dit-il comme pour lui répondre, d'un ton satisfait. Ils sont morts.

– Malach peut-il mourir ? s'enquit-elle.

– Oh, oui. Chacun de nous le peut. Mais je laisserai Malach en vie. Afin qu'il vive avec ses souvenirs de toi, et qu'il se rappelle comment tu lui as dit de te laisser.

– J'ai peur de l'ennui, déclara-t-elle.

– Je sais.

– Cet endroit, ici...

– Je te montrerai le monde de glace. Je serai auprès de toi, et quand tu te lasseras de ce qu'il y a ici, nous irons autre part. Je m'en suis désintéressé un temps, mais il est toujours là, le monde, et peut-être y découvrirai-je quelque intérêt nouveau. Nous nous distrairons mutuellement, Ankhet.

Elle se vit avec Caïn sillonnant le globe, alors que Malach, délaissé, se trouvait en quelque endroit et rapetissait avec la distance, jusqu'à disparaître. Une douleur l'aiguillonna derrière le sein, là où se trouvait le cœur, et devint un plaisir sous la main de son amant qui la voulait pour toujours. Il s'était montré très tendre avec elle.

– Aimez-moi encore, dit-elle. Je veux voir...

– Elle me donne des ordres, plaisanta-t-il calmement. Alors donne-moi envie de toi.

Ses souvenirs l'armaient d'une assurancc paisible. Elle se retourna, offrant son dos blanc au miroir, et plaça ses mains sur la chair ambrée de Caïn.

Depuis une heure, Lilith observait l'enfant, Harpokrates, qui jouait avec les deux tigres blancs.

Devant et derrière eux, l'immense salle s'étendait, avec ses colonnes écarlates et le toit en fer du corps de Nout. Derrière Lilith, dans la fenêtre bleue, rien ne bougeait. La fenêtre aurait pu n'être qu'un grand œil bleu mort.

Il lui avait dit, quand il lui avait amené le garçon.

Alors que l'enfant caressait, sans peur aucune, les deux fauves, Caïn avait expliqué à Lilith, dans la langue d'une mer morte, qu'il n'y aurait plus d'enfants, maintenant.

Et à l'horizon de l'esprit de Lilith, là, dans les brumes, une icône noire disparut. Caïn aussi l'abandonnait.

Alors elle était restée assise, à regarder l'enfant qui jouait avec les tigres.

A présent elle se levait, et seul le tigre au pelage le plus clair tourna la tête vers elle.

Elle lui adressa le mot qui signifiait qu'il pouvait rester là, et le fauve se détourna, leva une patte énorme, griffes rentrées, et bouscula l'enfant qui roula contre lui en riant.

Le garçon devait être celui qui jadis avait parlé aux fauves. Il ne les craignait pas, et les tigres jouaient avec lui en prenant soin de ne pas le blesser.

Le plus sombre ne la regarda pas quand elle les quitta.

Dans l'esprit de Faran, Lilith avait été omniprésente.

Mais ses pensées avaient pris fin. Son cerveau n'était plus que cendres.

Comme si elle en avait été évincée.

Elle ne le connaissait pas, elle ne savait pas qui il était, qui il avait été ou qui il serait; elle n'avait que la prémonition intuitive de leurs existences jointes.

Mais à présent il ne pensait plus à elle, et une part d'elle cessa d'être.

Lilith cheminait sous la montagne. Elle arriva en un endroit au-delà des couloirs et des pièces.

La porte répondait à la pression d'un doigt sur un bouton, comme les bombes montées sous les ailes des avions.

Derrière la porte régnait un froid redoutable.

Dans sa robe noire, avec son diadème en forme de serpent sur la tête, la femme sortit, et la porte se referma sur elle.

La glace avait formé des murs et des barrières, des écrans et des fenêtres. Et derrière, à travers la glace, on distinguait des silhouettes.

C'était une chambre funéraire, une véritable nécropole.

Il n'était pas nécessaire de passer un fleuve ou un lac pour l'atteindre, et peut-être pas indispensable de suivre les rites anciens d'embaumement qui avaient été appliqués ici.

Les sarcophages étaient dressés dans leur manteau de glace, noir, émeraude et or. Et entre eux veillaient les statues élancées d'Anubis et de Thot-Zehuti, les passeurs d'âmes, images de la Balance, et la statue du serpent de l'Enfer, Aataru, le buveur de sang, et celles de monstres qui déchiraient, de guides ailés. Peints sur les murs, sous une membrane de glacis, s'étalaient les champs dorés du jour éternel et le pays de Rê au-delà du Fleuve.

Une grande barque apparut, peinte en vert, la couleur d'Osiris, comme tous les sarcophages, pour la résurrection. Des stalagtites en pendaient.

Sur les haies de cristal planait la personnification de la vie et de l'énergie sexuelle, le Ba, l'oiseau à tête humaine, qui veillait.

Tout en avançant entre les objets de la mort, Lilith murmura les noms de ceux qui reposaient ici, et c'était une liste infinie dont aucun ne devait être exclu : *Toi qui passes, prononce mon nom afin qu'on se souvienne de moi...*

Dans des alcôves se trouvaient les poupées symbolisant les serviteurs qui doivent s'occuper du mort, des vases emplis de dattes et de vin de grenade, ou ce qui les imitait, le tout réduit par le temps à l'état de poussière brune.

C'était une vision de l'Egypte, légèrement imparfaite... Ici une amphore grecque, là un bol décoré d'une scène où apparaissait Dionysos, un gant de femme remontant au début du dix-huitième siècle; des objets présents à dessein, en offrandes, et des guirlandes de fleurs noircies dans les griffes du froid.

Il y avait aussi des papillons figés, aux couleurs de sang, de saphir et d'or. Des papillons qui peut-être avaient volé un jour, et qui maintenant étaient posés, ailes repliées, sur les mains de pierre tendues, sur le museau d'Anubis le Chacal, sur la crinière d'un lion assyrien.

Lilith passait entre les alignements de sarcophages et les bateaux des morts, à l'ombre froide des dieux.

Cet endroit était comme un prolongement de son esprit, un rêve matérialisé pour quelques instants.

Elle en sortit.

Devant elle, un tunnel de ténèbres au sol jonché de débris de poteries et de gemmes, vrais ou faux, murmurait la litanie des choses brisées. Il ouvrait sur une grotte creusée dans quelque glacier situé sous la montagne de Caïn.

Les parois d'un gris bleuté élevaient leur masse luisante. Les épées des stalactites pointaient vers le sol, délimitant la blancheur extérieure de la neige capturée.

D'un mouvement aérien d'enfant, Lilith se débarrassa de ses sandales.

Pieds nus, mains vides, visage et tête découverts, avec seulement la robe de lin noire sur son corps et le serpent doré serrant sa chevelure, elle avança seule, hors de la grotte.

Sur le fond de la nuit, sa silhouette devint toute de ténèbres.

Aussi noire que Faran, elle s'engagea sur la pente neigeuse.

Elle marchait sans hâte dans le paysage glaciaire, sans regarder en arrière. Peu à peu la distance la rapetissa, jusqu'à ce qu'elle disparaisse.

La lueur des torches révélait le visage impénétrable de Malach, qui l'instant suivant replongeait dans l'obscurité.

Sa chevelure blanche coulait sur son visage et son torse, tache pâle dans les ténèbres imparfaites.

Des bandages blancs couvraient maintenant sa poitrine

et le haut de son dos. Après qu'un homme l'avait fouetté, un autre était venu nettoyer et panser ses plaies. Et du rouge que les semi-ténèbres transformaient en noir marquait les bandages blancs.

Attendait-il quelque chose, nul n'aurait pu le dire, pas même lui peut-être. Mais la logique avait dû le prévenir.

Caïn descendrait le voir. Caïn ne pourrait agir autrement.

Et Caïn pénétra dans la prison souterraine de ce donjon digne d'un film des années cinquante.

Caïn vêtu de noir, bien sûr, pour contraster avec la blancheur de Malach.

– Me voici, dit Caïn.

Malach garda le silence.

– Elle ne veut plus de toi, donc, dit Caïn. Plus du tout. Quelle tristesse d'avoir fait tant d'efforts et un tel voyage pour rien...

Sa voix était très musicale, avec des arrêts tous les quatre ou cinq mots, comme s'il savourait la réalité de ses propos.

– Que vais-je faire de toi ?

Malach ne répondit pas.

– Pourquoi ne pas me parler ? s'étonna Caïn. Nous avons pourtant parlé ensemble, par le passé.

– Oui. Par le passé, rétorqua Malach.

– Et quand ? demanda Caïn, d'un ton presque timide.

– Un jour ou l'autre. Ici ou là.

Caïn avait adopté le hollandais pour s'adresser à Malach, dont c'était la langue natale. Mais il l'employait en y mêlant des termes français, latins et même allemands.

– *U vergist zich*, dit-il.

– Non, pas d'erreur, répondit Malach. Ou bien ce n'était pas toi ?

– Toi et moi... *Skheru*. Les damnés. Mais je change, je m'altère, alors que Malach reste toujours le même.

– Constant, lâcha simplement Malach.

Il n'avait pas relevé la tête et ne le fit pas alors que Caïn se rapprochait de lui, pour lui parler cette fois dans une langue très ancienne :

– Te rappelles-tu Seth et Hor, et comment ces deux dieux jouèrent dans le jardin de Seth ? Hor déversa sa semence sur une salade, et Seth mangea la salade sans se douter de rien. Et plus tard, la semence cria *Je suis ici, à l'intérieur de Seth...*

Une nouvelle fois, Malach resta silencieux.

– Tu es mon esclave, ici, reprit Caïn. Tu t'es mis à ma merci. Tu sais ce que je dois te faire.

Le visage de Malach se redressa et la lumière l'éclaira. C'était la face d'un loup affamé, et ses yeux étaient aussi froids que la glace.

– Tes idées de vengeance sont aussi grossières que mélodramatiques.

– Et je vais te faire souffrir, mon amour, ajouta Caïn.

Caïn avança encore, et Malach voulut reculer malgré ses chaînes d'acier. On avait également immobilisé ses chevilles dans des fers, et il ne pouvait bouger. Dans les chaînes, Malach s'affaissa et Caïn bondit sur lui comme un tigre, faisant courir ses mains brûlantes sur son anatomie avec des gestes sans ambiguité.

– Si elle l'avait pu, c'est *elle* qui t'aurait infligé ceci.

Sa voix au timbre parfait était maintenant enrouée par le désir, mais c'était un désir de puissance et non sexuel. Il appliquait simplement la plus ancienne méthode pour soumettre un ennemi, la plus avilissante, la plus odieuse. Faire du vaincu le trou d'une putain, *kat tahut*.

Caïn trouva l'entrée intime du corps de Malach, et il releva sa robe d'un geste, tout en maintenant Malach de son autre bras.

Malach avait cessé de se débattre. Dans un égyptien ancien d'une très grande pureté, il lui dit :

– Que Seth te baise.

Caïn découvrit que les muscles contractés de Malach lui faisaient obstacle, durs comme la pierre. Il voulut ouvrir le chemin de sa main pour enfoncer son pénis raidi et chargé de la semence d'Horus dans le corps de son prisonnier. Mais il n'y parvint pas. Malach avait gagné.

Caïn le lâcha et recula de trois pas.

Il était hautain et impérieux, presque féminin dans son mépris de la défaite.

Et c'est Malach, suspendu à ses chaînes, tremblant et couvert de transpiration, la bouche ouverte sur un cri muet, les torches allumant des lueurs de folie dans ses prunelles, c'est Malach intouché qui avait maintenant perdu.

– Dans ce cas je me passerai de ce bonheur, déclara Caïn.

Alors Malach émit un son, bas et rauque, pareil au grondement d'un chien blessé pour la première fois.

Caïn haussa les épaules.

– Ils te donneront à manger. Ils te ramèneront à ton traîneau et à ta meute, et ils te fourniront des vêtements et ce dont tu peux avoir besoin. Ensuite tu pourras repartir.

Le visage de Malach s'éclaircit peu à peu, redevint indéchiffrable.

Il restait immobile, ridiculement enchaîné.

– As-tu un message pour elle ? demanda Caïn en hollandais. Elle l'écoutera, si je le lui ordonne.

Malach baissa la tête.

Sa chevelure neigeuse cascada sur ses traits.

– Je pourrais te prendre maintenant, dit Caïn. Mais maintenant il n'y a plus de raison de le faire, n'est-ce pas ?

– Non, admit Malach.

– Alors nous en avons terminé tous les deux.

– Oui.

– Retourne à ton existence de menus plaisirs. Trouve-toi une autre femme moins intéressante qui te léchera les bottes et te tiendra chaud.

Dans le silence, quelqu'un répéta : « Chaud. »

Ce fut tout.

44

Au port, une limousine noire l'attendait.

Le chauffeur parlait anglais. Il lui assura qu'il en était de même pour la majorité des habitants.

Selon le souhait de Rachaela, ils allèrent directement vers le cœur de la ville par des routes droites bordées de rubans de couleur vert liquide. Des camionnettes de livraison les croisaient, leurs flancs marqués du sigle *floris*. L'atmosphère sentait la pluie.

Amsterdam s'éveillait au jour nouveau dans le flot des bicyclettes et des tramways. La limousine s'enfonça dans le calme incertain le long des canaux. La ville lui sembla familière. Toutes les cités lui feraient cette impression, probablement. Il lui vint à l'esprit qu'elle les avait toutes connues, en un temps reculé. Quand elle était quelqu'un d'autre.

Elle était résolue, programmée comme un ordinateur.

Les demeures ressemblaient à des maisons de poupée, et celle de Sofie était d'un rose sombre. Elle semblait accueillante, sereine. Pas du tout une maison de Scarabae.

Rachaela gravit les quelques marches et sonna.

Puis elle attendit.

Personne ne vint.

Au port, un message l'avait avertie que Sofie se trouvait chez elle. Le message n'était pas de la mère d'Althene, et peut-être était-elle sortie faire des courses. Mais non, Grete, la domestique, se chargeait de ces tâches. S'était-elle absentée pour quelque raison inconnue de la famille ?

Rachaela étudia la façade rose. Rien. Pas un mouvement. On eût dit que la bâtisse retenait son souffle.

Elle était là.

Rachaela sonna une seconde fois. De l'autre main, elle tambourina contre le bois.

Soudain la porte s'ouvrit.

La femme était petite, plus petite que Rachaela, qui songea à un oiseau étrange. Elle portait une robe rayée de bandes grises et rouge fade, et un collier argenté constitué de parallélépipèdes de la taille de boîtes d'allumettes. Ses yeux ronds étaient d'un bleu sombre. Sofie.

– *Wat is er aan de hand?* lança-t-elle sèchement.

– Je suis désolée, je ne parle pas hollandais, répondit Rachaela.

La femme recula dans l'entrée. Elle paraissait plus jeune que Rachaela, et sa petite taille donnait l'impression de la contempler à travers un verre rapetissant.

– Quoi? dit-elle en anglais. Qui êtes-vous?

– Je m'appelle Rachaela. Je suis la compagne d'Althene. Après une pause, elle ajouta d'une voix assurée : Votre fils.

La porte était toujours grande ouverte.

Rachaela avança dans l'entrée moquettée de noir. Il y avait une sorte de statue contre laquelle Sofie s'était réfugiée.

– Comment osez-vous? fit-elle d'une voix pépiante. Que voulez-vous?

– Je veux voir Althene.

– Il n'y a pas... Il n'y a personne ici.

– Je crois que vous l'appelez Johanon. Je veux voir Johanon, donc.

– Non. Il est parti. Il est parti depuis des semaines.

Rachaela ne la croyait pas. Sofie était folle et visiblement apeurée.

– Je suis désolée, dit Rachaela, mais je vais devoir m'en assurer par moi-même. Veuillez me pardonner de ne pas vous croire.

– Espèce de catin, dit Sofie d'un ton presque tranquille.

– Oh, vous diriez cela? Pourtant vous ne me connaissez pas.

– Catin ! Catin ! Salope ! Dehors ! Dehors !

Tout son calme avait disparu, d'un coup.

– Je ne partirai pas, répondit Rachaela. Pas sans avoir la certitude qu'Althene n'est pas ici. Par où vais-je commencer ?

Alors Sofie voulut lui opposer le barrage de ses ailes striées de gris et de rouge.

Rachaela ne réfléchit pas à son geste, mais le programme dans son cerveau donna l'impulsion pour elle. D'un revers de sa main droite baguée, elle frappa Sofie violemment, et la petite femme tomba à la renverse pour rester immobile, recroquevillée au pied de la statue. D'énormes larmes coulèrent de ses yeux trop ronds.

– Scarabae ! cracha-t-elle. Scarabae !

– Oui, je suis une Scarabae, dit Rachaela.

Puis elle marcha jusqu'à une porte qu'elle ouvrit.

Elle découvrit une sorte de bureau poussiéreux, avec une table aux pieds en parenthèses. Au-delà se trouvait une autre pièce peinte en orange. Les deux pièces étaient désertes.

Quand Rachaela ressortit, Sofie gisait toujours sur la moquette. Son visage était balafré d'une large trace rouge qui semblait issue de sa robe.

Qui suis-je à présent, Adamus ou Malach ? songea-t-elle, et cette pensée l'amusa une seconde.

– Allez-vous me conduire à elle, ou devrai-je fouiller toute la maison ?

– Le grenier, dit Sofie.

– Le grenier ?

Rachaela eut soudain à l'esprit l'image de la folle Mrs Rochester, et elle éclata d'un rire sonore. Sofie enfouit son visage dans ses mains.

Rachaela gravit aussi vite qu'il lui était possible les marches inégales de l'escalier. Un moteur intérieur la propulsait, et son cœur pompait le sang sur un rythme fiévreux de tambour.

Elle passa devant les chambres de Sofie, laides, avec ces tableaux hideux aux murs. La maison était glaciale, mais la résolution de Rachaela ne la rendait pas perméable à cette ambiance.

Le dernier escalier était bizarre, et elle le monta plus prudemment. A la porte, sa propre précipitation la fit hésiter.

Elle n'y avait pas réfléchi, mais qu'avait fait cette mère insane à son enfant ?

Mon Dieu...

La porte n'était pas fermée. Elle la poussa.

Une puanteur indicible d'urinoir lui sauta à la gorge.

Elle retint sa respiration.

Portée par la vague d'horreur, l'image s'imposa à elle. Une forme gisait sur le lit, là où le plafond mansardé était percé par des fenêtres déversant la lueur morne du matin. La forme...

Elle avança. S'arrêta.

Un homme blessé était allongé sur le lit.

Dans sa longue chevelure sale, on avait écrasé des essences – Dieu seul savait lesquelles – rouges, roses... et son visage n'était qu'une masse de plaies et de poils, de coupures purulentes et, de façon incroyable, de cosmétiques. De la poudre et du fond de teint. Des parfums qui avaient tourné se mêlaient aux odeurs d'urine et de sueur.

On avait aussi mis des cosmétiques dans ses cheveux. On les avait *déversés...* Rachaela le voyait maintenant.

Tout le corps n'était plus qu'une masse de chairs torturées.

Et il était couvert d'une nuisette de soie rose décorée de dentelle, luxueuse, rose également.

Le cœur de la maison rose. L'horreur rose.

Rachaela était tétanisée, et le café avalé dans un bar sur le port remontait dans sa gorge. Elle dut faire un effort pour le ravaler.

Qui était-ce ?

Etait-ce vivant ?

– Rachaela, articula le monstre malgré sa bouche tailladée et souillée de bave séchée en croûtes, sa bouche peinte entourée d'une barbe rêche. Ou est-ce que... je rêve encore de toi ?

– Tu ne rêves pas.

C'était Althene.

Mais rien n'avait plus d'importance, ni la puanteur ni l'horreur. Althene était là. Vivante. *Althene.*

– Je vais avoir besoin d'aide, dit Rachaela. Il y a un homme, en bas...

Le bruit à la porte fit se retourner Rachaela.

Ce qu'elle vit était étonnant.

Sans bruit, Sofie s'était matérialisée en haut des escaliers, comme sortie d'une scène de *Psychose*, son bras maigre levé, le poing fermé sur un couteau ridiculement petit. Un homme apparut derrière elle, mais ce n'était pas le chauffeur de la limousine. Il portait un béret et son visage tout en longueur affichait une volonté inébranlable. Il enserrait le poignet de Sofie dans sa main.

Elle laissa échapper le couteau.

Comme un oiseau de nuit, elle hulula de rage.

L'homme la tira sur le côté et elle disparut. Comme par magie.

– Oui, dit l'homme en anglais, vous aurez besoin d'aide, Madame.

– On aurait dit une gamine de quatorze ans traumatisée par un exhibitionniste.

– Oui. Je suis désolée, dit Rachaela.

– Ne le sois pas. C'est *moi* qui suis désolée. De tout ça...

Enveloppée dans des couvertures, Althene était assise contre elle, sur la banquette arrière de la limousine. Une douche avait été possible, mais guère plus. Quand elles auraient séjourné le temps nécessaire dans l'hôtel luxueux retenu par la famille, il leur faudrait repartir. Mais tout serait arrangé. Tout était toujours arrangé pour la famille.

– Je crois qu'elle m'a rendue dépendante d'une drogue, je ne sais pas laquelle. Elle m'a laissée seule... des mois entiers se sont écoulés, n'est-ce pas ? J'ai essayé de compter les jours, mais j'ai fini par renoncer. C'était inutile. Quelle folle. Elle avait perdu tout intérêt pour moi...

– Oui, grâce au Ciel.

– Je ne vais pas mourir, Rachaela. Quoi qu'elle m'ait fait. Je suis très résistante.

– Je sais. Je sais que tu ne vas pas mourir. Je ne le permettrais pas.

– Je n'ai pas... découvert...

– Nous pourrons penser à cela plus tard.

– Elle avait tellement peur de ce qu'ils lui feraient... Avec quelle force elle me hait...

Rachaela sentit la limousine prendre un virage et se garer devant un immeuble blanc et jaune, le long d'un canal.

– Nous allons devoir marcher environ cinq mètres. Roman t'aidera. Peux-tu...

– Oh, oui, dit Althene en se laissant aller de tout son poids, qui était si léger, contre le dossier de la banquette.

L'automobile s'arrêta.

L'homme au visage austère en sortit. Deux autres apparurent à la porte de l'hôtel et se dirigèrent vers la voiture.

Rachaela ne voulait pas lâcher Althene, mais il le fallait. Jusqu'à ce qu'elles soient à l'intérieur.

45

L'été avait transformé la ville en étuve. Si les arbres étaient verts, les eaux du fleuve dégageaient par endroits une odeur de vieux légumes pourris. Des fleurs rouges flamboyaient aux fenêtres. Les gaz d'échappement se condensaient dans l'atmosphère.

A l'intérieur de l'hôtel, les chambres avaient conservé leur fraîcheur.

Dans le salon, le soleil faisait luire le lustre poli et les cendriers, il maculait le blanc des canapés de rais jaune citron, ainsi que les fauteuils d'un vert profond. Le parquet était ciré, et, en entrant, la femme juchée sur ses hauts talons l'avait traversé d'un pas précautionneux.

Elle semblait frêle, cette femme, comme si elle sortait de quelque maladie éprouvante. Sa peau satinée, impeccablement maquillée de touches discrètes, était un peu desséchée et tendue. Ses yeux au regard toujours captivant ne paraissaient pas entièrement clairs.

Althene portait une robe d'un bleu crémeux qui ne serrait pas les lignes de son corps, trop maigre encore pour être vraiment esthétique. Sur son épaule droite était épinglée une feuille en or mat, et à sa main gauche luisait une grosse bague en forme de serpent à sonnettes se mordant la queue.

Elle s'assit et attendit.

Près d'elle, sur la table où était posé le plateau avec le thé, on avait disposé plusieurs petites brioches françaises auxquelles ils ne toucheraient pas, elle le savait.

Elle se pencha et se servit une tasse de thé, constatant froidement le tremblement de sa main. Deux mois plus tôt, c'était bien pire, et avant cela...

Quand la porte du salon s'ouvrit, elle ne leva pas immédiatement la tête.

Il pénétra dans la pièce, avança et lui effleura l'épaule d'un geste très doux. Il ne l'avait jamais traitée autrement que comme une femme.

Alors elle le regarda.

Il avait changé. Elle avait su que ce serait inévitable. Malach semblait maintenant avoir une cinquantaine d'années, peut-être cinquante-cinq, et il était émacié plutôt que simplement mince. Son visage était celui d'un loup affamé. Et la longue chevelure blanche avait été strictement attachée en arrière, dégageant ce visage dont le modelé aurait toujours enchanté un artiste.

Ses vêtements étaient sombres, discrets, simplement légers pour la saison.

Il avait voulu passer inaperçu, semblait-il.

En conséquence elle lui offrit une banalité :

– Il fait chaud.

– Oui. Où est-elle ?

– Rachaela est allée dans la rue près du pont de fer pour acheter un bijou. Elle a développé une véritable passion pour les bagues anciennes. Regarde celle-ci...

– Elle doit être lourde.

– Oui. Pendant trois mois je n'ai pas pu la porter. Mais je la glissais sous mon oreiller. Un porte-bonheur.

– Et maintenant tu peux la mettre.

– Maintenant, oui. Tu es toujours aussi beau, dit-elle.

Il sourit.

– Allons, ne sois pas injuste avec moi, *lieveling*. J'ai eu mon content.

Il s'assit et Althene lui versa une tasse de thé, sous son regard aigu. Sa main avait cessé de trembler.

– Tu penses que je ne devrais rien attendre d'autre, dit-il. Je me suis montré dur, et je subis l'effet retour.

– Ça ne t'a jamais inquiété par le passé.

– Le passé. Cet autre pays...

Ils avaient parlé en anglais, car Althene avait commencé

dans cette langue, par habitude de converser avec Rachaela. A présent Malach s'exprimait en hollandais.

– Je peux seulement te dire que je l'ai retrouvée. Anna. Là où toi et moi avions compris qu'elle serait.

Althene se rembrunit.

– Cet endroit existe donc vraiment.

– Oui. Bien sûr. Quel autre endroit conviendrait à quelqu'un comme lui ?

– Et... Il la détient.

– Il la détient.

– Tu dois expliquer ce que tu entends par là.

– Non, je ne le ferai pas. Il a fait d'elle son amante, sa femme, sa fille. Et elle désire tout ce qu'il désire.

– Lui as-tu parlé ? demanda Althene d'un voix douce.

– Oh, oui.

– Elle, elle a préféré... Elle a souhaité...

– Elle a souhaité rester auprès de lui.

– C'est un sorcier, dit-elle. Il a pu lui jeter un sort.

– Tu oublies qui elle est.

– Mon enfant.

– Non, elle s'est servie de toi et de Rachaela. Elle n'est l'enfant de personne, sinon le sien...

Malach prit la tasse qui lui était destinée, considéra une seconde le thé fumant, puis la reposa.

– Fais un autre enfant.

– Très simple. Il faut deux personnes.

– Trouve une autre femme... pour te tenir chaud.

– C'est Rachaela que je désire.

– Alors avec Rachaela.

– Je n'exigerai pas d'elle...

– Non, n'exige pas.

– Mais il est une chose que j'ai besoin de savoir. Est-il... Est-il tel qu'il était ?

– Comment était-il ?

– Sa puissance... dit-elle lentement. Sa différence... Est-il plus jeune, ou plus vieux, changé ?

– Il change comme bouge le socle des continents, de façon imperceptible mais irrésistible. Il paraissait très jeune. Il se nourrit de tout et de tout le monde, et rien ne le limite. Aucune loi, aucun obstacle. Et il doit l'avoir désirée depuis toujours. Nous avons cru qu'il avait oublié, mais aucun d'entre nous ne peut oublier réellement...

– N'y a-t-il pas eu un moment où tu pouvais... commença Althene.

– Où je pouvais le tuer ? Oui, plusieurs moments. Mais il a volé toute mon énergie.

Dans ses traits âgés, Malach restait très jeune, l'expression déchirée, les yeux pareils à des déserts baignés d'une aube livide.

– Il m'a épuisé, vidé de mes forces. *Vampires*... Bien sûr.

– Tu guériras, dit-elle. Nous guérissons toujours.

– Vraiment ? Alors ce doit être parce que nous voulons guérir.

Quelque part dans la sérénité de l'hôtel, il y eut un petit bruit.

– Rachaela va peut-être revenir, dit Althene. Veux-tu...

– Non, je ne veux pas voir Rachaela. Dis-lui ce qui te semblera bon de dire.

– La vérité, alors. Elle nécessitera quelques heures d'explications, je pense.

– Si peu de temps ?

Il se leva, et Althene fit de même. Ils se contemplèrent dans les rais du soleil.

– Tu m'as beaucoup aidée par le passé, fit-elle. J'aimerais pouvoir te rendre la pareille à présent.

– Mais tu ne le peux pas. Une seule vie suffit à occuper chacun de nous. Et nos vies sont si longues...

Quand il fut reparti elle prit une des petites brioches et l'écrasa sans hâte entre ses doigts, sans savoir pourquoi elle agissait ainsi. Pour détruire quelque chose de délicat et d'agréable, peut-être.

Jutka, la vieille femme qui servait au château des corbeaux, lui avait parlé de la renarde. Il ne rencontrait que rarement Jutka, mais il l'avait trouvée dans la chambre de la femme, occupée à laver le sol avec des gestes peu vigoureux. Elle ne lui avait présenté aucune excuse. Elle s'était redressée près du lit à baldaquin et avait contemplé le berceau peint.

Puis elle lui avait parlé de la renarde blanche qu'elle avait vue près du château.

Il lui avait répondu qu'il devait s'agir d'un chien. Il n'y avait pas de renard par ici.

Elle n'avait pas protesté. Jutka ne protestait jamais.

– Je lui ai laissé un poulet cuit, ajouta-t-elle seulement.

Peut-être la renarde s'était-elle échappée de quelque cirque itinérant. A moins que Jutka ait simplement rêvé l'avoir aperçue.

Tout d'abord les chiens avaient paru très heureux de son retour, et ils avaient gambadé autour de lui de pièce en pièce. Firs et Kraai s'étaient montrés les plus expansifs, bondissant sur les meubles et dérapant sur les carrelages.

Mais son état d'esprit les contamina peu à peu, il fut désolé de le constater. Ils se ruaient en aboyant dans le labyrinthe du jardin à l'abandon, essayant d'attirer son attention. Ils mordaient la flamme des tulipes, vestiges des parterres du seizième siècle, puis grognaient parce qu'il ne les réprimandait même pas.

Enki et Oskar étaient les plus proches de lui. Ils venaient pousser ses mains de leur museau.

Il ne pouvait envisager un jour où les choses seraient différentes.

L'anecdote de la renarde blanche le rendait furieux.

C'était Ruth, bien sûr, l'animal-symbole de Ruth et d'Anna. Quelque projection de son propre inconscient, ou le spectre de son ka vivant, là-bas très loin, dans le tombeau glacé de Caïn.

L'après-midi il buvait du genièvre, du brandy et de la bière dans le bar aux chopes de cuivre et aux crânes encornés.

Personne ne lui prêtait attention, sauf le vieil homme à qui il offrait toujours un verre ou deux.

Plus tard, quand venait le soir, les néons s'allumaient, imités par l'éclairage public dans les rues et au bord des canaux.

Il attendait encore, regardant les hommes qui s'enivraient dans le bar puis repartaient. Sa seconde bouteille de brandy vide posée devant lui, il demeurait aussi lucide qu'en entrant.

Il était deux heures du matin quand il alla la voir, dans la ruelle. L'homme près de la porte le reconnut, mais pas la jeune fille noire au visage las qui l'entreprit.

En haut de l'escalier, il frappa à la porte, puis tendit l'oreille pour déceler le glissement de son approche. La ville était très inhabituellement calme. Enfin une voix au débit lent lui dit d'entrer.

Elle était assise derrière la table, parmi les détritus qui empuantissaient la pièce. La Juive. Non, son sang ne lui avait fait aucun bien, malgré le désir qu'elle en avait manifesté. Elle avait encore grossi, énorme amoncellement de ses chairs, et sa chevelure s'était raréfiée. Seuls ses yeux sombres lui sourirent, tandis que la ligne maussade dessinée par sa bouche restait imperturbable.

L'autre femme était une vieillarde aussi sèche qu'un bâton, avec des mains comme des serres qui à son entrée tenaient sans trembler un 357 Magnum. Elle caqueta du plaisir qu'elle ressentait à la situation. Une Lucky Strike allumée était fichée au coin de sa bouche.

– Inutile, lui dit la Juive. Pose ça. C'est le méchant en chef. C'est mon ami.

L'autre baissa l'arme à regret. Elle tira sur sa cigarette et laissa échapper un petit nuage de fumée bleue.

– C'est lui qu'on appelle le Prince ? dit-elle.

– Le Prince, grinça la Juive... Le Princes des Fumées.

– Dis-lui de partir, lâcha Malach.

– On aime la discrétion, pas vrai, Beauté ? Bah, tu n'es plus aussi beau, maintenant. Cette fois je ne prendrai pas ton sang. Il ne me vaut rien.

– Non, tu n'auras pas mon sang. Mais je t'ai amené quelques florins.

La femme maigre tendit le cou. Elle avait posé le Magnum sur la table, parmi les paquets de cartes, les bougies graisseuses dressées dans les tasses ébréchées. Des mouches parcouraient une assiettes tapissée de restes grisâtres, sans se soucier de la lumière des bougies. Près du centre de la table, une rose fanée dans un verre sale, ses pétales sans ride, préservés, avait pris la couleur du tabac.

– Tu vois, dit-elle, je garde des souvenirs de toi.

– Quel manque de sagesse, répondit-il.

Il s'attabla en face d'elle, et la vieille femme maigre caqueta des propos incompréhensibles en sortant de la pièce.

La Juive releva la tête et, dans le masque graisseux de son visage aux replis multiples, ses yeux étaient animés d'une vie indépendante du reste de son être.

– Que veux-tu ? demanda-t-elle.

– Parle-moi d'elle.

– Oublie-la, dit la Juive.

– Jamais.

– Pourquoi ne pas l'avoir prise quand tu le pouvais ? Elle serait tombée dans ta main comme un fruit mûr.

– Pourquoi, cela je ne le sais pas. Peut-être désirais-je seulement la douleur de la perte. J'y suis accoutumé.

Elle plongea son regard dans la sécheresse froide de celui de Malach.

– Ne viens pas pleurer à ma table, dit-elle. Tu amènerais la malchance.

– Tu es la malchance.

– Moins que toi.

Puis elle réorganisa sans honte la masse de ses seins et de ses cuisses sous les couches de vêtements. Elle fixa du regard quelque espace hors le monde.

– Elle lui appartient déjà, déclara-t-elle. Déjà. Et que vois-je, là, dans son ventre. Son enfant.

Impassible, Malach observait la sorcière.

Il cligna une fois des yeux, et ce fut tout.

La Juive toussa. Son haleine charriait une odeur épouvantable, mais il n'en parut pas affecté.

– Donne l'argent, dit-elle.

Il posa une enveloppe brune sur la table, l'ouvrant dans le même mouvement. Les billets colorés se déversèrent de l'enveloppe comme une parodie de tarots.

– Maintenant je peux t'apprendre une dernière chose.

Il attendit.

– Elle est aussi blanche que la neige, dit-elle, mais l'enfant en elle est noir. Noir comme la nuit. Elle releva la tête et ajouta, à l'adresse de l'entité silencieuse qui hantait la pièce : De *nouvelles* ténèbres.

[illegible] et [illegible], et la vieille femme malgré [illegible] des [illegible] en [illegible] de la [illegible].

[illegible] la tête et [illegible] de son visage [illegible] ses yeux [illegible] du reste de son [illegible].

– Que veux-tu ? demanda-t-elle.

– [illegible] d'elle.

– [illegible]

– Jamais.

– Pourquoi ne pas [illegible] ? [illegible]

– [illegible]

[illegible]

– [illegible] ma table, dit-elle. [illegible]

– Tu es [illegible]

– [illegible]

[illegible]

[illegible] dans son [illegible]

[illegible]

[illegible]

[illegible]

[illegible]

OUVRAGES DE LA COLLECTION « TERREUR »

Iain Banks
Le seigneur des guêpes

Clive Barker
Secret Show
Le royaume des devins

William P. Blatty
L'Exorciste : la suite

Robert Bloch
L'écharpe
Lori
Psychose
Psychose 2
Psychose 13
Contes de terreur

J. R. Bonansinga
Black Mariah

Randall Boyll
Froid devant
Monssstre
Territoires du crépuscule

Marion Zimner Bradley
Sara

Ramsey Campbell
Envoûtement
La secte sans nom
Soleil de minuit

Cathy Cash Spellman
Dans les griffes du diable

Matthew J. Costello
Cauchemars d'une nuit d'été
La chose des profondeurs
Né de l'ombre

Martin Cruz-Smith
Le vol noir

Thomas Disch
Le caducée maléfique

Katherine Dunn
Un amour de monstres

Jeanne Faivre d'Arcier
Rouge flamenco

John Farris
L'ange des ténèbres
Le fils de la nuit éternelle

Raymond Feist
Faërie

Christopher Fowler
Le diable aux trousses

Ray Garton
Crucifax
Extase sanglante

Christopher Golden
Des saints et des ombres

Linda C. Gray
Médium

William Hallahan
Les renaissances de Joseph Tully
Tully

Barbara Hambly
Le sang d'immortalité

Thomas Harris
Dragon rouge
Le silence des agneaux

James Herbert
Dis-moi qui tu hantes
Fluke
Fog
La lance
Les rats
Le repaire des rats
L'empire des rats
Le survivant
Sanctuaire
Sépulcre

Shirley Jackson
Maison hantée
La loterie
Le cadran solaire

Graham Joyce
L'enfer du rêve

Stephen King
La part des ténèbres
Salem
Dolores Claiborne

Andrew Klavan
Il y aura toujours quelqu'un derrière vous
L'heure des fauves

Dean R. Koontz
Le masque de l'oubli
Miroirs de sang
La mort à la traîne
La nuit des cafards
La nuit du forain
La peste grise
Une porte sur l'hiver
La voix des ténèbres
Les yeux des ténèbres
La maison interdite
Fièvre de glace
Lune froide

Steven Laws
Train fantôme
Gideon

Tanith Lee
La danse des ombres
Le festin des ténèbres

Charles de Lint
Mulengro
Symphonie macabre
Les murmures de la nuit

Bentley Little
Le postier

Charles McLean
Le guetteur

Robert Marasco
Votre vénérée chérie

Graham Masterton
Démences
Le démon des morts
Le djinn
Le jour « J » du jugement
Le miroir de Satan
La nuit des salamandres
Le portrait du mal
Les puits de l'enfer
Rituels de chair
Transe de mort
Manitou
La vengeance de Manitou
L'ombre du Manitou
Le trône de Satan
Apparition
La maison de chair
Les guerriers de la nuit
Les rivages de la nuit

Robert McCammon
L'heure du loup
La malédiction de Bethany
Scorpion
Le mystère du lac

Michael McDowell
Les brumes de Babylone
Cauchemars de sable

John Pritchard
Les sœurs de la nuit

Andrew Neiderman
L'avocat du diable

Garfield Reeves-Stevens
Contrat sur un vampire
La danse du scalpel

Anne Rice
Chronique des vampires
1. Entretien avec un vampire
2. Lestat le vampire
3. La reine des damnés
4. Le voleur de corps

La momie
Le lien maléfique

Anne Rivers Siddons
La maison d'à côté

Fred Saberhagen
Un vieil ami de la famille
Le dossier Holmes-Dracula
Les confessions de Dracula

John Saul
Cassie
Hantises
Créature

Peter Straub
Ghost Story
Julia

Koko
Mystery
Sans portes, ni fenêtres

MICHAEL TALBOT
La tourbière du diable

BERNARD TAYLOR
Le jeu du jugement

SHERI S. TEPPER
Ossements

THOMAS TESSIER
L'antre du cauchemar

THOMAS TRYON
L'autre
La fête du maïs

JACK VANCE
Méchant garçon

LAWRENCE WATT-EVANS
La horde du cauchemar

CHET WILLIAMSON
La forêt maudite

PAUL F. WILSON
La forteresse noire
Liens de sang
Mort clinique

BARI WOOD
Amy girl
Double vue

BARI WOOD/JACK GEASLAND
Faux-semblants

T. M. WRIGHT
L'antichambre
Manhattan Ghost Story
L'autre pays

XXX
MICHÈLE SLUNG présente :
22 histoires de sexe et d'horreur

DOUGLAS E. WINTER présente :
13 histoires diaboliques
Dernières nouvelles de Dracula

OUVRAGES DE LA COLLECTION « SCIENCE-FICTION »

Aldiss Brian
Cryptozoïque
Frankenstein délivré

Anderson Poul
Le barde du futur (Le grand temple de la S.-F.)
Tempête d'une nuit d'été
Trois cœurs, trois lions

Anthony Piers
Les livres magiques de Xanth
1 — Lunes pour Caméléon
2 — la source de magie
3 — Château-Roogna
4 — l'(A)ile du Centaure
5 — Amours, délices et ogres
6 — Cavales dans la nuit
7 — Dragon sur piédestal
8 — la Tapisserie des Gobelins
Total Recall

Anthony Piers/Lackey Mercedes
Cher démon

Asimov Isaac
Asimov présente
1 — Futurs sans escale
2 — Futurs en délire
3 — Futurs à gogos
4 — Futurs pas possibles
5 — Futurs tous azimuts
6 — Futurs sens dessus dessous
7 — Futurs qui craignent
8 — Futurs mode d'emploi
10 — Futurs bien frappés
11 — Futurs moulés à la louche
L'avenir commence demain
Azazel
Les courants de l'espace
Destination cerveau
Les fils de Fondation
Némésis
Prélude à l'éternité (Le grand temple de la S.-F.)
Prélude à Fondation

Asimov Isaac/Silverberg Robert
L'enfant du temps
Le retour des ténèbres

Ballard J. G.
Crash !
Sécheresse
Les statues chantantes (Le grand temple de la S.-F.)
Le vent de nulle part
Vermilion Sands

Barjavel René
Les dames à la licorne
Le grand secret
La nuit des temps
Une rose au paradis

Blish James
Les apprentis sorciers
1 — Faust Aleph Zéro
2 — Le lendemain du jugement dernier

Bloch Robert
La boîte à maléfices
L'embarquement pour Arkham
Retour à Arkham

Boulle Pierre
La baleine des Malouines
Contes de l'absurde
L'énergie du désespoir
La planète des singes

Brackett Leigh
Le livre de Mars
1 — L'Epée de Rhiannon
2 — le Secret de Sinharat
3 — le Peuple du Talisman
4 — les Terriens arrivent

Bradley Marion Zimmer
Les amazones libres
Unité
Chasse sur la lune rouge

La romance de Ténébreuse
1 — la Planète aux vents de folie
2 — Reine des orages !
3 — la Belle Fauconnière
4 — le Loup des Kilghard
5 — les Héritiers d'Hammerfell
6 — Redécouverte
7 — la Chaîne brisée
8 — la Maison des Amazones
9 — la Cité Mirage
10 — l'Epée enchantée
11 — la Tour interdite
12 — l'Etoile du danger
13 — Soleil sanglant
14 — la Captive aux cheveux de feu
15 — l'Héritage d'Hastur
16 — l'Exil de Sharra
17 — Projet Jason
18 — les Casseurs de mondes
Les voix de l'espace (Le grand temple de la S.-F.)

BRADLEY Marion Zimmer/ NORTON André & MAY Julian
Les trois Amazones

BRIN David
Terre
1 — la Chose au cœur du monde
2 — Message de l'univers

BROWN Fredric
Paradoxe perdu

BRUNNER John
Le jeu de la possession
Noire est la couleur

CLARKE Arthur
Et la lumière tue (Le grand temple de la S.-F.)
Le vent venu du soleil

CRICHTON Michael
Les mangeurs de morts

DELANY Samuel
La chute des tours
3 — la Cité des mille soleils
Triton

DICK Philip K.
Le bal des schizos
Les dédales démesurés
Glissement de temps sur Mars
Le guérisseur de cathédrales
Les joueurs de Titan
La planète impossible (Le grand temple de la S.-F.)
Simulacres

DONALDSON Stephen
Le cycle des Seuils
1 — l'Histoire véritable
2 — le Savoir interdit
3 — L'Eveil du Dieu noir
L'appel de Mordant
1 — le Feu de ses passions
2 — le Miroir de ses rêves
3 — Un cavalier passe

DUVEAU Marc
Fantasy (Le grand temple de la S.-F.)
High Fantasy 1 — le Manoir des roses
Heroic Fantasy 2 — la Citadelle écarlate
New fantasy 3 — le Monde des chimères
Science Fantasy 4 — la Cathédrale de sang

DUVIC Patrice
Naissez, nous ferons le reste

EDDINGS David
La Belgariade
1 — le Pion blanc des présages
2 — la Reine des sortilèges
3 — le Gambit du magicien
4 — la Tour des maléfices
5 — la Fin de partie de l'enchanteur
La Mallorée
1 — les Gardiens du Ponant
2 — le Roi des Murgos
3 — le Démon majeur de Karanda
4 — la Sorcière de Darshiva
5 — la Sibylle de Kell
La Trilogie des joyaux
1 — le Trône de diamant
2 — le Chevalier de rubis

Farmer Philip José
Le jeu de la création (le Grand temple de la S.-F.)
Le masque vide
Les Mémoires intimes de Lord Grandrith
1 — la Jungle nue
2 — le Seigneur des arbres
L'odyssée Verte
La saga des hommes-dieux
1 — le Faiseur d'univers
2 — les Portes de la création
3 — Cosmos privé
4 — les Murs de la Terre
5 — le Monde Lavalite
6 — Plus fort que le feu
7 — la Rage d'Orc le Rouge
Un exorcisme
1 — Comme une bête
2 — Gare à la bête
3 — l'Homme qui trahit la vie

Glut Donald
Starwars
L'empire contre-attaque
(voir Kahn J. et Lucas G.)

Hambly Barbara
Fendragon

Heinlein Robert
L'age des étoiles
Citoyen de la Galaxie
L'enfant tombé des étoiles
Histoire du futur
1 — L'homme qui vendit la Lune
2 — les Vertes Collines de la Terre
4 — les Enfants de Mathusalem
Longue vie (Le grand temple de la S.-F.)
Révolte sur la lune
Route de la gloire
Le vagabond de l'espace (le)

Herbert Frank
La barrière Santaroga
Le bureau des sabotages
1 — l'Etoile et le fouet
2 — Dosadi
Champ mental
Cycle de Dune
1 — Dune tome 1
2 — Dune tome 2
3 — le Messie de Dune
4 — les Enfants de Dune
5 — l'Empereur-dieu de Dune
6 — les Hérétiques de Dune
7 — la Maison des mères
Le dragon sous la mer
Et l'homme créa un dieu
Les fabricants d'Eden
Le preneur d'âmes
Les prêtres du psi
le programme conscience
1 — Destination vide
2 — l'Incident Jésus
Le prophète des sables (Le grand temple de la S.-F.)
Les yeux d'Heisenberg

Hubbard L. Ron
Au bout du cauchemar
Mission Terre
1 — le Plan des envahisseurs
2 — la Forteresse du mal
3 — l'Ennemi intérieur
4 — Une affaire très étrange
5 — l'Empire de la peur
6 — Objectif mort
7 — Destination vengeance
8 — Catastrophe
9 — Noire victoire
10 — Requiem pour une planète
Final blackout
Terre champ de bataille
1 — les Derniers hommes
2 — la Reconquête
3 — le Secret des Psychlos

Huxley Aldous
Ile
Jouvence
Le meilleur des mondes
Retour au meilleur des mondes
Temps futurs

Kahn James
Starwars
Le retour du Jedi
(voir Glut D. et Lucas G.)

Knight Damon
Le pavé de l'enfer

Koontz Dean R.
Le monstre et l'enfant

Kurtz Katherine
Les Derynis
1 — la Chasse aux magiciens
2 — le Réveil des magiciens
3 — le Triomphe des magiciens
4 — Roi de folie

Kuttner Henry & Moore Catherine
Ne vous retournez pas (le grand temple de la S.-F.)

Lackey Mercedes
L'Honneur et la gloire
1 — Sœurs de sang
2 — Les Parjures

Lafferty R. A.
Tous à Estrevin !

Lee Tanith
Le bain des Limbes
1 — Ne mords pas le soleil !
2 — le Vin saphir
Le dit de la Terre plate
1 — le Maître des ténèbres
2 — le Maître de la mort
3 — le Maître des illusions
4 — la Maîtresse des délires
5 — les Sortilèges de la nuit

Le guin Ursula
L'autre côté du rêve
La ligue de tous les mondes
1 — les Dépossédés
2 — le Nom du monde est Forêt
3 — la Main gauche de la nuit
4 — le Monde de Rocannon
5 — Planète d'exil
6 — la Cité des illusions
Terremer
1 — le Sorcier de Terremer
2 — les Tombeaux d'Atuan
3 — l'Ultime rivage
4 — Tehanu

Leiber Fritz
Le cycle des épées
1 — Epées et démons
2 — Epées et mort
3 — Epées et brumes
4 — Epées et sorciers
5 — le Royaume de Lankhmar
6 — la Magie des glaces
7 — le crépuscule des épées
Demain les loups
Les lubies lunatiques
Le vaisseau lève l'ancre à minuit (Le grand temple de la S.-F.)

Lem Stanislas
Mémoires trouvés dans une baignoire
Le masque
Le congrès de Futurologie
Mémoires d'Ijon Tichy

Lovecraft H. P.
Les papiers du Lovecraft club
1 — le Rôdeur devant le seuil
2 — l'Horreur dans le musée
3 — l'Horreur dans le cimetière
4 — l'Ombre venue de l'espace
5 — le Masque de Cthulhu
6 — la Trace de Cthulhu
Légendes du mythe de Cthulhu
1 — l'Appel de Cthulhu
2 — la chose des Ténèbres

Lovecraft J. P./Campbell Ramsey
Nouvelles légendes du mythe de Cthulhu
3 — le Livre noir

Lovecraft H. P. (psaumes pour)
R. Weinberg & M. Greenberg présentent :
L'ombre du maître

Lucas George
Starwars
La guerre des étoiles
(voir Glut D. et Kahn J.)

McCaffrey Anne
La Ballade de Pern
1 — le Vol du dragon
2 — la Quête du dragon

3 — le Chant du dragon
4 — la Chanteuse-dragon de Pern
5 — les Tambours de Pern
6 — le Dragon blanc
7 — la Dame aux dragons
8 — l'Aube des dragons
9 — Histoire de Nerilka
10 — les Renégats de Pern
11 — Tous les Weyrs de Pern
Chroniques de Pern
1 — la Chute des fils
La dame de la haute tour (Le grand temple de la S.-F.)
Les forces majeures
La transe du crystal
1 — la Chanteuse crystal
2 — Killashandra
3 — la Mémoire du crystal
Le vol de Pégase
1 — le Galop d'essai
2 — le Bond vers l'infini
3 — la Rowane
4 — Damia

McKillip Patricia
La magicienne de la forêt d'Eld

McKinley Robin
Belle

Matheson Richard
Journal d'un monstre (Le grand temple de la S.-F.)
Miasmes de mort

Moorcock Michael
Le cavalier Chaos (Le grand temple de la S.-F.)
Le navire des glaces
Le cycle d'Elric
1 — Elric des dragons
2 — la Forteresse de la perle
3 — le Navigateur sur les mers du destin
4 — Elric le nécromancien
5 — la Sorcière dormante
6 — la Revanche de la Rose
7 — l'Epée noire
8 — Stormbringer
9 — Elric à la fin des temps
La Légende de Hawkmoon
1 — le Joyau noir
2 — le Dieu fou
3 — l'Epée de l'aurore
4 — le Secret des runes
5 — le comte Airain
6 — le Champion de Garathorm
7 — la Quête de Tanelorn
Les livres de Corum
1 — le Chevalier des épées
2 — la Reine des épées
3 — le Roi des épées
4 — la Lance et le taureau
5 — le Chêne et le bélier
6 — le Glaive et l'étalon
La quête d'Erekosë
1 — le Champion éternel
2 — les Guerriers d'argent
3 — le Dragon de l'épée

Moore Catherine
Magies et merveilles

Moore Catherine & Kuttner Henry
Ne vous retournez pas (Le grand temple de la S.-F.)

Pelot Pierre
La nuit du sagittaire

Pohl Frederik
La promenade de l'ivrogne

Pohl F. et Kornbluth C. M.
L'ère des gladiateurs
La tribu des loups

Priest Christopher
Le monde inverti

Remy Yves et Ada
La maison du cygne
Les soldats de la mer

Russ Joanna
L'autre moitié de l'homme

Russell Eric Frank
Guêpe
Plus X

Scarborough Elizabeth
Un air de sorcellerie

Sheckley Robert
Eternité société anonyme
Omega
Tu brûles (Le grand temple de la S.-F.)

Silverberg Robert
Le fils de l'homme
Le livre des crânes
La porte des mondes
Résurrections
Revivre encore
Trips
Voir l'invisible (Le grand temple de la S.-F.)

Simmons Dan
Hypérion 1
Hypérion 2
La chute d'Hypérion 1
La chute d'Hypérion 2

Smith Cordwainer
Les seigneurs de l'instrumentalité
1 — Tu seras un autre
2 — le Rêveur aux étoiles
3 — les Puissances de l'espace
4 — l'Homme qui acheta la Terre
5 — le Sous-peuple
6 — la Quête des trois mondes

Spinrad Norman
Les avaleurs de vide
Le chaos final
La grande guerre des bleus et des roses
Les miroirs de l'esprit
Les pionniers du chaos
Rêve de fer

Springer Nancy
Le cerf pâle

Sturgeon Theodore
Les songes superbes
Un soupçon d'étrange (Le grand temple de la S.-F.)
Symboles secrets

Tolkien J.R.R.
Contes et légendes inachevés
1 — le Premier âge
2 — le Deuxième âge
3 — le Troisième âge
Le Seigneur des anneaux
1 — la Communauté de l'anneau
2 — les Deux tours
3 — le Retour du roi
Le silmarillion

Tolkien J.R.R. (chansons pour)
M. Greenberg présente :
1 — l'Adieu au roi
2 — Sur les berges du temps
3 — l'Eveil des Belles au bois

Tucker Wilson
L'année du soleil calme

Van Asten Gail
Le chevalier aveugle

Van Vogt A. E.
A l'assaut de l'invisible
Au-delà du néant
La bête
Les enfants de demain
Futur parfait (Le grand temple de la S.-F.)
La maison éternelle
Mission stellaire
Quête sans fin

Vance Jack
Les aventuriers de la planète géante
1 — la Planète géante
2 — les Baladins de la planète géante
Châteaux en espace
Les chroniques de Cadwal
1 — la Station d'Araminta
2 — Araminta 2
3 — Bonne vieille Terre
4 — Throy

Chroniques de Durdane
1 — l'Homme sans visage
2 — les Paladins de la liberté
3 — Asutra
Les cinq rubans d'or
Crimes et enchantements
Docteur Bizarre
Les domaines de Koryphon
Emphyrio
La geste des princes-démons
1 — le Prince des étoiles
2 — la Machine à tuer
3 — le Palais de l'amour
4 — le Visage du démon
5 — le Livre des rêves
Lyonesse
1 — le Jardin de Suldrun
2 — la Perle verte
3 — Madouc
Les maisons d'Iszm
Les maîtres des dragons
Les mondes de Magnus Ridolph
Pagaille au loin
Papillon de lune (le Grand temple de la S.-F.)
Space Opera
Un monde d'azur
Un tour en Thaéry

Vonnegut Kurt
Le pianiste déchaîné

Watson Ian
La mort en cage
Les visiteurs du miracle

Weis Margaret/Hickman Tracy
Les portes de la mort
1 — l'Aile du dragon
2 — l'Etoile des elfes
3 — la Mer de feu
4 — le Serpent mage
5 — la Main du Chaos
6 — Voyage au fond du labyrinthe
La rose du prophète
1 — le Désir du Dieu errant
2 — le Paladin de la nuit
3 — le Prophète d'Akhran

Williamson Jack
Plus noir que vous ne pensez

Wul Stefan
La mort vivante
Piège sur Zarkass
Le temple du passé

Zahn Timothy
Starwars
L'héritier de l'empire

Zelazny Roger
L'enfant de nulle part
1 — l'Enfant tombé de nulle part
2 — Franc-sorcier
Le maître des ombres
Le maître des rêves
Terre mouvante
Un pont de cendres

Achevé d'imprimer en juin 1996
sur les presses de l'Imprimerie Bussière
à Saint-Amand (Cher)

POCKET - 12, avenue d'Italie - 75627 Paris Cedex 13
Tél. : 44-16-05-00

— N° d'imp. 1250. —
Dépôt légal : juin 1996.

Imprimé en France